KB038115

# 미운 노새 이야기

Tales of
the ugly mule

## IV

대삶 장편소설

fio ret

# 미운 노새 이야기 4

**초판 1쇄 인쇄** 2023년 8월 11일
**초판 1쇄 발행** 2023년 8월 31일

**지은이** 대삼
**발행인** 오광백
**편집** 편집부
**표지·내지디자인** 우물
**지도·본문편집** 오정인
**제작** 조하늬

**펴낸곳** (주)삼양출판사 · 피오렛
**주소** 서울시 강북구 솔샘로159
**대표 전화** 02-980-2112 **팩스** 02-983-0660
**블로그** blog.naver.com/dreambookss
**출판등록** 1999년 3월 11일 제9-00046호

ISBN 979-11-283-9681-6 (04810) / 979-11-283-9677-9 (세트)

**fi** **ret** 은 (주)삼양출판사의 로맨스 판타지 문학 브랜드입니다.

# IV

# 미운 노새 이야기

대숲 장편소설

fioret

Tales of the ugly mule

Contents

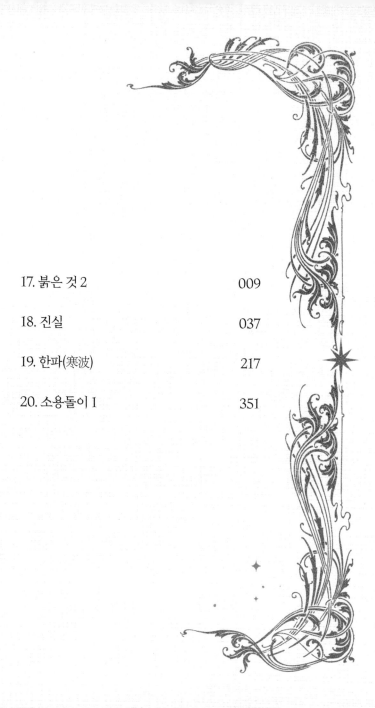

# 17

# 붉은 것 2

불은 쉽사리 꺼지지 않았다. 붉은 용이 새빨간 혀를 내밀어 벌겋게 달귀진 탑을 핥듯이 아무리 물을 부어도 끈질기게 되살아났다.

화재 진압을 진두지휘하던 고양이 집사 안티오크는 이상함을 느끼고 날카롭게 소리쳤다.

"이건 마법적인 불꽃이다!"

그러니 아무리 물을 쏟아부어도 완전한 진화는 어렵다는 뜻이었다. 골치가 아파진 고양이 집사는 수염을 쥐어뜯었다. 대체 주인님은 왜 아직 안 나타나시는 거지?

상황이 급해 먼저 수습하기 위해서 화재 장소로 뛰어오기는 했지만, 이때쯤이라면 당연히 쥬다가 낌새를 눈치채고 강물을 끌어오든 빙하를 처박든 금방 사태를 마무리했어야 했다.

괜한 초조감에 안티오크가 구불구불 말린 수염 대신 넥타이를 잡아 뜯는 순간 나직한 목소리가 등줄기를 긁었다.

"상황이 많이 안 좋네."

화기가 일렁이는 공기를 단숨에 적실 듯 청량한 음성이었다. 다급한 와중에도 휙 시선을 돌린 고양이의 길쭉하게 찢어진 동공에 무표정하게 불타는 탑을 올려다보는 비제가 비쳤다.

안티오크는 말투가 신경질적으로 나가지 않으려 애쓰면서 다급히 캐물었다.

"비제 경! 혹시 주인님을 보셨습니까?"

"아니. 봤으면 여기에 나 혼자 오지는 않았겠지."

간결한 대꾸였다. 그 타당한 말에도 석연치 않아 눈살을 찌푸리던 그는 어떤 생각에 도달해 화들짝 놀라며 펄쩍 뛰었다.

"아니 잠깐! 타라 님은? 같이 나가시지 않았습니까? 타라 님은 어디에 두고……."

"걔를 이런 데에 데리고 오라고?"

비제가 삐딱하게 고개를 기울이는 찰나에 불덩이 하나가 그들 사이에 떨어졌다. 안티오크는 입을 다물고 고용인들을 독려하며 더 많은 물을 길어 오게 주문했다.

소란한 그 움직임을 가만히 지켜보던 비제가 덧붙였다.

"지금쯤 본관에 있을 거야."

아마도.

"모두 비키십시오!"

쩌렁하니 울리는 외침에 모두 반사적으로 물러섰다. 성벽을 빠르게 타고 온 검은 실루엣의 사내가 커다란 통나무 통을 들쳐업고 내달렸다.

그가 도끼를 내리꽂듯이 불붙은 첨탑 꼭대기로 뛰어올라 물을 붓자 마치 폭포처럼 물줄기가 쏟아졌다. 주춤한 듯 불줄기가 약해진 것도 같았다.

통이 텅 빌 때까지 버티고 있던 남자가 이내 쿵— 바닥에 착지했다.

여기저기 어깨에 두른 가죽 망토가 그슬린 그가 큰 손으로 툭툭 탄 자국을 털어 내자 안티오크가 안도의 한숨을 내쉬었다.

"갈랑 군."

"갑자기 큰 소리가 나서 달려왔습니다. 이게 어떻게 된 겁니까?"

"모르겠습니다. 갑자기 거의 사용하지 않는 탑에 불이 붙었으니까요. 아무래도 보통 불이 아닙니다."

검은 머리칼 아래 구슬처럼 진중하게 반짝이던 눈이 날카로워졌다.

"방화라는 말씀입니까?"

"제 생각에는 그렇습니다. 이런 마법을 쓰기도 쉽지 않은 일……."

잠시 잠잠해졌던 불길이 기름 먹은 양 확 일어난다. 그 서슬에 엔케가 급하게 들고 오던 나무 대야가 휘청 불길 사이로 떨어져 내렸다.

출렁이는 물이 금방 표도 안 나게 증발하듯 사그라진다. 어림도 없었다. 모두 암담하고 기가 막힌 눈으로 사태를 주시하고 있었다.

하지만 곧 포기하지 않고 움직이기 시작한다. 우두커니 팔짱을 끼고 서 있기만 한 비제에게 참다못해 안티오크가 화를 냈다.

"뭘 그리 보고만 있습니까! 냉큼 달려와서 거들지 않고!"

쉿. 그가 불길에서 눈을 떼지 않으며 검지를 입술로 가져다 댔다. 푸른 눈이 일순 북방의 오로라처럼 기묘한 빛깔로 일렁이는 순간 읊조린다.

"조금만 기다려 봐, 집사님."

"대체 뭘……."

말이 더 길어지기도 전에 끊겼다. 안티오크는 그의 하얀 손가락이 밤하늘을 찌를 듯 가리키는 것을 보았고, 이내 기이하고 신비한 폭우가 쏟아지기 시작했다. 정확히 불이 난 탑 머리 위에서만.

습윤한 안개 빛깔 허연 먹구름들이 보랏빛 하늘에 잿빛 구멍처럼 몰려드는 걸 멍하니 바라보던 안티오크가 중얼거렸다.

"물의 마법?"

빗방울은 마치 연기처럼 가벼이 떨어졌지만, 순식간에 사나운 불을 잠재웠다. 안개꽃 다발이 떨어져 내려 불씨를 꺼뜨리고 공허한 연기 한 줄기만 피어 올리듯이 교묘하고도 아름다운 광경이었다.

모두 넋 놓고 성나고 거친 것이 가늘고 여린 것에 압도되어 순식간에 사그라지는 마법을 지켜보았다.

투명한 물방울들이 인어의 비늘처럼 오색 빛으로 빛나며 기적을 일으킨 주인의 주변에서 반짝이다 한순간 사라졌다.

폭우는 계속된다. 눈 없는 빗줄기가 후두둑 땅 위를 적셨다. 금세 젖은 불그스름한 머리칼 아래 우뚝하게 선 콧날을 타고 빗물이 떨어졌다. 꾹 다문 입술이 달싹거렸다.

"그들이 움직인 모양이군."

탑에 옮겨붙은 불은 삽시간에 꺼졌다. 허무할 정도의 진압이었다. 그새 번진 불이 옆 건물에도 번져 있었지만, 이 정도면 다른 이들이 충분히 수습할 수 있는 정도였다.

전부 안도의 한숨을 내쉬는 가운데, 비교적 가까운 거리 탓에 그의 중얼거림을 들은 고양이 집사가 의문 섞인 눈길을 던졌다.

그리고 바로 그때, 강대한 파동이 그들을 덮쳤다. 폭풍이 상경한 듯 휘몰아치는 바람과 형언할 수 없는 힘에 대다수 몸이 날아가 벽에 부딪치거나 나동그라졌다.

가까스로 검을 바닥에 꽂거나 발톱을 세우는 등 버틴 자들도 몇 발자국이나 뒤로 쭉 밀려났다. 모두 정신이 없는 와중에 당혹해서 서로를 마주보았다.

"이게 어떻게 된……?"

뒤이어 콰과광ー! 천둥이 대지를 내리치듯 강렬한 폭음이 귀를 찢을 듯이 울려 퍼졌다. 땅과 하늘이 우르릉 울릴 만큼 강대한 진동이었다.

본능적으로 오싹 소름이 돋은 채 얼어붙은 그들의 머리 위로 사방의 새들이 날아올라 요란히 울어 댔다. 새빨간 불길함이 뇌수를 가득가득 채워 간다.

"비제 경!"

가장 먼저 팅기듯 자리를 박차고 달려나간 건 비제였다. 그는 뒤도 돌아보지 않고 위압적인 파동이 요동치는 근원지로 뛰어들었다. 아득 이를 사리물었다. 젠장.

'타라.'

순식간에 사내의 신형이 사라지고 나자 갈랑과 안티오크는 서로를 마주보다가 두말할 것도 없이 동시에 내달렸다. 이어서 근방에서 경악에 찬 비명이 들려오기 시작했다.

＊　　　＊　　　＊

─그것을 죽여 버려.

─아인츠, 넌 나를 배신하지 않을 거지?

"경, 어찌할까요?"

핫, 아인츠는 주변에서 재촉하는 목소리에 한 박자 늦게 정신을 차렸다.

그는 멍하니 피투성이가 된 늑대 수족을 껴안고 비명을 지르는 타라를 바라보았다. 저가 저지른 일인데 남 일인 양 실감이 나지를 않는다.

사실 타인을 고통스럽게 괴롭힌 적은 있어도 직접 제 손을 써서 목숨을 취하거나 그럴 의도로 공격을 해 본 것 자체가 처음이었다. 괜스레 망토에 손을 닦으려다 손끝이 덜덜 떨리고 있다는 걸 자각했다. 그는 억지로 힘을 주어 감췄다. 제기랄.

"철수해."

"예? 하지만 왕께서는……."

"곧 서부 영주가 눈치챌 거다. 감당할 자신 있나?"

짜증스러운 일갈에 기사는 멈칫 침묵했다. 소문대로라면 그의 분노한 손짓 한 번에 여기에 있는 모두가 핏물로 화할 테니까.

하지만 여기까지 왔는데 아무 소득 없이 돌아갈 수는 없었다.

"하지만 우리의 임무를 기억하십시오. 이리 귀환하면 분명 노하실 겁니다. 경, 현명한 판단을!"

기사의 맹목적인 충심과 공에 대한 욕심이 뒤섞인 표정을 읽은 아인츠는 인상을 썼다. 그러니까 그 임무, 나는 했다고.

입 밖으로 내뱉지는 못할 말을 삼키며 고심한다. 만에 하나 겨울성의 분쟁이 어찌 끝나느냐에 따라서 이들의 증언이 독이 될지 상이 될지 결정지어질 것이다. 뭐든 혹시라는 게 있으니 시늉이라도…….

그러는 사이 그들은 울부짖는 부름과 울음이 어느새 멎어 있다는 걸 몰랐다.

타라의 눈이 번쩍 뜨였다. 철수를 고민하던 아인츠는 천천히 고개를 드는 그녀와 마주하자마자 쭈뼛 소름이 끼쳤다. 차라리 타라가 분노에 몸부림치며 달려들기라도 했다면 덜했을 것 같았다. 실로 그녀의 표정에는 아무것도 없었다. 오직 살의, 그뿐.

"역시 죽이고 가는 게 낫겠습니다. 아무래도 이상……."

기사가 검을 뽑으며 내뱉던 말은 채 끝나지 못했다. 그 전에 몸이 날아가 돌기둥에 머리가 깨졌기 때문이다.

피 얼룩을 남기며 주륵 쓰러진 시체에서 경악한 눈을 돌리자 타라가 천천히 일어나고 있었다.

붉은 피가 번진 하얀 치맛자락이 밤바람에 흔들리고, 길게 자란 푸른 머리카락이 굽이쳤다.

장미 잎이 흩뿌려진 창백한 초상화처럼 그녀는 아름다웠다. 그리고 비현실적으로 정적이다. 마치 고막을 찢을 듯한 비명 전의 아슬아슬한 침묵처럼.

스멀스멀 그림자가 기어 올라오듯 오싹한 본능이 속삭이고 있었다. 위험하다. 퍽 오랜 시간 살벌한 암투로 둘러싸인 화려한 겨울성에서 그를 살아남게 한 직감이었다. 낭창한 하얀 손이 올라오자 아인츠가 바락 소리쳤다.

"모두 도망쳐!"

"가만 안 둬."

당신들 모두. 가는 손짓 한 번에 불과한데 거대한 바람이 휘몰아쳐서 기사들을 한 번에 내던져 버렸다. 마법에 관한 방어력을 몸소 키워 온 장정들이 장난감 병정들처럼 쉽게 쓰러지고 목이 분질러졌다.

위기감에 내몰린 기사 하나가 고함 같은 기합을 내지르며 칼을 휘둘러보았지만 어디선가 날아온 새 떼들이 달려들어 그를 쪼고 할퀴었다. 순식간에 날개와 부리들에 뒤덮인 그가 비명을 지른다. 그 광경에 기가 질린 자들이 검을 떨어뜨리며 뒷걸음질쳤지만 얼마 안 가 난데없이 하늘에서 떨어진 벼락에 새카만 숯덩이가 되었다.

아인츠는 털썩 제 앞에 쓰러진 까맣게 탄 몸뚱이들에 이를 악물었다. 보나 마나 죽었다. 저절로 이가 딱딱 부딪친 그가 헛웃음을 내뱉었다.

"아무리 대단하다 들었지만 설마……."

이 정도일 줄은.

쿠르릉, 순식간에 몰려온 먹구름이 위협적으로 울부짖고 우르릉 쾅 번개가 내리쳤다. 타라의 주변을 회오리처럼 맴도는 바람 덕에 주변의 모든 나무들이 뿌리째 뽑힐 듯 흔들리며 신음을 흘렸다. 마른 땅이 쩌적 갈라지고 사방의 짐승들이 일제히 울부짖는다.

대자연의 광란이었다.

그를 둘러싼 공기 한 줌, 디디고 선 땅과 머리 위의 하늘까지 모든 세상이 죄 자신에게 적대감을 드러내는 듯한 공포. 모든 것이 타라의 분노와 슬픔, 격분에 공감하고 동조하고 있었다. 이것이 지옥이 아니면 무엇이랴.

아인츠는 어렴풋이 자신이 돌이킬 수 없는 짓을 저지르고야 말았다는 걸 깨달았지만 늦었다. 빠져나갈 방도가 없었다.

"도망쳐라! 도망쳐!"

그의 비명 같은 외침에 겨우 몇 살아남은 기사들이 희게 질려 후퇴하기 시작했지만 이내 둘러싸고 이를 드러내는 새, 쥐, 여우 등의 온갖 짐승들과 곤충들, 내리꽂히는 번개에 의해 발이 묶였다.

아인츠가 발악처럼 쓴 마법에도 우르르 모여든 생물들이 도로 그들을 가뒀다. 수만 개의 눈이 일제히 노려보고 있었다. 동시에 원망한다.

왜 그랬지? 왜? 왜!

"으아아악!"

"살려 줘!"

순식간에 목숨들이 사그라져 간다. 타라의 의지에 감화된 '모든 것'들이 그 피에 환호하고 기뻐하고 있었다.

야만적이며 광포한 살육의 축제요, 동시에 분노한 여신의 응징이자 처벌이었다. 그 모든 광경을 가만히 주시하는 붉은 눈의 그녀는 그저 고고하고 아름답다. 난잡하고 치열한 야생에서 홀로 단아한 눈꽃 한 송이, 밀림 속 유일한 문명의 신전처럼 환상적인 대조였다.

　죽음이 목전인데도 그 압도적인 광경에 찰나 현혹되었다. 다분히 말도 안 되는 고대의 전설, 혹은 잔혹 동화의 재림이었다.

　저절로 딱딱 부딪치는 이를 사리물며 퇴로를 찾으려 애썼다. 그래, 마법. 최후에는 매달릴 게 그것밖에 없었다. 그러나 마력을 움직이려던 순간 날갯죽지가 섬뜩했고, 그는 급하게 몸을 틀었다. 그러나 비명이 터졌다.

　"으아악!"

　한쪽 눈을 가로지르는 커다란 흉에서 피가 울컥울컥 쏟아진다. 바닥을 기며 울부짖는 그를 타라는 감흥 없이 무자비하게 내려다보았다.

　어렴풋이 타라는 지금 스스로가 이상하다는 걸 느꼈지만 개의치 않았다. 내면 어디 한군데가 망가지거나 동상이 걸린 듯 딱딱하고 차갑다. 마치 자신이 아닌 타인이 된 것만 같다.

　나쁜 기분만은 아니었다. 괴리감과는 별개로 오랜 시간 웅크리고 있던 날개가 펼쳐진 것처럼 설명할 수 없는 짜릿한 충족감이 동시에 올라왔으니까.

　파도 같은 흥분 외에 그녀가 유일하게 느끼는 건 그저 부족하고 부족하며, 조금쯤, 뭐랄까. 그래. 애꾸가 된 채로 발치에서 버둥거리는 저 벌레 같은 모양새가 좀…….

웃겼다.

현실에서 동떨어진 양 유리된 눈동자가 빙긋 기울었다. 생각해 보니 정말 웃기잖아. 저런 버러지가 뭐가 무서워서 옛날에는 그렇게 벌벌 떨었을까.

'저것'은 정말이지 놀라울 정도로 하찮았다. 보이는 그대로 벌레였다. 그녀가 의지를 담아 말을 하고 눈길을 주고 손짓만 하면 스러질 같잖은 벌레.

도톰한 붉은 입술에서 탄성이 나온다.

아. 이제야 쥬다가 왜 세상만사 경시와 경멸을 섞은 눈으로 보는지 알 것 같다. 너무할 만큼 쉽고 아무것도 아니었다. 그것도 모르고 설쳐대는 꼴이 우스운 거지. 그런데…….

저 벌레가 도를 넘어섰다.

크르르르…….

짐승들이 일제히 이를 드러낸다. 어둠 속에서 번뜩이는 눈동자들이 기하급수적으로 늘어났다. 아인츠에게 내정된 최후는 저 미물들에게 찢어 발겨지는 것이리라.

뒷걸음질치는 그에게 막 사방의 그것이 달려들려던 순간 날카로운 고함이 터졌다.

"타라!"

찰나 붉은 섬광이 내리꽂히는 것만 같았다. 뛰어든 비제가 타라의 어깨를 잡아 제 쪽으로 돌렸다. 그는 혼이 빠져나간 듯 무감동하기만 한 그녀와 바닥에 쓰러져 있는 이델을 연이어 보고는 눈을 깊이 감았다가 떴다.

우려했던 최악이 도래해 있었다. 아니, 아직은 성을 무너뜨리거나 하지는 않았으니 그나마 다행인가.

비제는 왜 쥬다가 나타나지 않는 거냐고 한탄하지 않았다. 이 정도 마력의 폭주라면 아마 지금쯤 그는 인사불성이 되어 있을 것이다. 아니면 가사 상태에 빠졌거나.

어떻게든 수습해야 한다. 쥬다뿐만이 아니라 이대로 가다가는 타라의 정신과 영혼이 못 견딜 것이다. 비제가 타라의 뺨을 감쌌다.

"타라."

"……."

"타라! 정신 차려!"

그러나 그녀를 중심으로 날뛰는 마력이 그를 가만히 두지 않았다. 그저 서 있기도 힘든 상황이었다. 깨진 유리처럼 쩌적 갈라지는 땅을 힐끗 본 비제는 저를 거부하기 위해 미는 무형의 힘을 버티려 안간힘을 썼다.

"타라!"

사납게 울던 새 한 마리가 내리꽂듯 그를 위에서 공격했다. 검집으로 그것을 걷어 내면서 다시 그녀를 불렀지만 타라는 거들떠보지도 않았다. 아예 들리지도 않는 것 같다.

그녀의 시선은 한 곳에만 향해 있었다. 오직 새파랗게 질린 아인츠, 그 하나만을.

"세상에, 이게 어떻게 된 일입니까?"

"타라 님?!"

막 비제를 따라온 안티오크와 갈랑도 상상도 못 한 사태에 짓눌려 더 가까이 오지 못하고 멈춰 섰다.

갈랑은 짙은 눈썹을 찡그리며 팔로 바람을 막다가 타라 근처에 쓰러진 이델에게 달려가려 했지만 여의치가 않았다.

이제 마력 태풍은 무시하지 못할 정도로 온 성을 휘감고 있었다. 벽에 쩌적 금이 가고 괴물이 쩍 아가리를 벌리듯 벨벳 성 위로 흙 같은 구름이 치솟아 올랐다. 안티오크는 날아가지 않으려 안간힘을 쓰며 눈을 가늘게 떴다. 등골이 서늘했다.

'타라 님이 폭주하신 건가?'

하지만 대체 이 힘은 어찌 설명해야 하나. 대마법사 쥬다를 오랜 기간 모셔 온 터라 어지간한 마법의 파동 따윈 우스운 그였으나, 이런 오싹한 압박감은 느껴 본 적이 없었다.

쥬다의 마력 또한 용의 그것처럼 위압적이고 공포스럽지만 지금 이 상황은…… 인간과 마법의 객체를 넘어선 신(神)의 영역처럼 영혼 자체를 후벼파고 짓눌렀다. 종 자체가 다른 느낌이다.

이 모든 아수라장에서, 유일하게 타라만이 온전하고 고왔다. 하얀 얼굴에 비릿하고 싸늘한 미소가 걸렸다. 아무도 그녀를 제지할 수도 말릴 수도 없었다.

가느다란 검지가 겁에 질린 아인츠를 가리키는 순간 모두 처참한 광경을 예상하고 눈을 질끈 감거나 타라를 목놓아 불렀다.

그러나 그녀에게 와닿는 목소리는 단 하나도 없었다. 타라는 그를 죽일 생각이다. 죽일 것이다. 당연히 그래야지. 저 아무것도 아닌 하찮은 게 감히…….

감히? 포화 상태에 다다른 정신이 고개를 갸웃거렸다.

저것이 뭘 했더라? 아무튼, 나를 화나게 했어. 죽어 마땅한 거야. 정말? 그래도 되나. 당연하지! 이 세상의 어떤 것도 널 거부할 수 없어. 모두 네게 복종할 거야. 그래, 그럼……죽여야지.

거대한 마력이 아인츠를, 아니 그는 물론이거니와 주변 전체를 짜부라뜨릴 일촉즉발의 상황.

노호성이 터졌다.

"거기까지다, 꼬맹아!"

콰광! 땅 울음과 함께 거대한 푸른 신형이 벼락처럼 타라의 앞에 내리꽂혔다. 일순간 용솟음치던 마력의 흐름이 깨졌다.

강력한 힘을 담은 일갈에 일순 주춤한 찰나, 모래바람이 걷히고 나타난 건 푸른 금빛의 수사자였다. 거대한 덩치와 청동빛 도는 금색 갈기를 본 안티오크와 갈랑이 놀라 소리쳤다.

"레오니다스 님!?"

"타라 생일 축하나 해 주려고 오던 길에……, 뭔가 큰일이 났다 싶어서 달려오기는 했는데."

그는 쯧쯧 혀를 차며 일어섰고, 가죽 벗듯이 인간 모습으로 변했다. 갑작스러운 사자 왕의 등장에도 타라는 눈썹 하나 까딱하지 않았다. 단지 그의 힘을 느낀 탓에 주변의 마력 파동이 한층 조심스럽게 변한 게 다였다.

레오니다스는 그녀를 훑으며 피식 웃었다.

"많이 컸구나."

쥬다 말대로 예쁘고. 하지만 이런 방면으로 성장한 모습을 보기를 바란 건 아니었는데.

용오름이 일어나 주변의 연못이고 나무고 뽑혀서 하늘로 치솟고 뇌우가 퍼부으며, 서쪽 땅의 모든 동물들이 몰려온 듯 짐승들은 이성을 차리지 못하고 미쳐 날뛰었다. 주변에 나뒹구는 시체와 박살 난 돌조각들은 전쟁터 속 폐허라도 되는 양 치열했다.

폭주한 그녀는 마치 전성기 시절 되는 대로 사방을 부수고 다녔던 쥬다를 연상시켰다. 물론 소름 돋는 건 똑같아도 그 광대한 마법은 차이가 크다.

이건 뭐 눈 없이 날뛰는 광룡이나 미친 신을 상대하는 기분이니. 최소한 쥬다는 적당히 정도를 지키며 날뛰었단 말이다. 그는 회오리바람에 휩쓸려 정통으로 날아든 나무를 통째로 쪼개고는 한탄했다.

젠장, 내가 그놈을 상대로 이런 말을 할 때가 올 줄이야.

레오니다스는 주변을 둘러보며 대충의 사태 파악을 한 뒤 굵은 눈썹을 모았다. 피 흘리며 쓰러진 이델, 이성을 잃은 타라, 주변의 널린 기사의 시체들까지. 최악의 상황이다.

그는 본능적인 기감으로 쥬다에게도 문제가 생겼다는 걸 알아챘다. 하기야 놈이 멀쩡하면 상황이 이렇게까지 흘러가도록 좌시하지 않았겠지.

"일단 진정하는 게 어떠냐. 네가 이럴수록 주변이 더 망가질 거야. 그리고 뭣보다……."

그 녀석도. 그가 어느새 말라붙은 입술을 혀를 내어 핥았다. 가뭄 삼킨 듯 바짝바짝 마른다. 살가죽이 찌릿거릴 정도의 전투적 긴장에 뒷머리가 쭈뼛 곤두섰다.

냉정히 승패의 확률을 따져 본다. 믿기지 않게도 뭐든 불확실했다. 긍정적으로 따져 보자면 정확히 반반 정도? 오랜 기간 북부를 제패해 온 제왕이면서도 그는 무덤덤하게 계산을 마친 뒤 상대를 우선 진정시키려 애썼다.

레오니다스가 눈짓을 보내자 굳은 조각상처럼 서 있던 갈랑이 빠르게 시선을 눈치채고 이델 쪽으로 다가갔다.

이제 그녀는 조금의 미동도 없었다. 살았는지 죽었는지도 모르겠다. 일분일초가 귀했다.

"이델도 치료가 필요해. 타라, 이만하면 되었다."

"······."

타라는 공격도 무시도 하지 않았지만 뚜렷한 반응도 보이지 않았다. 단지 마력이 나부끼는 낙엽처럼 들쑥날쑥 불안하게 일렁거렸다.

초조하게 시간을 벌던 레오니다스는 갑자기 타라가 중얼거리자 숨을 죽였다. 살 떨리게 강대한 마력에도 불구하고 들려오는 목소리는 다친 새 울음처럼 연약하기 그지없었다.

"그녀가 다쳤어. 나 때문에."

"그렇지 않아. 이델은······."

음울하게 울리는 읊조림에 레오니다스는 바로 고개를 저었다.

"그녀는 전사다. 결코, 너를 원망하거나 자신이 한 행동을 후회하지 않을 거야. 설사 죽는다 해도 자신이 지키고자 한 것을 위해서라면 아깝다 생각하지 않겠지."

"이델이 죽었어."

단정 짓듯이 말한 타라의 눈이 정확히 기다시피 물러나 있는 아인츠 쪽을 향했다. 또렷한 붉은 눈에 지는 달처럼 그림자가 드리운다.

　마음 한구석이 다시 바삭 부서져 내렸다. 깨진 단면의 날들이 여린 심장을 할퀴고 피가 터진다. 그 생으로 째진 부위를 가만히 맨손으로 부여잡았다. 희게 질린 타라의 안에서 다시 피가 떨어졌다.

　매번 이런 식이다. 그저 가만히 참고, 숨죽이고 조용히 납작 엎드린다 해서 모든 문제가 해결되지는 않는다. 오히려 그들은 그녀가 참는 걸 즐기는 것처럼 계속했다. 만만하니까, 보복 따위는 꿈도 못 꿀 만큼 하찮으니 마음껏 저들 내키는 대로 하는거다.

　이제는 참지 않을 거다. 내가 가만히 있으니 내 소중한 것까지 다 쳤다. 복수? 화풀이? 뭐라도 상관없다. 저들이 다시는 그녀 자신과 소중한 사람들에게 손을 대지 못하기 위해서라면 뭐든 못 할 게 없었다. 전부 닥치는 대로 죽이는 한이 있더라도.

　다시 경직되어 있던 온 사방이 용암처럼 꿈틀거렸다. 타라의 작은 발이 디디고 선 땅이 파편처럼 조각조각 나뉘기 시작했다.

　이런. 레오니다스가 콰직 갈라지는 균열을 피해 훌쩍 뒤로 피하며 욕지거리를 했다.

　"똑같이 돌려줄 거야."

　"타라!"

　우드득, 쾅! 바닥에서 튀어나온 나무줄기들이 채찍처럼 후려갈긴다. 급히 피하자마자 속이 갈라질 듯 쩍 땅과 바위가 벌어지고 돌 부스러기들이 요란하게 흩어졌다. 잠시 소강되었던 천둥 번개도 사정없이 사방에 내리꽂히기 시작한다.

쉴 틈을 안 주는 연계적인 공격에 머리카락 끝이 홀랑 탄 레오니다스는 이크, 머리를 부여잡다가 금방 으악 뒤로 굴려 몸을 피했다.

쩌정! 벼락친 자리가 까맣게 타들어 가는 모습이 간담이 서늘했다. 헛웃음을 삼켰다. 제기랄, 이러다 진짜 저 꼬맹이 손에 돼지는 거 아니야? 멋지게 등장한 것까지는 좋았는데 그러면 대체 그게 무슨 개쪽인가.

"이봐, 아가씨. 강한 건 좋은데 좀 적당히……."

역시 기절시켜야겠다. 단단히 마음먹고 전광석화처럼 내달려 바닥과 기둥을 연이어 박찼다. 순식간에 타라의 뒤를 점한다.

"……하고 이제 잘 시간이다!"

수도로 목덜미를 내리찍으려던 그 순간 갑자기 멀쩡히 서 있던 조각상이 날아와 앞을 가로막았다. 염동력인가? 미간을 찡그리다 화들짝 놀랐다.

어느새 우르르 쥐들이 몰려와 발 위를 타고 오르고 있었다. 발 구르듯이 털어 내고 뻥뻥 걷어차 버리는 사이 다시 나무줄기들이 달려든다.

어쩔 수 없군. 사자의 모습으로 변한 레오니다스가 몰려드는 짐승들을 향해 사자후를 내질렀다. 산 생물이라면 저절로 몸이 굳고 덜덜 떨 수밖에 없는 야수의 제왕의 고함이었다.

역시나 일순 경직된다 싶었지만 그것도 잠시, 금방 형형하게 번뜩이는 눈들은 충분히 괴상했다. 정상적인 자연의 반응이 아니었다. 허, 이거 정말 골치 아프다. 점점 강해지는 마력이 서려 푸른 머리카락 한 올 한 올 넘실거리는 타라의 모습에 위기감을 느낀 레오니다스가 소리쳤다.

"그만 멈추지 못해, 이 녀석아! 쥬다 앞에서도 이럴 테냐!"

"……!"

미세하지만 멈칫거림이 있었다. 이성을 잃은 상태에서도 유일하게 반응하는 이름이었다. 그 흔들림을 귀신같이 잡은 레오니다스가 연이어 소리쳤다.

"네가 이럴수록 쥬다가 힘들어진다는 걸 왜 모르냐! 지금 네가 이러고 있다는 걸 꿈에도 모를 텐데!"

쥬다? 붉은 눈이 몇 번 깜박거렸다. 벼락이 뒤섞인 비바람이 그 속눈썹의 팔랑거림에 춤추듯 주춤거림과 용틀임을 반복하며 뒤흔들렸다.

불안정하다. 갈팡질팡하는 어린아이 같은 그녀에게 돌연 낮은 속삭임이 들려온 건 그때였다.

"타라."

지나가던 겨울 구름 한 조각이 귓가에 걸린 양 눅눅하게 파고들어 와 가슴을 적셨다. 찰나가 영원 같았고, 만물의 사납고 절박한 숨결들이 일순 무가치해졌다.

작은 부름이었을 뿐인데 그 단순한 게 타라에게는 그렇지가 않았다. 그녀는 금방 무력한 아이가 되었다.

아. 그 사람이야.

마른 팔이 뻗어 와 어깨를 감싸며 그 품에 안겼다. 뒤에서 얼굴 안 보이는 이가 안아 오는데도 바로 알았다. 어떤 흉포한 마법이 깨지고 악몽에서 깨어난 것만 같았다.

그녀는 현실로 돌아왔다. 잔인하고 심술궂은 인형사의 실이 끊긴 인형처럼 와락 그에게로 떨어졌다. 더듬더듬 쥬다의 손을 짚는다. 지나치게 싸늘했다.

밤새 누군가를 찾아다닌 이의 손처럼 너무나 시리고 차가워서 제 심장까지 얼어붙는 듯했다. 하나 무지한 그녀는 흡사 유령의 것 같은 그 냉기에도 안도하고 말았다.

어느덧 광란에 차 있는 주변의 모든 것들이 정지해 있었다. 비바람도 걷히고 동물들은 물 흐르듯 제자리로 돌아갔으며, 잔뜩 먹칠한 양 흐려졌던 밤하늘에는 다시 달이 떠 있었다.

불안할 만치 얄팍한 달빛이 쥬다의 창백한 낯을 비췄다.

"쥬다……?"

"그래."

그는 평소보다 꺼지듯 희미한 목소리로 답하며 그녀를 끌어안았다. 타라는 안도했다.

영혼을 갉아먹어 가던 속삭임들이 멈추고 익숙한 평온이 찾아왔다.

끝났어. 이제 됐어. 쥬다가 왔으니 어떻게든 다 해 줄 거야. 그런 막연하고 우둔한 신뢰가 불안과 죄책감, 두려움을 뜨뜻하게 마비시킨다. 죽어 가는 환자가 정신없이 마약을 입 속에 들이붓듯이 타라는 쩔쩔매며 매달렸다. 참다 울음을 터뜨리듯 절박하게 쉴 새 없이 중얼거렸다.

"쥬다, 이델이…… 어떡해요? 나 때문에 그녀가 죽으면 어떡하죠? 무서워요. 무서워서 죽을 것 같아."

사실은 그녀가 죽었다는 걸 인지하거나 인정하고 싶지 않았다. 답을 알고 싶지 않았다. 타라는 구원을 원하는 신도처럼, 한 단어 외에 알아듣지 못하는 바보처럼 그를 올려다보았다.

쥬다가 천천히 그 가여운 뺨을 감쌌다. 내려다보는 푸른 눈이 흐릿했다. 폭풍이 치는 망망대해에서 유일하게 뜨는 북극성 같던 그 눈이 왜 그리도 뿌옇게 보이는지 모르겠다.

그의 한 호흡을 떼는 찰나의 침묵이 애달팠다. 제발. 뚜렷하고 끔찍한 현실 따위보다 날 안심시켜 줘. 당신만이 내게 그럴 수 있어.

"괜찮다. 그녀는 죽지 않을 거야."

어서 내게 괜찮다고 말해 줘.

"진짜요?"

그는 고개를 끄덕였다. 그제야 안도한다. 겨우 힘을 빼고 얼굴을 묻는 타라의 머리를 쥬다가 더 꽉 끌어안았다. 꽁꽁 감춰서 세상이 그녀를, 혹은 그녀가 날 서고 사납고 무서운 모양의 것들은 보지 못하게끔.

안심해서 잘게 웃는 타라의 머리 위에서 단단히 다물린 그의 입가에 주륵 핏줄기가 번졌다.

"맞아요. 이제 쥬다가 왔으니까 다 괜찮을 거야."

"……."

쥬다는 몇 번이고 가늘게 떨리는 등을 쓰다듬었다. 마음 놓고 수마에 정신을 놓을 때까지 계속.

"다 괜찮아질 거다."

"응......."

타라는 몽롱한 가운데 그에게서 은근하게 풍기는 피비린내를 맡았지만, 미처 묻지 못하고 까무룩 눈을 감았다.

*　　*　　*

어스름에 잠긴 천장이 까마득했다. 눈을 깜박거리다 란쳇은 생각했다. 왠지 이 장면, 한 번 더 있었던 것도 같은데.

그는 한동안 멍한 머리를 굴리다가 땅이 으르릉 울리는 굉음에 튕기듯이 일어났다.

한동안 자리를 보전했으나 일생 내내 전장에 몸담았던 짬이 어디 가는 건 아니었다. 그는 가뜩이나 움푹 파인 미간을 더 확 찡그리면서 침상에서 내려와 발을 내디뎠다.

란쳇은 가만히 귀를 기울이다가 문 앞으로 다가가 쿵쿵 노크했다.

"어이! 아무도 없나?"

그 재수 없는 붉은 머리 곱상한 놈이나 툭 치면 굴러다닐 것 같은 부엉이 의사, 둘 중 아무라도 좋았다. 하지만 그저 고요했다.

그럼 아까 그건 무슨 소리지? 어디 지진이라도 났나?

바닥에 납작 엎드려서 복도를 엿보려 애쓰던 란쳇은 고요하고 어둡기만 한 밖에 코를 들이밀었다가 움찔 머리를 들었다.

"이거, 불타는 냄새인 것 같은데."

뭔가 잘못됐다. 그의 직감이란 게 그랬다. 초조하게 방 안을 왔다 갔다 하며 머리를 싸맸다.

사실 저를 가축처럼 가둬 놓고 두들겨 패기까지 한 서부와 이딴 성이 어찌 되든 관심 밖이었으나 이곳에는 '타라 아가씨'가 있었다.

혹시라도 그녀가 다치기라도 한다면…… 순식간에 속이 내려앉고 목덜미의 털이란 털은 죄 곤두섰다.

당연히 걱정도 있는데 공포감도 만만치 않았다. 모르긴 몰라도 이드가 어찌 나올지 눈앞에 훤히 그려져서 문제다.

다시 산 하나가 부서져 내리듯 큰 땅 울림이 전신을 강타했다. 란쳇은 휘청거리다가 헐레벌떡 창문으로 달려갔다. 그리고 보고 말았다. 불이 붙은 성벽과…… 현실감이 없을 만치 몰려든 암운, 괴물의 아가리처럼 뻥 뚫린 하늘까지.

무시무시한 회오리바람이 모든 것을 죄 삼킬 양 휘몰아치고 있었다. 잠깐 이 말도 안 되는 상황에 넋 놓고 있던 란쳇은 두말할 것 없이 결심했다.

안 되겠다. 역시 탈출해야겠어.

"이래 봬도 동부 황금 성의 불사조 문양을 단 놈이란 말이지."

창틀에 턱 하니 발을 올리며 비장하게 뇌까렸다. 여기가 고층이고 어지간한 인간은 뛰어내리는 순간 즉사라는 건 생략하기로 했다.

우선 고귀족이 추락사(墜落死)로 죽는 것만큼 어이없는 일은 없었다.

괜히 나가자마자 그 재수없는 자식이나 안 만났으면 좋겠는데. 겨우 밖으로 달아나면 귀신같이 알고 기다리고 있다, 목덜미를 낚아채서 끌고 오는 비제를 떠올리며 뿌드득 이를 갈았다.

에라이, 모르겠다! 한 번 죽지 두 번 죽나!

그가 기합과 함께 창문을 깨부수려던 순간, 쾅! 다시 굉음이 터졌다. 이번에는 성 전체가 무너질 듯 흔들린다.

란쳇은 운 없게도 반동을 그대로 얻어맞고 뒤로 나동그라져 정신을 잃었다.

다시 눈을 떴을 때는 파란 얼룩의 천장이 보였다. 아니다. 누군가의 눈이었다. 이번에야말로 제대로 기시감이 드는데.

멀뚱거리며 보고 있는 그에게 툭 친절한 목소리가 건네졌다.

"바닥에 누워서 뭐해?"

"헉!"

란쳇은 튕기듯이 일어났다가 골이 울려서 끙끙거렸다. 비제는 그를 약하게 웃는 낯으로 내려다보며 창가에 기대 팔짱을 꼈다.

새벽달의 어슴푸레함에 잠긴 실루엣이 물속으로 잠겨 가는 조각상처럼 흐릿했다. 이미 창밖은 어떤 일이 있었냐는 양 고요한 남청색 하늘만 걸려 있을 뿐이었다.

순간 꿈이었나 착각할 지경이었다. 뒤통수에서 얼얼하게 욱신거리는 큰 혹만 아니었다면.

"이게 어떻게 된 일이오? 아까 화재는 뭐고 그 자연재해들은……."

"좀, 일이 있었어."

단조롭게 대꾸한 비제가 약하게 입꼬리를 당겼다. 란쳇은 그 한 편의 예술 작품 같은 미소가 어딘가 어색하다고 생각했다.

"일이라니. 대관절 무슨 일이길래 성이 무너질 뻔해?"

"침입자가 있었지."

당신처럼. 란쳇은 저절로 입을 닫았다.

"걱정할까 봐 말해 두지만, 당신 동료들은 아니야."

"아니 그런 미친놈들이 있단 말이야?"

나 같은? 솔직히 주군이 안 되어서 자청하기는 했지만, 그는 스스로도 이게 미친 짓이라는 걸 자각하고는 있었다.

지금 제 목숨이 붙어 있는 건 순전히 천운이었다.

"누구지? 우리 황금 성이 아니라면…… 설마?"

비제의 비스듬히 휜 입술에 피식 냉소가 묻었다. 당최 누구를 향하는지 모를 찬웃음이었다.

"겨울 성. 한 군데 말고 더 있나."

"젠장, 그 여왕이 미쳤나! 아무리 그래도 제 딸이 있는 곳인데!"

"나도 그 여자가 정상이 아니라는 데에는 동의하지만, 이번에는 아니야."

중앙 왕국의 지배자는 클레멤논 왕과 아델하이트 여왕이다. 공동 통치에 가까운 두 군주는 비교적 확실하게 각자의 영역이 정해져 있었다.

타고난 강력한 마녀인 여왕 아래에는 마력의 신성함을 추앙하는 고귀족들이, 국왕에게는 중앙 왕국의 전통성을 따르는 기사들이 대거 속해 있다.

이리 또렷한 무력의 차이는 권력에도 상당수 영향을 미쳤는데, 결국 마법과 혈통, 고귀족들의 지지를 받는 여왕의 발언권이 클 수밖에 없었다.

클레멤논이 즉위 초기에 혈통치고는 뒤떨어지는 마력 탓에 왕권이 공고하지 못했던 것도 같은 이유였다. 그것을 만회해 보려 고왕국의 피를 잇는 여자와 결혼했지만 지금에 와서는 그것이 외려 발목을 잡았다.

그럼에도 그가 확고하게 지켜 낸 게 단 하나 있다면 기사단을 중심으로 한 군권과 그들의 충성심이었다.

그리고 벨벳 성에 침입한 이들은 기사들이다. 그러니 당장의 증거들만 놓고 판단해 보자면 이 사건의 주모자는 클레멤논이었다.

"겉으로 보기에는 말이지."

"뭐라고 했소?"

"몰라도 돼. 아 참, 그리고 이거."

비제는 품속을 뒤적이더니 산뜻할 만치 깔끔하게 뭔가를 내밀었다. 그가 얼떨결에 그것을 받아들고는 흠칫 눈썹을 올렸다.

편지다. 이자가 아주 쉽게 장난처럼 빼앗아 갔던 것. 이걸 대체 왜 돌려주나? 란쳇이 경계심 어린 기색으로 부리부리한 눈을 흡떴다.

"무슨 꿍꿍이요?"

그는 잠시 대꾸가 없었다. 그사이 시간이 많이 흘러 있었다. 으스름달의 그림자가 기운 자리에 아슬아슬하게 걸쳐 선 남자의 얼굴이 잘 보이지 않는다.

답 없는 수수께끼 퍼즐 조각처럼 란쳇은 그의 표정을 도저히 읽을 수가 없었다.

"타라가 널 찾아올 거야."

"타라 님이? 아니 잠깐! 타라 님은 괜찮은 거요?"

의심쩍던 바윗돌 같은 얼굴이 금방 심각해져서는 아까 난리 통에 그 조그만 아가씨가 생채기 하나라도 났을까 봐 전전긍긍했다.

"괜찮다마다. 불사조 기사 군은 그녀를 걱정 안 해도 돼."

"그렇다면 다행인데……."

"그녀로 인한 다른 것들을 걱정해야지."

"뭐?"

"타라가 그쪽을 찾아오면……."

비제는 인상을 찡그리는 란쳇의 말을 끊었다. 란쳇은 처음으로 저 얄미울 만큼 웃는 상이던 자의 표정 없는 낯을 목격했다.

"그녀가 원하는 것을 들어주도록 해."

그건 퍽 낯설었고, 그래서 그가 아닌 전혀 다른 사람이 자리를 바꿔 서 있는 것만 같았다.

"그게 당신이나 나나, 모두가 유일하게 그 애에게 해 줄 수 있는 것이니까."

그 후 새벽의 방문자는 당혹과 의문에 빠진 이를 남겨 두고 사라졌다.


의혹의 긴 밤이 가시고 결국 날이 밝아 왔다. 그리고 그의 말대로 정말 그녀가 약한 노크 소리와 함께 란쳇을 찾아왔다.

"당신이 란쳇인가요?"

금방이라도 깨질 듯 푸른 유리 장미처럼 파리한 얼굴로.

# 18

## 진실

타라는 눈을 떴음에도 가만히 그 자리에 누워 있었다. 창문에 걸린 얇은 커튼이 하늘하늘 바람을 먹고 흔들리다 가라앉았다.

해가 뜬 지 오래되었는지 누군가 다녀간 듯 반쯤 열린 유리창에 우윳빛 햇볕이 흘러들고 있었고, 테이블에는 다 식은 아침 식사가 놓여 있었다.

다시 햇빛 젖은 천이 둥글게 부풀었다. 그 끝이 그녀의 가는 팔을 슬쩍 건드렸다. 그녀는 잠기듯 눈을 감았다. 덮인 눈꺼풀 위로 정원의 새소리가 들려왔다. 평화로웠다. 아무 일도 없었던 것처럼.

하지만 딱 하나가 없었다.

—타라 님.

아침마다 타라를 깨워 머리를 빗겨 주고, 꼬옥 안아 주던 이델이 없었다.

그녀의 품에서 밀가루 날리듯 풀풀 풍겼던 갓 구운 빵 냄새, 맛있는 수프와 쌉싸름한 약초의 향도. 그 냄새가 좋아서 일부러 코를 박고 킁킁거렸던 적도 있었다.

겉보기엔 미청년에 가깝고, 악력도 강한 그녀의 포옹은 여인의 품속 같지 않게 단단했지만 그래서 외려 더 좋았다.

애정 결핍이 있는 타라는 꼭 감싸 오는 손과 그녀의 악력에서 안정감과 소속감을 느꼈다. 그리고 아마도, 이델도 그것을 알고 있었을 것이다. 그녀는 신기할 만큼 타라에 대해 잘 알았으니까.

처음 만날 때부터 그랬다. 타라가 좋아하는 음식, 저 자신도 몰랐던 불편해하고 거북스러워하는 순간적인 감정들, 눈에 들고 싶고 관심받고 싶지만 어찌 표현하는지는 알지 못했던 서투름을.

아무도 몰랐는데 그녀만은 한눈에 알았다. 낯설고 익숙하지 않아 언젠가 머리를 땋아 주던 이델에게 조심스레 물어본 적이 있다.

—이델은 참 다정해요. 왜 그렇게 내게 잘해 주세요?

—귀여운 타라 님, 타라 님이 사랑스럽고 좋으니까요.

—제가요?

—작은 꽃을 계속 들여다보면 누구나 그 꽃을 사랑하게 될 거예요. 보면 볼수록 고운 면들이 계속 나올 테니까. 나도 그렇답니다.

사실 당시 어리고 자신감도 없던 타라는 착한 이델이 듣기 좋으라고 그런 말을 한다고 생각했다. 귀엽고 사랑스럽다니. 못난이 타라는 어디로 보나 그런 칭찬들과는 거리가 먼 아이였다.

최소한 그녀는 스스로를 그리 여기며 자랐다. 하지만 그건 이델의 가장 솔직한 진심이었다.

타라의 자갈 속 조약돌처럼 사소한 반짝임과 생채기들을 누구보다 먼저 알아차렸던 것도, 보잘것없는 사생아를 예뻐 죽겠다는 듯이 바라봤던 것도 아주 간단한 이유가 있었다.

타라가 그녀에게 딸이었기 때문이다.

아이들을 낳고 길러 본 어머니의 눈으로 저를 지켜보았기 때문이라는 것을 이제는 알겠다.

그렇지 않고서야 타라가 이 낯선 타향에 와서 온전하고 건강한 행복을 누릴 수 있었을 리가 없다. 그녀는 그리 강하지 않은 묘목이오, 시든 새싹이었다. 이델이 아니었더라면 감히 뿌리나 내렸을까.

쥬다가 주는 무심한 듯 달콤한 시선과 이델의 다정한 눈빛은 둘 다 황홀할 만치 좋았음에도 엄연히 그 종류가 달랐다. 열망을 불어넣어 타라를 성장케 한 것은 쥬다일지라도 타라에게 기본적인 양분과 햇볕을 제공한 건 그녀였다.

타라는 도로 눈을 내리감고 귀를 기울였다. 태양을 필사적으로 부정하기 위해 제 눈을 찌른 장님처럼 제 시야의 모든 것을 까맣게 지워 버렸다.

미치광이처럼 반복되는 피와 어제의 흐린 기억도 까마득하게 저 밑으로 내려앉았다. 새의 지저귐도 멀어진다.

이델이 죽었을 리가 없다.

그녀는 그 모든 가능성과 현실, 상상을 조각조각 찢고 부숴서 망각의 강 위로 흩뿌렸다.

그저 자고 싶었다. 아무것도 안 느껴지고 광적으로 팽팽 돌아가는 생각과 감정들에서 벗어날 수 있는 수면이라는 도피처를.

**[뭐해? 자?]**

막 도망치듯 잠이 들려던 찰나 불쑥 목소리가 들렸다. 무시하듯 질끈 감고 대꾸하지 않았으나 상대방은 아무것도 모르는 양 천진하게 지저귀었다.

오늘은 날이 좋고 열매가 맛 좋게 익었다는 둥 재잘대더니, 꽁지깃을 다듬으며 제 어여쁜 색에 감탄까지 한다. 타라는 다시 잠을 자기 위해 애썼으나 결국 실패하고 벌떡 일어났다.

"그만 좀 해! 너 때문에 시끄러워서 잠을 잘 수가 없잖아!"

예전에 보았던 푸른 새가 아닌 검은 얼룩무늬의 평범한 새가 창틀에 앉아 부리로 깃을 고르다 말고 화들짝 옆으로 달아났다.

긴 다리로 폴짝폴짝 방정맞게 뛰어다니다가 푸드덕 날갯짓을 하더니 도로 내려앉았다.

반짝이는 것에 동한 양 날짐승이 고개를 갸웃거렸다.

**[너 내 말이 들려?]**

"들리면 어쩔 건데?"

타라는 거의 적대감에 가까울 정도로 신경질을 냈다. 눈에 닿는 모든 것들이 끈적끈적하고 끈질기게 그녀의 온 정신을 부여잡고 진창으로 끌어 내리는 것만 같았다.

화가 나고 억울하고 후회하다 결국에는 텅 비어 버린 가슴을 부여잡고 슬퍼 엉엉 울었다.

이 모든 것들이 저주스럽게도 잠에서 깨어나자마자 그녀의 안에서 벌어진 일들이었다.

밖으로 나가 이델이 어찌 되었는지 묻기가 무서웠다.

결과를 듣기 싫다. 무엇이든 절망과 고통이 찾아오리라. 하지만 이 모든 분탕질은 그녀의 머릿속에서만 벌어질 뿐, 현실의 타라는 혼이 나간 듯 죽은 듯이 누워 있기만 했다.

그나마 잠만이 유일한 진통제였다. 그런데 저 멍청한 새가 계속 방해를 한다. 빌어먹을 언령! 쓸데없이 동물들의 말들이 들리면 뭐하는가! 적을 제때에 물리치지도 못했고, 덕분에 이델이 나 대신…….

울컥 잠잠하던 가시가 밖으로 삐져나와 온갖 곳을 찔러 댔다. 그녀는 화가 나서 미쳐 버릴 것만 같았다. 그 대상이 자신인지 세상 전부인지도 몰랐다. 아니, 사실은…… 그저 슬프고 아팠다.

"들려! 시끄러워서 머리가 터져 버릴 만큼 잘 들려! 그런데 어쩌란 거야? 어쩌란 거냐고!"

새는 멀뚱멀뚱 이성을 잃고 소리를 지르는 타라를 바라보았다. 그 까맣고 순진한 눈이 역겨울 만큼 짜증이 났다. 치워 버리고 싶을 만큼 싫었다.

"왜 잠도 못 자게 하는 거야? 네가 뭔데? 왜 자꾸 나한테만……."

후두둑 앞이 흥건해졌다. 툭툭 떨어진 눈물에 금방 온 얼굴이 젖었다. 울기 싫었다.

울면 정말로 이델이 죽었고, 그걸 인정하는 것만 같아서. 그리고 울 자격이 없다는 걸 알아서.

타라는 아이처럼 엉엉 흐느끼다가 가슴이 멍들 만큼 주먹으로 치대고 온몸을 할퀴듯 목놓아 울었다.

끼니도 먹지 않은 몸은 금방 탈수 증상이 왔다. 제 가슴팍을 쥐고 쇳소리를 내며 헐떡거렸다. 차라리 죽어 버렸으면 좋겠다. 모든 게 너무 끔찍했다.

**[아프니? 아파 보여.]**

단정적이고 단순한 감상평에 찰나 조금은 맥이 풀렸다. 타라는 대답할 기운이 없어서 멍하니 그저 앉아 있었다.

새는 다시 머리를 갸웃거리더니 재잘대었다. 아플 때는 성 밖의 밤빛 나무 열매를 먹으면 낫는다고. 사실 야생의 짐승들은 잘 아프지 않다고 떠들어 댄다.

얄미울 만큼 제 소리만 지껄이는 천진난만한 머리통을 보던 그녀는 머리 나쁘고 눈치 없는 이를 '새대가리'에 비유하는 통상적인 우스갯소리를 떠올렸다.

"내가 사랑하는 사람이 다쳤어."

하지만 우습게도 그것이 퍽 마음을 진정시키는 데에는 도움이
되었다.

**[저런.]**

"나 때문이야."

아인츠가 여기까지 찾아온 것도, 그의 공격을 이델이 대신 맞은
것도. 아인츠는 아벨라 때문에 타라에게 원한을 품은 것이 분명했
다.

그러고 보니 예전에도 그런 일이 있었다. 아벨라가 타라를 해치
려 하자 준이 뛰쳐나와 타라의 앞을 막아섰다.

그때도, 타라는 자신을 통제할 수 없었다.

"그저 쥬다가 오기만을 바보같이 기다렸지."

새는 거기까지는 이해가 안 가는지 말없이 고개를 기웃기웃했
다. 그 무해하고 어리석은 눈을, 아니 저 자신을 돌아보며 타라는
피식피식 실소했다.

참담한 사실을 깨달았다. 당시의 어린애와 그녀는 뭐 하나 다를
바가 없었다.

과거의 어리숙하고 무방비하기 짝이 없는 자신에 대한 한심함과
자기혐오에 몸서리쳤다. 이내 서서히 스스로를 향한 조소도 가졌
다.

어젯밤 이후 새로 알게 된 사실이 있다.

—이런 얘기를 왜 내게 해 주는 거야?

—네가 충격받기를 바랐으니까.


아인츠의 말은 거짓이 아니었다.

그녀는 퍽 많은 사실들을 기억해 냈다. 마치 내내 검은 장막으로 가리고 있던 부분이 걷어진 것처럼 드문드문 뚜렷하게 드러났다.

예컨대, 겨울 성이 아니었던 그곳, 봄 햇살과 하늘을 덮었던 연둣빛 나무가 자리한 아름다운 성. 말없이 자신을 지켜보던 그 남자.

부분 부분 완벽하지는 않을지라도 이제 그가 누구인지 정확히 말할 수 있었다.

아버지.

그녀는 아주 오래전부터 알고 있었다. 단지 기억하지 못하고 있었을 뿐이지. 왜 그럴까? 타라는 제 두 빈손을 들여다보았다.

아무것도 잡히지 않는 이 손만이 그녀의 현 상태를 말해 주는 듯했다. 터무니없을 정도로 알고 있는 게 없다.

아인츠는 왜 내게 아버지에 관한 얘기를 꺼낸 걸까. 충격받기를 바랐다고? 왜? 그리고 어제의 그 힘은…….

타라는 어색한 동작으로 손가락을 구부리다 고개를 들었다. 새는 이미 날아가고 없었다. 그저 아치형으로 잘린 하늘만이 바다처럼 적막하게 창틀 안에 가득차 있었다.

정신이 반쯤 나가 있었지만 대지를 때리던 천둥과 온갖 동물들의 울부짖음만은 생생히 기억났다.

기사들의 비명, 아인츠의 공포에 질린 눈동자도. 얼음 조각이 피부 위를 반쯤 녹아 미끄러지듯 솜털이 곤두섰다. 그녀는 기이한 눈으로 제 어깨를 감쌌다.

사람을 죽였다. 구역질이 나거나 충격으로 앓아누워야 할 것 같은데 사흘 굶은 듯 속이 허한 걸 빼면 기묘할 만치 아무렇지도 않았다. 그저 간밤의 질 나쁜 꿈이라도 되는 양 현실감이 없고 별 감흥이 없다.

하다못해 죄의식이나 죄책감 따위도…… 타라는 처음으로 섬뜩함을 느꼈다. 스스로에게 한기가 들었다. 머리 안에 타인이 들어앉은 양 괴이한 감각이었다.

그러나 곧 그마저도 사라졌다. 몸에 딱 맞는 새 옷을 걸친 것과 비슷하다고 해야 하리라. 그녀는 실로 아무렇지 않게 사건의 잔재들을 한쪽으로 밀어 두었다.

그들은 이델을 해쳤다. 사실 동정심도 아까웠다. 유명을 달리한 그자들에게 드는 감상은 아직도 들끓는 분노와 그들이 저지른 죄에 대한 살의뿐이었다. 만약 아인츠가 지금 눈앞에 있다고 한다면 저가 무슨 짓을 저지를지 장담하기 어려웠다.

본능적으로 알았다. 이제 타라는 손가락 하나 까딱하는 것만으로도 그를 죽이거나 세상에서 가장 고통스럽게 만들 수도 있었다.

그녀는 새삼스레 지금까지와 같으나 완벽히 다른 오감으로 주변을 둘러보았다. 온 세상의 진리와 순리가 당연할 만치 쉽게 자신에게 흘러들어 오고 있었다.

그래, 이것은 읽거나, 깨닫는다는 정의가 아니라 '그저 보이는 것'에 가깝다. 타라는 물끄러미 새파란 하늘을 올려다보다 중얼거렸다. 여전히 새소리가 들렸다.

"시끄러워."

그러자 창문이 미끄러지듯 닫혔다. 기분 좋은 햇볕도 따갑다고 말하자, 돌연 구름이 몰려와 해를 가렸다. 손쉽게 날씨마저 일부분 바꿔 버린 그녀는 자리에서 벌떡 일어났다.

손을 휘젓자 물병이 날아오고 의자와 빗, 거울, 책 등의 물건들이 일제히 허공에 떠올랐다.

고개를 삐딱하게 기울이니 저들끼리 춤을 추듯 움직인다. 불꽃 하나도 겨우 피워 냈던 타라였다.

하지만 이제는 의지 하나로 손쉽게 가능했다. 그조차도 이상하기는 했어도 까무러칠 만큼 놀랍지는 않았다.

지나치게 자연스러웠다. 이 모든 것이. 마치 원래부터 예정되어 있던 것들이 제자리를 찾은 양.

"……."

그녀는 무표정하게 그것을 관조하듯 바라보다가 건성으로 손을 내저었다. 일사불란하게 물건들이 도로 돌아갔다. 천천히 걸어가 테이블에 놓인 아침 식사를 바라보았다.

폭신하고 말랑한 하얀 빵과 미지근하게 식은 수프에서 유독 눈이 떨어지지 않는다.

이델이 가장 잘하던 음식이 흰 빵과 감자수프였다. 걸쭉하게 위가 마른 그릇 위로 투둑 물기가 떨어졌다. 창백한 낮은 무감동하게 변화가 없는데 눈물만 주룩주룩 흐른다. 타라는 의자를 빼고 앉았다.

그러고는 인형처럼 생동감 없이 숟가락을 쥐고 음식을 퍼먹었다. 형편없을 정도로 맛이 없었다. 맛없다 못해 위가 뒤틀릴 만치. 굳이 식은 음식이기 때문만은 아닐 것이다.

하지만 꾸역꾸역 다 먹었다. 주린 배는 입 안이 까끌까끌해도 넙죽넙죽 음식물을 잘 받아먹었다. 그릇을 다 비우고는 일어났다.

잠깐 머리가 백지가 된 것 같았다. 고요한 공황 상태에서 떠오른 건 저를 끌어안던 쥬다였다.

쥬다. 아. 그가 보고 싶었다. 한꺼번에 몰려오듯 왈칵 그리움이 치솟았다. 그가 필요하다. 지금 당장. 뭐라도 뇌리 속에서 형체화되거나 정신을 수습하려면 쥬다가 없어선 안 되었다.

이 와중에 안식처를 찾는 스스로에게 역함이 들었지만, 그녀는 길든 동물처럼 쥬다를 찾아서 방에서 나왔다.

하지만 타라는 쥬다의 방문 앞에서 덜컥 멈춰 섰다. 항시 오후의 볕에 데워진 따뜻한 물속, 활활 타는 벽난로, 목화솜이 가득 깔린 둥지처럼 안정만을 부여하던 그 새카맣고 거대한 문이 저를 노려보는 거대한 눈처럼 보였다.

이델이 죽었다. 아니 어쩌면…… 아니, 아니야.

결국 어떤 식으로는 결과물과 대조해야 한다. 그녀는 알 수밖에 없었다. 하지만 그러기 싫었다. 타라는 주춤 뒷걸음질치다가 뒤돌아서서 정처 없이 걸었다.

이델, 아인츠, 아버지…… 그녀가 다시 멈춰 선 것은 어떤 기억에 다다라서였다.


*―어릴 때 일이 다 기억나니?*

―네가 '완전'한지 묻고 있는 거야.

왜 아인츠는 그토록 집요하게 그녀의 기억에 대해 캐물었을까. 타라는 넋 나간 듯 천천히 모든 단서들을 되짚었다. 그리고 결론 내렸다. 역시 알아야겠다.

어디로 가야 하는지, 누구를 만나고 무엇을 물어봐야 하는지 뚜렷한 건 없었지만 타라는 자동적으로 동부 황금 성에서 온 이방인을 떠올렸다. 그러고 보니 왜 이제껏 그를 잊고 있었을까.

그녀의 아버지가 황금 성의 성주, 동쪽의 기사 왕 이드라면 지금 바로 이 성에 그의 신하가 있었는데 말이다. 어쩌면 그가 모든 것을 알고 있을지도 모른다. 이번에는 망설임이 없었다.

현재의 타라에게 이델의 죽음을 제외한 모든 진실 따위는 차라리 기꺼울 지경이었다. 그 절망스러운 사실만 당장 외면할 수 있다면 세상의 별의별 비극과 잔혹한 이야기도 삼키듯 들을 수 있을 것만 같았다.

그리하여 타라는 쥬다의 방문이 아닌 대륙 반대편에서 건너온 기사의 방문을 두드렸다.

문이 열리고, 이내 어딘가 익숙한 남자의 놀라고 복잡한 얼굴이 그녀를 반겼다. 타라는 기다리고 있었던 것처럼 천천히 자리에서 일어나는 이를 빤히 응시했다.

"당신이 란쳇인가요?"

그의 이름은 '진실'이었다.

＊　　　＊　　　＊

벨벳 성에는 다시 평화가 찾아왔다. 하지만 잔뜩 금이 가 금방이라도 파열할 아슬아슬함이 저변에 깔려 있다는 것을 레오니다스는 뚜렷하게 인지하고 있었다.

그는 팔짱을 끼고 한숨을 쉬었다.

"고작 십 년도 채 못 된 몇 년, 몇 달 만에 이게 무슨 꼴이냐."

쥬다.

레오니다스가 삐딱하게 돌아본 자리에는 긴 세티에 누워 이마에 팔을 올리고 있는 쥬다가 눈을 감고 있었다. 넓은 가운 소매 아래 뻗어 나와 늘어진 손가락에는 눈꽃만치 짙은 피로가 엉켜 있었다.

꽤 오랜 시간 저놈을 봐 왔지만 저렇게 탈진하고 지친 기색이 역력한 건 처음 보았다.

잠든 눈덩이 위로 서늘한 서리가 내려앉은 양 가만두고 보기에는 위태로워 보인다. 그러나 정작 당사자는 따가운 시선에도 아랑곳없이 중얼거렸다.

"넌 여기까지 어쩐 일이야."

"어쩐 일이긴. 너나 내가 이유가 있어야만 얼굴 보는 사이냐…… 라고 하고 싶지만 네가 짜증낼 기운도 없어 보이니까 말할게."

커다란 덩치의 사내가 터덜터덜 걸어가 소파에 털썩 가라앉듯이 나앉는 기세에 우람한 근육들이 돌바위 굴러떨어지듯 움찔거렸다.

그는 굵은 손가락으로 벅벅 제 푸른 금발 머리를 긁적거렸다.

"우리 타라 꼬맹이가 성년이 되었다길래 축하해 주러 왔지. 이런 난장판이 될 줄은 몰랐지만."

내내 무미건조하게 내리감겨 있던 눈꺼풀이 올라가고 파르스름한 눈이 곁눈으로 상대를 날카롭게 응시했다.

"우리?"

"……네 꼬맹이. 미친놈. 이 와중에 그딴 게 신경 쓰이냐?"

다 죽어 가는 주제에 독점욕만 시퍼렇게 살아 있었다. 레오니다스는 어이없다 못해 질려서 단어를 정정하면서도 혀를 끌끌 찼다.

지금에 와서야 불필요한 가정이지만 쥬다가 뻔히 이리될 줄 알면서도 레오니다스의 충고를 무시하고 타라에게 집착하여 옆에 끌어안고 있지 않았던들 이보다는 상황이 나았을거라고 그는 생각했다.

"고왕국의 봉인이 깨졌어. 이제 세상에 난리가 나겠군."

묵묵부답 남의 일인 양 관심 없는 이처럼 도로 눈을 감아 버리는 그에게 들으라는 듯 딱딱거렸다.

"듣고 있어? 봉인에 소모되는 제물은 라 엔포르테의 파수꾼, 네 수명과 마력이지. 타라가 강해질수록 넌 힘을 빼앗기고 약해지다 죽어 갈 거야. 지금도 시시각각 그러는 중이고."

"……."

"이 대갈통에 나사 하나 빠진 자식아. 뭐라고 말이라도 해 봐 좀!"

레오니다스가 답답한 나머지 빽 소리치며 쿠션을 집어 던졌다. 맥없이 포물선을 그리며 날아간 그것은 쥬다를 치고 바닥에 떨어졌다. 진작에 불꽃으로 태우거나 저주를 골백번이고 날렸을 놈이 드물게 맞고도 조용했다.

알고 보면 다정한 남자인 사자 왕은 정작 저가 치고도 가슴이 덜컥 내려앉아서 조심스레 미동 없는 그와 쿠션을 번갈아 보며 말을 걸었다.

"뭐, 뭐야. 설마 벌써 뒈졌어?"

대답이 없었다. 일자로 다물린 입매가 움직일 기색이 없자 레오니다스는 헙, 주먹으로 입술을 눌렀다. 그는 심각했지만 퍽 우스운 모양새였다.

"쥬다, 너……."

진짜 아픈가 보다. 아니면 실신했나. 받아칠 만한 마력도, 여력도 없어진 건가. 온갖 우울하고 복잡한 생각으로 심란해진 그는 저가 깔고 앉은 소파에서 모락모락 김이 피어오르고 있다는 건 깨닫지 못했다.

"불쌍한 자식. 모처럼 마음 준 여자와 그런 운명이라니 얼마나 가혹해. 그렇게 인마, 평소에 마음 좀 곱게 쓰고 살지. 내가 뭐랬냐. 이게 다 인과응보…… 끄엑?!"

걱정인지 약 올리는 건지 팔짱을 끼고 고개를 주억대며 저 내킬 대로 떠들던 레오니다스는 뒤늦게 엉덩이가 타들어 가는 뜨거움에 괴상한 비명을 지르며 펄쩍 뛰었다.

쥬다는 성가신 동작으로 돌아누우며 빈정거렸다.

"멍청이."

"으악! 야! 이거 빨리 끄지 못해?!"

"……."

"이 개자식아! 하여간 걱정도 불필요한 새끼…… 으악, 쥬다야!

내 엉덩이! 아니, 내 꼬리에 불붙었어!"

고양잇과 동물의 특징대로 제 꼬리가 마음대로 통제가 안 되는
탓에, 빙글빙글 돌며 온 방 안의 물건에 불을 옮길 태세라 쥬다는
마지못해서 손가락을 튕겼다.

지금에 와서는 만사 귀찮아지고 무의미해져서 아무래도 상관없
을 것 같았지만 이곳은 타라와의 추억이 많은 장소였다. 어디 하나
상하기라도 하면 그 아이가 신경 쓸 테니까.

순식간에 푸른 불꽃이 사그라들자 레오니다스는 잠시 멍청하게
눈을 깜박이고 있다 죽일 듯이 등진 쥬다를 노려보며 멀쩡한 근처
책상에 기대앉았다.

성난 얼굴이 무시무시했지만 그의 자랑거리였던 청금발이 불에
그슬려서 연신 모락모락 연기가 피어오르는 탓에 영 모양이 안 살
았다.

"그래, 네놈이 어떤 놈인데 바로 나자빠질 리는 없지. 응?"

"안 죽어."

타라, 그녀가 그를 필요해할 때까지 그는 영원히 살 것이다. 역겨
운 신의 목을 비틀든 그 발치에 키스하는 한이 있더라도.

"말은."

타라의 방에서 나오자마자 피를 한 바가지 쏟은 주제에 확정적
인 단답형에 레오니다스는 쯧 콧등을 찡그렸다.

별거 아닌 척 바보짓 좀 했지만, 속이 쓰라렸다. 그는 말로만 듣
던 언령의 위력을 목격했고, 바늘 하나의 빈틈도 허락하지 않는 철
옹성 같던 쥬다가 휘청거리고 약해지는 걸 실시간으로 지켜보고 있

었다.

"전부 아델하이트의 계략이겠지?"

쥬다는 바로 즉답하지 않다가 느리게 말했다.

"아마도."

"대략적인 상황은 네 집사에게 들었어."

연기처럼 탁한 한숨이 흘러나왔다. 어떤 불씨도 없이 갑작스레 난 화재는 분명 침입자들의 짓이었다. 주의를 돌리기 위해서. 목적은 타라였을 터.

하필 쥬다가 라 엔포르테에 들어가서 봉인 보완에 집중하고 있던 순간에 일을 벌인 것도 시기가 지나치게 절묘했다. 꼭 내부 사정이나 이쪽의 상황을 잘 알고 있는 것처럼.

"아델하이트가 어떻게 기사들을 움직인 거지? 왕을 뒤에서 찌른 건가?"

"클레멤논은 그렇게까지 호구는 아니다. 다만 멍청할 뿐이지."

쥬다는 왠지 모르게 눈에 익었던 금발 머리 청년을 떠올리며 느릿느릿 대꾸했다. 어디서 본 얼굴이다 싶었는데 그 계집이랑 똑같이 생긴 얼굴이었다.

4년 전 그가 죽였던 왕의 조카. 듣기론 여왕의 정부이기도 하다지. 습격, 희생, 타라의 폭주. 작금의 상황은 어딘가 예전 타라의 첫 폭주 때와 닮은 것이 많았다.

의도적인 연출처럼 거슬리는 유사성이다. 욕지거리가 나왔다. 어떻게 돌아간 일인지 어느 정도 어림짐작이 되었다.

"결국, 이렇게 되었군."

멍청했다. 아니 어쩌면 언젠가는 벌어질 일이었는지도. 쥬다의 자조적인 읊조림을 불편하게 듣고 있던 레오니다스가 화제를 돌렸다.

"그 누런 머리 자식은 어디로 간 거냐. 잡았겠지?"

"도망갔다."

"뭐?"

"황야에서 추적 중이고."

타라를 해치려 했고, 결국 이델을 사선에 떨어뜨린 장본인에 대해 말하는 것치고는 무미건조해서 일견 무관심해 보일 정도였다.

눈썹을 찡그리는 레오니다스의 표정이 보이지 않는지 쥬다는 주먹 쥔 손을 이마에 올리고 있다가 돌연 중얼거렸다.

"정신 나간 소리일 수도 있는데……."

"지금까지 한 소리 외에 더할 게 있어?"

레오니다스가 콧김을 뿜으며 툴툴거렸다. 쥬다는 무시했다.

"그 애가…… 그것을 죽이지 않은 게 다행이라는 생각이 들었다."

"하?"

눈을 끔벅이다 되묻는다. 왜?

"복수를 한다 해서 마냥 행복해지지는 않을 테니까. 바닥없는 공허함과 허무감에 먹혀서 상처만 더 받을 거다. 타라는 그런 아이니까."

어린 타라와 나누었던 문답이 있었다. 복수의 가치와 만족감에 대해서. 복수란 반드시 행복을 보장하지 않는다. 영특하게도 그 소녀는 이미 알고 있었다.

때론 용서, 관용, 망각 같은 것들이 자기 자신을 위해 필요하다는 것을.

하지만 감정이라는 것에는 눈이 없어서 항상 지혜로운 결단을 내리는 건 아니었다.

쥬다는 타라가 백 명이든 천 명이든, 그를 넘어서 세상 전부를 죽이고 부순다 해도 개의치 않았지만, 막상 그녀가 살의에 차 이성을 잃은 걸 보니 속이 내려앉았다.

변변치 않은 자기방어 하나 못 하고 가시 하나 못 세우는 무력함, 애처로운 무해함, 남을 해치느니 저가 생채기를 안던 어리석음.

성나고 거슬리던 그 모든 것들이 이제 타라의 영혼을 이루는 일부라는 걸 알아서, 그녀의 폭주는 보복이 아닌 자학처럼 보였다. 그저 안쓰럽고 먹먹해서 애틋하다.

쥬다는 약자를 경시했으나 유일무이하게 타라의 나약함만은 탐욕스러울 만큼 사랑스러웠다.

"네가 그런 바른 소리를 할 줄은 몰랐는데."

"미친 소리지."

"안다니 그나마 다행이군."

꼬질꼬질하게 탄 머리칼을 툭툭 털던 레오니다스가 푸념처럼 지껄였다. 이런 젠장. 머리를 얼마나 태워 먹은 거야? 그는 그을음이라도 닦으려고 집무실 책상을 이리저리 뒤적거렸다.

그러다 서랍 안에서 낡은 액자가 손에 잡혔다. 레오니다스의 눈빛이 애매하게 변했다.

"이걸 왜 여태 가지고 있어?"

힐끗 그쪽으로 시선을 던졌던 쥬다는 상대가 심각하든 말든 무심하게 다시 고개를 돌렸다.

"어쩌다 보니."

"네 스승 유품이랍시고 모시고 있는 건 아닐 테고."

레오니다스는 혼자 자문자답하며 그것을 도로 안에 집어넣었다. 하지만 이미 조금쯤 심란해진 뒤였다.

"깜짝 놀랐어. 지금 보니 놀라울 정도로 닮았군."

"그런가."

"거의 똑같이 생겼잖아. 모르는 사람이 봤으면 착각했을걸."

불세출의 미녀 아델하이트는 그녀의 모친인 아나이스의 판박이였다. 단순히 시각적인 아름다움을 떠나서 영혼을 통째로 휘어잡는 마력이라고 해야 할까.

보다 따사롭고 보송한 종류이기는 하나, 사람을 끌어당기는 힘은 역시 그 피를 물려받은 타라에게도 존재했다. 그래서 저 무감정한 자식도 거기에 홀린 것 아니겠나.

어쩌면 그녀들의 미(美)와 혈관에 흐르는 마력 자체가 탐미적이고 열등한 인세에는 지나치게 위험하고 무방비한, 다른 차원의 영역에 속하는지도 몰랐다.

레오니다스는 빛바랜 초상화를 내려다보며 중얼거렸다.

"생각해 보면, 전부 그녀로부터 시작한 건가. 한 여자 때문에?"

"정확히는 멍청하고 비열하며 어리석은 욕망 때문이지."

그 여자 하나로 인해 모든 것이 시작했다는 단순하기 짝이 없는 전말은 거기에 휩쓸려 전부가 내걸린 이로서는 매우 불쾌하고 한심스러운 결론이었다.

신에게 언령을 훔친 고대의 왕도, 힘을 추구하며 도의를 저버렸던 그의 혈손들도 전부 교만과 시기, 욕망에 절은 죄악의 군상이었다.

분수에 맞지 않은 것을 탐한 도둑의 원죄에서 시작되어 마레사, 쥬다에게까지 이어진 악의 연대기를 어찌 단순히 규정할 수 있겠는가.

레오니다스도 동의하듯 고개를 끄덕였다.

"타라에게는 어떻게 말할 거냐. 다 얘기할 건가?"

"글쎄."

쥬다는 입술을 사리물더니 낮게 달싹거렸다.

"그 아이가 어디까지 기억하고 있느냐에 따라서 다르겠지."

*    *    *

타라는 우락부락한 덩치와 인상에 어울리지 않게 긴장한 듯 연신 목덜미와 머리를 매만지고 굵은 손가락을 떠는 남자가 익숙하다고 여겼다.

그러니까, 어디서 보았나, 가 아니라 아는 사람이었다.

"저기……."

그녀가 머뭇거리다 입을 열자 란쳇이 툭 찔러진 고슴도치처럼 어깨를 들썩거렸다.

"저 아시죠? 그러니까, 음……."

차마 입 밖으로 나오지 않았다. 머뭇대는 그녀를 가만히 살피던 란쳇이 천천히 고개를 끄덕인다.

"예. 압니다."

그는 타라가 어디까지 알고 있는지 어림짐작해 보는 기색이었다. 그 조심스러운 얼굴이 보면 볼수록 낯이 익었다. 서로를 데면데면, 그러나 주의를 기울여 바라본다.

시간이 갈수록 타라는 살짝 찡그려진 짙은 눈썹과 단단한 콧등에서 홀린 듯 눈을 떼지 못했다.

— 타라 님. 저 무서운 아저씨 아니라니까요. 허, 거참. 어떻게 해야 겁을 안 먹지?

"저도 알아요."

란쳇이 놀라서 고개를 들자 타라는 옅게 웃었다.

"빨간 새 아저씨. 맞죠?"

저를 목마 태워 주셨잖아요. 목소리도 동작도 커서 거인처럼 보였던, 하지만 우는 아이를 어쩌지 못해 발을 동동 구를 만큼 다정하고, 노래를 참 못 불렀던 아저씨.

잊었던 감상이 올라와 코끝이 시큰했다. 있는지도 몰랐던 그리움이었다.

"여전히 노래는 못 부르세요?"

"맙소사."

대경한 란쳇이 저도 모르게 벌떡 일어서다가 움찔거리고는 도로 주저앉았다. 뭐만 해도 깜짝깜짝 놀라 도망가 버렸던 소녀를 기억하고 있는 것처럼.

타라처럼, 아니 그보다 더 눈시울이 붉어진 기사가 당혹하고 들떠 어색하게 어깨를 들썩이면서 손깍지를 꼈다. 굵은 손가락이 감정을 주체하지 못하고 떨렸다.

"세상에, 저를…… 저를 기억하십니까?"

"네."

믿기지 않은지 한참 타라를 뜯어보던 란쳇이 한숨을 쉬었다.

"이게 꿈인지 생시인지. 너무 오래전 일이라……."

"아저씨는 변함없이 그대로시네요."

"우리 아가씨는 많이 자라셨습니다."

내내 긴장해 있던 근육이 풀리고 처음으로 굵은 선의 이목구비에 미소가 번졌다. 그제야 완전하게 기억 속의 얼굴과 겹쳐졌다.

뜨뜻하게 데워진 온돌로 등을 뭉근하게 문지르는 것처럼 온기 어린 향수가 물씬 심장을 두드렸다. 아. 타라는 생각했다. 그 혹독한 어린 시절의 나에게도 이런 기억이 있었구나.

그리고 아버지와의 기억이 제법 좋은 축에 속한다는 것도 깨달았다. 그렇지 않고서야 지금 타라의 입가에 저도 모르는 미소가 배어 있지는 않았을 테니까.

"그럼…… 혹시 성주님도 기억하십니까?"

주저하던 란쳇이 진중하게 묻자 타라는 미소를 거두었다. 고귀한 기사 왕. 황금 성의 성주. 태양 왕이자 불사조의 주인. 그리고…….

타라의 아버지. 그녀는 항상 멀리서 지켜보던 그 시선과 그 거리 탓인지 아스라하게 읽기 힘들었던 흐릿한 그의 얼굴을 떠올렸다.

그리 자랑스럽지 않은 태생의 어린 딸을, 아무것도 모르는 순진한 소녀를 그는 어떻게 보고 있었을까. 안쓰러운 미소였을까, 그저 우울했을까, 그도 아니면 수치스럽고 못내 불길하게 바라봤을까.

사실 뚜렷하게 남은 건 없었다.

"아니요. 절 지켜보는 모습만 흐릿하게 기억나요."

그게 무슨 이유여서인지는 여전히 몰랐다. 폭주와 기묘한 마력 각성 이후에 기억이 조금씩 돌아오기 시작했지만.

타라는 불안하게 란쳇을 마주하며 속삭였다.

"혹시 왜 그런지 아시나요?"

"그건…….”

란쳇은 잠시 말을 끊고 머뭇거렸다. 그런 그를 석양처럼 붉은 눈이 빤히 바라봐 온다. 공교롭게도 그녀의 섬세한 눈매와 짓는 표정은 제 군주와 언뜻 놀랄 만큼 흡사했다. 이래서 핏줄이란 못 속이는 건가.

그가 짧게 한숨을 쉬고 침을 삼켰다.

"아마도 타라 님이 그분을 기억하지 못하시는 건, 망각의 물약 때문일 겁니다.”

"망각의 물약…… 이요?"

더듬더듬 되짚는 말에 그가 고개를 끄덕였다.

"아델하이트 여왕, 타라 님의 모친께서는 이따금 어린 타라 님을 황금 성에 맡기셨습니다. 짧게는 이틀이나 사흘, 길게는 열흘도 있으셨지요. 그런데 어느 때부턴가 과거에 오셨던 것을 기억하지 못하셨습니다. 저도 못 알아보셨는걸요."

놀란 타라의 기색을 살피며 란쳇은 두꺼운 손가락을 깍지 끼워 잡았다.

"이드 님도 무언가 이상한 걸 알고 당장 여왕께 달려가 캐물었지요. 역시나 그녀의 짓이었습니다."

"어머니요?"

짐작하고 있었으면서도 속이 내려앉았다. 타라는 침착해지려 애쓰며 물었다.

"대체 왜……? 그럴 거면 나를 왜 그곳에 보낸 거죠? 아니 어차피 아버지를 만나게 된다면 알 수밖에 없을 텐데."

"당신이…… 계속 동부로 돌아가려 했으니까요."

생각도 못 한 답이었다. 타인의 어린 시절을 듣는 양 생경함에 잠긴 그녀에게 란쳇이 천천히 말을 이었다.

"타라 님께서는 모르시겠지만…… 동부와 중앙 왕국은 밖으로 알려진 것처럼 내내 우호적인 친선 관계를 유지해 온 게 아닙니다. 여러 다툼과 기 싸움은 물론이고, 몇 년 전에는 전쟁이 날 뻔도 했지요."

사실 이 또한 타라 때문이었다. 하지만 그는 이 건은 생략하기로 했다.

"그 많은 우여곡절 속에서 타라 님의 방문은 불규칙적이었습니다. 한 번은 거의 반년간 연락이 두절된 적도 있었고. 저도 정확한 걸 아는 건 아닙니다만…… 그 당시 타라 님이 겨울 성을 빠져나와서 동부의 국경선 근처까지 혼자 찾아오셨습니다."

"제가요?"

입을 떡하니 벌렸다. 그녀가 아는 어린 시절의 자신은 소심하고 무기력하며 항상 겁에 질려 있던 소녀였다. 한데 그 겁 많은 아이가 겨울 성을 스스로 벗어나 동쪽까지 걸어왔다니.

그쯤 되면 독기에 가까운 것 아닐까. 사실 현실적으로는 오다가 얼어 죽거나 길을 잃고 짐승의 먹이가 되었어도 이상하지 않은 무모한 행동이었다.

지금의 타라에게 있어 유일하고 소중한 이정표가 쥬다인 것처럼, 어린 그녀에게는 아버지란 존재가 그러했던 모양이다. 그가 보고 싶어서 온갖 용기를 짜내 눈보라 치는 밖으로 뛰쳐나갈 만큼.

"그 일이 있었던 이후로 다시 오랜만에 동부로 돌아오신 타라 님의 기억에는 문제가 있었습니다. 저도, 아오페도, 심지어 이드 님까지도 기억하지 못하고 경계하셨지요. 이드 님께서 다시 기억을 떠올리게 하려 갖은 방법을 다 썼지만, 소용이 없었습니다. 그게 시작이었지요."

그러고도 계속 타라는 간간이 이드를 알아보지 못했다.

란쳇은 지금도 선명했다. 푸른 머리의 소녀가 겨울의 땅에서 제 성으로 돌아올 때마다 그 굳건한 기사 왕이 전전긍긍 기다리고 있다 달려나가 그 작은 얼굴에 비치는 표정에 따라 천양지차로 뒤바뀌는 절망과 안도를.

강력한 군주였으나 그는 소녀에 한해서는 무력해졌고, 목줄 매인 사자처럼 휘둘릴 수밖에 없었다. 그 사실을 여왕은 누구보다 잘 알고 있었다.

그녀는 손 하나 까딱 안 하고 두 부녀를 쥐고 흔들며 가지고 놀았다.

"그러다가…… 언젠가부터는 아예 발길을 끊으셨습니다."

란쳇은 그 후 박제된 봄처럼 어딘가 삭막하게 변해 버린 황금 성의 성주를 떠올렸다. 그렇다 해서 방법은 없었다. 칼자루는 언제고 항상 저쪽에 있었다.

타라의 신변이 걸린 이상 그가 할 수 있는 건 없었다. 그러다 겨울 성에 잠입한 첩자로부터 장기간 타라의 모습이 보이지 않는다는 것, 척박한 서부로 인질로서 보내졌다는 정보가 전해졌을 때 이드가 내비친 격노에 동쪽 땅에 서려 있는 봄의 기운조차 일순 싹 달아날 듯했다.

그래서 결국, 란쳇이 타라를 만나기 위해 이곳까지 왔다.

가만히 그의 이야기를 듣던 타라는 란쳇을 따라 제 조그맣고 가는 손가락을 모아서 깍지 껴 잡았다. 목 저 안 언저리 어딘가에 돌이 생긴 양 겁겁했다.

"그렇다면……."

잠시 지체한다. 그를 무어라 불러야 할까 잠깐 고민하다, 결국 저가 부르고 싶은 대로 부르기로 했다.

"아버지는 절 싫어하시지는 않은 모양이네요."

다행인지 불행인지 모르겠지만, 그래도 불행보다는 낫다고 타라는 생각했다. 아버지란 사람까지 저를 미워한다면 그건 너무 슬픈 일이 아니겠는가.

옅게 웃으며 조금 안심했다고 말하는 그녀를 멍청히 바라보던 란쳇이 버럭 소리쳤다.

"당연하지요! 세상 어느 아비가 하나밖에 없는 자기 딸을 싫어한답니까?"

"그게 당연한 거겠지만…… 저는 그런 어머니는 알고 있어서요."

이번에는 란쳇이 할 말을 잃었다. 그가 버벅거리며 덥수룩한 머리칼이며 목덜미를 문지르기 시작하자, 상황에 안 맞게 위로 같은 웃음이 나왔다.

그는 희미한 옛 기억과 놀라울 정도로 달라진 것 없이 그대로였다. 그렇다면 그 사람은 어땠을까.

그녀는 눈을 감듯 시선을 내리깔았다.

"한 가지 더, 궁금한 게 있어요."

아까부터 들썩거리던 심장이 쿵쿵 길게 맥박질했다. 입술이 탔다.

"이런 걸 질문해도 되는지는 모르겠지만 도저히 납득이 가지 않아서요. 저는 대체…… 어떻게 이 세상에 존재하게 된 거죠?"

이런 문제는 당사자에게 묻는 것이 옳았지만 현재 그는 멀리 떨어진 동쪽에 있다. 그러니 그에게라도 묻는 수밖에.

역시나 란쳇은 대답하기를 어려워했다. 여러 이유가 뒤섞여 입을 떼기 무거웠다. 한숨이 나왔다.

"모르시는 게 나을지도 모릅니다. 그래도 알고자 하십니까?"

"저는 이제 모르는 게 낫다는 소리는 지긋지긋해요."

어머니의 속셈이 무엇인지 간에 아무것도 모르고 있다가 무방비하게 당하고 소중한 이들이 다치는 건 더 이상 사양이었다.

과거에도 타라는 어머니가 왜 아벨라를 보냈고, 돌연 갑자기 겨울 성으로 돌아오라고 했는지 이유를 몰랐다. 이제는 알아야겠다. 아마도 타라의 탄생 자체가 그녀가 노리는 목적을 기반으로 깔린 사건인 것 같으니 말이다.

"그 일은 말씀드리기 버거운 비극과 얽혀 있습니다."

하지만 꼭 아서야겠다면…….

타라는 그가 내미는 편지를 보다 고개를 들었다. 단단하게 굳어진 란쳇의 눈이 그녀를 응시하고 있었다.

"읽어 보십시오. 원하는 답은 거기에 있을 테니까요."

편지 봉투는 쥬다의 서재에서 자주 보던 것과 같은 평범한 재질이었다. 어떻게 이 안에 타라의 운명을 쥐고 펼 만한 무섭고 무거운 것이 들어 있을까 싶었다.

머뭇 얕은 떨림으로 손가락이 너울거린다. 제 눈빛과 심장도 따라서 술렁였다. 결국, 봉인을 뜯고 읽는다. 첫 문장이 시야를 가득 채웠다.

—아비라 부르기도 저어한 자이나, 염치없이도 오늘도 너를 그리고 걱정한다.

서신으로밖에 말을 걸 수 없는 내 부족함을 용서해 다오. 아니, 뒤돌아보면 사소하고 보잘것없는 모든 것이 죄 내 탓이라 어디서부터 용서를 구해야 할지 모르겠구나.

**아가. 이것은, 내 죄악을 후회하는 일지이자 너에게 바치는 고해다.**

\*　　　\*　　　\*

그는 어느 군주라도 부러워할 만한 봄이 드리운 땅의 주인이었다.

그를 따르는 유서 깊은 훌륭한 기사단과 기름진 토양, 찬란한 황금 성의 성주로서의 부와 명예. 아름다운 아내까지. 기사 왕 이드는 모든 것을 갖고 있었다.

그래서였을까? 모든 건 한순간이었다. 찬란한 건 깨지기도 쉬운 법이니.

사내들이 대다수 그러하듯, 이드는 온화하고 품위 있는 남자였지만 사랑하는 여인을 아내로 맞기 전까지는 가정사에 큰 관심이 없었다.

그의 부모님은 전대 황금 성의 주인이었던 청년 왕 존, 네페테저넷의 '고귀한 아나이스'로, 훌륭하고 자상한 분들이었으나 그들의 장남인 이드는 소년 시절부터 검과 창, 전투로 자신의 용맹을 떨치는 것과 따르는 기사들과 함께 동부의 넓은 평원에서 말을 달리는 데에 더 몰두해 있었다.

열넷이 되자마자 종기사 수업을 받기 시작했으니 두어 살 차이 나는 누이와는 그리 가깝지도 못했다. 부친이 사망한 후 어머니가 재혼한 뒤에는 한 달에 한 번 얼굴이나 보면 다행일 정도, 그다음에는 일 년에 한두 번 어머니를 통해 안부나 묻는 사이였다.

하지만 둘 다 장성해 각자 가정을 꾸린 이후로도 나쁜 관계는 아니었던 것으로 기억한다.

대륙 전체에 소문이 자자한 경국지색 누이는 어쨌건 오라비에게는 항상 꽃처럼 천진하게 웃는 아이였고, 어딘가 심술궂고 가끔 속을 모르겠다는 것만 빼면 이드에게는 그저 누이동생이었다.

그 아이 때문에 가벼운 치정극부터 기이한 사건들이 연달아 벌어진다 수군거려도 모친 아나이스를 닮아 어여쁜 미모 탓에 따르는 사내가 많아서 그러겠거니 지나가듯 주의를 준 게 다였다.

사실 전부 핑계다. 이드는 성정 자체가 고지식하고 제 의무와 책임이 닿는 범위 내가 아니면 둔감한 데다 다소 무심한 편이었다.

전형적인 기사요, 예민한 시야가 부족한 자의 어리석음이었다. 그래서 겨우 몇 년밖에 되지 않는 시간 동안 양아버지의 아들이었던 쥬다조차 단박에 알았던 사실을 그 혼자만 몰랐다.

아름다운 아델하이트, 모두가 탐내는 장미 아델하이트. 치명적인 독을 품은 한 떨기 꽃 같은 그 여자.

찬연한 미소 아래 관능과 뒤섞인 교활함을 지닌 그녀가 한창 신혼의 단꿈에 빠져 있던 오라비를 찾아온 건 어느 비 오는 밤이었다.

"오랜만이야, 오라버니."

푸르게 떠 있던 달이 축축하게 젖어 보일 만치 보슬보슬 비가 끊임없이 내렸었다.

뽀얀 눈을 개켜서 검푸른 바닷물을 뒤섞은 양 혼탁한 밤하늘에서 백조가 끄는 은빛 마차를 타고 내려온 아델하이트는 마지막으로 보았을 때보다 유달리 고와 보였다.

모피가 둘러진 남색 망토를 걸친 그녀의 하얀 얼굴은 월장석처럼 매끄러웠고, 두 눈은 기이하게 반짝거렸다. 과연 절세의 미모였다.

이드는 새삼스레 누이의 아름다움에 감탄하며 그녀가 내미는 희고 가느다란 손을 잡았다.

"그러게 말이다. 이 늦은 시각에 어쩐 일이냐?"

막 수족이 들끓는 국경 시찰을 끝내고 온 탓에 제 몸에 묻은 피비린내와 가죽 냄새 따위가 누이에게 옮겨 갈까 저어하며 성 내부로 들어오자마자 누이의 손을 놓고 한 걸음 물러섰다.

아델하이트는 그 벌어진 거리를 빤히 쳐다보다가 고개를 들고 화사하게 웃었다. 이드가 자주 보던 천진한 웃음이었다.

"어쩐 일이긴. 우리, 오랫동안 못 보았잖아요? 보고 싶어서 왔어요."

"원 녀석도. 한 왕국의 여왕이란 이가 아직도 어리광이냐."

안 하던 애교 섞인 말까지 하는 걸 보니 이 아이가 무언가 상의하거나 부탁할 게 있는 모양이다, 했다. 이제 아델하이트는 그의 동생인 철모르는 아가씨가 아니라 중앙 왕국의 두 군주 중 하나였다.

가운 차림으로 마중나온 이드의 아내 이리포사가 직접 더운물을 데우고 신선한 과일과 진한 차를 내어 왔다.

이리포사는 어머니나 누이만큼 훌륭한 가문 출신은 아니었지만, 단정한 외모에 성품이 상냥했고 남편을 진실하게 사랑해서 손수 이드의 손님을 직접 맞이하고는 했다.

더구나 그녀는 그의 누이가 아니던가. 온 세상이 잠든 듯 적막한 시간에 갑작스레 찾아온 불청객을 살뜰히 맞았다.

"어서 와요, 아델하이트. 먼 길 오느라 피곤하지요? 따뜻한 물에 몸을 담그면 피로가 풀릴 거예요."

"어머, 상냥해라. 고마워요, 이린."

친근하게 이리포사의 애칭을 부른 아델하이트가 손뼉을 치며 그녀의 뺨에 키스했다. 여왕이라는 직책이 안 맞게 생글거리는 것이 아직 때 타지 않은 소녀처럼 보였다. 상대를 압도하는 고고한 아름다움에 온갖 소문의 주인이라는 여왕이 살갑게 구니 이리포사는 긴장을 풀고 마주 웃었다.

그녀들을 지켜보던 이드가 불을 피운 벽난로 곁의 안락의자 쪽에 자리를 권했다.

"앉거라. 고마워, 이린."

이드가 작게 속삭이며 아내를 방 밖까지 손수 데려다주었다. 기다리지 말고 먼저 자라며 이마에 입맞춤하자, 그녀는 웃으며 남편의 등을 밀고 자리를 떴다.

문을 닫고 몸을 돌리자 아델하이트의 알 듯 모를 듯한 미소가 그를 바라보고 있었다. 이드가 지핀 불그레한 불빛이 신이 빚은 듯 완벽한 이목구비 위로 어른거렸다.

그 찰나, 어떤 정의 내릴 수 없는 기묘한 감각이 등줄기를 훑고 지나갔다. 그러나 그것은 너무도 짧은 한순간이었기에 이드는 서늘한 뒷덜미를 문지르고는 누이의 맞은편으로 걸어갔다. 마주한 그녀가 사근사근 속삭였다.

"행복해 보이네. 무척."

"그녀가 내게 과분한 사람일 뿐이야."

"그런가요?"

그럴지도요. 아델하이트는 빙그레 웃으며 속눈썹을 내리깔았다. 가늘고 얄팍하게 하늘거리는 그림자가 목 긴 백합의 꽃술이나 나비의 더듬이 같았다. 붉은 입술이 불꽃처럼 달싹거렸다.

"놀랐어. 당신이 그런 표정을 짓는 건 처음 봐서."

"내가 그리 목석이었더냐?"

"그렇진 않아요. 오라버니는 언제나 충분히 저에게 다정하셨답니다."

아델하이트가 사랑스럽게 방글방글 미소 지었다. 티 한 점 없이 말간 것이 속없이 보일 정도로. 이드는 그간 오라비라고 하나 있는 게 무심했나 싶어 약간 미안함을 느꼈다.

"그리 말해 주니 고맙구나."

"역시 오라버니는 아버지를 닮았군요."

그녀는 생글거리며 속삭였다. 부인에게 한없이 다정하고 맹목적인 것 말이에요. 이드는 별생각 없이 대꾸했다.

"그야 보고 자란 게 있으니 배운 게 있겠지."

"하긴, 당신은 그를 존경하니까."

대수롭지 않은 말투에 아델하이트가 가볍게 읊조렸다. 이드는 아내가 따라 준 찻잔을 들며 물었다.

"그래, 어쩐 일이지. 내게 무언가 부탁하고 싶은 게 있느냐?"

"으음, 별로 그런 건."

아델하이트가 입술을 삐죽이며 가는 손가락 끝으로 가만가만 찻잔을 쓸었다. 아무 의미 없는 동작임에도 뭔가 특별한 암시를 품고 있는 양 시선을 끄는 움직임이었다.

그녀가 더 어렸던 소녀 시절에도 아델하이트는 아주 쉽게 주변의 신경을 제 쪽으로 끌어오는 데 천부적인 재능이 있었다. 그러다 마침 생각났다는 듯 재잘거린다.

"아 참, 그이가 오라버니에게서 아무 연락이 없다고 서운해하던데."

"그건 이미 끝난 일이야."

동부는 중앙 왕국을 중심으로 한 현 대륙의 체제를 가장 먼저 동의하고 협력을 약속한 맹주국이고, 이드의 아버지 존도 그러했지만 현 영주인 이드의 생각은 사뭇 달랐다.

그는 중부의 왕이 제 신의와 기사들의 피와 땀을 쏟을 만한 응당한 가치와 힘을 보여 주지 않는다면 우호적인 관계 이상의 무의미한 연대를 이어가지 않을 작정이었다.

그리고 이드가 보기에 클레멘논은 그 정도의 가치가 있는 사내는 아니었다.

율리아의 지배자 중 한 사람이었지만 날 적부터 남달라 모두를 매료시켰던 아델하이트가 선택할 만한 자로는 조금은 부족해 보였다. 글쎄, 누이의 선택이고 그녀의 삶이니 그가 관여할 바는 아니겠지만 말이다.

온후하지만 선을 긋는 칼 같은 태도에 그녀는 그저 순하게 웃을 뿐이었다.

"나의 오라버니는 냉정하네."

"서운하게 들린다면 내 할 말이 없구나."

"그럼 대신 다른 걸 물어볼까요?"

"무엇을?"

풍성하게 늘어뜨린 긴 금발에 감싸인 희고 작은 얼굴이 반질거렸다. 어느덧 비에 젖어 있던 곱슬한 머리카락 끝도 말라 가고 있었다. 그녀는 무구하게 고개를 갸웃거렸다.

"이드. 당신은 야망이 없나요?"

"그게 무슨 소리냐."

"나는요, 갖고 싶은 게 많아요. 권력, 사랑, 하늘과 바다로 갈라진 무한한 자연과 네 가지의 계절, 이 세상……."

그리고 복수.

붉은 혀가 선악과를 탐하는 뱀처럼 날름 발그레한 입술을 핥았다.

"분수를 모르고 많은 것을 탐하는 건 죄라고 했지만 그게 어때서요? 가지지 못한 걸 가지고 싶은 건 인간의 본성이잖아요. 그렇지요?"

반문하면서도 몽롱한 푸른 눈이 보는 건 그가 아니었다. 긴 손톱이 소리 없이 찻잔을 긁었다. 이리포사가 내왔던 차가 그녀의 마력에 반응해 식어 있었다. 청아한 벽안이 무표정했다.

"어린 계집아이였을 때부터 내내 생각했어요. 동화 속에 나오는 옛 여왕처럼 모든 것을 지배하고 가지면 어떤 기분일까. 전부 내 것이 되면 이 숨 막히는 따분함과 지겨움이 조금은 가실까."

이내 그녀가 고개를 들어 백치처럼 미소 지었다. 이드는 알 수 없는 소리에 미간을 찡그렸다. 상상과는 거리가 먼 고지식한 그에게는 누이의 꿈같은 독백이 말장난처럼으로만 들렸다.

"아델."

"오라버니. 우리 같이 신이 되어 볼래?"

"뭐?"

인내심 있게 누이를 바라보던 이드도 당혹으로 표정이 무너졌다. 그녀의 입꼬리는 여전히 내려올 줄 몰랐다.

"신 말이에요. 그 옛날 고왕국의 선택받은 주인들이 그러했던 것처럼."

"난 대체 네가 무슨 말을 하는 건지 모르겠구나."

"이해하려 하지 말고 대답이나 해요. 순수한 당신의 욕망 말이야. 모두를 지배하고 내려다보는 것. 거부 따위는 존재하지 않고 무한한 긍정과 동조만 있는 세상. 세계가 전부 당신의 것이라면 너무 즐거울 것 같지 않나요?"

이드는 좁혀진 미간을 펴지 않으며 뚫어져라 낯선 여왕을 주시했다. 기실 그녀가 요구하는 게 그의 솔직한 대답이라면 그리 오래 걸리지 않을 것이다. 그는 딱 잘라 답했다.

"터무니없는 소리."

아델하이트가 처음으로 눈가를 찡그렸다. 짜증 부리는 예민한 소녀처럼 고운 콧등에 주름이 졌다.

"터무니없지 않아요. 충분히 가능한……."

"설사 가능하다 해도 마찬가지다. 그런 비상식적인 힘 따위 가져서 무엇한다는 거냐. 이미 지금도 내게 과분해."

실로 그의 생각은 그와 별반 다르지 않았다. 충분히 가졌고, 더할 나위 없이 행복했다.

엉뚱하다 못해 위험하게 들리는 야망 따위에는 터럭만큼도 관심이 없었다.

만약 율리아의 위대한 지배자들을 모아 놓고 절세의 보물이 들어 있는 상자를 놓고 열쇠를 맡겼을 때, 다른 이들이 그것을 소유하고 빼앗거나 혹은 집어 던져 버리더라도 단 한 명 끈질기게 열쇠를 간직한 채 열어 보지 않을 자가 있다면 그건 이드일 것이다.

그는 제 명예를 지키는 데에 철저했고 아마도 아비보다 용맹한 기사였지만 세상을 뒤엎을 야욕, 역사의 한 줄을 장식하고 싶은 허영과 명예욕과는 거리가 멀었다.

아델하이트는 실망도 없이 그의 또렷한 붉은 눈을 빤히 들여다보다가 다시 매끄러운 미소를 얼굴에 띄었다. 찰나 무감동하게 드리웠던 잿빛 그림자는 흔적도 없는 발랄함이었다.

"그렇구나. 알았어요. 오라버니가 싫으면 어쩔 수 없지."

그녀는 언제 진득하게 상대를 유혹했냐는 양 태연하게 자리에서 일어났다.

"사실 당신은 그럴 거라 생각했어. 오라버니는 아버지를 닮았잖아?"

기묘하게도 칭찬인지 비난인지 알 수 없는 교묘한 말투였다. 더운 증기처럼 피부에 들러붙는 형체 없는 악의에 이드가 이마를 좁히는데 그녀는 다시 천연덕스럽게 오라비의 뺨에 입 맞추었다.

귓가에 사근거리는 상냥함이 꽃잎처럼 묻었다.

"좋은 꿈이 당신을 찾아오길."

밤이 깊었으니 이만 가 볼게요. 곱게 휘는 눈가가 무용수의 우아한 곡선처럼 유려하고 가냘파 보였다. 덜 자란 소녀처럼 치렁치렁 늘어뜨린 금빛 머리카락이 과거 어린 시절 자주 보았던 한 단면을 연상시켰다.

아니 사실, 결혼까지 한 여인이 된 누이가 세상을 뜬 어머니를 지나치게 닮아서인지도 모른다. 이드는 다소 누그러진 목소리로 권했다.

"늦은 시각이니 하루 묵고 가는 건 어떠냐."

"친절하게도. 하지만 괜찮답니다."

아델하이트는 빙긋 손끝으로 그의 뺨을 쓸고는 뒤돌아 나갔다. 원래의 이드라면 한 번 더 그녀를 붙잡겠지만 어쩐지 오늘은 그러고 싶지 않았다.

이드는 누이가 떠나고도 한참을 위화감에 휩싸인 채 앉아 있었다. 그녀의 찻잔에 담긴 찻물은 꽁꽁 얼어붙어 다닥다닥 서리가 돋아 있었다. 얼음 바늘처럼 싸하게.

이후 이드는 집무실에서 시간을 보내다 달도 어둠에 잠긴 깊은 밤중에서야 침실로 향하기 위해 일어섰다.

그러나 문고리를 잡기도 전에 먼저 문이 열렸다.

실내의 설익은 빛이 비스듬하게 아가리를 벌린 어둠을 베어 낸 끝자락 아래에, 아내 이리포사가 서 있었다. 그녀는 여느 때처럼 그를 보자마자 입가에 미소를 띠었다. 그늘이 드리운 어렴풋한 미소가 베일 두른 듯 불투명했다.

"여보."

이상한 밤이었다. 이드는 수수한 아내가 밤중에도 솜씨 좋게 땋아 내린 머리칼과 조금 화려한 무늬의 숄 차림이라는 것이 눈에 밟혔으나, 그녀의 따뜻한 온기가 입술에 닿아 오자 사소한 것들은 잊어버렸다.

아내의 따뜻하고 부드러운 향이 나는 육체가 그에게 안겨 왔다. 이드가 그녀를 불렀지만, 아내는 빙그레 웃기만 했다. 그는 의심 없이 그녀와 잠자리에 들었다.

이윽고 달이 완전히 물러가고 잔인할 만치 또렷한 여명이 드리운 아침, 모든 참상이 드러났다. 나른함에 취해 눈을 뜬 그곳은 지옥이었다.

"이린?"

어쩐지 잔뜩 숙취에 시달리듯 머리가 아렸다. 이드가 이마를 짚으며 상반신을 일으켜 앉았다.

흐트러진 이불의 자취가 엉망으로 구겨진 날개처럼 거슬렸다. 그 산란한 주름을 따라서 시선을 옮겨 간 자리에는…….

아내가 아닌 누이가 누워 있었다.

억만 개의 칼을 맞아도 그처럼 두렵고 소름이 끼칠까. 오싹한 한기가 뇌리를 때리고 그는 덫에 걸린 맹금처럼 자리에서 튕기듯 일어나 뒤로 물러났다.

식은땀이 났다. 간밤의 흔적이 적나라한 육체가 비명을 질렀다. 밤새 여인을 안고 쓰다듬었던 손이 덜덜 떨렸다. 본능적으로 역겨움이 치밀어 입을 가리고 헛구역질을 했다. 빌어먹을. 빌어먹을!

"이, 이게 어떻게 된……."

그와는 달리 이 천인공노할 짓을 저지른 당사자는 태연했다. 자연스럽다 못해 제 방인 양 우아한 태도로 옷을 걸쳐 입은 아델하이트가 얕게 웃었다. 믿기지 않게도 그녀는 정말이지 멀쩡했다.

"왜 그러고 있어, 오라버니?"

아 하긴. 놀랐구나. 매양 웃는 얼굴은 이번에도 천진했다. 기가 막혔다. 이드는 칼을 빼 들려는 생각도 하기 전에 달려들어 그녀의 목을 졸랐다. 끔찍할 만큼 살의가 끓었다. 그 기반에는 벌레 수천 마리가 기어가는 듯한 혐오감이 깔려 있었다.

"대체 이게 무슨 짓이지?! 이건, 이건……!"

"본인이 저질러 놓고 왜 내게 이래요?"

상상도 못 할 금기를 저지르고도 황금빛 햇살이 스민 그녀의 가느다란 얼굴은 지나치게 아름다웠다. 섬세하고 무력하게만 보여서, 말도 안 되게도 순간 그녀의 말대로 자신이 짐승처럼 미쳐서 모든 일을 저지른 것만 같은 착각이 들었다.

목구멍을 타고 신물이 올라왔다. 부들부들 떨리는 손으로 거칠게 목을 놔주고 대신 멱살을 쥐었다.

당장 눈앞의 것을 어디론가 흔적도 없이 전부 치우고 싶으면서도 상대가 한없이 공포스러운 역설적이고 기괴한 감각이 온몸을 사로잡았다. 아니 사로잡혔다. 영영 벗어나지 못할 모래 지옥에 빠진 듯이.

"날 품었을 때는 정말 즐거워했잖아."

닥쳐. 닥쳐. 닥치라고!

여자가 웃는다. 미쳐 버릴 것만 같았다. 온 사지에 핏기가 싹 가서 사람이 아닌 것 같은 기색으로 이를 악무는 그 순간, 뒤에서 짧은 신음이 터졌다.

그때야말로 심장이 멈추는 것 같았다. 천년 만큼 길고 느린 체감으로 돌아본 곳에서 새하얗게 질린 아내의 얼굴을 본 순간 이드가 다급히 소리쳤다.

"이런! 이건……!"

이리포사는 증오에 물들어 목을 조르고 붙어 있는 남매를 귀신들린 듯 바라보다 도망치듯 뛰쳐나갔다.

이드는 다급히 아델하이트를 내팽개치고 그녀를 쫓아 나갔다. 자신을 이루고 있던 모든 조각들이 한순간 산산이 부서져 무너져 내리고만 있는 것 같은, 기이한 파열음이 귓가를 물들인다.

만족하고 기꺼워했던 모든 것들이 부서지고 있었다. 멀리서 아내의 하얀 치맛자락이 찢어진 그의 파편처럼 너울거렸다. 이드는 급박하게 그녀를 불렀다.

"여보! 이리포사! 제발, 내 말 좀 들어 봐!"

"오지 마!"

그녀가 처절하게 악을 질렀다. 두려움과 배신과 증오, 혼란에 휩싸인 아내는 제정신이 아닌 것 같았다.

그 후로도 그는 수만 번 그 순간을 다시 되돌려 보곤 한다. 과연 당시의 그가 어떻게 해야 했을까. 아내의 말대로 그녀를 쫓아가지 말았어야 했나. 아니 좀 더 빨리 그녀를 잡았더라면, 그녀를 붙들고 설명했더라면 그 일이 일어나지 않았을까.

대체 어디서부터 잘못되었을까. 누이를, 그 여자를 그의 성에 들인 것부터가, 아니 그녀의 제안을 거절한 게 잘못인가? 이드는 여전히 알 수 없었다.

그는 다시는 아내를 볼 수 없게 되었다. 그녀가 끔찍한 터부의 죄를 저지른 남편을 피해 달아났던 탑은 하늘을 찌를 듯 높았고, 위험하다고 비명을 지르는 이드에게 향한 이리포사의 두 눈은 크게 뜨여 있었다.

구두마저 벗겨진 하얗고 가는 발은 덧없이 미끄러져 추락했다.

무언가 완벽히 박살 났다. 이드는 멍청하게 탑 머리에 서서, 붉은 피가 그가 사랑하던 땅을 삽시간에 물들이는 것을 내려다보았다.

하늘이 의심스러울 만치 푸르렀다.

*　　*　　*

황금 성의 성주인 기사왕이 폐인이 되었다는 건 누구나 쉬쉬하는 공공연한 비밀이 되었다. 침실에 틀어박혀 먹지도 자지도 않고 술만 마시는 주군을 피닉스 나이트의 단장 아오페는 지치고 무감각한 눈으로 지켜보았다.

"언제까지 이럴 겁니까."

이드는 대답하지 않았다. 불가사의한 사고로 이리포사가 추락사해 죽고 난 그 시각 이후 이드는 망가져 버렸다.

처음에는 자살 시도도 번번이 있었으나, 수하들이 기를 쓰고 달라붙어 연이어 실패한 이후로는 그럴 의지마저 사라진 듯 보였다.

어떤 형체도 남지 않은 찌꺼기 같다. 죽지 못해 숨만 붙어 있는 산송장.

킥킥 실소가 나왔다. 숨넘어가듯 꺽꺽거리며 웃는 광인 같은 모습에 아오페는 주름진 미간을 문질렀다. 그녀는 피로한 낯으로 한숨을 쉬었다.

"이제 그만 잊으십시오. 산 사람은 살아야 하지 않습니까. 당신이 죽으면……."

동부는 혼란에 빠질 것이다. 공석으로 빈 봄의 땅을 수족들이 침범할 것이고 중앙 왕국은 자격 운운하며 내정 간섭을 시작할 터.

아오페는 이드 이전 위로 내리 세 명의 성주를 모실 만큼 오래된 황금 성의 가신이었고, 소년 시절부터 보아 온 이드는 분명 여러모로 선대보다도 나은 인물이었다. 창창한 이 왕이 이토록 허무하게 거꾸러지는 건 바라지 않았다.

"전하. 제발."

묵묵부답. 누구보다 빛나던 사람이 형편없이 망가진 모양에 속에서 천불이 났다.

"차라리 복수라도 하십시오! 이대로 방구석에서 썩어 가실 겁니까!"

거뭇하게 죽은 눈에 일그러진 기사가 담겼다. 여전히 생의 의지라고는 없는 절망뿐인 그것에 아오페는 애써 생을 불어넣으려 애썼다. 그게 설사 지옥과 같은 증오라 할지라도.

"원하신다면 겨울의 땅을 산산이 짓밟아 가루로 만들어 버리겠습니다. 아니면 여왕의 목이라도 베어서 바치리다. 명만 내리세요. 어서."

그 여자를 죽이겠다는 말에 세 달 만에 처음으로 이드가 제 충신을 돌아보았다. 푹 들어간 눈빛에서 기이한 빛이 일렁였다.

복수. 기실 마땅했다. 오라비를 사특한 마법을 써 꾀어내고, 위대한 황금 성의 안주인을 죽게 만든 악랄한 마녀. 사로잡아 채찍질을 하고 고통에 몸부림치다 죽어야 마땅했다. 그들의 주인이 하고자 한다면 밑의 백성들은 따르면 될 일이었다.

이드의 고개가 삐딱하게 움직이더니 휘청휘청 몸을 일으킨다. 뒤틀린 입술에서 쉬고 갈라진 목소리가 금속음처럼 새어 나왔다.

"검. 내 검을 가져와라."

무언가 뿌옇게 앞을 가리던 고통이 가신 느낌이었다. 시뻘건 증오에 온 영혼이 잡아먹혔다. 그 여자를 찢어 죽인 다음 저도 목숨을 끊으면 된다. 그래, 그러고 나서 아내를 보러 가면 돼. 일견 너무도 간단해 보여서 가슴이 창으로 뻥 뚫린 양 서늘했다. 왜 그리 수많은 시간을 허송세월했던 것인지.

명예에는 명예로, 피에는 피로 보답하는 것이 동부의 법칙 아니던가.

소리 없는 전쟁은 부지불식간에 번져 갔다. 대륙 최고의 전술가이자 맹장인 사내가 악에 바쳐 불같은 기세로 들이닥치자, 중앙 왕국의 국경에 구축한 방어선은 아이들 장난감처럼 무너져 내렸다.

닥치는 대로 베고 죽였다. 전쟁을 하더라도 일말의 자비와 최소한의 피를 추구하던 성군은 이제 없었다. 그야말로 피를 뒤집어쓰고 미쳐 날뛰었다.

전부, 전부 죽여 버릴 셈이었다. 그 마녀는 물론이고 그 여자의 남편이랍시고 앉아서 뻗대고만 있는 멍청한 왕까지.

살의가 뇌수까지 뻗쳐 눈앞이 시뻘겋게 보이는 착각이 들었다. 그리 핏물이 자욱해질 무렵 동부의 군대는 아델하이트 여왕의 겨울 별장까지 함락시켰다.

"여왕을 포위했습니다!"

겨울 성에 있을 거라 여겼던 그 여자가 공교롭게도 방어가 취약한 그곳에 있었다. 도망치지 않은 건 전면전을 치르겠다는 위협인가? 알 수 없었다.

그는 누이를 죽여서 그 피를 마실 수만 있다면 아무래도 좋았다.

고귀족과 기사들의 시체를 넘어서서 여왕의 방에 들어서자 어제 본 듯 선명한 그녀가 눈에 들어왔다. 사람 하나를 지옥까지 처박았다가 수면까지 기어 올라오게 한 그 시간이 무색하게 변함없는 낯짝이었다.

"오랜만이야, 오라버니. 여기까지 직접 왔어요?"

가운을 걸치고 느슨하게 안락의자에 걸터앉은 아델하이트가 인사를 건넸다. 그는 대꾸 없이 뚜벅뚜벅 앞으로 걸어갔다. 늘어뜨린 검날이 사신의 망토 자락처럼 질질 끌리며 그를 뒤따라왔.

이드는 말없이 검을 치켜들었다. 제 목 아래까지 서슬 퍼런 칼이 다가왔는데도 아델하이트는 그다지 겁먹은 기색이 아니었다.

"널 죽이러 왔다."

"그게 곡기 끊고 죽으려 하면서 나온 답이에요?"

그녀는 피식 웃었다. 식상하네. 하기야 보통은 그런 결과가 나오겠죠?

증오스러운 여자를 마주하고서 이드는 한참 침묵하다 물었다. 내내 머릿속을 병자의 춤처럼 빙빙 맴도는 질문이었다.

"왜 그랬지?"

대체 이 여자는 왜 내게 그런 짓을 했을까. 무슨 이유로, 무엇을 노리고? 내가 무언가 참혹한 잘못을 저질러서, 아니면 나도 모르는 원한이 누이에게 있었을까.

하지만 그 어떤 소원과 복수심이 이다지도 잔혹하고 역겨우며 끔찍할까. 결국, 해갈되지 못한 분노에 찬 의문은 내내 짓눌러 그를 죽여 왔다.

무료하게 저가 망가뜨린 사내를 응시하던 아델하이트의 입술이 달싹거렸다.

"음, 글쎄. 그냥…… 부수고 싶어서?"

가는 목에 칼날이 박혀 들어갔다. 피가 맺히는데도 그녀는 간지럼 타는 소녀처럼 미소 띤 눈으로 일그러진 이드를 올려다보았다.

"아는지 모르겠지만, 난 옛날부터 당신이 싫었어요. 아, 이제는 확실히 알겠구나."

손뼉을 치며 까르르 웃는다. 절로 힘이 들어간 검을 힐끗 본 아델하이트의 눈은 인공적인 것처럼 투명하고 파랗다.

언젠가 그들이 평범한 오누이였을 때는 저리 웃는 그녀를 귀엽게 여기고 머리를 쓰다듬어 줬던 적이 있었다. 하지만 이제는 새파랗게 타오르는 증오만이 남은 전부였다.

주저 없이 죽이려고 칼자루를 비트는 그에게 나직한 뒷말이 들려왔다.

"사실 그건 다 핑계야. 나에게는 꼭 오라버니가 필요했거든."

"뭐?"

"난 그래도 기회를 줬어. 그걸 안 잡은 건 오라버니잖아요?"

그날 밤, 그녀가 제안했던 말도 안 되는 이야기를 불현듯 떠올린 이드가 기가 막혀 소리쳤다.

"그 허무맹랑한 미친 소리 말이냐? 그딴 것 때문에 이런, 이런 짓을……!"

이해를 바라지 않는다는 듯 그녀는 그저 그를 말갛게 응시하고만 있었다. 도저히 참을 수가 없었다. 죽여 버리고 끝낼 것이다. 그녀도 자신도.

살기 섞인 칼날이 머리를 베어 내기 전 그녀가 내뱉은 말이 아니었다면 이드는 주저 없이 아델하이트를 죽였을 것이다.

"마음대로 해요. 그러면 당신 자식까지 죽겠지만."

거짓말처럼 여자를 죽이려던 검이 멈췄다.

방금 무슨 소리를 들은 건지 도저히…… 설마.

괴물의 눈을 마주한 듯 석화된 전신이 저렸다. 그의 덜덜 떨리는 눈이 아델하이트의 배로 향했다. 공포로 마비된 머리가 끝없이 추락하듯 아찔했다.

주춤 두어 발자국 뒤로 물러서는 그를 빤히 바라보던 여왕은 보란 듯이 제 아랫배를 쓰다듬었다.

절망적인 증오감에 토할 것 같았다.

"그래서? 그 더러운 핏덩이리 따위 알 게 뭔가. 그건 네년 자식이지 내 자식이 아니야."

"그런가요? 그럼 그러던지요."

태연자약하게 고개를 끄덕인 아델하이트가 천천히 자리에서 일어났다. 이드는 그 자리에 뿌리박은 듯 멈춰 서서 더는 움직이지 못했다.

아이. 단 한 가지의 진실만이 밝혀졌을 뿐인데 그 하나로 모든 것이 역전되었다. 칼자루를 쥔 자도, 복수를 할 대상도.

피 묻은 칼끝에 아직 홀쭉한 아델하이트의 배가 닿았다. 그녀는 해 보라는 듯 고개를 까딱이며 한 걸음 더 다가왔다. 움푹 들어간 날붙이가 금방이라도 뱃가죽을 찢고 태아를 죽일 것만 같았다.

제어를 잃고 얼어붙은 시선이 아이가 자라고 있을 배에서 떨어지지 못했다. 머릿속이 혼탁하다.

여전히 내면의 그는 저 여자를 죽여 핏값을 치르게 하라고 울부짖고 있었으나, 정작 미세하게 떨리는 손은 섣불리 움직이지 못하고 있었다.

짓씹은 욕설이 목구멍과 내장을 할퀴었다. 어차피 부정한 아이다. 비정상적으로 생긴 생명이니 차라리 빛 보기 전에 없애는 게 낫지 않은가? 지금 복수하지 못하면 절대 불가능할 거다. 불세출의 장수인 기사왕은 여기까지 중앙왕국을 몰아세운 것은 기습으로 인한 요행이 컸다는 것을 냉정히 인지하고 있었다.

즉, 아델하이트를 죽일 기회는 이것이 처음이자 마지막일지도 몰랐다. 지금이 유일했다. 어서, 빨리.

한데 왜 나는 도저히…….

검이 툭 바닥을 향해 떨어졌다. 아델하이트는 빙그레 웃었다. 그럴 줄 알았다는 듯이.

당장이라도 저 목을 졸라 분질러 버리고 싶은 충동에 시달렸지만 이드는 가까스로 돌아섰다. 그가 낮게 이를 갈았다.

"이번만이야. 다음에 또 내 눈에 띄면, 너나 그 아이나 둘 다 죽여 버리겠다."

참담하고 비참한, 강렬한 좌절감이 심장과 머리를 짓눌렀다. 살의가 치밀었다. 아니, 사실은 저 자신이 혐오스러워 견딜 수가 없었다. 그는 차라리 자기 자신을 죽여 버리고 싶었다.

\*　　　\*　　　\*

삶이 탁한 회색으로 변하고 나서야 이드는 그 전의 제 삶이, 찬연한 봄이, 선명한 황금빛으로 반짝거렸다는 것을 알게 되었다.

언제고 깨달음은 늦다. 그는 홀로 남았다. 더 이상의 행복과 희망, 뭐 하나 온전한 게 없는 텅 빈 가식적인 봄의 계절에.

아내와 함께 걷던 봄의 정원과 숲을 배회하며 추억에 잠기는 게 유일한 위안이었다.

넋 놓고 앉아 있는 그의 주변으로 동물들이 다가와 손을 핥고 낮은 울음소리를 냈지만, 예전부터 아끼고 좋아하던 것들조차 무감각해진 지 오래였다. 초점 없는 눈 위로 허무한 바람결에 흐트러진 백금발이 어지럽게 나부꼈다.

후회와 죄책감이 번민의 껍질을 쓰고 갉아먹어 간다. 그의 심장은 하루하루 무력하게 죽어 갔다.

그렇게 한 해가 흐르고 통증도 그럭저럭 참아지던 어느 날, 다시 그녀가 찾아왔다.

이드는 단박에 성 밖으로 말을 몰고 나가 방문을 고하던 겨울 성의 고귀족 셋을 죽여 버렸다.

순식간에 시체가 바닥을 뒹구는데 베일을 쓴 채 눈 하나 깜짝 안 하는 여자의 얼굴 위로 칼날이 드리웠다. 그는 흉흉하게 이를 드러냈다.

"내 말이 말 같지가 않았나 보군. 무슨 낯짝으로 온 거냐."

대답을 바라고 한 질문은 아니었다. 본연의 고귀함이 흐릿해진 그 기색을 감상하듯 훑은 아델하이트가 한숨을 쉬었다.

"미안. 나도 오고 싶지는 않았어요."

두 군주를 사이에 두고 그들을 따라온 양측의 인사들이 일제히 발검하고 마력을 일으키며 대치했다.

일촉즉발의 상황에서 그녀는 위기감 없는 눈으로 이드에게 다짜고짜 제 본론을 말했다.

"우리 아이 좀 맡아 줘요."

"하?"

워낙 기가 막힌 제안이라 살의조차 반쯤 물러났다. 물론 그것은 곧 배로 돌아와 발작적인 격분이 되었다.

그 와중에 그 일로부터 벌써 일 년이 지났고, 배가 부르지도 않았던 그 아이가 태어나고도 남았을 시간이라는 인지가 어렴풋이 뇌리를 스치고 지나갔다.

뭘 잘못 삼킨 양 속이 겁겁하게 내려앉았다. 이를 빠득 간 이드가 음산하게 말했다.

"네가 사람 같지 않은 인사라는 건 알았지만 이 정도로 멍청하고 경우 없는 줄은 몰랐구나. 하기야 그런 짓을 했을 때부터 네 바닥이 없는 건 알았으니."

그의 나직한 비난에 그녀는 피식 웃었다. 그럴지도요.

"참, 궁금할까 말하는데 우리 아이, 딸이에요."

"알 바 아니다."

"나보다는 당신을 닮은 것 같은데."

그녀는 당장이라도 저를 죽이고 싶어 안달하는 남자의 눈을 응시했다.

"그런데 곧 죽을 것 같지 뭐예요."

상대는 어떤 반응도 보이지 않았다. 올곧이 그녀를 증오하는 얼굴을 보고 있자니 태생부터 선이 부드럽고 둥글며 우아하게 빚어진 그릇이 형편없이 금이 가고 깨진 모양을 보는 듯 기묘한 감상이 들었다.

썩 마음에 차지는 않았지만 조금쯤 기꺼운 것도 같다.

"하고 싶은 말이 뭐냐."

"그 아이, 마력을 타고나지 못했어요. 겨울 성에 그대로 뒀다가는 오래 못 살 거야. 어미라는 이가 자식을 죽게 놔둘 수는 없지 않겠어요?"

겨울 성에서 태어나는 아이들은 모두 고귀족이다. 그 이유는 단순히 혈통의 고귀함 때문이 아니라, 마력이 없는 평범한 아이는 마법으로 지어진 성의 독특한 파장을 견디지 못하고 죽거나 백치가 되기 때문이었다.

하지만 그녀의 딸은 돌연변이처럼 아무 능력이 없었고, 그럼에도 불구하고 용케도 숨이 붙어 있었다. 아직까지는. 그 애의 양부인 왕이 눈엣가시 같은 갓난쟁이의 목을 비틀지만 않는다면 말이다.

아델하이트의 말에 이드는 대번에 코웃음을 쳤다.

"네게도 그런 인간성이 있나?"

그런 게 있다면 그를 이런 지옥에 떠밀지도 않았을 터다. 더 말 섞을 필요가 없었다. 그의 검이 대지를 가를 듯 뽑혀 나오는 순간 차디찬 눈보라가 지상을 덮쳤다.

이드가 율리아 최강의 기사이듯 아델하이트 또한 강력한 얼음의 마녀였다. 율리아의 두 절대자의 공방으로 연둣빛으로 물든 평야의 절반이 날아갔다.

오직 붉은 것을 향해 돌격만 하는 소처럼 공격을 퍼붓는 이드를 피하며 아델하이트는 수십 개의 얼음 창을 만들어 냈다. 그러다 아름다운 눈가를 찡그리며 말했다.

"그만하죠. 시간 낭비인 것 같은데."

"그 입, 닥쳐라."

한차례 다시 돌풍이 일고 땅이 벼락 맞은 듯 갈라졌다. 잠시 소강상태에 접어들었을 때 여왕은 팔짱을 끼고 고개를 설레설레 흔들었다.

"하나 가르쳐 드리자면 이곳에 나 혼자 온 건 아니에요. 당신 검에 죄 없는 딸까지 죽이고 싶은 게 아니라면 진정하는 게 어때요?"

"허튼소리."

"못 믿겠다면……."

그녀가 손가락을 튕겼다. 사방은 난장판이었다. 두 동강 나고 베어진 나무들과 양측의 시신과 부상자들, 뿌옇게 솟은 먼지구름 사이에서, 돌연 아이 울음소리가 울렸다.

정말 이 여자는 아수라장이 될 게 뻔한 장소에 젖도 떼지 못한 갓난아이를 데리고 온 것이었다. 흩어지는 먼지바람 사이에서 쇠꼬챙이같이 마른 하녀가 요란하게 기침을 해 대며 벌벌 떨고 있었다.

아델하이트는 하녀가 안고 있는 포대를 발견하자마자 와락 일그러진 이드를 바라보며 두 손을 올렸다.

"그래요. 당신 말대로 내 딸이기는 하지만 크게 아쉬운 건 아니라서. 죽이든지 살리든지 오라버니 마음대로 하세요. 어차피 죽을 아이잖아?"

"아델하이트!"

버럭 고함을 지르는 그를 뒤로하고 아델하이트는 얼마 남지 않은 겨울 성의 사람들을 데리고 눈보라와 함께 사라져 버렸다.

분노와 허망함에 차 서 있는 이드의 옆으로 피 묻은 검을 털고 착검한 아오페가 다가왔다. 놓쳤습니다.

"포로로 잡은 이들은 어찌할까요?"

"전부 죽여 버려."

언제나 포로들에게 인간적인 처우를 했던 이드가 한 치의 망설임 없이 차갑게 명령하자, 아오페는 잠시 침묵했으나 순순히 따랐다.

"알겠습니다. 그리고……."

말 대신 사납게 갈라진 눈빛이 저를 향하자 그녀는 침을 삼켰다. 그리고 토하듯이 보고한다.

"여왕이 아이를, 놓고 갔습니다."

무서운 침묵이 이어졌다. 누구도 섣불리 입을 열지 못했다.

피비린내와 소란에 놀라 울음을 터뜨렸던 아이는 순하게도 금세 진정했는지 포대 속에 누워 손가락을 빨고 있었다.

언뜻 보이는 부드러운 푸른 머리칼과 뽀얀 얼굴이, 전투가 이뤄졌던 땅에서 가슴 한쪽이 서늘할 만치 이질적이었다.

동그란 붉은 눈이 말똥거리며 드러나자, 차마 손대지 못한 채 갓난아이를 둘러싸고 있던 기사들이 일제히 침음성을 삼켰다.

누구도 부정 못 할 진실이었다. 계집아이는 황금 성의 군주를 닮아 있었다.

당혹해하며 서로를 마주보던 기사들 중에서 손을 들썩이던 기사 란쳇이 먼저 앞으로 나서 아이에게 손을 뻗었다.

그러나 서릿발 같은 음성이 산란한 공기를 단박에 부숴 버렸다.

"손대지 마."

흠칫 놀란 란쳇이 주춤 돌아본 자리에는 피와 서리가 묻은 갑옷 차림의 사내가 검을 쥐고 서 있었다. 그의 넓은 어깨를 감싼 붉은 망토가 단단한 발치에서 태양이 흘린 피처럼 흩날리고 있었다.

서늘하게 가라앉은 붉은 눈이 꼬물거리는 아이에게로 향하자, 란쳇은 저도 모르게 그 앞을 가로막을 뻗했지만 아오페의 제지로 움찔 멈춰 섰다. 그녀는 고개를 절레절레 저었다.

다행히 이드는 갓난아이를 죽이지는 않았다. 그렇다고 칭얼거리는 아이를 품에 안지도 않았다. 그저 묵묵히 차가운 눈으로 한참을 내려다보다가 휙 등을 돌려 가 버렸다.

이번에는 다소 당황한 아오페가 다급히 뒤따라오며 저벅저벅 말에게 걸어가는 이드에게 조심스레 물었다.

"어찌하시겠습니까?"

"내버려둬."

"예?"

"울든 굶어 죽든 손끝 하나 대지 마라. 명령이다."

서슬 퍼런 적안이 아연한 좌중을 훑었다. 그들은 살기 섞인 시선에 흠칫 눈을 내리깔았다.

생각보다 담담하시다 여겼더니 착각이었다. 그는 당장이라도 누구 하나 광인처럼 베어 죽이지 않은 게 이상할 만큼 격노해 있었다.

결국, 어미가 버리고 간 이름 없는 아이는 아비에게조차 외면받은 채 초원에 덩그러니 남겨졌다.

\*　　　\*　　　\*

"전하."

집무실은 어두컴컴했다. 아오페는 익숙하게 의자에 깊숙이 앉아 옆얼굴만 보이는 주군을 바라보았다.

누군가의 악몽 속에 구현된 밀실처럼 어둑한 곳에 틀어박힌 남자는 대꾸 없이 술잔을 기울였다. 호박색 액체가 노르스름한 짐승의 눈처럼 은근히 빛났다. 주저하듯 가만히 서 있던 아오페가 입을 열었다.

"이대로 후회하지 않으시겠습니까?"

쨍그랑 유리잔이 깨졌다. 충실한 기사는 묵묵히 조각난 유리 파편과 얼크러진 술이 엉망으로 카펫을 물들이는 걸 바라보다 고개를 들었다.

일부러인지 아닌지 잔을 놓친 그가 한숨도 없이 머리를 등받이에 기대고는 눈을 감았다.

"나가라."

입술을 달싹이던 그녀는 결국 아무 말도 하지 못하고 도로 나왔다. 죄 없는 아이라 할지라도 증오하는 여자의 자식, 그것도 그 끔찍한 비극과 원죄, 죄책감의 증거물이 아닌가. 그는 단지 피해자일 뿐이다. 아오페는 그저 주군이 더는 상처받지 않기만을 바랐다.

아오페가 나가고 나서도 그는 미동 없이 앉아 있었다.

성주의 방에 난 창은 성 주변의 모든 것이 보이고 들려오는 통로였다. 온종일 간헐적으로 아이의 울음소리가 들려왔다.

칭얼거리고 배가 고파 울먹이다 아무도 자신을 돌보지 않는다는 것에 겁에 질린 울음이 귓가에 대고 흔드는 방울처럼 청각을 쿡쿡 찔렀다.

그러함에도 이드는 절대 창밖으로 고개를 내밀고 갓난아이가 무사한지 확인하지 않았다. 그렇다고 쌓여 있는 일감에 매진한 것도 아니었다. 그저 사방이 닫힌 집무실에 틀어 앉아 해가 지도록 연신 술만 마셨다.

목구멍에 타는 듯한 술이 흘러내려 가는데도 아이의 우는 소리는 귓가에 생생했다. 혹은, 죽은 아내의 단말마의 비명도.

차라리 머리부터 죄다 남김없이 삼켜지면 좋으련만. 어설프게 의식만 살아 있으니 산 채로 매장당하는 것만 같은 고통만 계속된다.

이드는 먹먹하게 장대비처럼 두들겨 대는 울음소리를 방관했다. 저대로 두면 죽을 것이다. 알고 있다. 그러나 살리길 꺼리는 만큼 직접 죽이고 싶지는 않았다. 그저 그대로 두다가 고요해지기를 막연히 기다릴 뿐.

아델하이트는 제 딸을 죽이든 살리든 맘대로 하라고 했다. 그 여자는 분명 이드가 못 이기고 아이를 받을 것이라 생각하고 있을 터다. 또다시 그런 병신 짓을 할 거라 믿는 건가. 이번에도 넘어가 주면, 그녀의 터무니없는 요구는 계속될 것이다. 확신 어린 직감이었다.

네 뜻대로 휘둘리지 않는다. 그래, 설사 죄 없는 생명을 죽게 내버려두는 한이 있다고 해도.

딱딱한 손끝이 두통을 호소하는 머리를 감싸쥐었다. 단단히 되뇌는 것과는 별개로 이 시간은 고통스러웠다. 아이의 울음이 멎었다. 고요했다. 스산한 바람이 불었다. 그러다…….

비가 내린다. 투둑투둑 창문을 때리는 빗소리에 질끈 감았던 붉은 눈이 번쩍 뜨였다.

창가에 찍히는 빗방울이 하나둘 늘다가 이내 본격적으로 비가 온다. 팔걸이를 쥔 주먹에 힘이 들어갔다. 아이는 여전히 울지 않았다.

죽었나? 벌써? 하지만 여리고 방어 능력 하나 없는 갓난쟁이가 벌써 하루 종일 밖에 방치되었다.

제 아비가 어떤 눈으로 보는지도 모르게 말갛게 눈을 마주하던 조그만 핏덩이. 외면하고 싶어서 자세히 뜯어보지도 않았지만, 하늘처럼 푸르른 머리칼과 붉은 눈만은 선명하게 남았다.

자각도 못 한 새에 손바닥에 손톱이 아리도록 박히던 순간 거친 노크 소리와 함께 허락도 없이 문이 벌컥 열렸다.

"전하! 정말 저리 두실 겁니까?"

"너 미쳤나? 여기가 어디라고!"

고함을 지르는 아오페를 밀친 란쳇이 성큼성큼 이드에게 걸어가 무릎을 꿇었다.

아오페는 강제로 끌어내려다가 멈춰 섰다. 초조함이 가득한 덩치 큰 기사가 고개를 조아리고는 성급하게 주절거렸다.

"위대한 황금 성의 주인께서 지명하신 일곱 번째 불사조, 란쳇이 고합니다. 전하, 제발, 안 바쁘시면 창문 열고 밖에 좀 보십시오! 비가 사람 죽일 듯이 내립니다! 이러다가는 도개교의 물이 넘칠 만큼 올 텐데 평탄한 평원은 어찌 되겠습니까? 발목까지 잠길지도 모릅니다! 지금 제가 무엇을 말하는 건지 정말 모르십니까?"

그의 말대로 본격적으로 비가 내리고 있었다. 마치 신이 이기적이고 냉정한 그를 책망하는 것처럼. 빌어먹을. 이를 악물었다.

"젠장, 전하!"

쿠르릉, 쾅! 먹구름을 타고 천둥 번개가 번쩍이며 온 시야를 지졌다. 황금 성에서 가장 커다란 고목인 포플러 나무가 정신없이 흔들릴 만큼 비바람이 치고 있었다.

이드는 벼락이 침과 동시에 벌떡 일어나서 창가로 내달려 있었다. 제 안에서 본능적인 패배를 직감한다. 그러나 란쳇과 아오페의 부름에도 이드는 고집스럽게 주먹을 쥐고 고개를 숙였다. 그때……

으아아앙!

아기 울음이었다. 요란한 비와 벼락 소리에도 선명하게 귓가에 꽂히는 소리. 그는 이미 집무실을 뛰쳐나가고 있었다.

다급함에 젖어 아이를 찾아 달려나가던 그 순간만큼은 저주스러운 아델하이트도, 계속 망막 안을 맴돌아 그를 미치게 하던 죽은 아내의 그림자도 무엇 하나 생각나지 않았다. 그저 심장이 쥐어짜이듯 초조하고 숨이 막혔다.

내내 울고 비를 맞은 탓인지 이미 아이의 목소리는 다 죽어 가는 새끼의 비명처럼 작고 절박했다. 제기랄.

급히 말을 끌어오는 하인의 손에서 고삐를 낚아채고 말에 올라 성 밖으로 내달리는 일분일초가 피가 마르는 듯했다.

비가 너무 많이 왔다. 건강한 성인 남자도 이런 날씨에 밖에 있다가는 감기에 걸리는 게 이상하지 않을 정도로. 더구나 그 아이는 마력조차 타고나지 못했다. 본능적으로 저를 보호해 줄 힘도 없으니 아마도 벌써……

말에서 내린 이드는 눈앞을 가로막는 빗물을 헤치며 검은 밤이 내린 평야를 정처 없이 헤매었다. 아이 울음이 찢어지는 벼락에 묻혀 간혹 들렸다가 끊어지기를 반복했다. 반사적으로 입을 열었다가 닫았다.

누군가를 찾을 때는 이름을 부르는 게 정상일진대 그의 원죄로 태어난 계집아이는 마땅히 부를 이름도 없었다.

참담하다. 그는 부르려 입을 열었다가 다시 악물듯 다무는 걸 바보처럼 반복하며 주먹을 쥐었다. 비에 흠뻑 젖은 머리칼과 옷이 피부에 들러붙는다.

기실 벌써 차오르는 빗물과 거센 바람 탓에 낮의 그곳이 어디였는지도 헷갈렸다. 욕설이 튀어나왔다.

그러다, 마치 기적처럼, 검은 하늘을 찢은 벼락 한 줄기가 근처의 나무에 내리꽂혔다. 일순 환해지는 시야에 그의 눈을 사로잡은 건 바닥에 놓인 작은 포대기였다.

거의 먹먹하게 감긴 울음소리가 처량하게 귓가를 맴돌았다. 그는 저벅저벅 걷다가 이내 달려가 아이를 안아 들었다. 비에 홀딱 젖은 아이는 보챌 힘도 없는지 헐떡거리기만 했다.

품에 안고 그 소리를 듣고 있자니 안도와 공포가 동시에 가슴을 쥐어짰다. 이게 어떤 감정인지 그는 정의하기가 무서웠다.

제 외투로 단단히 감싸 안아 비바람을 막고 황급히 말에 올라 성으로 달려갔다. 작은 생명을 안고 있는데도 아주 조그만 온기 한 점 느껴지지 않아서 안이 텅 빈 듯 서늘했다.

엉엉 제 눈물을 먹고 시들어 가는 불씨를 속수무책 보고만 있는 동화 속 어리석은 난쟁이처럼, 분노 같은 서글픔이 치민다.

결국 내다 버렸던 갓난아이를 품에 안고 돌아온 기사 왕을 본 황금 성의 가솔들은 차마 다행임을 표하지도 못하고 굳어 버렸다.

어설프게 아이를 끌어안고 있는 그 사내는 울고 있었다.

빗물인지 눈물인지 구별할 수 없었으나 소리 한 점 없는 통곡은 지켜보기만 해도 바다를 들이켜듯 짜디짜고, 슬프고 또 슬펐다.

아이는 죽다 살아났다. 의사도 안도의 한숨을 내쉬며 그리 굶주리고 비를 맞았는데 열병으로 끝난 것이 천운이라 했다.

거의 숨을 못 쉬고 반쯤 죽어 가는 작은 생명을 밤을 꼴딱 새우며 지켜보던 이드는, 열이 내렸다는 진단이 나오자마자 도망치듯 방을 나가 버렸다.

그는 두 번 다시 직접 얼굴을 보러 오지 않았다. 죽을 고비를 넘긴 어린 것이 가여웠지만, 황금 성의 누구도 그런 성주를 야박하다 탓하지 않았다.

그들은 동쪽 봄의 지배자를, 가련한 운명을 타고난 그 어린 아기를 동정했다. 기실 그것이 나았다.

아이를 보기를 거부하는 주군 대신 이 성에서 아기를 보러 오는 건 기사 왕의 첫 번째 검이자 기사단장인 아오페와 유난히 아기에게 신경을 쓰는 란쳇이 전부였다.

그 악독하고 독사 같은 아델하이트 여왕의 딸이 맞나 싶게 아이는 무척 순하고 웃음이 많았다. 낯가림도 없었으며 금방금방 안겨 들었고 다정한 포옹과 입맞춤, 조그만 장난감 하나면 잘 울지도 않고 평화롭게 놀다 단잠을 잤다.

란쳇이 요람에 누운 아기에게 우쭈쭈 큰 얼굴을 들이밀 때 하녀에게서 데운 우유를 받아 든 아오페가 신기한 듯 중얼거렸다.

"보통 아기란 건 하루에도 몇 번씩 까무러치게 우는 법인데……
이 아이는 참 신기하군."

"그야 이드 님을 닮았나 보죠. 이 눈 좀 봐 봐요. 얼마나 예뻐요?"

홀딱 빠진 란쳇이 흐뭇하게 웃으며 아기의 말랑한 볼을 찔렀다.
아기는 피하려고 통통한 몸을 버둥거리다가 까르르 웃음을 터뜨렸
다.

오동통한 손가락은 앙증맞고, 오밀조밀한 입술은 벚꽃잎 같았으
며, 아기의 몸에서는 꿀을 넣은 우유처럼 좋은 향기가 났다. 똘망똘
망한 눈빛과 갸름한 눈초리는 과연 이드와 닮아 있었다.

아오페는 부드러운 손길로 아기의 보송한 머리칼을 매만졌다.
한데 푸른 머리카락이라. 이런 색이 존재하기는 했었나?

분명 이드의 가계에는 없었던 거로 기억하는데. 무언가 걸리는
기분에 잠겨 미간을 찡그렸던 아오페는 의사나 고귀족 마법사에게
물어보기로 하고 한쪽으로 미뤄 두었다.

그녀가 경계하는 건 바로 원흉 아델하이트 여왕이었다. 그 여자
가 무엇을 노리고 주군에게 접근했는지. 이드를 소년 시절부터 보
았듯 아오페는 아델하이트도 똑같이 보아 왔다.

그녀는 아델하이트가 어여쁜 소녀일 적부터 이상스레 마음에 들
지를 않았다. 은연중에 느껴졌던 영악스러운 일면 때문만은 아니었
다.

마치 발아래를 뱀이 소리 없이 지나가는 것처럼, 그녀의 항상 웃
고 있되 웃지 않는 눈을 마주하고 있노라면 형체를 알 수 없는 꺼림
칙함이 존재했던 탓이다.

으레 여자아이들이란 그 복잡하고 섬세한 속내를 알기 힘드니 그저 그런 아이인가 보다 여기고 말았지만 지금의 그녀는 속을 알기 힘든 야심가이자 잔악무도한 이가 분명했다. 같은 배에서 태어난 혈육에게 그런 짓을 저질렀다면, 뭔가 바라는 게 있어서 그러할 터.

아오페는 어여쁘기만 한 아기의 발그레한 볼을 바라보았다. 결과물인 아기를 그녀는 이드에게 맡겼다. 친히 적대국이나 다름없는 동부까지 온 걸 보면 그녀의 딸은 분명 여왕에게 필요한 존재일 것이다. 그렇다면 답은 이 아기에게 있나.

아오페는 사랑스럽게 붉은 눈을 보며 약한 한숨을 쉬었다. 너도 참으로 가엾구나. 네 어미의 죄와 아비의 불행이 네 탓은 아닐 텐데.

꼬물거리는 아기의 작은 손바닥을 혀 입을 벌리고 보던 란쳇이 아차 생각났다는 듯이 말했다.

"그런데 우리 아기님 이름은 뭐요?"

"모른다."

"예?"

"아니 정확히는…… 있는지도 모르겠군."

아델하이트를 꽤 오래 봐 왔던 이의 직감으로 생모가 아기에게 딱히 이름을 지어 줬을 것 같지는 않았다.

이 문제는…… 확실히 그들끼리 결정할 사안은 아니었다. 그래도 유일한 자식 아닌가. 란쳇도 조심스레 눈치를 살피며 머리를 긁적거렸다.

"암만 보기 껄끄러워도, 이름은 지어 줘야 하는 거 아니오? 길거리에서 굴러다니는 거지 아이도 저 부르는 이름은 있을 텐데."

"나도 안다."

아오페는 골치 아픈 듯 힐끗 수하를 바라보았다.

"그렇다고 너나 내가 되는 대로 지을 텐가?"

"그건…… 아니지."

고귀족의 이름과 호칭은 특별하다. 그 피가 귀할수록 더더욱. 이름에 아이의 삶과 가치, 운명이 함께한다고 믿는 고왕국의 관습 탓이었다.

그들은 복잡하게 서로를 바라보다 동시에 같은 생각을 하고 입을 다물었다. 이 성에서 아기의 이름을 지어 줄 수 있는 이라면 이드뿐이다. 그렇다고 딸 한번 보러 오지 않는 그에게 그런 말을 꺼냈다가는…….

"우리 둘 중 하나가 죽거나 이 불쌍한 아기를 던져 버리실까 겁나네."

"너나 내가 죽겠지."

아마…… 이드가 아기를 해할 일은 없을 것이다. 그녀는 미친 듯이 폭우가 쏟아지던 그날, 그렇게 망가진 듯 통곡하던 왕의 모습을 잊을 수가 없었다.

그 자신도 그때 깨달았듯이 아오페도 알았다. 그가 딸을 죽일 수도, 죽게 내버려둘 수도 없다는 걸.

참으로 가엾고 안타까우신 분. 왜 가해자는 따로 있거늘 죄 없는 이들이 상처받고 아파야 하는가. 아오페는 이 부녀가 행복해질 수 있기를 진심으로 빌었다.

아슬아슬한 유예는 참 쉽게 깨졌다. 덧없을 정도로.

"죄송합니다, 전하. 어찌해 보려 하였으나 도저히……."

이드의 말 없는 응시에 중년 여자는 송구하여 어쩔 줄 몰라 하며 고개를 조아렸다. 그녀는 성주의 젖도 못 뗀 여식을 보살피기 위해 들여온 임시 보모였다.

"아기님이 도통 아무것도 드시려 하지를 않아서."

조아린 시야 탓에 날렵한 턱과 단정한 입매만 보이는 군주가 얼마간의 정적 후 입을 열었다.

"갑자기?"

"예. 의사도 아무 이상이 없다고 하고 어르고 달래도 보았는데……."

"대관절 그게 말이 되나."

아프지도 않은데 왜 갓난아기가 굶는단 말인가. 저절로 인상이 쓰인 이드가 주변을 둘러보았지만 모두 눈이 마주치는 족족 시선을 피했다. 과하다시피 제 눈치를 보는 분위기가 형언할 수 없는 갑갑함이 치밀었다.

결국 아오페에게로 내리꽂히는 눈길에 그녀는 난감한 낯으로 공손히 답했다.

"유모의 말은 사실입니다. 저도 함께 있었으니까요."

"도대체 왜?"

그녀라고 알 리가 없었다. 입을 굳게 닫자 이드는 불편한 거슬림을 참지 못하고 머리카락을 거칠게 쓸어 넘겼다.

사실 아이를 돌보는 유모와 의사도 모른다면 할 수 있는 게 없었다. 심지어 안아 보거나 달래 본 적도 없는 그가 뭘 알겠는가.

　아니, 이드는 그 아이를 저가 만지고 가까이 가도 되는 건지조차 확신이 안 갔다. 그럴 자신도 엄두도 안 난다. 혹시나 아이 울음소리라도 들을까 봐 아기가 머무는 별궁 근처로도 발걸음을 안 하거늘.

　"성내의 모든 의사를 불러와라."

　이드는 어떻게든 방법을 찾을 거라 여기며 휙 자리를 떠 버렸다.

　그는 이제 더 이상 다시 한 번 더 물러설 만한 곳이 없었다.

　원수를 죽이려다 참았고, 죽으려는 걸 살려서 데려왔다. 그다음에는? 품에 들여 아비 노릇이라도 해야 하나. 아무렇지 않은 척, 그 모든 일이 없었던 것처럼 저 같은 게 아버지라고. 소름이 끼치고 역했다.

　자기혐오는 때때로 저와 같은 눈을 하고 있던 아이에게로도 흘러갔다. 속을 칼로 쑤시는 듯한 화끈거림과 강렬한 죄의식, 동정심이 울컥 치솟아 머리가 어지럽다.

　정처 없이 걷던 이드가 돌연 멈춰 서서 머리를 감싸쥐자 충직한 신하가 걱정스럽게 물어 왔다. 괜찮으냐고. 그는 언제고 괜찮은 적이 없었다. 아내가 탑 머리에서 꽃처럼 떨어져 영원히 시들어 버린 이후로.

　낙화한 아내의 그림자가 이드의 태양을 뒤덮었고, 온통 잿빛이 되어 침잠한 그 세상에 지진처럼 닥친 아이는 구슬피 울며 사방팔방 날아다니는 선연한 빛깔의 새였다. 그것도 덜 자라고 다쳐서 날지 못하고 바르작거리는 작은 새.

처음이자 마지막으로 안아 본 조그만 생명은 찬비를 맞고 와들와들 떨며 꺼져 가고 있었다. 손 하나만 잘못 휘두르면 금방 죽어 버릴 것만 같은 그것을 끌어안고 있자니 저 자신이 먼저 죽어 버릴 것만 같아 정신 나간 놈처럼 울었다.

끝없이 고통스럽고 절망적이었으나, 죽은 아내를 기리던 1년간의 잿더미보다는 살아 있는 것처럼 생생하고 들끓는 비관이었다. 그 끔찍한 시간이 사(死)에 대한 것이라면 이번의 것은 생(生)에 대한 절망이라서일까. 모르겠다.

아오페는 여전히 음울하나, 적어도 더 이상 식음을 전폐하거나 자해를 하지 않고 꾸역꾸역 일하고 식사하며 잠을 자기 시작한 이드의 등을 바라보며 뒤따라 걸었다.

영혼이 반 잡아먹힌 듯 죽어 가던 사람이 그럭저럭 산 사람처럼 돌아온 건 아이러니하게도 아이를 받아들이고 나서부터였다.

일말의 본능적인 책임감일까. 역시 확신할 수는 없다.

"전하."

이드는 대답 대신 미동하지 않고 그 자리에 붙박인 듯 서 있었다. 그녀는 깊이 심호흡했다.

"정 아기님을 보기 힘드시다면, 억지로 하지 않으셔도 됩니다. 제가 어떻게든……."

"어린 아기가 굶주리는 건 심각한 일인가?"

눈 가린 그에게서 흘러나온 목소리는 마치 공터에 부는 바람처럼 공허하고 비 맞는 비석처럼 축축했다.

"사흘 동안 억지로 먹인 죽도 게워 내고 젖을 물지 않는다면 분명 심각합니다."

"뭐?"

사흘, 이라는 단어에 혼란스러워 보이던 이드의 머리가 번쩍 들렸다. 예상보다 더 경악하고 희게 질린 낯빛을 아오페는 지나치게 담담하게 마주보았다.

상대의 무미건조한 표정에 더 분노한 이드가 날카롭게 으르렁거렸다.

"사흘이라니? 100일도 채 안 된 아이가 무슨 수로 버텨? 그걸 왜 인제야 말하나?!"

"지금껏 안 해 본 방법이 없습니다. 강제로 삼키게 해 봤습니다만 발작적으로 우시는지라……."

이드는 채 설명을 다 듣지도 않고 황급히 그녀를 지나쳤다. 아오페는 놀라지 않고 다소 성급한 그의 뒤를 잔잔히 따랐다. 그러다 우뚝 멈춰 서서 사납게 저를 노려보는 주군에게서 한 걸음 물러서 고개를 숙였다.

"제정신인가? 다 죽어 시체가 되면 내게 말할 요량이었나?"

"아기님에 대한 건 들으시면 더 마음 쓰실까 저어했습니다."

서릿발처럼 차갑게 굳은 이드는 태연한 수하의 기색에 머리끝까지 화가 났지만 짓밟듯이 제 분을 억눌렀다. 이것이 화풀이에 가깝다는 걸 안다. 거기다 대고 아오페가 물었다.

"보러 가실 겁니까?"

이드는 사납게 대꾸했다.

"의사란 의사는 전부 끌고 와."

그 뒷모습을 바라보는 아오페의 눈은 복잡한 안도와 씁쓸함이 뒤섞여 있었다.

무엇이 모두를 위한 것인지 그녀 또한 알 수 없었다.

*　　*　　*

아기방에 처음 와 본 성주는 들어서자마자 후각을 치고 들어오는 부드럽고 향긋한 아이 냄새에 절로 멈칫거렸다.

생경하여 낯설면서도 약하고 여린 유리 온실 위를 밟듯이 바짝 감각이 예민해진다. 그는 자신이 긴장했다는 걸 자각했다. 불편함과는 별개로 어색하고 어려웠다.

아이. 자신의 혈육. 딸. 원치 않게 얻은 생명.

그러함에도 죽거나 고통스러워하게 내버려둘 수가 없었고, 그런 모양을 보면 가슴이 내려앉고 결국에는 걱정스러웠다.

그렇다. 이것이 제 감정의 본질. 우스운 노릇이다. 그 와중에 부성애라도 느끼는가.

여전히 혼돈이지만 이제 조금은 명백해졌다. 아무래도 폭우 속을 헤치고 아이를 안아 올린 그 순간 다급한 격정 속에서 무언가가 생겨 버렸는지도 모를 일이다.

그는 지금껏 자식을 가져 본 적이 없어, 사내란 동물의 핏줄에 대한 집착이 이리 큰 것이었나 얼떨떨한 채 되짚어 보았다.

물론 이드도 한 여인을 사랑하여 아내로 맞아 가정을 꾸렸으니 아이를 갖고자 하는 욕망은 당연히 있었다. 그것이 이런 형태가 될 줄은 꿈에도 몰랐지만.

얼굴을 덮고 한숨을 쉰 이드가 뚜벅뚜벅 요람이 놓인 중앙으로 자리를 옮겼다.

잠깐 눈을 바늘로 쑤신 양 착각이 들었다. 그렇지 않고서야 저 무해하고 약한 것을 보는데 이리도 따갑고 아리지는 않을 테니까.

희고 작은 아이였다. 뽀얀 뺨에 드리운 길고 촘촘한 속눈썹이, 파랗게 빛이 바랜 나비가 잠들어 있는 듯 건드리면 바스러질 것 같아 숨을 죽였다.

조그마한 손과 발이 눈에 들어오자 속이 울렁거렸다.

"너무 작아."

저도 모르게 읊조렸다가 흠칫 놀란다. 입을 가릴 듯 손이 올라갔다가 마른세수를 하며 머리칼을 엉망으로 망가뜨렸다. 심장이 들쭉날쭉 불규칙적으로 뛰어 대었다.

여기 오는 게 아니었어.

도망치듯 뒤돌아서는 순간 칭얼거림이 귓가를 때렸다. 반사적으로 홱 돌아서자 아이가 울며 몸을 뒤틀었다. 다른 의미로 머릿속에 쿵 뭔가가 떨어졌다.

그래, 이 아이는 아팠다. 더구나 원인조차 몰랐다. 작은 입이 벌어지고 가냘프게 헐떡이는 울음이 쏟아지자 이드는 당혹하여 어쩔 줄 모르고 애꿎은 요람만 부서져라 잡았다.

아기가 사지를 버둥거리다가 홀쩍거리며 붉은 눈을 이리저리 굴렸다. 히끅거리고 닭똥 같은 눈물을 그렁그렁 떨어뜨리면서 안아 달라는 양 제 앞에 서 있는 유일한 어른에게 통통한 손을 뻗었다.

나를 안아 주세요. 달래 주세요. 제 고통과 불편함을 해결해 줄 것을 믿어 의심치 않고 끔벅거리는 아기의 맑은 눈빛이 이드를 찔러 대었다.

정신 차렸을 때는 이미 안아 들고 있었다. 폭우가 내리던 밤의 그때처럼.

공깃돌처럼 가볍고 바싹 여윈 듯한 작은 몸을 어설프게 안고 등을 쓸어내렸다. 아기는 조그만 제 엄지손가락을 빨다가 조심스럽게 토닥거리는 남자의 거친 손가락을 움켜쥐었다.

족쇄가 채워지는 기분이었다. 이드는 허탈한 한숨을 쉬며 아기를 끌어안고 고개를 숙였다. 간질거리고 부드러운 뺨과 머리카락이 아기 새의 깃털보다 연약하게 턱에 닿아 온다.

고통스러울 만치 사랑스러운 감각이었다. 어쩐지 눈물이 날 것만 같았다.

이드는 노을이 방 안으로 들어설 때까지 한참 동안 아기를 안고 있었다.

\*    \*    \*

아기의 식사 거부는 자연스럽게 해결되었다. 조금씩 우유를 마시는 조그만 입을 보고 있자니 저절로 안도의 한숨이 나왔다.

의사들은 하나같이 큰 건강상의 이상이 없다고 했으나 한번 크게 앓았으니 보호자와의 정서적 유대감에 신경 쓰는 게 좋다는 조언을 해 왔다.

별거 아닐지 모르나 변화는 있었다. 이드는 이제 하루에 한 번은 꼬박꼬박 아기방에 들려 요람 안에서 꼬물거리고 기어다니는 아이를 빤히 들여다보다 갔다. 보다 못한 란쳇이 한마디 거들었다.

"보기만 하지 말고 한번 안아 보시지 그러십니까?"

이드는 무뚝뚝하게 제 기사의 제안을 무시했다.

그는 그저 멍하니 넋 나간 듯 제 딸아이를 바라보기만 했다. 제 둥지에 들어온 다른 이의 핏덩이인 양 낯설게, 혹은 감히 안아 볼 생각조차 못 하듯이.

그게 어디냐 싶으면서도 아기가 울먹이고 까르륵 웃는 걸 눈으로만 쫓으면서 손가락 하나 못 대는 걸 보면 짠하기도 하고 답답하기도 했다.

끔찍한 원죄로 태어난 아이는 그러함에도 예쁘고 귀여웠다. 제법 눈에 익고 익숙해졌는지 곧잘 제 아비 쪽으로 기어와 손을 버둥거리고 방실방실 웃기도 했다.

언젠가, 저렇게 예쁜 딸아이를 낳고 싶었다. 이리포사와도 그런 이야기를 한 적이 있다.

─ 첫아이는 딸이었으면 좋겠어.

─ 아들이 좋지 않겠어요? 나는 당신이 후계자를 바랄 거라고 생각했어요.

─ 그럴 리가. 그런 건 천천히 생각해도 돼. 당신 닮은 딸을 보고 싶어.

잔잔히 웃는 아내를 꼭 끌어안고 이마에 키스하며 소곤거렸다. 사실 딸이든 아들이든 상관없어. 다 예쁠 거야. 딸이라 해도 그 아이의 자질이 뛰어나다면 그 애에게 내 뒤를 물려주면 되는 것 아닌가.

이리포사는 농담조지만 진지하게 말하는 남편에게 대경해서 좋알거렸다.

―세상에! 우리 귀여운 딸에게 검을 들릴 생각이에요?

―뭐 어떤가. 여자애라고 못 할 건 없지.

내 딸인데. 이드는 자못 의기양양해서 키득거렸고, 그녀는 못 살겠다는 듯 웃어 버렸다.

"아기님이 보채시네요."

아기가 버둥거리며 옹알거리는 모습에, 흐릿해진 눈에 이채가 돌아왔다. 그는 저를 신기한 듯이 둥그런 눈으로 바라봐 오는 아기를 표정 없는 얼굴로 바라본다.

그러고 보니, 아이를 낳으면 얼마나 예쁠까, 이름도 고고하고 귀한, 행복이 증명되는 이름으로 지어 주리라 되뇌었더랬지.

그러나 오늘 그의 딸은 세상에 난 지 100일이 넘었음에도 아직 이름 없는 무명이었다. 그 사실이 새삼 가시처럼 턱 걸려 왔다.

"전하?"

놀란 이를 무시하며 그에게서 아이를 뺏어 안아 들었다. 어린 딸은 기다렸다는 듯 입술을 오물거렸다.

조그만 손이 제 뺨에 닿는다. 따뜻했다. 느릴 만큼 조심스럽게 고쳐 안으며 아이를 얼렀다.

가엾고 불쌍한 것. 내가 아니라 좀 더 좋은 부모에게서 태어났다면 얼마나 좋았을까. 마음껏 세상 모든 사랑을 다 받고 시련 한 점 없이 무탈하게 자랐을 텐데.

결국, 제 죄겠지.

이드는 아이의 둥근 이마에 제 이마를 기댔다.

아기가 희게 나부끼듯 웃었다. 저 가슴 안 깊은 곳에서 떠다니던 알듯 모를 듯한 것이 찰나 뚜렷해진다.

어린 생명의 무해함, 옅은 온기, 달콤한 보드라움. 그로 인해 저변에서 하얀 햇빛이 일렁이는 수면처럼 언뜻언뜻 올라오는 온화한 평온.

그들을 둘러싼 모든 비극과 슬픔에도 불구하고 이드는 이 아이를 마주하는 그 순간에는 통증이 희미해짐을 느꼈다. 이것이 아이만의 사랑스러운 마력일까.

비겁할지 모르지만 이드는 그것에 매달리듯 딸아이의 둥근 머리에 입술을 묻었다. 어쩔 수 없이 이리 되뇌고 만다.

네가 그녀의 아이였다면…… 이 아이가 이리포사와 나의 딸이었다면 얼마나 좋을까.

*     *     *

아기가 걸음마를 시작했다. 그 역사적 순간을 목격한 모든 이들이 경악을 거쳐 비명에 가까운 환호성을 질렀다.

특히 분유를 타던 아오페는 너무 놀라 우유병을 팽개치듯 던져 버렸고, 란쳇이 그걸 두고 연신 놀리는 바람에 대련을 빙자한 매타작이 벌어졌다.

어쨌건 이 경사는 이드에게도 전해져서 그는 아기방에 들어오자마자 이제 자유롭게 기어다니는 어린 딸에게서 멀찍이 떨어진 자리에 앉아 거의 구멍이 뚫릴 만큼 아기를 주시하고 있었다.

그 노려보는 기색에 아오페가 기가 막혀 혀를 찼다.

"지금 뭐하십니까?"

"두 다리로 섰다며? 왜 다시 기어다니지?"

"……변신도 아니고 아기가 갑자기 마음먹고 직립 보행 하는 줄 아십니까. 한번 섰으니 이제 천천히 걸음마를 시작하겠지요."

그런가? 이드는 팔짱을 낀 채로 눈썹을 찡그리다가, 기다 말고 주저앉아 장난감을 입으로 가져가는 아기를 황급히 번쩍 들어올렸다.

아기는 반항처럼 버둥거리다가, 이제는 조금쯤 안는 데 익숙해진 이드가 고쳐 안으니 얌전히 몸을 기대고 손가락을 빨았다.

자각도 못한 사이 어느덧 그의 얼굴은 느슨하게 풀려 있었다.

왕의 단단한 무릎에 앉은 아기가 침을 흘리며 눈을 굴리다가, 저만치 빛나는 것이 보이자 다시 뽈뽈뽈 아비의 품을 벗어나서 기어 나갔다.

이드는 생경하고 조금쯤 이상해진 표정으로 딸아이를 가만히 바라보기만 했다.

"저 조그만 아이가 두 발로 섰다고?"

"네. 직접 봤습니다."

아오페가 단호하게 고개를 끄덕였다.

정이 든 탓에 비교적 감정 기복이 없는 아오페도 아이의 첫걸음에는 꽤나 흥분한 모양이었다. 뿌듯한 그 표정을 보고 있자니 이상스레 기분이 유쾌하지만은 않다.

이드는 턱을 괸 채 아기가 토끼 인형의 귀를 빠는 걸 지켜보았다.

"계속 보고 있는데도 그럴 기미는 없는데."

아오페며 란쳇이며, 유모에 하녀들까지 전부 봤단다. 그들은 저마다 조금쯤 들뜬 듯이 떠들어 대고 있었다.

그러니까, 저 혼자 못 봤다는 말.

사실 별일은 아니었다.

단지 몸 하나 못 가누던 조그만 것이 스스로 섰다는 것 자체가 말도 안 되고 믿어지지 않아서 그렇다.

이드는 그날 하루 평소보다 퍽 긴 시간을 아기방에서 머물렀다.

뭔가를 기다리듯 계속 아기를 힐끔거리는 모양이 우스워서 아오페의 입술이 꿈틀거렸지만, 그녀는 현명하게 내색하지는 않았다.

그리고 그날 밤 이드는 꿈을 꿨다. 눈을 뜨니 창유리가 서늘한 것이 채 걷히지 않은 새벽이었지만 다시 잠이 올 것 같지는 않았다. 상반신을 일으킨 그가 이마를 문지르다 문뜩 고개를 들었다.

톡톡톡.

스치듯이 창문을 두드리는 노크 소리였다. 창가에 거뭇한 그림자가 져 있었다.

가운을 걸치고 걸어가 창문을 열자, 부산스러운 새 울음이 기다렸다는 듯 쏟아진다. 종종거리며 내려앉은 새들이 고개를 쳐들고 그의 눈치를 보았다.

끌끌 혀를 차고는 식은 빵 덩어리와 치즈 조각이 담긴 접시를 집어 와 창틀에 놓았다. 좋알거리는 아이들처럼 달려들어 쪼아 먹는다. 턱을 괸 채 그 모양을 지켜보던 이드는 문득 한가롭게 이 아이들의 밥을 챙겨 준 것도 퍽 오랜만이라는 걸 알았다.

아침 일찍 일어나 이슬을 마시고 열매를 따 먹던 새들이 포르르 날아와 그의 앞에서 날개를 접고 노래를 불렀다.

이드는 그것이 시름에 빠져 그간 그들을 잊고 살았던 저에 대한 섭섭한 책망이라는 걸 알았다. 그는 희미한 미소를 띠며 까만 참깨처럼 반질거리는 눈에 대고 변명했다.

"미안하구나. 사실 내가 좀…… 힘들었거든."

새들은 그게 무슨 소리인지 모르겠다는 듯 뚱하게 고개를 갸웃거리고는 바쁘게 치즈 덩어리를 쪼았다.

금방 빈 그릇이 된 바닥을 긁는 푸른 꽁지깃의 새를 부드러운 손길로 쫓아내며 말했다.

"나가 있어라. 바람이 차다."

[너무해.]

어린 소녀처럼 투덜거리는 목소리는 환청이 아니었다. 이드는 별다른 표정 변화 없는 얼굴로 창을 닫고는 셔츠를 걸쳐 입고 위에 망토를 걸쳤다.

성주가 되기 전 소년 시절에도 그의 첫 일과는 일찌감치 아무도 없는 정원의 오솔길을 지나 아름드리 숲을 산책하는 것이었다.

투명한 녹음이 잠든 그곳은 유달리 동물들이 따르는 이드에게는 휴식처와 같았다.

마법보다는 기사의 소질을 타고났음에도 그에게 독특한 특기가 존재한다면 이따금 짐승들과 대화가 통한다는 것이었다.

그의 남다른 재주는 부모님의 큰 관심이나 호의를 사지는 못했지만, 후일 남처럼 얼굴만 알고 지내던 쥬다의 시선을 끌었었다.

—특이한 능력이군.

워낙 표정 없던 녀석이라 유심히 지켜보는 눈빛이 기억났다. 지금은 그 냉정한 녀석이 서부의 영주라지. 한때 포악하게 피를 뿌리며 그 척박한 땅의 주인이 되더니 그 이후로는 내내 별다른 소식 없이 조용하다.

이드가 보기에 쥬다는 명예나 권력, 부에도 큰 관심이 없었는데 왜 그 황폐한 땅을 차지했는지 당시에도 당혹했었다.

여하간, 그때나 지금이나 속을 모를 놈이야.

이드는 고개를 절레절레 흔들고는 새소리가 지저귀고 금빛과 분홍빛이 섞인 여명이 숲 가지 사이로 드리우는 길을 터벅터벅 걸었다.

싱그러운 향취가 코를 찌른다. 작은 짐승의 울음소리, 숲에 들어서자마자 따라오는 기척들이 금빛 낙엽이 쌓이듯 사박사박 귓가를 맴돌았다.

그가 뒤돌자 하얀 점박이 무늬가 자잘하게 수 놓인 사슴과 귀를 쫑긋 세우는 토끼, 붉은 여우와 다람쥐가 힐끔거리며 멈춰 선다.

이 또한 너무 오랜만이라 까마득한 정경이었다. 잠시 묘한 감상에 취해 멈춰 서 있는 그에게 나뭇가지를 머리에 인 듯한 사슴이 조심스럽게 다가오더니 늘어진 손등에 촉촉한 코를 비볐다.

이드가 아침 빛에 젖은 금빛 털이 자잘하게 돋은 주둥이와 목을 쓰다듬자 낮고 가늘게 운다.

어느덧 희미하게 웃고 있는 자신을 발견하는 건 매우 생경한 감각이었다. 다소 당혹스럽게 입가를 매만지다 정색한다. 내가 여기서 무얼 하고 있는 거지.

사람이란 게 참 간사하다. 그리 못 죽어서 안달이었던 주제에 벌써 이리 사소한 것에 즐거워하고 웃음이 나온다.

사슴의 순한 눈이 호수 속 검은 돌처럼 반짝거렸다. 색과 모양이 전혀 달랐음에도 이드는 그것에서 익숙한 다른 아이의 것을 발견하고 만다.

순수하고 맹목적인 호감과 신뢰밖에 없는 눈동자. 본능적으로 혈육을 알아보는 아이의 눈빛. 감정이 없는 불구가 아니고서야 사랑하고 아낄 수밖에 없는 그 눈을 어찌 모르겠는가.

얕은 한숨을 쉬며 손을 거두고 재차 걷는다.

가다 멈춰 서 돌아본 자리에는 아직껏 제 딸의 눈을 한 생물들이 옹기종기 모여 그를 바라보고 있었다. 결국 슬금슬금 다가오는 이들에게 도로 손을 내밀고 만다.

이드는 피를 묻히는 기사였으나 그의 성향은 창보다는 방패가, 베는 검보다는 지키는 검이 더 알맞았다. 따르는 동물들을 꼬리처럼 길게 달고 터덜터덜 성으로 돌아오며 생각하고 또 생각했다.

어찌하면 좋을까. 너를.

상념은 길고 가늘게 줄기를 뻗어 주렁주렁 열매를 맺는다. 벌써 환해진 아침 햇살이 이마 위로 늘어진 머리카락처럼 눈가를 찔렀다.

이드는 무심코 고개를 들었다가 믿기지 않는 장면을 보고야 말았다.

"내가 꿈을 꾸나?"

눈썹을 찡그리고 휙휙 정신 사납게 새들을 날려 보냈는데도 저 위, 성의 창문가에 찰싹 달라붙어 입술을 오물거리고 방글방글 웃고 있는 아기는 그대로였다.

유리창을 조그만 손으로 짚고 휘청 일어서다가 털썩 주저앉고 주먹을 빨며 둥근 몸을 요람처럼 흔들기 시작한 걸 보자마자, 이드는 후다닥 성으로 달려들어 갔다.

대체 어떻게 올라간 거지? 분명 하녀들도 일어날 시간이 아니었고, 설사 그들 손을 탔다 해도 바로 옆에서 아이를 지켜보고 있어야 옳았다.

탁탁탁 나선형 계단을 날듯이 올라가서 순식간에 아기방에 도착했다. 다짜고짜 문을 벌컥 열자마자 창가를 쭉 훑었지만, 아기는 거짓말처럼 사라져 있었다.

안도보다는 순간 가슴이 철렁했다. 그 찰나의 몇 초간 수백 가지의 불길한 상상들에 새하얗게 질려 한 걸음 내디디려는데 전장에서 갈고닦은 귀신같은 감이 빛을 발했다.

휘청거리며 뒤로 헛발질을 하는 것도 감지 못할 만치 놀라서 쿵쾅거리는 심장께에 손을 올리고 눈가를 비볐다.

"하."

아기가 문 바로 옆에 앉아 있었다. 근 5분간 무패의 기사 왕을 들었다 놨다 가지고 논 것을 아는지 모르는지 오동통한 볼 가득 미소를 띤 아기가 으쌰으쌰 혼자 허우적대다가 뽈뽈뽈 망연자실한 이드에게로 기어 왔다.

"아부부…… 아부!"

옹알이가 좀 더 선명해진 아기가 제 바짓단을 잡고 끙끙거리더니…… 갑자기 벌떡 일어서는 것이 아닌가. 이제는 더 놀랄 것도 없이 이드는 입을 쩍 벌렸다.

아마도 이 자리에 그의 수하들이 있었다면 그 넋 나가다 못해 경악한 얼굴이 좋은 구경거리가 되었으리라.

아기는 용케 눈 몇 번 깜박할 시간 동안 버티다가 휘청거렸고, 이드는 튕겨 나가듯 곧장 허리를 숙여 작은 몸을 안아 올렸다.

뭐 어떤 감상도 필요 없었다. 진득한 안도와…… 어딘가 들뜨고 따스한 놀라움뿐. 이드는 길게 한숨을 내쉬며 제 눈가를 덮었다.

황당하고 어이없고 어디에다 화내기도 뭣한 복잡한 심경을 전혀 모를 아기는 아비의 단단한 팔뚝에 앉아 쪽쪽 손가락만 빨았다. 어처구니없게도 그 해맑은 얼굴이 매우 얄미웠다.

"너 말이다……."

"아부우!"

"이 말썽꾸러기 같으니라고."

결국, 한숨처럼 웃는 것밖에는 도리가 없었다. 그는 다시 허탈하게 웃으며 아기를 고쳐 안았다.

아니 그런데…… 대체 저기에는 어떻게 올라간 건가? 이드는 미간을 좁히며 뚜벅뚜벅 창가로 걸어갔다.

여전히 창문은 단단히 닫혀 있었다. 어쩌면 당연하게도. 한데…….

"이 새는 어떻게 들어온 거지?"

파랑새 한 마리가 아기의 하얀 요람을 빙글 돌다가 부녀의 머리 위에서 춤추듯 움직이더니 아기를 안은 이드의 팔뚝 옆에 날개를 접었다.

아기는 호기심 섞인 눈으로 새를 바라보다 손을 뻗었다. 이때 이 모든 황당한 상황보다 더 황당했던 건 이드가 저도 모르게 상체를 틀며 내뱉은 소리였다.

"안 돼. 지지, 지지."

그러고서는 바로 굳었다. 내가 뭘 한 거지? 그가 제 언사에 충격을 받아 얼빠진 사이 아기는 총총거리며 제 주변에서 노니는 파랑새에게 조그만 손을 허우적거리고 있었다.

버둥거리고 힘써 봤는데도 안 되니 골이 났는지 우웅 볼을 부풀리고 울먹거린다. 자동적으로 곱실거리는 푸른 머리카락을 쓰다듬은 이드가 파랑새에게 말했다.

"잠깐 앉아 주렴."

새는 고개를 갸웃거리더니 그의 말대로 얌전히 아기의 손안에 둥지를 틀듯 앉았다.

만져 보고 입으로 가져가려다 제지당하고, 오물오물 입술만 움직이며 신기한 듯 눈을 빛내는 주먹만 한 얼굴이 도톰한 분홍빛 복숭아 같았다.

아직 세상을 모르는 아기에게 처음 보는 바깥의 생물이 그러하듯이, 이드는 다른 의미로 아이에게 눈을 떼지 못하고 그 모양을 지켜보았다.

봄빛이 맺힌 아이의 눈가가 까르르 접힌다. 민들레 씨앗이 날리니 간질간질한 재채기가 나오듯, 따라서 이드의 갸름한 눈매도 비스듬하게 휘었다.

그래, 어느샌가 그도 웃고 있었다.

*          *          *

그렇게 조그만 여자아이가 적막한 황금 성으로 날아든 지 퍽 시간이 흘렀다. 무례한 겨울 서리에 덴 봄의 땅에 이제야 새싹이 돋기 시작한 것처럼 성내에는 묘한 생기가 돌았다.

"요즘 들어 아기님이 부쩍 밖으로 나가고 싶어 하시는 것 같단 말이야."

한 달간의 기사 순례를 끝내고 귀환하자마자 아기방에 매일 출근 도장을 찍는 란쳇이 딸랑이를 흔드는 아기를 구경하며 말했다.

비교적 성장이 빨라진 기사 왕의 따님은 좀이 쑤시는지 이제는 제법 사람 모양으로 허리를 곧게 펴고 앉아서 창밖에 보이는 새와 나무 그림자, 부슬부슬 온 성과 대지를 적시는 봄비를 신기하다는 듯 바라보았다.

"아기님, 밖에 나가서 놀래요? 밖에는 신기하고 재미있는 것들이 무척 많답니다."

"아우?"

"그렇다니깐요! 아니 암만 애기래도 방구석에 꼭꼭 숨겨 둘 건 뭐람? 이 성에 위험한 게 어디 있다고. 그지요? 억!"

주절주절 떠들어 대던 덩치 큰 아저씨가 획 뒤로 넘어가는 걸 아기의 커다란 붉은 눈이 멀뚱멀뚱 바라보기만 했다. 곧이어 길쭉하고 단단한 여기사의 손마디가 쭉 뻗어 오더니 능숙하게 안아 든다.

"이 성안에 위험한 유일한 게 있다면 바로 너겠지. 창가에 두면 위험하다고 몇 번을 얘기했나?"

"아 거참 걱정도 팔자요! 바로잡으면 되지, 그게 뭐 대수라고."

"그렇다는군요. 어찌할까요, 전하?"

"헉."

란쳇이 기겁해서 느적느적 고개를 돌리자, 언제 들어왔는지 팔짱을 끼고 서 있던 이드가 뚜벅뚜벅 걸어와 아오페에게 손을 내밀었다.

아오페에게 안겨 있던 아기는 이드와 눈이 마주치자 아부아부거리며 통통한 팔을 내뻗었다.

이러나저러나 제 아빠라는 건지 아기가 가장 애착을 느끼고 좋아하는 존재는 유모도 아오페도 아닌 딸을 보며 한번 활짝 웃지도 않는 이드였다.

말로 표현한 적은 없지만 이드는 사실 자신의 딸을 꽤 신경 쓰고 있었다. 결국에는 꼬박꼬박 얼굴을 보러 오는 데다, 직접 안고 어르기까지 하니 두말할 것도 없지 않은가.

제법 익숙하게 안겨 오는 딸을 받아든 이드가 낯빛이 푸르게 죽은 제 기사를 일별하며 말했다.

"훈련 시간이라고 알고 있는데, 다 끝냈나 보지, 경?"

"예…… 아마도 그럴걸요?"

"잘됐군. 그리 좀이 쑤신다면 나가서 연병장이나 더 돌지 그러나."

엷게 휘어진 입매와는 다르게 눈에는 웃음기가 없었다. 즉, 말만 권유형이지 냉큼 꺼져서 몸이나 굴리라는 명령이었다.

눈치껏 알아들은 란쳇은 차렷 자세로 존명을 외친 후 후다닥 달려나갔다.

"하여간 실력은 좋은데 은근 푼수라서 문제입니다."

"부정은 안 하겠다."

짧게 대꾸한 이드가 제 딸을 내려다보며 잠시 고민하듯 미간을 좁혔다. 아오페가 고개를 기울였다.

"혹시 녀석 말대로 아기님과 밖에 나가 보시렵니까?"

"아니…… 아, 그래."

그것도 나쁘지는 않군. 몇 번 앓았던 전적 탓에 몸 약한 아이라는 인식이 박힌 아이는 변변찮은 나들이 한번 간 적이 없었다.

이곳이 따뜻한 봄의 대지라는 것이 그나마 천만다행이었다. 두

툼하게 짠 카디건을 걸친 아기가 부르르 볼에 바람을 넣고 손장난을 친다.

희미하게 표정이 누그러진 이드의 긴 손가락이 뽀얀 뺨을 건드린다. 언제부턴가 예전처럼 온건한 눈을 한 그를 아오페는 한시름 놓은 낯으로 응시하고 있었다.

이드와 아기는 후원을 거쳐 익숙한 숲길로 향했다. 전형적인 봄 날씨였다. 호수의 물을 타서 말갛게 펴 놓은 듯한 비췻빛 하늘에는 양떼구름이 한가롭게 지나갔고, 그 아래로는 녹주석 빛깔 숲이 잔바람에 잘게 흔들렸다.

그의 품에 들린 아기가 바람결 따라 떠밀려 온 벚꽃 잎을 잡으려 손을 뻗었다. 피식 웃으며 가슴 위로 고쳐 앉는다. 나비로 화한 듯 팔랑팔랑 도망치는 바람에 잡지는 못했으나 마냥 좋은지 또 웃는다.

이드는 귓가에 감기는 그 소리를 들으며 자연히 아이의 보드라운 물망초 빛깔 머리카락에 얕게 입 맞췄다.

요사이 그에게는 고민이 있었다.

"아가."

"아우."

아기는 오동통한 팔을 휘젓는 걸로 답했다. 이드는 단정한 미간을 좁힌 게 여간 심각해 보였다.

"여자아이 이름으로 뭐가 좋지? 넌 마음에 드는 게 있나?"

"으아?"

아이의 이름을 지어 주자는 결심을 한 건 어느 때부턴가 무지한

이 어린아이가 그를 알아보고 안겨 오며 무작정 신뢰하는 모습에서 죄책감을 넘어 책임감을 느껴서도 있었지만, 일을 끝내고 이 아이를 보러 올 때만이 그의 하루 중 가장 기꺼운 순간이라는 것을 깨달았기 때문이었다.

허탈하고 씁쓸한 인정이었다. 거기에는 일말의 홀가분함도 존재했다. 이드는 아기의 둥근 이마에 키스하며 중얼거렸다.

"그래. 넌 죄가 없지."

있다면 나에게 있을 뿐.

죽은 이리포사도 이런 그를 보면 실망했을 거다. 제멋대로의 자기 합리화일지도 모르지만 말이다.

"아부! 으아. 우……."

하얀 나비가 그들의 주변을 맴돌다가 눈을 반짝이는 아기의 손을 피해 달아난다. 그러고는 얄밉게도 둥그런 푸른 정수리에 내려앉았다.

그것도 모르고 볼을 부풀리고 하얀 솜 같은 손발을 꼼지락거리는 게 상심한 곰돌이를 보듯 피식피식 웃음이 나왔다.

상쾌한 물결처럼 밀려온 웃음소리에 놀란 나비가 빙그르르 날아오른다. 푸른 하늘을 가로질러, 귀부인의 치맛단처럼 화사하게 물든 들꽃들 사이로.

히잉, 울먹이는 아기를 달래며 그 사이에 털썩 주저앉았다. 꽃밭에 숨어 있던 작은 나비들이 일순 팔랑거리며 춤을 춘다.

제 무릎 위에서 노는 딸아이의 머리칼에 가장 작고 소담한, 흰 별꽃 한 송이를 꺾어 꽂아 주었다. 파란 연못에 떨어진 별똥별, 달밤에 핀 연꽃 같았다.

그렇게 그들을 둘러싼 모든 것이 완벽했던 그 순간, 한 단어가 입술을 비집고 흘러나왔다.

"타라."

고귀한 풀꽃. 아기가 꽃줄기를 매만지다가 눈만 굴려 드물게 제법 밝은 얼굴인 아비를 올려다보았다. 흐트러진 푸른 머리칼을 넘겨 주면서 이드가 뒤이어 속삭였다.

"타라. 마음에 드니?"

아기는 고개를 갸웃거리기만 했다. 타라. 타라. 혀에 감겼다가 풀어지는 억양과 소리 모두 맞춘 듯이 어울렸다. 이 아이와.

그는 어쩌면 과신한 건지도 모른다. 자식이라는 존재가 부모로 하여금 새로 창조케 하는 감정들은 전부 정의 내릴 수도 없으며, 수천 개로 늘려 설명한다 해도 부족하다는 걸.

형언할 수 없는 무언가에 사로잡힌 이드를 까맣게 모를 그의 작은 딸은 저가 갖고 놀던 꽃 한 송이를 어설프게 내밀었다.

이것이 내게 어떤 의미일지 넌 알까.

그러나 분명한 건 이제 이드는 이 별거 아닌 꽃송이조차 거절하기 힘들어졌다. 분명히. 그것은 이제 남은 그의 삶에서 가장 빛날 기쁨이었음에도 동시에 그를 한없이 슬프게 했다.

\*        \*        \*

이별은 홀연히 찾아왔다.

이드는 겨울 성에서 날아온 편지를 받고 두말할 것 없이 거절의 의사를 달필로 적어 보냈다.

그녀가 원하는 게 뭐든 이드는 들어줄 생각이 없었다.

그맘때쯤 타라에게 이상 신호가 생겼다.

"아무래도 마력 같습니다."

아기 타라가 그저 가만히 본 것만으로 밀어서 깨뜨려 버린 자기를 치운 아오페가 단정 짓듯 말했다. 이드의 표정은 심각했다.

"그 아이는 마력이 없다."

"확실합니까? 하지만 마력이 아니고서야 불가능합니다."

이드는 문뜩 치고 올라오는 기억을 느꼈다.

창문이 닫혀 있었음에도 방 안에 들어와 있던 파랑새, 올라갈 수 없는 창가에 버젓이 앉아 있던 타라. 이런. 이마를 짚는다. 변화는 사실 전부터 있어 왔다.

"마력을 타고나지 못했던 아이가 갑자기 마법을 다루게 되는 경우가 있나?"

"고귀족의 역사가 기니 불가능하지는 않을 거라 봅니다. 다만……"

아오페가 말끝을 흐렸다.

"아직 채 말도 하지 못하는 어린 아기가 했다기에는 너무 강력합니다. 이런 사례는 들어 본 적도 없습니다."

"……."

고귀족들은 기본적으로 마력을 갖고 태어나지만, 의지를 발현해 마법을 사용하는 건 이성과 기본적인 자아가 형성되는 나이는 되어야 했다.

한 마디로, 현재 마법의 상식으로는 타라의 능력은 분명 이례적이다. 굳이 따지면 비정상에 가깝다.

이드는 불안하게 뛰는 심장을 삭히며 이마를 짚었다.

타라의 마법은 어딘가 일반적인 마법과 달랐다. 일단 두서가 없었고, 주문이라든가 수인을 맺는 절차도 없이 뜬금없이 발현되었다.

한번은 아침에 아기방에 들렀던 유모가 대경실색해서 뛰쳐나왔다. 어지럽혀진 방에 창문이 활짝 열려 있었고, 온갖 새들과 작은 동물들이 아기의 요람 주변에 모여 있었다. 그 와중에 쌔근쌔근 천사처럼 자고 있는 아이의 모습은 신비롭기까지 했다.

이드는 필사적으로 머릿속에서 제가 아는 모든 마법, 마법사들과 비교해 봤지만 역시 이런 유는 본 적이 없다.

그나마 주문 절차와 구현 시간을 생략하다시피 자유자재로 마법을 쓰는 유일한 마법사라고 한다면……

쥬다 정도일까. 율리아 대륙을 탈탈 턴다고 해도 그가 유일했다. 그러나 제아무리 천하의 쥬다라도 의사 표현을 못 하는 젖먹이 적부터 마법을 쓰지는 못했다. 그건 사실상 불가능하다. 하지만 지금 그의 딸은 버젓이 그런 기적을 행하고 있었다.

제기랄. 뭐가 어떻게 돌아가는 건지. 설사 그런 게 가능하다고 해도 왜 하필 타라인가.

이드는 가능하다면 타라가 별 탈 없이 최대한 평범하게 자라는 게 나을 거라고 은연중에 생각하고 있었다. 특출나거나 비범해서 세간의 관심을 산다면 자연히 과거에 대해서도 궁금해하는 자들이 나올 테니까.

아직 세상 전부가 분홍빛일 아기였지만 곤하게 자고 있는 모습을 보노라면 돌연 속이 덜컥 내려앉을 때가 종종 있었다.

아직 그는 서툰 부모라서, 아버지가 처음이라 이 대중없는 두려움이 아이의 장래에 대한 걱정이라는 걸 자세히 인지하지 못했다.

자식을 가진다는 것이 원래 이러한가. 그렇다면 세상 모든 부모들은 저마다의 천국과 지옥을 따로 안고 살아가고 있을 것이다.

그러나 그가 앞으로 해야 할 일이다. 앞으로? 앞으로라니. 당연한 듯 미래를 생각하는 저 자신이 괴이해서 이드는 손끝이 차가워졌다.

그에게 이런 혼돈을 선물해 준 그 여자가 그랬었지. 같이 신이 되자고.

이드는 입을 틀어막고 지독히 몰입하여 머릿속의 단서들을 짜맞춰 갔다. 그 끔찍한 밤. 아델하이트는 그녀의 목적을 이루기 위해 이드가 필요하다고 했다.

"그래…… 내가 재료였군."

아델하이트는 금지되고 아마도 사장되었을 주술을 시행했을 것이다. 그들의 가계는 손이 적어, 남아 있는 건 아델하이트와 이드가 전부였다. 그리고 결과물인 타라.

신이 된다 ─라는 게 이런 뜻이었나.

정신 나간 인간이었다. 저는 그렇다 쳐도 타라 그 아이는 무슨 죄인가? 그리고 추측이 맞다면, 아델하이트가 원하는 최종적인 목적은 뭐지? 방법은 하나였다.

"쥬다를 만나야겠다."

"불사의 마도사 말입니까? 하지만 그는……."

위험하기 짝이 없는 사내다. 황량한 불모지에 버티고 선 최강의 마룡 같은 존재. 사적인 인연이 잠깐 닿은 적이 있으나 그마저도 완벽한 타인에 가까웠다. 외부인을 질색하며 폐쇄적인 대마법사가 순순히 만나 줄지도 의문이며, 만약 호기심에 만난다 해도 너무 위험했다.

하지만 부관의 만류에도 이드는 고개를 저었다.

"그 녀석밖에 없어. 어쩌면 이런 부분에서는 믿을 만한 유일한 자일 수도 있겠지."

"하지만 동부와 서부는 너무도 먼 거리입니다."

최단 거리인 겨울의 도로는 사용할 수 없는 거나 다름없다. 불구덩이의 사해인 이티오팔을 통과하는 건 어리석은 선택이니 남은 건 해로(海路)뿐.

그마저도 대륙의 반을 돌아가는 힘든 여정이라는 건 변함이 없었다. 그러함에도, 이드는 지금 쥬다를 만나야 한다는 직감을 떨칠 수가 없었다.

"차라리 남부 요정 여왕 타니아에게 조언을 구해 보시는 건 어떻습니까?"

"이것은 아마 금지된 고대의 마법일 것이다. 요정들은 정도를 벗어나는 강한 힘을 과하게 두려워하는 경향이 있어. 이런 부분은 쥬다가 나을 거다. 분명."

타니아는 필요하다면 제 철천지원수와도 춤을 추고 키스를 할수 있는 인물이었다.

그녀에게 중요한 건 종족이 얻게 되는 실리와 이득이지, 한나절 술에 취해 잔뜩 춤을 추고 나면 잊힐 불쾌함이 아니었다. 아델하이트가 원하는 걸 쥐어 준다면 망설임 없이 이드와 나누었던 대화 내용을 팔아 치우겠지.

이드는 외교에 해박한 만큼 각 지배자들의 성향에 대한 파악이 정확했다.

비열한 클레멤논, 교활한 요정 여왕 타니아, 그리고 변덕이 죽 끓는 아델하이트. 아이러니한 사실이지만 황금 성의 군주인 그가 어떤 의미로든 주변국들 중에서 가장 신뢰하는 영주는 적국인 북부의 왕 레오니다스였다. 최소한 사자 왕은 제 속내를 숨기거나 맹약을 어기는 자는 아니니까.

그는 감감무소식이다가 조금씩 이쪽으로 관심을 내비치는 누이를 생각했다. 그 시기는 타라가 무작위로 마법을 사용하기 시작한 때와 기묘하게 맞물리는 감이 있었다.

이드는 그것이 우연이라 믿을 정도로 어리석지 않았다.

어쩌면 시간은 생각보다 더욱 촉박한 걸지도 모른다.

"마침 율리아 해류와 퀸즈로드(여왕의 길) 해풍이 맞물리는 때이니 쾌속 갤리선을 타면 반년이 채 걸리지 않을 것이다. 그동안 성과 타라를 부탁한다."

"전하……."

"걱정 마라. 나름대로 대비책을 세우고 떠날 테니."

이드는 우려가 만만한 신하에게 성의 방어와 안전을 신신당부한 후 신뢰하는 부하 몇만 대동하고 비밀리에 황금 성을 떠났다.

그는 마지막으로 저에게 손을 뻗으며 어설프게 불러오는 딸의 작은 손을 어루만지다가 거기에 입을 맞춘 후 뒤돌아섰다.

어린 타라는 짧게 울먹거리다 울음을 터트린다. 아오페는 아이를 달래며 얕게 한숨을 쉬었다.

*　　*　　*

이드가 떠난 뒤 일주일이 지난 어느 날, 갑자기 하늘이 흐려지더니 황금 성의 첨탑 위로 불순한 먹구름이 몰려왔다. 그러더니 살이 에일 듯한 눈보라가 닥친다.

아니나 다를까 하늘이 하얀 깃털들로 부서져 내리듯 눈 조각들이 휘몰아친 자리에 아름다운 여인의 형상이 나타났다.

그녀는 하늘거리듯 성벽에 내려서더니 마치 고성의 여주인이 후원을 거닐듯 나긋하게 들어선다.

가장 먼저 그녀를 발견한 것은 보초를 서던 병사였다.

"누구냐!"

그것이 그의 마지막 말이었다. 쿵, 하고 쓰러진 이의 곁을 모피를 두른 가느다란 여자가 지나친다. 서늘한 발소리가 멀어진 자리에 남은 남자의 몸은 서리가 내려 얼어붙어 있었다.

아델하이트는 침입자 같지 않게 나른한 얼굴로 성벽에 뚫린 창문 곳곳으로 반짝이는 봄의 풍경을 힐끗 내려다보았다. 백조의 날개처럼 우아한 눈매에 일순 경시에 가까운 권태로움이 감돈다.

"이곳은 언제 와도 그대로란 말이야."

동부의 온화한 봄날은 독한 향수 같은 거북함을 불러일으킨다. 아델하이트는 가느다란 눈썹을 찡그렸다.

쓸데없는 생각이 떠올랐어.

성주가 자리를 비웠음에도 황금 성은 여전히 온난하게 싱그러웠다. 다섯 맹주국의 성들은 현자 소락스 때부터 오랜 역사와 마법이 깃들어 있는 특별한 성으로 주인의 힘과 존재의 유무에 따라 그 권위와 방어력 등이 달라진다.

그녀의 예상대로 이드는 이곳에 없었다.

그녀는 비웃듯이 황금 성을 상징하는 태양이 양각된 중앙 홀을 짓밟고 지나가 정해진 양 어느 방 앞으로 향했다.

그 앞을 지키고 있던 기사들은 아델하이트와 눈이 마주치자마자 흐물흐물 눈빛이 풀어지더니 멍청하게 서서 굳었다. 그녀는 손쉽게 문고리를 돌리고 들어갔다.

햇살이 가득 들어오는 방이었다. 이 성에서 나고 자란 아델하이트는 그래서 이 방이 다른 모든 것 중에서도 가장 조용하고 아늑한 곳이란 걸 알았다.

딱 이드가 선택할 만한 둥지가 아닌가. 어쩐지 우스워졌다. 그리고 황금 사자가 자리를 비운 보금자리 같은 방의 한가운데에 요람이 놓여 있었다. 그녀는 가까이 다가갔다.

하얀 눈으로 덮인 작은 샘물처럼 아이가 잠들어 있다. 오밀조밀 희고 고운 아기의 낯을 찬찬히 훑는 여자의 얼굴은 항상 가면처럼 감도는 미소가 무색하게 온기 한 점 없는 무표정이었다.

아델하이트는 의식적으로 입술을 올렸다.

"안녕, 아가야."

널 데리러 왔단다. 너나 나나 별로 달갑지는 않겠지만.

그녀는 손을 뻗어 자는 아기의 볼을 쓰다듬었다. 긴 손톱이 여린 볼을 할퀼 듯 아찔했다. 고드름을 댄 양 움찔거리던 아기가 반짝 눈을 떴다.

드러나는 선명한 붉은 눈동자에 아델하이트는 고소를 머금었다. 푸른 머리카락, 붉은 눈. 영락없이 죄악의 근본을 그대로 드러내는 색깔이 이 아이에게서 고스란히 드러나 있었다. 그래서 그녀는 흡족했다. 게다가…….

"마법을 부렸다지?"

비밀 이야기를 하듯 속삭이는 목소리에 아기가 손가락을 꼼지락거렸다. 그녀의 눈은 다정했지만, 목소리는 수백 년 북극에 파묻혀 있던 피 묻은 칼 조각처럼 싸늘하기 그지없었다.

"축하한다. 내가 진짜를 낳았구나. 그 수고로움을 감수했는데 실패작이었다면 널 죽여 버렸을지도 몰라."

물론 더 커 봐야 확실해지겠지만. 아델하이트는 나비의 유충처럼 버둥거리는 아기에게 손을 뻗었다. 하지만 그 찰나였다.

날카롭고 풍부한 오르간의 연주처럼 기묘하고 아름다운 울음소리가 방 안 가득 쩌렁쩌렁 울려 퍼졌다. 일순 붉고, 황금빛의 찬연한 그림자가 일렁인다. 온 세상을 비추던 태양이 이 한곳으로 고개를 숙인 양 압도적인 위압감이었다.

아델하이트는 무형의 덥고 묵직한 힘에 의해 밀려 요람 반대 방향으로 내동댕이쳐졌다.

"이건……!"

불사조?! 단 하나 남은 고대의 신수가 거대하고 찬란한 노을빛 날개를 접으며 요람의 머리맡에 내려앉았다. 지상에 남은 생물 중 가장 오래된 유일한 짐승의 깊고 단단한 눈이 내상을 입어 피를 토하는 여왕을 지그시 바라보았다.

붉고 긴 속눈썹이 드리운 눈빛에는 오색빛이 감돌았고, 알을 품듯 아기가 누운 요람을 감싼 날개는 해 저무는 대지만치 넓다. 경이 그 자체였다.

아델하이트는 이를 악물며 비틀거리고 섰다. 제아무리 고고한 눈의 여왕이더라도 이 전설의 새에게는 함부로 할 수 없었다. 무엇보다 상성 자체가 최악이다.

"이드 이 개자식!"

설마 불사조를 두고 갔을 줄이야. 어지간해서는 계약한 주인과 떨어지지 않는 불사조가 순순히 이드의 뜻에 따라 이곳을 지키고 있을 거라고는 생각도 못 했다.

이 고고한 짐승은 인간을 뛰어넘는 고등한 생물이며, 제 의지가 뚜렷하고 깊었다. 오죽하면 해가 태어나는 땅의 마지막 불사조, '여명의 불꽃'에게 인정받는 자야말로 진정한 동부의 주인이라는 말까지 생겨났을까.

고대 고왕국의 왕가에서도 불사조를 신성시하며 가문의 문장에 넣었고, 마지막 여제 아스타로테의 애완조이자 진실한 친구였다고 전해져 내려온다.

그러니 저 새는 제 의지로 아기를 보호하고 있는 것이다. 아델하이트는 기묘하게 뒤틀린 기분에 사로잡혀 새의 날개 속에서 평화롭게 눈을 깜박이는 아기를 주시했다.

"운이 좋구나, 넌."

정확히 말하자면 선택받은 자의 당연한 행운이라고 봐야 할 것이다.

마땅히 주어지게 될 강력한 힘, 누구보다 근원에 가까울 순혈의 혈통, 그로 인해 해가 갈수록 더해질 진기한 아름다움과 독특한 매력은 이 아이가 한창 젊음을 구가할 무렵 활짝 만개할 것이다.

거기다 제 모든 것을 잃고 바닥까지 처박히고도 결국은 제 자식이라 싸고돌며 사랑을 쏟아붓는 멍청한 아버지까지 있다.

이 얼마나 불공평한 세상인지! 아델하이트는 인생의 어느 한순간도 치열하지 않은 적이 없었는데 이 아이는 제 딸이고 선택받았다는 것만으로도 특별한 존재가 될 것이었다.

그녀는 퍽 오랜만에 속이 뒤틀릴 만치 거슬리는 질투가 솟구쳐 미쳐 버릴 뻔했다. 모든 혈관에 피 빨아 먹는 벌레가 가득 차 우글거리는 듯하고, 속에 품은 흉기에 갈기갈기 찢긴 내장 조각이 입 밖으로 역류할 것만 같다.

저 힘이, 저 재능과 특혜가 내 것이었어야 했는데. 아델하이트는 항상 최고의 미녀이자, 뛰어난 마법사로 추앙받았지만 정작 가장 갖고 싶고 열렬히 소망했던 것들은 그녀의 손아귀를 떠나 타인의 것이 되거나 부서졌다.

그래서 정작 저가 원하던 것을 손쉽게 가지고도 그 가치를 알지 못하는 멍청이들을 볼 때면 절대 모른 척 지나가지 않았다. 어떤 식으로든 밟고 부수고 종래에는 감히 행복을 탐할 수도 없게끔 망가뜨렸다. 그러면 조금은 숨 쉬는 게 편해지는 것 같았으니까.

그녀의 자랑스럽고 증오스러운 오라비에게 그랬던 것처럼. 아델하이트는 꽃 피듯 화사하게 웃었다.

"언젠가는 너도 그렇게 만들어 줄게."

내 딸아.

활활 태양의 손짓처럼 무형의 불꽃이 파도치는 가운데 쾅, 문이 부서질 듯 열리고 황금 성의 기사들이 뛰어들어 왔다. 선두에 선 아오페가 발검한 채로 여왕을 발견하고 노호성을 질렀다.

"파렴치하고 사특한 여왕이여! 여기가 감히 어디라고 왔는가!"

"하지만 오늘은 안 되겠구나."

여왕은 각혈이 주룩 흐르는 입술을 핥으며 벽을 짚고 일어났다. 불빛이 비친 새파란 눈이 번들거린다.

그녀가 손을 뻗어 얼음의 마법을 일으키자, 아오페가 단호히 소리치며 그 앞을 가로막았다.

"어디를!"

"비키렴, 이드의 개. 너 정도로는 어림도 없단다."

아델하이트는 아오페를 비웃었다. 독기 품은 눈보라가 불사조의 불꽃을 밀어내며 길을 트기 시작했다. 쩌정 얼어붙은 냉기가 녹았다가 다시 어는 것을 반복했다. 마치 접전이 붙은 몸싸움처럼.

아오페가 내지른 검격에 얼음 창과 방패를 소환해 막아 낸 아델하이트가 눈썹을 일그러뜨렸다. 손쉽게 막아 내기는 했지만 미세하게 금이 가 있었다.

마법은 지형과 환경이 절대적으로 중요하다. 이곳이 가장 오랜 세월을 살아온 고대의 붉은 신수가 둥지를 튼 심장부라는 걸 생각해 보면 황금 성 안에서의 전투는 아델하이트에게 압도적으로 불리했다.

까득 이를 간 여왕이 쫘악 날개를 펼치듯 두 팔을 펼쳤다. 서리와 눈발이 사방으로 번져 갔다.

불과 얼음의 상극인 온도 차로 황금 성의 수려함을 뽐내던 유리창들이 죄 산산이 가루로 부서져 내렸다. 그 사이로 뻐꾸기로 변한 여왕이 쏜살같이 도망쳐 사라졌다.

그리고 보름이 흐른 뒤 밤, 바다에서 거대한 폭풍을 만난 이드가 결국 해협을 건너 쥬다를 만나지 못하고 다시 돌아왔다.

그는 매우 지치고 기운 없는 얼굴이었으나, 무사하고 건강하게 저를 반기는 딸의 모습에 대번에 낯빛이 밝아졌다. 이제 그는 거부할 수 없이 향하는 부정을 잘 숨기지도 못했다.

"이리 온."

그사이 또 자라 있었다. 마치 물 위로 뿌리라도 내리고 있는 양 금세 무럭무럭 자란다. 신비로울 정도였다.

이드는 딸을 번쩍 안아 귀한 왕관처럼 높이 들어올렸다. 아기가 까르르 웃는다. 햇살 뭉치를 가득 모아들고 있어도 이처럼 눈이 부시지는 않을 터다.

찰나 어떤 예감처럼 가늘고 날카로운 바늘 같은 것이 심장을 찔러서, 슬며시 단정한 눈가를 찡그렸다. 저 밑바닥의 무의식이 막연하게 읊조린다. 그는 이 순간을 잊지 못할 것이다.

"일찍 귀환하셨습니다."

"그래. 중간에 일이 있었다."

이드는 느릿느릿 아기를 내려놓았다. 유모가 재빠르게 다가와 아이를 눕히고 달랬다. 역시나 순한 그의 딸은 낯선 새 유모에게도 떼를 쓰거나 크게 울어 괴롭히지 않았다. 이드가 찬찬히 그 점을 지적했다.

"사람이 바뀌었군."

"그녀가 내통자였습니다."

아무리 황금 성의 주인이 이드라 하나, 아델하이트 또한 전 성주의 딸로서 이곳에서 자라 어린 시절을 보냈다.

그러니 끄나풀이 한둘이라도 남아 있지 않은 것이 외려 이상했다.

이드도 조금쯤 의심하고 있었는지 별말 없이 수긍했다.

"처리는?"

"목숨이 아직 붙어 있기는 합니다. 직접 취조하시겠습니까?"

"아니. 빼낼 건 다 빼냈겠지."

그 후에 대해서는 생략되어 있었으나 말이 필요 없었다. 그는 잠시 침묵하며 생각에 잠긴 듯 작게 하품을 하는 타라의 뽀얀 얼굴을 바라보았다. 숫제 눈에 새길 듯이.

"돌연 태풍이 불었다. 마치 신이 심술을 부리는 것만 같더군."

"이상하군요. 이맘때쯤이면 바다가 잠잠해야 할 터인데."

"하늘이 그녀를 돕는가."

"말도 안 됩니다."

그녀는 강하게 부정했다.

신들이 그리 무도하다면 세상은 망했어야 옳았다. 어쨌건 아델하이트가 다시 타라를 돌려받으려 할 것이라는 이드의 예측은 옳았다.

불사조를 두고 가서 천만다행이었다. 만에 하나라도 황금 성에 타라를 보호해 줄 만한 어떠한 것도 없었다면……

"고맙다. 내 부탁을 들어줘서."

**[고마워하지 않아도 된다.]**

모두 물러가고 아기와 둘뿐인 방 안, 텅 빈 허공에서 불이 타오르더니 붉은 실로 수놓은 듯한 새가 나타났다. 가는 새 모양으로 번진 기름얼룩 흔적 같기도 했다.

그 모습은 확실히 어떤 무언가로 딱 잘라 정의 내리기에는 극도의 존귀함과 신이함을 지니고 있었다. 적어도 이드는 그를 대체할 만한 비유적인 명사를 알지 못했다.

고대의 아름다운 생물은 홀연히 소리 없이 날아오르더니 어느덧 잠든 타라의 근처에 앉아 말을 이었다.

**[내가 내켜서 그리한 것이니.]**

"너는 그 아이에게 호의적이군."

**[그렇다. 불사조란 언제나 옛것을 태우고 새로이 태어나는 것을 따르고 경배하는 자. 우리의 숙명이다. 기뻐해도 좋다. 네 여아는 미래 중에서도 극상의 미래를 타고 났으니.]**

영원의 불이 감도는 눈에는 신전 제단에서 타오르는 성화만치 경배의 빛이 감돌고 있었다. 보는 자로 하여금 절로 숙연하게 만드는 차분하고 격정적인 감정이었다.

이드는 반평생을 저 신비롭고 위대한 존재와 알아 왔으나, 저런 '생물적인' 동요는 처음 보았다.

"그 애가 그렇게 강력한 힘을 가졌나."

**[넌 신이 네 눈을 파고 몸을 부서뜨릴 것 같아 섬기느냐? 신 은 그저 신이다. 존재 자체가 위대하지.]**

불사조는 상냥하게 제 계약자를 질책했다. 경멸조차 황홀하고 우아한 건 무슨 까닭일까. 말이 주인이지, 그들의 관계는 이따금 대화에 응하는 우호적인 관계의 이웃과 흡사했다.

가끔 이드는 왜 저 고고한 존재가 자신을 선택했는지 의문이 들고는 했다. 심지어 불사조는 제 주인이 아델하이트의 간교에 속아 나락으로 떨어지는 걸 뻔히 알고 있을 텐데도 방조했다.

이드는 몇십 번이고 반복했던 질문을 다시 꺼내는 자신을 막을 수 없었다.

"타라가 무엇이기에?"

**[나는 답할 수 없어. 최소한 너에게는.]**

"그럼 누구에게 답할 건가."

**[질문이 아닌 명령을 하는 자.]**

이드는 부지불식간에 깨달았다. 이때껏 불사조가 방관하였다고 여겼는데 이는 사실이 아니었다. 방조와 방관이 같을 수는 없음이다. 순식간에 차오르는 열이 차가운지 뜨거운지도 모른 채 중얼거렸다.

"그래서 그녀를 내버려두었군. 네 신(神)을 위해서."

불사조의 형체 없이 타오르는 눈이 가만히 참담한 왕을 바라보았다. 거기에는 그를 알면서 처음으로 경시가 없었다.

"이 아이, 타라가 네 신이었어."

이드가 반복해서 말했다. 허무하고 격앙되고 두려운, 묵직한 들숨이 허파를 짓눌렀다.

"네 마지막 신은 망국의 군주가 아니었나."

**[마음에 들지 않는 표현이군.]**

"사실이니까."

율리아의 모든 문화, 정신, 언어적 기반은 고왕국을 토대로 한다. 그러나 현실적이고 직관적인 사고방식을 가진 이드에게는 딱 그 정도의 사실적 가치를 지닌 지나간 역사일 뿐, 그는 종족을 불문하고 율리아인들 전체에 팽배해 있는 고왕국에 대한 무한한 경이와 지나친 숭배를 지나치다 여겨 오는 이들 중 하나였다.

어쨌건 마법을 과하게 숭앙하다 그것으로 자멸한 나라가 아닌가.

혈통 중심적이고 폐쇄적인 사회구조와 신분제도, 수족은 야만적인 족속이고, 요정은 고귀한 종족이라는 비이성적인 인간의 편견도 전부 고왕국이 남긴 어두운 그림자들이었다.

수족은 고왕국의 정복 전쟁에서 굴복하지 않고 끝까지 저항한 죄로 최하 계급인 노예였고, 고왕국 말기 뒤늦게 번성한 요정은 그 생김새가 아름답고 고왕국의 지배에 순응하여 여제의 총애를 받았을 뿐이다.

고귀족? 그게 뭐? 이드의 아버지는 고귀족도 아니었고, 그의 수하들 반 이상은 혼혈이거나 순수한 인간이었다. 고귀족이 뛰어난 능력을 갖추는 건 맞았지만 세대를 거듭할수록 점점 그 힘이 약화되고 있는 건 사실이다.

쉬쉬하고는 있지만 고귀족이라도 마력과 연관 없이 태어나는 아이들의 수도 100여 년 전부터 부쩍 늘고 있는 것도.

한데 타라가 신이라니?

"넌 무엇을 바라지?"

[무엇을?]

"신을 찾고자 하는 건 바라는 바가 있어서가 아닌가."

그의 지적을 흥미로워하는 듯 황혼 빛깔 새의 날개가 화륵 타올랐다.

[굳이 들자면 내 존재 이유를 원한다. 내게는 오랜 세월 그
조차 없이 존재만 해 왔으니. 너로서는 그 끔찍함을 모를 것이
다.]

붉은 새가 긴 목을 내려 잠든 아기를 굽어보았다. 이드는 다소
생경하게 화석 같은 불꽃이 살아 있는 생물인 양 구는 모양을 지켜
보았다.

[나는 너무 오래 기다렸다. 내가 우러러보고 복종할 수 있는
이를. 나를 필요로 하는 자를 말이다. 애초에 도구로 태어났는
데 쓰임새가 없어진 것들이 어찌 사멸해 가는지 아는가. 낡고
녹슬어 가는 것이 당연한 일이나 내게는 그런 자연스러운 법칙
조차 허락되지 않았다.]

"소멸을 바라는가?"

**[글쎄. 한때는 그런 적도 있었지만 모르겠군.]**

언젠가 남부에도 불사조가 남아 있었으나 이제는 그마저도 없다. 하지만 당시에도 불사조가 머무르는 땅이라는 별칭이 붙은 건 동부가 유일했다.

이유는 단순했다. 고왕국 이래 태어난 불사조들의 모체는 눈앞의 이 짐승이었기 때문이다. 새로운 시대에 태어난 새끼 신수들은 둥지인 황금 성을 떠나 대륙 곳곳으로 날아갔지만 전부 어미보다 오래 살지는 못했다. 영원히 타오르는 태양에서 떨어져 나간 한낱 조각에 불과한 듯이.

그것에 대해 어떤 연민이나 유감을 보이지 않던 그녀는 지금에 와서야 노곤한 낯으로 고개를 기울였다.

**[탄생한 모든 것들에는 각자 생의 이유가 있다. 나는 그것을 끝마치기를 바랄 뿐이야.]**

이드에게는 그 말이 마치 네 존재 이유가 이 작은 여자아이를 탄생케 하기 위한 씨앗, 그 이상도 이하도 아니라는 것처럼 들렸다.

연달아 닥친 충격적인 일들로 더 내려앉거나 뒤틀릴 일도 없을 거라 여겼는데 어린 시절부터 연결되어 있던 불사조로부터 듣는 확언은 확실히 그 무게가 달랐다.

이드의 혼란함을 빤히 꿰뚫어 보는 것처럼 불사조가 웃었다.

[너무 상심치 마라. 이 모두가 까마득한 오래전부터 정해져 있었으니.]

"오래전? 그런 걸 누가 정했단 말이냐."

[신의 유언으로.]

경직된 왕에게 고대의 새가 속삭였다.

[저 아이는 위대한 존재가 될 거야. 고목이 크는 데는 거름이 필요한 법이지. 너 또한 선택받았다. 그녀에게는 네가 있어야 하니까.]

이드는 눈이 아리는 듯한 불꽃에서 눈을 돌려 홀로 평온하게 꿈속을 유영하고 있을 딸아이를 내려다보았다. 그가 이때껏 느껴 본 적 없는 생생하고 기묘한 방면의 두려움이 치미는 걸 외면하려 애썼다.

여태껏 살아온 전 일생과 탑에서 떨어지는 아내의 마지막 얼굴이 파도처럼 뇌리를 스쳐지나갔다.

이 혼탁하고 그늘의 이끼처럼 축축하며 차가운 마음을 무어라 해야 할까. 생물의 생존 본능에 뿌리내린 당연한, 혹은 그의 영혼 깊숙이 흉터로 남은 트라우마로부터 기인한 거북한 감정이었다. 냉정한 짐승이 번민하는 인간에게 무감각하게 묻는다.

**[네 딸이 원망스러운가? 증오스러워?]**

"아니야."

이미 못나게 아이 탓이나 하던 때는 지났다. 이드의 부정에도 불사조는 다시 그를 푹 찔렀다. 이번에는 정면으로.

**[아니면 두렵나?]**

네가 아니면 당장 죽을 게 뻔한 저 어린 생명이. 네가 낳은 딸아이가 무서워? 대답해 봐라, 기사 왕.

수치스럽게도 그는 곧장 답하지 못했다. 단호히 부정하기에는 일말의 거짓도 섞이지 않았다고 할 수 없기 때문이다. 곧바로 그런 자신에 대한 실망과 죄책감이 심장을 물들였다.

이드는 얼굴을 감쌌다. 어떻게 아버지란 사람이 한순간 이런 생각을 할 수가 있지. 역시 원인이나 어미 따위와 아이를 따로 떼어서 볼 수 없을 만큼 부족한 인간이라서일까. 하지만, 그렇지만……

이드가 시험하듯 저를 바라보는 타는 눈동자에 대고 검을 뽑듯 일갈했다.

"그렇다 해서 이 아이가 내게 아무 의미도 없다는 건 아니다."

그렇다. 이것은 온전히 그의 감정이었다. 거대한 숙명이고 뭐고 간에, 이드라는 한 인간이 느끼는 감각과 마음은 전부 그의 것이다.

어느 누구도 그것을 앗아 갈 수는 없다. 분노한 이드가 짓씹듯 또박또박 말했다.

"그러니 날 떠보지 마라. 타라는 내 딸이야."

불사조의 날개가 피식 웃는 모양으로 흐드러지더니 다음 순간 흔적도 없이 방 안에서 사라졌다.

이드는 본능적으로 그녀가 타라의 보호자로서 적합한지 제 인내를 시험해 보았다는 것을 알았다.

그를 도구로 보는 건 제 누이뿐만이 아니었다. 이제야 나를 둘러싼 현실이 보이는군. 씁쓸하게 웃으며 힘 빠진 다리로 털썩 요람 곁에 앉았다.

타라가 뒤척이다 조그만 엄지를 꼭 모아 쥐고 모로 누워 재차 잠들었다. 제 옆으로 어떤 파란이 지나갔는지 모를 앳된 평화만이 우유 향과 함께 주변을 맴돌았다.

이드는 머뭇 아기에게 이불을 덮어 주고 솜털 같은 머리칼이 감싸인 둥근 머리에 키스했다.

이 모든 게 운명이라 한다면, 아비가 딸을 사랑하는 것 또한 그 일부가 아닐까. 그는 결국 순응하게 될 미래를 무력하게 예감했다.

\*　　　\*　　　\*

아델하이트는 포기하지 않았다. 이후로는 노골적으로 딸을 돌려 달라 말했다. 이드는 물론 묵살했다.

"죽든 말든 내버릴 때는 언제고 다시 달라니 뻔뻔하기 이루 말할 때가 없구나."

"그 애가 죽을까 봐 그랬던 거예요. 이제 건강해졌으니 데려가겠어요. 당신에게도 나쁠 것 없잖아요?"

"그걸 왜 네가 판단하지? 그 애를 데리고 네 야망을 이룰 생각이라면 꿈도 꾸지 마라. 내가 그리 두지 않을 테니."

이드가 으름장을 놓자, 아델하이트는 미간을 찡그리더니 어처구니없다는 듯 웃어 버렸다.

"설마설마했더니 그 아이에게 애정이라도 생긴 거예요? 세상에나. 여러모로 대단하시네요, 오라버니."

대체 이 여자의 영혼과 마음은 어디까지 망가져 있을까. 기본적으로 인간이라면 가지고 있는 구조 중 어디 하나가 부서진 이와 마주하고 있는 것처럼 대화가 겉돈다.

"네가 지금껏 어떻게 정상인 척 위장하며 살았는지 기가 찰 지경이다."

"글쎄요. 내가 굳이 노력하지 않더라도 사람들은 모두 내게서 자신이 원하는 모습만 보던데."

당신도 다를 바 없고, 그 남자도 마찬가지였고.

이드가 눈가를 찡그렸다.

"뭐라고?"

"아니에요. 이제 와서 한가롭게 진짜 가족인 것처럼 서로를 이해하려 노력할 필요는 없잖아요? 그러기에는 이미 많이 늦어 버렸답니다."

"피차 마찬가지야."

"하지만 이건 정말 궁금하단 말이야. 정말 그 아이를 사랑하나요?"

고고한 긍지를 가지고 있던 당신에게 모욕감을 주고 아내를 죽인 그 애를? 그런 것도 딸이라고 사랑할 수 있단 말이야?

파랗게 뜨인 아델하이트의 눈은 모든 생명이 멸종해 고여만 있는 새파란 물길 같았다.

아주 찰나였으나, 이드는 증오를 넘어서 뒤틀린 자에 대한 몰이해와 희미한 동정심을 느꼈다.

"그러는 너는 네 속으로 그 아이를 낳고도 아무것도 못 느끼는 건가?"

"음, 글쎄. 내 안에 뭔가가 움직이는 이물감과 불쾌함, 고통 정도라면 느꼈어요."

경멸인지 알 수 없는 감정으로 일그러진 이드의 단정한 눈매를 바라보며 그녀는 고요하게 중얼거렸다.

"아, 그래. 조금은 느꼈네. 이 아기가 불쌍하다고."

이따위 더럽고 따분한 세상에 태어나는 것보다는 그 전에 죽어 버리는 게 나을 수도 있는데. 가엾기도 하지, 라고.

이드는 순진하게까지 보이는 아델하이트를 빤히 바라보다 실소했다.

"쓸데없는 질문을 했군. 너는 내가 속을 갈라서 보여 줘도 모를 거다."

"그럴까요?"

불쾌함도 없이 그녀는 순순히 응했다. 그럴지도요. 하지만 다른 방면에서는 집요했다.

"한 가지만 대답해 줘요. 당신 딸을 사랑해요?"

이드는 무표정하게 누이를 바라보다 천천히 입을 열었다.

"그래."

그의 대답을 들은 아델하이트의 표정은 기묘했다. 잠깐의 정적 후 그녀는 고개를 끄덕였다. 바싹 마른 낙엽이 바람에 흔들리는 듯한 움직임이었다.

"알았어요. 당신은 그렇다는 거네요."

언제 보챘냐는 듯 상냥하게 일어서더니 사뿐사뿐 뒤돌아 걸어간다. 그러다 그녀가 입을 열었다. 보이는 건 도자기 인형처럼 우아한 뒷모습뿐이었다.

"그거 아나요?"

비스듬한 옆얼굴이 물 위로 번진 달처럼 은은했다. 붉은 입술이 올라간다.

"나는 참 당신이 싫어요."

문이 닫혔다.

\*      \*      \*

아이를 달라 생떼를 쓰던 여자가 그날 이후로 기이할 만큼 조용하자 이드는 사실 신경이 곤두섰다. 적막한 불안감이 들불처럼 찬찬히 옮겨붙는다.

다시 간교한 수를 써 성내로 들어올까 봐 수비를 강화하고, 기사들을 닦달했으며 아기방에서 보내는 시간이 많아졌다.

불사조는 어떤 말도 없이 묵묵히 옆에 앉아 두 부녀를 바라보았다. 그 불붙은 석탄처럼 검고 붉은 눈빛에 이드는 기묘한 안도감과 불안을 동시에 느꼈다.

폭풍 전야 같은 나날이 반복되며 점차 긴장도 풀어지던 찰나, 점점 들쭉날쭉 통제 불능으로 커지는 타라의 마력이 문제가 되었다.

"역시 타라 님의 상태는 이상합니다."

동부 성의 몇 안 되는 마법사 시오델이 고개를 저었다.

시오델은 죄 깨진 창문과 금이 간 거울, 전부 빠져나와 바닥을 구르고 있는 책과 식기들을 죽 훑었다. 최근 들어 돌연 발작하듯 울고 발열이 잦은 타라가 한바탕 눈물을 쏟고 나면 이렇듯 주변이 엉망이 되고는 했다.

한번은 경기가 너무 심해서 유모와 하녀들도 무형의 마력 폭풍에 기겁해 방 밖으로 도망쳐야 했다.

소란하게 죄 부서지는 가운데, 아기의 울음소리만 커졌다. 아무도 함부로 들어가지 못하는데, 홀로 그 마력 장을 뚫고 요람으로 향한 유일한 이는 이드였다.

소식을 듣고 다급히 달려온 그는 혼란 그 자체인 아기방을 굳은 낯으로 보다가 옆에 선 기사의 검을 뽑아 들고 휘몰아치는 무형의 힘을 일도양단하듯 갈라 버렸다.

이드가 순식간에 주변 만류를 뿌리치고 안으로 들어간 이후 얼마의 시간이 흐르고 나서야 거친 바람이 멎었다.

드러난 방 풍경은 용오름이 멎은 자리처럼 폐허에 가까웠다. 가구고 뭐고 제대로 남은 게 하나도 없는데 이드 또한 멀쩡하지 않았다.

이리저리 생채기가 난 그는 낮게 칭얼거리는 딸아이를 안고 달래고 있었다.

대륙 최고의 기사 칭호를 얻은 이후 감히 누구도 그의 몸에 상처를 내지 못했다는 걸 짚어 보자면 어딘가 섬뜩하지 않을 수 없었다. 그 모든 소동까지 전부 지켜본 시오델이 진지하게 충언했다.

"이는 못 해도 대마법사 정도의 고귀족이 와야 해결될 문제인 것 같습니다. 처음에는 어떤 마력도 없으셨다고요?"

"그래."

"어쩌면 마력 각성 문제가 아니라 특별한 주술이나 저주일 수도 있습니다. 고대 마법 중에서는 특수한 봉인이나 가계에 머무는 마력을 강화하고 지키기 위해서 아이를 제물로 하는 잔인한 의식들이 많았으니까요."

"저주, 라고?"

이상할 만큼 고요한 아델하이트. 만약 그 침묵이 포기하거나 물러선 게 아니라면?

아이를 위해서 아델하이트가 필요할 수밖에 없는 상황을 예상하고 있었다면 모든 앞뒤가 맞아떨어진다.

그는 빠득 이를 갈고는 뒤돌아서 나와 버렸다. 화를 주체 못 하고 성큼성큼 걷는 와중에도 머리가 터져 버릴 것만 같았다.

이 작은 생명이 품 안에서 시들어 버린다면, 이번에는 도저히 견디지 못할 듯싶었다. 끔찍한 두려움과 불안으로 제정신이 아니었다.

아. 뒤늦게 알았다. 이미 사랑하냐는 질문이 무색했다. 타라는

그의 딸이었다. 이 이상 다른 전제가 필요하단 말인가.

그리하여 결국에는 다시 그녀를 만났다. 예상대로 아델하이트는 그리 놀라지 않고 이드의 부름에 응했다.

그녀가 국경선을 넘자 눈의 여왕을 따라 봄의 영역으로 들어온 하얀 눈보라가 안개비처럼 흩날렸고, 일시적으로 겨울 군주의 영역이 된 땅에 희게 서리가 내렸다.

추위와 한기를 망토처럼 두른 여왕이 아름다운 얼굴을 기울이며 딱딱하게 굳은 기사 왕을 바라보았다.

"타라에게 무슨 짓을 한 거냐."

"그 아이가 아픈가 보군요."

"의뭉 떨지 마."

그는 두말할 것 없이 검을 뽑아 들었다. 단순한 시위용이나 무차별적으로 죽이겠다는 의미가 아닌, 어떤 수를 쓰던 대답을 듣고야 말겠다는 의지가 보였다.

그 이면에 깔린 것은 복수심이 아닌 절박함.

결국, 당신은 아무리 짓밟아도 뿌리까지 말라 죽지는 않는구나. 하기야 밑기둥은 애초에 썩었는데 겉만 생생하니 만개해 있는 내가 이상한 거겠지. 한데 참 불공평하지 않은가.

"네가 노리는 게 정확히 뭐지? 타라가 그 수작에 왜 필요한 건지 말해라."

사랑하는 것을 잃은 건 똑같은데, 왜 나는 저럴 수 없는 걸까.

이드는 다시 딛고 일어서는 데 반십 년도 걸리지 않았다. 대체 무엇이 그렇게 달라서. 세상 전부가 앞으로 걸어가는데, 그녀 혼자만 그 자리에 정체되어 있었다. 점점 거리가 벌어지고, 그 구간만큼 같은 크기의 허무감이 층층이 쌓여 간다.

"아델하이트!"

모든 이에게 저리 당연하고 쉬워 보이는 것도 그녀에게는 그렇지 않았는데.

"너무 열 내지 말아요. 일종의 부작용 같은 거니까."

"뭐라고?"

"그러게 진작 내게 넘기라고 했잖아요."

냉소도 없이 아델하이트는 무표정하게 대꾸했다. 찰나 그녀는 이 상황과 아무 상관도 없는 타인인 것처럼 보일 지경이었다.

"너와 있다면 타라가 괜찮을 거란 뜻인가?"

"글쎄, 통제할 수는 있겠지요. 나는 무엇이 그 아이를 강하게 만드는지, 그 힘의 원천이 무엇인지 알고 있거든요. 따지고 보면 당신 탓이에요."

그녀는 의심과 불안으로 혼란한 붉은 눈을 바라보며 처음으로 싱긋 웃었다.

"세상을 의식하고 사람을 보고, 그렇게 애정을 갈구하다 충족이 되면 '의지'를 가지게 되겠죠. 아주 사소하고 보잘것없는 의지라 하더라도 그 아이의 것이라면 지나치게 무거워질. 그 애는 차라리 한없이 불행하고 괴로워하며 홀로 있는 게 나아요. 그러면 세상은 좀 더 안전해질 거예요."

숨 막힐 만큼 지루하고 따분하게 계속 말이지.

"한 사람의 의지가 모든 것을 좌지우지하는 것. 그게 그 아이가 가진 축복이자 저주랍니다. 나는 처음에 그 힘을 내가 가지려 했어요. 하지만 워낙 조건이 까다로워서."

아델하이트는 머리 치레를 빙글빙글 손가락으로 감으며 한숨을 쉬었다.

"내 말을 들어요, 오라버니. 그 애를 사랑하지도, 다정히 대하지도 말아요. 그럴수록 결국에는 주변의 모든 것들이 사라지고 혼자 남아 절망하는 건 당신이 아니까."

날카로운 검날이 빙글빙글 춤추는 싸라기눈을 갈랐다. 번개 같은 섬광이었다. 얼음 방패가 산산이 부서져 비산하고 그 사이를 뚫고 온 홍수가 티끌 한 점 없는 뺨에 흠집을 냈다.

연이어 다시 닥치려던 이드는 매섭게 손에 엉겨 오는 얼음을 신경질적으로 걷어 내며 으르렁거렸다.

"누가 그런 운명을 정했단 말인가? 누구 마음대로?"

"불사조가 어떤 말도 해 주지 않던가요?"

그녀도 말했다. 아주 예전부터 정해진 운명이라고.

웃기는 개소리였다. 사람의 삶과 미래가 어찌 본인조차 모르는 이의 손끝에 달렸단 말인가? 그게 사실이라도 철저히 부정하고 발버둥치는 것도 제 의지일 것이다.

이드가 신랄하게 빈정거렸다.

"내 딸이 신이라고 하던데."

"불완전한 반신이죠. 그 아이는 고왕국의 혈통을 누구보다 진하게 물려받았고, 여제 아스타로테의 후계가 될 만한 신체를 타고났어요. '그릇'으로서는 이미 완성되었다고나 할까. 이제 때가 무르익

기만 하면……."

"불완전하다는 게 타라가 고통스러워하는 것과 연관이 있나."

말을 끊고 타라의 안위부터 캐묻는 이드를 빤히 바라보던 아델하이트가 두 손을 들어올렸다. 말을 말지, 하는 것처럼.

"작은 찻잔에다가 세상을 담을 수는 없잖아요. 마력 과잉이니 너무 염려 말아요. 죽지는 않을 테니까."

이드는 이를 악물었다. 죽지는 않으니 다행이라고 여기라는 건가? 지금 그걸 말이라고 해?

"당신이 정말 신경 써야 할 건, 그런 별거 아닌 징징거림이 아니에요. 누이로서 마지막 정으로 충고해드리죠."

연인의 마음을 얻기 위해 어둠을 헤치고 찾아온 인어를 맞이하는 동굴 속 마녀처럼, 아델하이트는 긴 손톱 끝으로 이드를 가리키고는 키득키득 웃었다.

"저 비정상적인 힘이 본디 인간의 것이 아니라는 걸 아시나요? 신들은 그 힘을 탐한 탐욕스러운 고왕국과 그 후손들에게 저주를 내렸답니다. 타락하고 서로를 증오하며 채워지지 않는 갈망에 몸부림치다 미치고 불행해지라고. 그 저주의 이름이 뭘 것 같아요?"

하얀 치열이 붉은 입술 사이로 목련 잎처럼 짓씹혔다. 그녀가 봄바람처럼 속삭였다.

바로 '사랑'이랍니다.

"고왕국의 위대한 주인들은 전부 제 전부를 걸고 파멸할 만한 사랑을 했어요. 하나같이 비참하고 외롭고, 가질 수 없는 것에 집착해말라 가거나 상대도 자신도 망가뜨리고 몰락하는 사랑. 예컨대 신들의 만찬에서 언령을 훔쳐 와서 딸에게 전해 준 왕 리암쉐는 그 딸에게 살해당했어요. 신의 저주를 받은 딸이 아버지를 상대로 열렬한 사랑에 빠졌거든요. 가지지 못한다면 차라리 죽여 버리고 싶을 만큼."

험오감에 일그러진 이드의 낯을 찬찬히 훑는 푸른 눈동자는 일순 홍미로워 보였다.

"글쎄, 그런 걸 사랑이라고 부를 수 있을지는 모르겠지만요. 여제 아스타로테를 죽인 것도 바로 그 사랑이라더군요. 그녀를 지독히 증오하는 이를 마음에 두었다나요."

"타라도 그럴 거라는 거냐?"

표정에 푸르게 질린 그가 상대를 노려보았다. 검을 쥔 손에 어찌나 힘이 들어갔던지 아귀가 얼얼할 지경이었다.

"아마도 그렇지 않을까요? 신들은 잔혹함에 있어 예외가 없으니까. 당신도 나도 그랬듯이."

"내가 그리 둘 것 같나?!"

"당신이 뭘 할 수 있는데?"

여왕이 날카롭게 대답하고는 킥킥 비웃었다. 앞의 웃음들은 미소 축에도 안 낄 만큼 유쾌한 조롱이 한가득이었다.

"그 애를 탑에 가두기라도 할 건가? 어디 묶어 두기라도 할 거야? 혹시 아나. 당신도 리암쉐 왕 꼴이 될지."

"역겨운 소리 집어 치워."

"뭐 걱정 말아요. 내게 맡긴다면 당신도 아이도 무사할 거야. 아마도 우리 딸이 사랑하게 될 사람은 따로 있으니까."

의미심장한 한 마디였다. 이드는 미간을 찡그리며 위협적으로 말했다.

"무슨 수작을 꾸미는 건가."

"운명이란 게 잔인한 만큼 뻔한 법칙이 있다는 소리예요. 결국 사랑해서는 안 되는 사람을 사랑하는 것이 가장 고통스럽고 끔찍하지 않겠어요? 딱 거기에 어울리는 상대가 있거든. 결국에는 둘 중 하나가 끝장날 상대. 서로가 서로를 죽여야 하는 관계. 이보다 비극적인 건 없을 텐데 그걸 두고 신이 식상한 비극을 또 반복하지는 않겠죠. 내 직감이니 믿어도 좋아."

사실 '그' 쥬다가 애초에 사랑에 빠지는 것 자체가 쉽지 않았다. 설사 그녀의 딸이 사랑에 애달프다 해도 그는 눈 하나 깜짝하지 않을 확률이 높으니까. 그 냉혹함에 말라붙어 가겠지.

그럼 결국 타라, 아델하이트의 딸이 애증에 미쳐 그를 죽이게 되려나? 아니면…… 완벽한 파멸? 어떤 그림이든 최상의 결과가 나올 테지. 분명 오랜 시간 기다려 왔던 걸작이 되리라.

그저 아델하이트가 할 일은, 그녀가 낳은 아이를 쥬다의 둥지에 밀어넣는 것뿐이었다.

나머지는 불운한 운명이 알아서 할 테니까. 이 얼마나 환상적인지!

"내가 잘못 생각했군."

이드가 서릿발처럼 차갑게 내뱉었다.

"네게 아이를 맡기느니 차라리 내 옆에 두고 지키겠다. 불행이 찾아온다 해도 네 손아귀 위에서 놀아나는 것보다는 나을 것이다."

그의 뒷모습에 대고 아델하이트가 고개를 기울였다.

"죽지 않는다고 했지, 멀쩡할 거라고는 말한 적 없어요."

우뚝 멈춘 채로 미동이 없었다. 이드는 굳은 듯 정면을 바라보다 천천히 뒤돌아섰다. 그녀가 희게 부서지듯 웃고 있었다.

어떻게 할래요? 이번에도 마찬가지예요. 그대로 두든지 살리든 지 당신 손에 달렸어요.

*　　　*　　　*

그 후로 타라는 몇 번 심하게 앓았다. 이드는 우두커니 아픈 아이 곁을 지키다가 겨우 열이 내린 후에야 자리를 떴다. 푸른 새벽이 었다. 그는 정처 없이 걷고 또 걷다가 결국 그녀를 다시 만났다. 딱딱하게 조건을 읊는다.

"좋다. 타라를 아프지 않게 해 줘."

대신…….

"잠시만이다. 타라의 집은 이곳 황금 성이야. 그곳에서는 잠시 머무를 뿐이다. 분명히 해라."

"좋아요."

그녀는 선선히 동의했다. 이드는 다시 강조하듯 덧붙였다.

"더불어, 그 애의 안위를 보장해. 부족함 없이 돌봐라. 만약 티끌 하나라도 잘못되었다가는…….."

"전번처럼 전쟁이라도 하자는 얘기잖아. 알았어요. 나도 내 딸이 죽는 걸 원하지는 않아요."

마지막 한 마디는 퍽 진심으로 들렸다. 하기야 그럴밖에. 비틀린 심정으로 뇌까리는 이드의 낯빛은 창백하게 굳어 있었다. 제 팔을 스스로 끊어서 건네듯 사지가 욱신거렸다.

아델하이트가 빙그레 달래듯 말했다.

"마력이 안정되면 다시 보내죠. 하지만 알아 둬요. 범상치 않은 그 힘을 봉인하고 통제하는 건 나로서도 쉬운 일이 아니고, 그걸 위해서 필요한 조치는 참아 줘야 해요."

"……."

"날 당장 죽이고 싶은 눈이네. 그때처럼."

아델하이트는 이드를 한참 바라보다 불쑥 물었다.

"만약 죽은 이리포사가 살아 돌아와 그 아이를 포기하라고 한다면 어찌할 건가요?"

"너다운 질문이군. 천박하고 역겨운 의도로구나."

이리포사를 입에 담는 순간 무섭게 굳어 마귀처럼 분노하는 얼굴에는 여태껏 짙은 감정이 남아 있었다. 잊은 것이 아니었다. 마음 한구석에 고이 묻어 두었을 뿐.

"생사를 그 누구도 뒤엎을 수 없듯이 천륜(天倫)도 마찬가지다."

그건 곧 확답이나 다름없었다. 의외랄 만치 냉정한 것도 같지만 결국 그게 더 이드다웠다.

끝까지 아이를 버리겠다는 말은 하지 않네요. 아델하이트는 희미하게 피식 웃었다.

"내가 한 가지는 틀렸군요."

"……?"

"당신은 달라."

알 수 없는 말이었다. 여왕은 딸을 안아 들고 겨울 성으로 떠났다. 이상하게도 떠난 것은 그들인데 남은 자리에 돌연 겨울이 찾아왔다.

눈에 보이지 않으나 한없이 가슴이 시린 공허함이.

봄의 땅인데도 그에게는 봄이 찾아올 기미가 없었다.

*     *     *

그게 시작이었다.

타라의 거취는 겨울의 여왕과 기사 왕의 불안하고 한시적인 동맹과 불화에 따라 좌지우지되었다.

그들의 분쟁이 외교적인 갈등으로까지 확대될 경우에는 대부분의 경우 타라는 겨울 성에서 지내야 했다. 어린 소녀의 불안정한 마력과 상태 때문이었다.

시간이란 무서운 것이다. 아이는 속이 애잔할 만큼 금방 자랐다. 다만 숫기가 없고 마른 데다 표정이 우울한 것이 마음에 걸려 여왕을 다그치면, 그녀는 부족함 없이 지내고 있다고 답변했다.

"내가 하루 종일 돌보고 있을 수는 없잖아요. 가뜩이나 클레멤논이 타라를 못마땅하게 여기는데. 그럼 그 애에게 설명할 수 있나요? 당신이 아버지라고?"

분하게도 이 부분에 있어서는 말문이 턱 막혔다. 겨울 성에서 지내는 타라가 뻔히 황금 성의 성주를 어미의 오라비라 듣고 지낼 텐데 거기다 대고 사실은 이러하다라고 말할 수 있겠는가.

타라는 크게 충격을 받을 테고 이드는 우선적으로 이제 더 이상 갓난아이가 아닌 소녀를, 조금쯤 서먹하게 거리가 생긴 그 아이를 어찌 대해야 할지도 무지했다.

혹시 내가 친부라는 걸 알면 어떡하나. 이제 몸이 더는 아프지 않은 건지. 그 여자가 해코지하는 건 아닌지.

수십 가지 질문과 염려가 입과 머릿속을 벌떼처럼 우글거리다가 끝내 나오지 못하고 죽어 떨어지고는 했다. 다만 어색하게라도 옆에 함께 머무는 그를 타라는 은근히 따르고 좋아해 주었다. 아주 어릴 적 함께 바라보던 커다란 플라타너스 나무 아래서 온종일 시간을 보냈다.

따뜻한 봄 아지랑이와 노랑 햇빛을 입은 바람이 멀찍이 떨어진 부녀의 주변을 맴돌았고, 아이치고는 심하게 말이 없는 타라도 이따금 까르르 웃음을 터뜨리곤 했다.

주로 숲의 동물들이 어슬렁어슬렁 다가와 옹기종기 앉아 있을 때면 그러했다. 기분 좋은 노래를 부르는 새들의 합창 또한 한몫했다.

이럴 때면 예전의 그때로 돌아간 것만 같았다.

"이드."

조그만 소녀가 머뭇거리듯 불쑥 하얗고 소담한 것을 내밀었다. 어설프게 엮은 꽃다발이었다.

푸르고 둥근 머리, 그 위로 피었던 흰 별꽃이 아직 눈에 선했다. 아기의 방글거림. 꽃 한 송이. 타라. 망막에 성에꽃이 핀 듯 시리다.

그는 한쪽 무릎을 꿇고 연신 손가락을 꼼지락거리는 여자아이와 눈을 맞췄다.

"고맙다."

"네에……."

부끄러움 타면서도 은근히 기쁜지 조그만 입이 활짝 핀다. 못 참고 홀쩍 안아 올리려다 머뭇 머리를 쓰다듬는 것에서 그쳤다.

얼굴이 벌게져서는 하늘하늘 들썩이는 어깨와 손이 너무 얄팍해서 못내 마음이 쓰였다. 잘 먹이고는 있는 건가. 올 때마다 배불리 먹이는데 왜 이리 작고 가는 건지.

아델하이트가 어떻게 손을 썼는지는 모르겠으나 타라는 더 이상 마법을 쓰지 못했다. 하지만 이따금 동물들과 기이한 친화력을 보이곤 했다.

아델하이트는 타라의 상태에 대해 말하며 경고했다.


―지금은 안정화된 상태지만 언제 또 발현될지 몰라. 그러니 너무 큰 자극을 주지는 말아요. 자신감을 북돋아 주거나 마법에 대해 얘기를 꺼내는 것도요. 그 애는 자신이 마력을 아예 타고나지 못했다고 믿는 게 나을 거예요.

아무리 높게 날 수 있는 새도 본인이 날개가 있다는 것조차 모른다면 덜 자란 날개로 날아오르려다 추락하는 일도 없을 테니까.


타라의 마력과 마법은 온전히 그녀의 의지와 자각에 따라 좌지우지되었다. 태풍을 만들 수도 있는 아이가 지금은 촛불 하나도 켜지 못했다.

소녀가 저 스스로에 대해 자세히 알게 될수록 능력치의 한계는 기하급수적으로 확장될 것이다.

이드는 사뭇 불안해지고는 했다. 그런 거대한 힘을 가진다는 게 과연 좋은 일인가.

그리고 아델하이트와 불사조가 말했던 불길한 숙명은? 조사해 본 결과, 고왕국의 주인들이 누구 하나 빼놓을 것 없이 개인적으로는 참담하고 비극적인 애정사를 지녔다는 건 사실이었다.

누군가는 동성을 사랑했고, 어떤 이는 시한부인 노인을, 또 다른 이는 이미 죽은 자의 초상화를 보고 첫눈에 반해 평생 새로운 사랑을 하지 못했다.

어찌 하필 그런 사랑을 할까 싶을 만치 기이하고, 애절하며, 자기 파멸적인 광애(狂愛)였다.

저 순수하고 작은 아이도 그런 덫에 걸리고 말까. 왜 하필이면 네게 그런 일이.

어쩌면 위대한 마력이 깃들어 있다는 이 고귀족의 태 자체가 문제일지도 모른다. 이따위 힘, 차라리 전부 없어지고 만인이 평등하다면 좋을 텐데. 어리석게도 그런 생각마저 들었다.

최소한 비극은 인간의 범위 내에서 이루어져야 한다. 사람이 수습하고 해결할 수 있는 영역 안에서.

고대의 사람들은 과한 탐욕을 부렸다. 그들은 어떤 것을 감당하게 될지 정녕 몰랐단 말인가.

"타라 님. 또 나와 계셨네요?"

이드와 검을 맞대다 잠시 한숨 돌리는 사이 빼꼼히 나무 뒤에 서서 구경하는 타라를 발견한 란쳇이 반색했다.

하지만 검날을 닦던 이드가 고개를 들자 주춤 굴 밖으로 나온 토끼 귀처럼 얼굴을 내밀고 있던 아이가 후다닥 뒤로 도망가 버렸다.

저절로 입가가 풀린 이드가 천천히 착검한 후 한쪽 무릎을 꿇고 손을 내밀었다.

"이리 온."

타라는 한참 머뭇거렸다. 쌀알 같은 손가락을 꼼지락거리다가 겁 많은 소동물처럼 살금살금 다가온다.

한참 후에야 작은 손이 두 배 이상 큰 기사의 그것 위로 닿아 왔다.

이드는 그 애가 완전히 제 팔 안까지 들어올 만큼 기다렸다가 조심스럽게 안아 올렸다.

"구경 나왔니?"

타라는 작게 고개를 끄덕였다. 이 아이는 왜 아기일 적과 무게가 그대로일까. 그가 착각하는 걸까.

"검에 관심이 있는 줄은 몰랐구나."

바로 고개를 붕붕 저었다가 멈칫하더니 얼른 끄덕인다. 사실 둘 다 알고 있었다. 타라는 그냥 이드를 보러 나왔을 뿐이다. 그의 상냥하고 다정한 딸은 여전히 그를 매우 좋아했다.

"배워 보련? 가르쳐 주마."

한참 만에 나온 답은 놀랍게도 긍정이었다. 이 아이 성격으로서는 큰 용기를 낸 것이었다. 그는 퍽 놀라서 눈을 크게 떴지만 이내 사르르 웃었다.

이드는 가늘고 얇은 목검을 타라에게 보여 주면서 말했다.

"검에 있어서 가장 중요한 건 기본기다."

커다란 손이 푸른 눈 토끼 같은 소녀의 머리칼을 쓰다듬는다. 잘 봐라.

"이것이 찌르기, 베기다. 사실상 검술을 이루는 가장 기본적인 동작이지."

허리를 숙여 조곤조곤 눈을 맞추고 설명하는 게 평생 화라고는 모르는 사람처럼 차분해 보였다.

점잖은 인상과는 달리 대련 시 무지막지하게 몰아치는 건 기본이요, 필요하다면 뼈도 못 추게 밟아 버리는 이드를 잘 알고 있는 기사들이 이 장면을 본다면 '저게 누구야' 하며 입을 떡하니 벌릴 것이었다.

"자, 한번 해 보렴."

소녀는 멍하니 간단한 목검이 그녀가 알던 것 중 가장 유연하고, 섬세하며, 강한 무언가로 변모한 것처럼 이드의 간결한 동작을 바라보다 엉겁결에 내밀어진 검 자루를 받아들었다.

그랬다가 생각보다 무거운 무게에 휘청 몸이 앞으로 기울었다. 눈 깜짝할 사이에 다시 목검을 회수해 간 이드가 난감한 얼굴을 했다.

"이런, 이것도 무겁나? 제일 가늘고 작은 걸로 가져왔는데."

"죄송해요."

타라가 화들짝 어깨를 퉁기며 말했다. 마치 금방이라도 눈앞의 그가 당장 화를 내거나 짜증을 낼 거라고 여기는 듯한 반응이었다.

이드는 조마조마하게 제 눈치를 보는 아이를 가만히 내려다보았다.

"사과할 것 없다. 외려 내가 해야 할 것 같은데."

"그냥…… 실망하실까 봐."

"……."

계속 내내 눈에 밟혀 오던 것이 또렷하게 실체를 드러낸 기분이었다. 어딘가 항상 움츠러들어 있고, 겁먹은 듯 눈치를 보던 아이.

그저 성향이 내성적이어서라면 이럴 리가 없었다. 순간 저 안에 단단히 뭉쳐 가고 단단해지던 뭔가가 조각조각 부서져 버린 것만 같았다.

저도 모르게 흉흉하게 굳어 버린 낯을 다스려 간신히 평정심을 가장했다.

타라가 겁에 질린 눈으로 보고 있었기 때문이었다. 가시덩굴을 생으로 씹은 양 속이 참담하고 너덜너덜했다.

"타라."

"네."

이드는 다시 해가 진 뒤의 꽃처럼 오므라든 타라를 마주한 채 말을 골랐다. 이 아이는 이렇게 커 버렸는데 외려 걸음마 하던 때보다 더더욱 약하고 어려진 기분이었다.

어떻게 하면 좋나. 그는 절제된 동작으로 타라의 뺨을 쓸었다. 어디 하나라도 상할 양 조심스럽게.

"네가 어떤 행동을 하고 어떤 말을 한다 해도 내가 너에게 실망할 일은 없단다."

붉은 눈이 동그랗게 떠졌다. 이드는 또박또박 제 감정과 마음을 전달하려 애썼다. 경직된 입술이 갑갑했다.

"나에게 네가 귀하다는 뜻이다. 알았니?"

타라는 또렷하고 확고하게 자신을 마주 보는 한 쌍의 적안을 응시했다. 중력에 묶인 달처럼 주변을 맴돌듯 지켜보는 이 시선, 눈빛. 어머니의 오라버니라는 이 사람은 말수 없이 고요했으나 분명 타라가 아는 누구와도 다른 사람이었다.

유일무이하게 저와 같은 붉은 눈을 가졌고, 먼 듯 하지만 더 멀어지지는 않는 사람.

타라는 한번 고개를 끄덕였다가 연거푸 다시 끄덕거렸다. 알게 모르게 작게 스민 웃음이 말갛다.

"응."

그러고는 서둘러 덧붙인다. 알았어요. 그제야 이드도 옅게 웃었다.

"혀가 짧을 때도 참 귀여웠는데."

"네?"

"아니야."

커다란 손이 반쯤 곱슬곱슬한 푸른 머리를 마구 헝클어뜨렸다. 다소 거친 손길이었지만 따뜻하고 좋았다.

타라는 우선 지켜보라며 검을 들고 걸어가는 그의 뒷모습을 쫓았다. 생소했다. 귀하다고 말해 주는 사람은.

그리고 무척, 근사한 기분이었다.

                    *        *        *

와장창 파열음이 울렸다. 아델하이트는 표정 변화 없이 미끄러지듯이 걸어가 방문을 열었다. 하녀가 내놓은 유리 다기를 죄 깨뜨린 당사자는 창가에 기대서 무표정하게 팔짱을 끼고 서 있었다.

겨울 하늘에 반쯤 그림자가 진 얼굴이 잘 보이지 않았다. 음산하고 서늘한 낯이 구둣발 소리가 멎자 천천히 고개를 들었다. 그녀는 형형한 그 시선에 빙긋 읊조렸다.

"아이 하나 데려다주려고 이 먼 곳까지 직접 오셨나요?"

이드는 대꾸 없이 뚜벅뚜벅 걸어왔다. 산산이 부서진 유리 조각이 구둣발 아래 짓밟혔다.

단단한 손아귀가 뻗어 와 망설임 없이 여왕의 멱살을 움켜쥐었다.

"내 분명 말했을 텐데. 경고를 무시한 건 어찌 되던 상관없다는 의미인가?"

"무슨 말인지…… 쿨럭, 모르겠는데요."

검사의 악력에 제동 없이 목이 졸리자 천하의 여왕도 얼굴빛이 희게 질렸다. 가는 목에 푸른 핏줄이 곤두서고 연신 기침이 터진다.

이드는 손 하나만으로 그렇게 상대를 짓눌러 놓고는 생각보다 무감각하게 그 모습을 바라보았다. 뭐든 좋으니 어디론가 이 존재 자체가 완벽하게 없어져 버렸으면 좋겠다는 지긋지긋한 환멸이 강렬하게 타올랐다.

굳이 제 손으로 복수를 하거나 하는 건 이제 바라지도 않는다.

그냥 죽어 버렸으면 좋겠다. 어떤 형태든 누구든 간에.

숨이 극에 달았는지 본능적인 발버둥을 친다. 손등에 하나둘 박박 긁어지는 생채기를 무던하게 지켜보다 확 미간을 찌그리며 여자를 내던져 버렸다.

그러고는 피가 철철 흐르는 손으로 검을 뽑았다.

그는 쿨럭거리는 아델하이트의 옆을 스쳐 칼을 꽂았다. 금발 머리채가 후두둑 잘려 나갔다.

아델하이트는 손자국이 퍼렇게 난 목을 잡고 킥킥 웃음을 터뜨렸다.

"하, 하하. 기사 중의 기사라고 칭송 자자하신 분이 많이 변하셨네요? 이런 무뢰한 같은 짓도 하시고."

"대상이 너라면 기꺼이. 넌 내게 길가의 쓰레기만도 못해."

이드는 냉정하게 대꾸했다. 날카로운 칼끝이 여자의 턱을 들어 올렸다.

"타라를 잘 보살펴야 한다고, 안위를 보장하라고 말했지. 너도 동의한 사실이고."

아아, 그거. 아델하이트는 조금 심드렁한 얼굴로 고개를 갸웃거렸다.

"그게 뭐? 그 애는 어떤 폭력이나 위협도 당한 적 없어요. 그런 건 지금 내가 당하고 있지."

이드는 그녀의 너스레를 무시했다. 분노로 검을 쥔 손등에 핏줄이 곤두섰다.

"직접 물리적으로 행사해야만 폭력인가. 사람을 쉬이 믿지 못하고 다가올 용기조차 가질 수 없게 만든 것, 매사 타인이 저를 믿게 볼까 두려움에 떨게 만드는 것이 폭력이 아니라면 뭐란 말이냐? 네가 교묘하게 그리되도록 몰고 갔겠지. 아니라고 말할 수 있나?"

"대단한 딸 사랑 나셨네."

아델하이트가 빈정거리자마자 위협적으로 깊게 파고든다. 즉각 하얀 살결에서 붉은 피가 뚝뚝 흘러내렸다. 그는 짓씹듯이 중얼거렸다.

"네가 무슨 대단한 목적을 가지고 있건 괴물처럼 주변을 망가뜨리건 이제 개의치 않아. 심지어 그게 나라도 상관없어. 타라만 아니라면."

철가면처럼 단단하고 찬 낯에 붉은 눈이 번뜩였다. 그가 독을 퍼붓듯 그녀를 비난했다.

"너는 처치 곤란한 괴물일 뿐이야."

"잊었나 본데, 그 괴물의 몸뚱이에서 당신의 딸이 나왔어요."

"그래. 하지만 이건 알아 둬라. 우리의 어머니도 지금의 널 본다면 너를 낳으신 걸 후회할 거야. 그분이 하지 않는 게 좋았을 유일한 일은 너 같은 걸 세상에 내놓으신 걸 테니까."

내내 독 바른 양 비웃던 아델하이트의 웃음이 처음으로 싹 식었다. 악의 어린 모욕에 분노해서? 뭐든 상관없다.

그녀를 상처 주고 벌할 수만 있다면 그 어떤 것도 마다하지 않을 것이다.

그들은 미움이 광기에 치달은 상태로 서로를 증오 섞인 눈으로 노려보았다.

"넌 애초에 태어나지도 말았어야 했어."

"그 입 닥쳐."

"왜? 너무 맞는 말이라 반박할 말이 없나? 도덕도 양심도 없고, 미친 말처럼 앞에 있는 것이 깔려 죽건 짓밟히건 아랑곳하지 않고 내달려 정신 나간 소망에만 매달리는 네 실체를 알고도 역겨워하지 않을 자가 누가 있을 것 같아? 너는 인간이 덜되었어. 너를 사랑한 다 지껄이는 것들도 그저 욕망할 뿐 사랑이 아닐걸. 부정할 테면 부정해 봐."

과연 한 핏줄이란 대단한 것이다. 그는 본능적으로 그녀의 근원 깊숙이에 틀어박힌 치부와 결핍을 알아차리고 끄집어내 헤집었다. 생전 처음 비열한 고양감이 치민다.

절로 뒤틀렸던 낯이 확 사그라진 건 타라가 아까 전 낮에 꽃팔찌를 엉성하게 둘러매 주었던 손목에 일순 닥친 허전함 때문이었다.

이드는 피에 젖은 손을 물리고 미간을 문질렀다. 겨울 성의 화려하게 치장된 벽 거울에 피를 뒤집어쓰고 악의에 몰두한 제 모습이 비치고 있었다. 내가 뭘 하고 있는 거지?

─저기 이드⋯⋯.

하루하루 돌아갈 날짜가 다가올수록 수척하고 말수가 없어져 가던 아이가 불현듯 이드의 망토를 붙잡으며 어렵사리 입을 열었다.

처음이었다. 타라가 먼저 제 원하는 바를 말하며 부탁하는 건.

─저⋯⋯ 안 가면 안 돼요?

차마 입을 못 여는 그의 눈치를 힐끔 본 여자아이는 피하듯 고개
를 숙이며 신발 끝으로 콕콕 바닥을 찔렀다.

─그냥⋯⋯ 어머니도 그렇고, 그곳에서는 아무도 나를 좋아하지
않아요. 필요도 없을 텐데⋯⋯ 그, 저, 정말 말 잘 들을게요. 귀찮게도
안 할 거예요. 머무르게만 해 주세요. 그러면⋯⋯ 안 되나요?

다시 이 아이가 하얀 꽃 한 송이를 무구하게 내밀고만 있는 것 같
다. 도저히 거부할 수도, 감히 외면할 엄두조차 안 나는 희고, 여리
고, 마음 아픈 것.

이드는 한쪽 무릎을 꿇고 아이를 끌어안았다. 스스럼없는 접촉
이 익숙지 않은 타라는 흠칫거렸지만 잠자코 있었다.

─물론이야. 네가 원하는 건 뭐든 해 주마.

그게 나의 모든 책임과 의무를 버리는 것이라 해도.

이드는 씹어뱉듯 한숨을 쉬고는 부들부들 떠는 여자를 내려다보
았다. 과연 여러 가지 방식으로 사람을 제정신이 아니게 만드는 데
탁월한 여자였다.

그녀를 완벽히 죽일 수 없는 이상 도발하며 자극할 필요는 없었
다. '아직' 타라의 안전을 위해 필요하니까.

그러나 무력시위로는 충분했다. 들끓는 열을 싹 가라앉힌 이드는 싸늘한 눈을 상대에게서 떼지 않으며 착검했다.

"네게 속아 넘어간 나도 잘한 것은 없겠지. 이건 알아 둬라. 너는 물론이고 나 또한, 우리 모두 그 아이에게 상처 줄 자격은 없다는 걸."

다시 한 번 타라를 핍박하고 건드린다면 목을 자르지는 못해도 사지 한구석을 잘라 주마. 그가 피 끓는 진심을 내뱉고는 돌아섰다. 바쁘게 걷는 그의 머릿속에서는 타라를 데려오기 위한 계획이 빠르게 세워지고 있었다. 더 이상 주저하지 않을 테다.

*　　*　　*

ㅡ여기서 조금만 기다려 주렴. 내가 반드시 데리러 오마.

이드가 그 말을 남기고 떠난 지 이틀이 지났다. 타라는 하루도 빠짐없이 동쪽 탑으로 달려 올라가 해가 저물 때까지 말을 탄 이드의 백금발이 보이나 기다렸다.

그의 말대로 얌전히, 이곳에서.

그 사람의 깨끗한 금발은 멀리서도 봄의 비늘처럼 눈이 아릴 만큼 반짝거리니까, 금방 알아볼 수 있으리라 여겼다. 그가 약속을 지키기 위해 다시 돌아와 주기만 한다면.

사실 믿고 있는 건지 믿고 싶은 건지 모호했으나 어쨌든 타라는 거기에만 매달렸다.

"또 여기에 계셨어요? 밥때가 됐으면 와서 드셔야 할 것 아니에요?"

타라를 돌봐 주는 전속 하녀 델피가 요란하게 기침을 하며 올라와서는 팔짱을 끼고 두 눈을 데굴데굴 굴렸다.

타라는 어기적어기적 일어났다. 오랫동안 쭈그려 앉아 있었더니 다리가 저렸다.

"응."

그녀에게 어떤 정서적 만족도 기대하지 않기 시작한 이유는, 긴 겨울 끝에 항상 짧게라도 모습을 드러내는 봄을 발견했기 때문일지도 모른다.

어쨌든 건디기만 한다면 타라는 황금 성으로 갈 수 있었다. 그곳의 사람들은 타라에게 적대적이지 않았고, 다정하고 웃음 띤 얼굴로 그녀를 반겼다.

무뚝뚝하지만 친절한 금빛 갑옷의 기사들, 아름드리 봄의 초원과 숲, 따뜻하고 평화로운 황금 성. 그곳이야말로 집이라고 부를 수 있지 않을까.

—아가.

그리고 그 사람.

겨울에 있는 타라에게 이드는 봄 그 자체를 상징했다. 금빛이, 그의 머리카락과 비슷한 봄빛이 야트막하게 깔린 땅에 발을 내딛고 나면 어김없이 그 어떤 봄보다 짙은 그 사람이 서 있는 모습이 보였다.

처음으로 생각했다.

혹시 그 사람은 타라를 기다리고 있었을까?

한결같이, 불투명하고 어딘가 외로운 얼굴로.

이렇게 기다리고 있다 보니 알겠다. 지금의 그녀와 그 아름다운 성에서 창밖을 내다보고 있던 그의 모습은 겹치는 부분이 있었다. 이렇게, 하염없이 한쪽을 바라보며 서 있다는 건, 누군가를 기다리는 사람의 뒷모습이라는 걸.

"여왕께서 부르셔요."

따가운 눈총과 함께 나온 스튜를 다 먹어 가던 찰나에 여왕의 시녀가 방문했다.

새 원피스를 남몰래 잡아당기며 시녀의 등을 따라 여왕의 방에 도착했다. 작은 손에 가득 잡혀 있던 천 조각은 이미 뭉개져 있다.

문이 끼이익 열렸다가 닫히고, 아름다운 겨울의 여왕이 비스듬히 푹신한 의자에 기대앉아 있는 모습이 시야에 가득 찼다.

공석과는 달리 길게 늘어뜨린 금발이 얇은 얼음이 낀 금빛 여우의 꼬리처럼 길게 늘어졌다. 그녀는 비스듬히 턱을 괴고는 엉거주춤 선 소녀를 뚫어져라 바라보았다. 그래…….

"식사는 했니?"

타라는 매우 깜짝 놀랐다. 우선, 어머니란 사람이 먼저 그녀에게 의례적인 안부를 묻는 것이 처음이기도 했거니와 아델하이트가 그런 평범한 말로 서두를 시작하는 게 어색하게 느껴졌기 때문이었다.

우물쭈물하던 그녀는 어색하게 고개를 끄덕였다.

"네에."

"그래? 다행이구나."

얕게 목덜미에 돋는 한기에도 타라는 홀린 듯이 그녀의 화사한 미소에서 눈을 뗄 수 없었다.

어린 타라가 그녀에게 갖는 감정은 여러 개였으나 대다수 극단적이었다. 무섭고 차갑고, 아름답다. 자연히 관심과 애정을 바라지만 감히 그래도 되나 이따금 두려워지는 여자였다.

"이리 보니 참 닮았구나."

"예?"

"네 아빠와 말이야."

심장이 쿵 떨어졌다. 반쯤 넋 나간 반응에도 별 감흥 없이 그녀는 제가 하고 싶은 말을 끝마쳤다.

"그래서 더 정이 안 가."

그녀는 타라를 사랑하지 않는다. 이 순간 자연히 이드가 떠오르는 건 이제 도피처만의 의미가 아닐 것이다.

그는 타라에게 자신을 보호해 줄 거라는 막연한 신뢰감이 이는 유일한 어른이었다. 바들거리면서도 울지 않는 타라를 응시하는 파란 눈이 반짝거렸다.

"그가 그러던? 널 데리러 오겠다고 말이야."

"무슨 말씀이세요?"

"이드. 네가 매일매일 눈이 빠지도록 기다리는 사람 말이다."

입술이 얼어붙었다. 긍정도 부정도 할 수 없었다. 그런 기색을

낱낱이 살피던 아델하이트가 싱글벙글 웃었다.

"그를 기다리지 말렴. 그 남자는 안 올 거야."

아델하이트가 자리에서 일어나 긴 손가락으로 가는 턱을 들어올렸다. 붉은 눈동자가 커다랗게 뜨인다. 오밀조밀 들꽃 같은 이목구비를 느리게 훑던 여자가 소리 없이 웃었다.

딸아. 처음이자 마지막으로 충고 하나 해 줄까.

"아무도, 그 누구도 사랑하지 마. 지금도, 앞으로도, 네가 죽을 때까지."

그녀는 피식 냉소했다.

그럼 나처럼 되지는 않을 거야.

어린 타라에게는 잘 이해가 가지 않는 말이었다. 낯설고도 두려운 어머니를 한참 바라보다 조그맣게 물었다.

"잘 모르겠어요. 그건, 어머니가 불행하다는 말처럼 들려요."

아델하이트는 가만히 제 딸을 응시했다. 어쩌면 여태까지 중 가장 주의 깊은 시선일 것이다.

"내가 불행해 보이니?"

"아, 아니에요. 그냥……."

타라는 마른 침을 삼켰다. 그녀는 온화한 표정을 하고 있는데 왜 이렇게 한기가 들까.

"어머니는 어떤 것도 사랑하지 않는 것 같아서……."

여왕 아델하이트는 추레한 하녀 델피와 같은 사람이었다. 그 고귀함과 아름다움은 댈 것도 아니었으나 근본적으로 느껴지는 텅 빈 구멍과 온 세상을 향한 일말의 애정도 없는 눈, 뾰족한 심장, 체쥐처럼 베인 피로함과 절망, 좌절, 그로 인한 싸늘한 비관…….

그녀를 진심으로 마음 깊이 사랑하는 자, 절절히 증오하는 이만이 그 내면에 뻥 뚫린 공허라는 괴물을 발견할 수 있으리라.

안타깝게도 딸인 타라는 전자였기에 여왕의 웃지만, 결코 웃고 있지 않은 눈을 볼 때면 괜한 고통을 느꼈다. 사랑이란 그런 것이다.

상대의 미소와 눈물을 제 것으로 삼키는 것.

아델하이트는 그 투명한 붉은 눈동자를 내려다보면서 잠시 어떤 말도 하지 않았다. 그러곤 여느 때처럼 화사하게 웃었다.

"그래. 네 말이 맞아."

타라는 생각했다. 그리 말하던 여왕의 표정을 평생 잊지 못할 것 같다고.

"저어, 이드가 오지 않을 거라는 건 무슨 말이에요?"

분명 데리러 온다고 했다. 그의 속내를 조그만 타라가 다 알지는 못하지만, 절대 거짓말을 할 사람이 아니라는 건 안다.

"가엾게도. 말 그대로의 의미지. 그는 안 와."

"어째서요?"

"널 보면 죄책감을 느끼니까."

타라의 눈이 커졌다. 차라리 그가 자신을 싫어한다든가, 껄끄러워한다는 말이라면 바로 납득할 것이었다. 하지만 죄책감이라니?

"왜, 나를 보면 이드가 죄책감을 느껴요?"

"왜냐하면, 너 때문에 그가 사랑하는 아내를 잃었거든."

"……!"

아델하이트는 재차 충격받아 떨지도 못하고 있는 아이에게 속살거렸다.

"그 남자가 너에게 신경 쓰고 잘해 주는 것도, 널 데리러 오겠다 약속한 것도 전부 죄의식 때문이야. 알았니?"

타라가 주춤 물러났다. 그만큼 한 걸음 더, 타라가 멀어진 것보다 더 뒤따라가 거리를 좁힌 여자가 부드럽게 말을 이었다. 길게 늘어진 그림자가 마녀의 그것처럼 구부러져 소녀의 것을 집어삼킬 듯했다.

"그러니 여기서 벗어나 네 멋대로 행복해질 생각은 꿈도 꾸지 마."

"……아니야."

"넌 내가 허락할 때까지 불행해야 해. 이 차가운 성의 골방에 처박혀서."

하얀 손가락들이 버둥거리는 작은 어깨를 움켜쥐었다.

타라는 파도 같은 공포와 격렬한 거부감 속에서 이드의 희미한 미소를 생각했다. 내가 귀하다고 했다. 내가 무슨 행동을 하든, 어떤 말을 하든 변함없이 귀한 존재라고.

마지막으로 뒤돌아서는 아스라한 금빛을 떠올리는 순간 주먹을 움켜쥔 타라가 날카롭게 소리쳤다.

"거짓말!"

순간, 한 점으로 모여 있던 씨앗이 폭발적으로 자라나기라도 하듯이, 강렬한 마력이 작은 몸에서 회오리치며 뿜어져 나왔다. 순식간에 여왕의 침실의 모든 집기와 물건이 깨지고 산산이 조각난 유리창이 뼈대만 남기고 앙상하게 바닥을 굴렀다.

아델하이트는 반사적으로 마법을 써서 몸을 보호한 탓에 걸레짝이 되지는 않았지만 뺨에 긴 생채기가 났다.

분명 마력을 어느 정도 짓눌러 놨는데 이 정도라니.

그녀는 빙그레 웃었다.

"제법이구나. 벌써부터 이 어미에게 발톱도 내밀 줄 알고."

"거짓말. 거짓말! 거짓말하지 말아요! 이드는, 이드는!"

어머니가, 그녀가 거짓을 말하는 거다. 어찌 그 따뜻한 눈이, 조심스러운 포옹이 애정 없는 가짜라 하겠는가.

"여왕 폐하! 괜찮으십니까!"

쾅 문이 열렸다. 기사들이며 소란을 듣고 달려온 사람들이 서로를 노려보고 있는 모녀 주변을 에워쌌다.

여왕은 제 추종자들을 별 의미 없는 싸구려 장식품들처럼 감흥 없이 돌아보다 돌연 화려하게 꽃 피듯 웃었다.

"별일 아니에요, 여러분. 내 딸이 반항해서 조금 속상할 뿐."

그녀는 물건 치우듯 명령했다.

"데려가서 가둬. 반성할 때까지."

"어머니!"

타라는 질질 끌려가면서도 소금 같은 웃음기만 잔잔히 남은 여왕의 냉엄한 낯에서 눈을 떼지 않았다.

거짓말. 계속 같은 말을 되뇐다. 문이 닫히기 전 어린 딸이 비명처럼 토한 중얼거림을 언뜻 들은 아델하이트는 피식 입술을 올렸다.

"어린 게 제법 독하구나."

― *당신은 거짓말쟁이야.*

앙상한 무릎을 끌어안고 다락의 조그만 창문을 올려다보는 조그만 입술에서 연신 하얀 입김이 나왔다.

겨울 성의 신하들 손에 끌려 이곳에 갇힌 지 벌써 며칠은 된 듯했다. 하지만 타라는 끈기 있게 해와 달이 지고 뜨는 손바닥만 한 창에서 고개를 돌리지 않았다.

고집스럽게 손톱을 깨물며 타라는 다시 날짜를 셌다. 하나, 둘, 셋…… 일곱…….

이드는 꼭 약속을 지킬 거다. 그를 믿었다. 그 사람이 먼저 약속을 저버린다 말한 적이 없으니 다른 사람의 말은 안 들을 거다.

아이는 자기방어처럼 맹목적으로 그렇게 생각했다.

그러나 방관 같은 추위와 징검다리 같은 굶주림이 시간이 흐를수록 축적되니 어린 소녀는 점점 초조해졌다. 반항으로 시작한 식사 거부와 항변도 점차 지쳐 갔다.

어머니는 거짓말쟁이야. 이드가 그럴 리가 없어. 그런데 왜 이렇게 안 오지? 혹시 나를 잊은 건 아닐까?

그 사람은 바쁘고, 고귀한 다섯 맹주 중 1인이니 이런 별거 아닌 타라 따위 잊어버렸을지도 몰라.

그럼, 그럼 나는 어떻게 하지.

갑자기 그런 가정만으로도 눈물샘이 터졌다. 춥다. 배고프다. 외롭다. 그러나 가장 두려운 건 잊히고, 버림받는 것.

그렇게 웅크러서 한참을 울다가 불현듯 고개를 들었다. 창살을 통과한 하얀 눈송이 하나가 손등에 고였다가 금방 사르르 녹았다. 붉은 눈이 깜박거렸다.

봄이 나를 찾아오지 않는다면…….

"그럼 내가 찾아가면 돼."

어떤 의미에서 아델하이트는 옳았다. 타라는 아이답지 않은 악착같은 끈기와 강단이 있었다. 끝없는 설원과 빙산을 넘어서, 어린아이 홀로 대륙 동쪽의 봄의 나라를 향해 도망칠 만큼의 미련스러운 독기가.

*　　*　　*

이드가 타라의 마력을 잠재우기 위해 떠올린 방법은 딱 하나였다. 당대 최고의 봉인술사, 일정부분 고대 불사조의 힘을 물려 받은 자.

"그러니까…….."

오베론은 팔짱을 낀 채 천천히 말을 정리했다.

"당신의 딸을 봉인해야 한다는 거군요."

"정확히는 그리해 주기를 부탁한다."

"기사 왕이여, 내가 왜 그리해야 합니까?"

보아하니 당신은 내 어머니에게도 상황의 위급함을 숨기고 있는 것 같은데. 시험하듯 물은 요정에게 기사 왕은 희미한 미소를 지었다.

"그건 우리 둘 다 아는 것 같은데. 그대는 줄곧 동부의 불사조를 만나기를 고대해 왔지 않나."

오베론은 대답하지 않았다. 침묵은 곧 긍정이다. 이드가 잇따라 제안했다.

"원하는 걸 들어준다면 그녀를 만나게 해 주지."

"……좋아요. 하지만 이상하군요. 내 봉인의 힘이 필요하다면 당신의 불사조의 힘을 빌리면 되지, 왜 내게 군이 찾아왔나요? 나의 특기는 결국 그녀의 것에서 근본을 두고 있는 거나 마찬가지인데."

"불사조가 그것을 들어주지 않아."

이미 몇 차례 애걸에 가까운 부탁과 거절이 있었다. 속 모르는 새는 한사코 그의 청에 고개를 저었다.

— 아직 내가 나설 때가 아니다. 미래에도 나는 그녀가 원하는 것을 들어줄 만한 힘이 남아 있어야 하니까. 내가 아니어도 너는 지금 네가 원하는 것을 이룰 만한 다른 대책을 마련할 수 있어. 잘 생각해 봐라.

과연 그녀의 말은 그르지 않았다. 이드는 곧장 오베론을 찾아왔다.

그는 한때 '버려진 왕자'라는 별명으로 불렸다. 후계자가 되지 못한 그의 처지를 동정 반 비웃음 반으로 일컫는 말이리라.

타니아는 아들의 번민을 해결해 주지 못했으니 남은 것은 고대의 불씨를 물려준 동부의 모체뿐이지 않겠는가. 답을 찾지 못하는 피조물은 결국 창조주에게 매달리기 마련이다. 결국, 그의 예상대로 오베론은 이드의 제안을 수락했다.

"좋습니다. 뭐든 해 드리지요. 물론, 제 종족에도 비밀을 보장하겠습니다."

"반드시 그래 주길 바란다. 타니아가 타라의 존재를 알아차린다면……."

분명 조심성 많은 그녀는 발작하듯이 무슨 수를 써서라도 타라를 죽이려 들 것이었다.

"어머니라면 그러고도 남지요."

오베론은 비교적 객관적으로 모친이자 종족의 수장에 대해서 인지하고 있었다.

"그럼 당신은 중앙 왕국과 전쟁이라도 할 참입니까?"

이드의 입술이 다물렸다가 느릿느릿 떼어졌다.

"그래."

대륙 전체를 뒤엎는 한이 있더라도 난 내 딸을 찾아올 것이다.

"일주일, 딱 일주일 후에는 모든 것이 바뀔 거다."

\*　　　\*　　　\*

전쟁은 신속하게 무르익어 갔다. 동부 자체가 계속되어 온 북부와의 자잘한 신경전 속에서 언제고 당장 전투에 임할 수 있게 갈고 닦아진 최정예 군사들의 보고라는 것도 한몫했다.

남쪽과 동쪽의 방어가 취약한 점을 노려 사흘 밤낮을 기사단을 몰아 천천히 포위망을 좁혀 오기 시작했다. 반항할 틈도 없이 제압

해야 했다. 순식간에, 최단기간의 속도로.

이드는 이 한판에 자신의 모든 것을 걸었다. 그의 선택으로 율리아 대륙이 아수라장이 될지도 모르지만, 상관없었다.

"하지만 전하. 역으로 타라 님이 인질로 잡혀 위험해지실지도 모릅니다."

작전 사령부에서 희게 반짝이는 머리칼을 올린 아오페가 낮은 목소리로 충언했다.

"알고 있다."

"그런……."

"그 전에 빼 오면 돼. 란쳇이 겨울 성에 잠입해서 그 아이를 데려올 거야. 그 후 바로 공격에 들어간다."

세작으로부터 타라가 탑 안에 감금되어 있다는 첩보가 들어왔다. 그 추운 날씨에 아이를 그런 곳에 두었다는 것에 이가 갈렸으나 차라리 잘된 일이다. 잠입해서 접근하기는 한층 더 쉬워졌으니까.

"이제 얼마 남지 않았다."

그의 어투는 단호했으나 막사 너머 멀리 희미하게 드러난 겨울 성의 첨탑을 바라보는 눈초리는 불안과 긴장이 교차하고 있었다.

침묵이 채 깔리기도 전에, 돌연 말 울음소리와 다급한 발소리가 울렸다.

"전하! 젠장, 큰일입니다!"

란쳇이었다.

"타라 님이, 성에 안 계십니다!"

　　　　　*　　　*　　　*

　몰래 성을 빠져나오는 건 다행히도 행운이 따랐다. 그날따라 안
개가 짙었고, 보초병들은 탑 안에서 근신 중인 여왕의 코흘리개 사
생아에게 점점 흥미를 잃어 갔다.

　타라는 조심스럽게 주변을 둘러보다 하녀들이 한쪽에서 노닥거
리는 틈을 타, 보따리를 쥐고 살금살금 밖으로 빠져나왔다. 잿빛 하
늘에서는 막 굵은 소금 같은 눈송이들이 내려 소복소복 쌓이고 있
었다.

　낡은 가죽신에 닿아 오는 얼음 같은 눈이 시렸지만 가슴에 수원
이 터진 듯 시원한 해방감이 머릿속을 물들였다. 자신감 없는 우울
한 소녀가 확고한 자신의 의지로 선택한 첫 일탈이었다.

　순전히 자신의 행복만을 위한 여정.

　그녀는 좀 더 깊은 숲으로 들어서기 전 빙글 몸을 돌려 차갑게 빛
나는 얼음 성을 돌아보았다.

　겨울 여신의 머리카락과 눈물로 지어진 것 같은 아름다운 성이
지만 타라에게는 스산하고 싸늘하기 그지없는 감옥이었다.

　뒤돌아서며 되뇌었다. 다시는 이곳으로 돌아오지 않겠다고. 절
대로.

　물론 생전 처음 성벽이 둘러진 성안이 아닌 거칠고 야생이 난무
하는 바깥세상으로 뛰어든 타라의 여정은 순탄하지 않았다.

　새파랗게 돋은 겨울바람과 안개 두른 한기가 작은 몸을 시시때
때로 위협했고, 눈을 피해 잠을 잘 나무 아래 땅도 딱딱하게 얼어붙

었으며, 인기척 하나 없이 내내 차가운 정적만이 바람 울음과 섞여 귓가를 맴돌았다.

마치 여인의 곡소리 같기도 했다. 타라는 조그만 몸을 동그랗게 만 채 이를 딱딱 부딪치며 하얀 햇빛이 뜨기를 기다렸다.

밤이고 낮이고 우울한 잿빛뿐인 대지였으나 해라도 있어야 조금이나마 몸을 녹일 수 있었다. 힘들지만 견딜 만했다. 게다가 소녀에게는 사소한 도움의 손길들도 있었다.

작은 동물 울음소리에 잠이 깨서 눈가를 비비며 공처럼 만 몸을 폈다. 그리고 제대로 시야가 트이자마자 탄성이 나왔다.

"우와."

나뭇잎이 테이블보처럼 하얀 눈 위에 깔려 있고 도토리며 산딸기, 조그만 과일들이 그 위에 옹기종기 쌓여 있었다. 목이 텁텁하게 마르고 배가 고프던 찰나에 얼른 조그만 산딸기 하나를 입속에 욱여넣었다.

이 근사한 숲속 아침상 주변에는 노루와 다람쥐, 토끼의 발자국이며 산새들의 종종거림도 볍씨처럼 흩어져 있었다.

타라가 막 견과류 하나를 까 오도독 씹을 때 저만치서 크고 작은 겨울 동물들이 조심스럽게 그녀의 눈치를 살피고 있었다. 저절로 웃음이 나왔다.

동물이 제 의사를 가진 듯 따르는 게 신기할 법도 했으나, 아직 어린 타라는 그게 이상하고 신비로운 현상이라는 걸 알지 못했다.

"고마워."

사슴이 대답하듯 작게 울었다. 산사나무 열매를 부지런히 쌓아 모아 둔 작은 갈빛 새가 종종종 주변을 서성거렸다.

"먹을래? 난 배불러서 더 못 먹을 것 같은데."

그들은 잠시 망설이다가 타라가 손짓하자 금세 모여들었다. 추운 겨울이다. 인간은 물론 동물들도 쉽게 굶주리는 시기였다. 이 겨울의 땅은 언제고 그러하겠지만.

우걱우걱 식사하는 숲속 동무들을 쭈그려 앉아 구경하다가 나무 밑에서 기어 나와 다시 길을 떠났다.

동쪽, 해가 뜨는 방향으로 정처 없이 걷는다. 낮이고 밤이고 분간 없이 발길을 재촉하기도 했다. 특히 유독 별빛과 달빛이 밝을 때면 쉬지 않고 걸었다.

새카만 어둠 속에서 그럴 수 있었던 건 그때도 듬직한 짐승들이 소녀의 뒤를 지켜 주었기 때문이었다. 처음에는 시커멓고 커다란 것이 보이기에 깜짝 놀랐지만 유일하게 반짝이는 짐승의 눈이 가만히 무구하게 바라봐 오자 천천히 긴장이 풀렸다.

나중에 알고 보니 잿빛 늑대였다. 송아지처럼 큰 덩치의 늑대는 호위하듯이 그녀의 뒤를 따라오다가 밤에 잠이 들 때면 옆에 머물러 자리를 지켰다.

어떨 때는 아침에 눈을 떠 보니 그 커다란 품에서 잠들어 있을 때도 있었다.

어찌할 때는 커다란 반달곰이, 나뭇가지 같은 아름다운 뿔을 머리에 인 사슴이, 어떨 때는 새들이 둥지 만들듯 모여들어 제 작은 몸으로 잠든 타라를 이불처럼 감쌌다. 덕분에 소녀는 얼어 죽을 일이 없었다.

야생에서의 노숙과 굶주림이 힘들다 하나 좋았다. 외로운 듯 황홀한 허허로움이 달콤하게 뇌리를 새처럼 맴돈다.

겨울 성에서 점점 멀어질수록 그 해방감은 눈덩이처럼 불어났다. 반대로 눈발은 점점 걷히고 소녀의 뒤를 줄레줄레 따라오는 짐승들도 늘어났다.

봄이 우거진 동부의 땅이 얼마 남지 않았을 무렵, 타라는 심상치 않음을 느끼고 제 이마에 손을 올렸다. 불덩이 같다. 덜컥 겁이 났다.

"왜 이러지. 감기에 걸리려고 그러나?"

마그마라도 삼킨 것처럼 온몸이 뜨거웠다. 하지만 그렇다고 몸이 아픈 것은 아니다. 그저 주체 못 할 열기가 내부에서 맴도는 기분이었다. 기묘한 감각이었다. 텅 비어 메마른 그릇에 슬금슬금 바닥의 금으로 스며든 온천수가 천천히 차올라 가는 듯한……

으슬으슬 떨리는 어깨를 끌어안고 발길을 재촉했다. 겨울의 남은 한기를 떨쳐 내고 봄의 영역에 들어서기만 하면 모든 것이 나아질 거라고 막연하게 믿으면서.

그리고 마침내 봄과 겨울의 국경선에 도달했다. 황금빛이 내린 초원을 넋을 잃고 바라보던 소녀가 한 발자국 그곳에 내딛는 순간이었다.

"아!"

핑그르르 온 세상이 돈다. 현기증이 아우성쳤다. 타라는 그대로 픽 창백한 설원 위에 쓰러졌다. 하얀 눈송이가 정신을 잃은 소녀의 위로 눈물처럼 떨어져 내린다.

그녀의 주변으로 천천히 눈이 녹고, 드러난 흙더미에서 연둣빛 싹이 트고 꽃이 피어 하얀 겨울 풍경에 유일한 섬처럼 봄 얼룩이 졌다. 동물들이 쓰러진 타라의 주위를 맴돌며 슬프게 울었다.

이윽고 겨울의 심장부에서 말을 달려 온 기사들이 소녀를 안고 되돌아갔다. 지척이었던 봄이 멀어지도록 하얀 눈꺼풀은 열릴 줄 몰랐다.

＊　　　＊　　　＊

모든 게 무산되었다. 이드는 타라의 생사라도 확인하고 싶어 했으나 굳건히 닫힌 겨울 성은 열릴 줄 몰랐다.

왜 아이가 성을 빠져나왔을까. 아델하이트가 또 간교한 말을 속삭이기라도 했을까? 아니야, 내가, 좀 더 확신을 주지 못한 탓일까.

"전하."

겨울의 땅을 가로질러 달려온 말이 거칠게 투레질을 했다. 어깨의 하얀 서리를 채 털지 못한 아오페가 말에서 내려 부복했다. 그녀는 간절하게 일그러진 왕에게 천천히 고개를 저었다.

"제기랄."

조금만, 조금만 더 빨리 그 아이를 발견했더라면……!

이드는 이를 악물며 주먹을 쥐었다. 손톱이 찢은 손바닥에서 피가 뚝뚝 흘러내렸다.

　　　　　＊　　　＊　　　＊

　아델하이트는 기가 막혔다. 하마터면 모든 게 수포로 돌아갈 뻔했다. 이 되바라진 꼬마 같으니라고.

　그녀는 간발의 차로 다시 끌려온 딸아이의 뺨을 꾹 누르며 이맛살을 찌푸렸다.

　─네 아비도 그렇지만, 너도 참 대단하구나.

　─……

　─고통스럽지? 그러게 왜 이 어미 손을 벗어나니. 네 명줄이 지금 누구에게 달린지도 모르고.

긴 손톱이 보드라운 살갗에 파고들었다. 여왕은 낮게 혀를 찼다.

　─강력한 힘을 타고났다지만 언령이 네게 완벽하게 깃들기 전에는 넌 아직 반푼이에 불과해. 네가 정말 아스타로테 여제라도 되는 줄 알았니?

　고왕국의 직계 중의 직계인 여제가 잘 다듬어진 인계(人界)의 신(神)이라면 타라는 반신(半神)에 가까웠다. 하지만 그렇다 해도 타라의 힘이 범상치 않다는 건 사실이었다. 반쪽짜리라도 신은 신이었다.

―이제 내 힘으로도 한계에 다다랐어.


　그녀는 과거 가장 뛰어난 마도사에게 고왕국의 비밀과 봉인, 그 힘을 다루는 방법에 대해 상당 부분 하사받았다. 그래서 어린 타라의 힘도 억누를 수 있었지만, 그녀는 기본적으로 뛰어난 봉인술사는 아니었다. 고민 끝에 아델하이트는 누군가를 생각해 냈다.

　"어쩐 일이야, 여왕님? 나를 다 부르고."

　우리가 그렇게 얼굴 마주할 만큼 사이가 좋았던 것 같지는 않은데. 낡은 여행자용 망토를 걸친 사내는 고양이처럼 소리 없이 다가와 벽에 기대섰다.

　은근한 실루엣만으로도 그 수려함이 만져질 듯 생생한 것이 전설 속 요정처럼 기묘했다.

　"망각의 물약."

　그가 고개를 기울였다.

　"그걸 구해다 주겠어?"

　"부탁이라면 좀 건방진 것 같은데."

　상대가 뺨을 붉적이며 싱그럽게 웃는다. 날카로워진 눈빛을 그대로 읽은 아델하이트가 선하게 입술을 올렸다.

　쥬다의 약제사와 가깝다지?

　"구할 수 있잖아? 그리 어려운 일은 아닐 거야."

　"이봐, 아델하이트 양."

　"그걸 가져다주면 당신이 원하는 걸 도와줄게."

　그늘 속 맹수처럼 위협적으로 상체를 기울이던 움직임이 딱 멎었다. 그는 팔짱을 끼고 침묵하더니 되물었다.

"내가 원하는 것?"

"그래. 당신이나 나나 항상 과거 속에서 사는 사람이잖아? 그게 뭔지 난 알 것 같은데."

"……."

이따금 무의미한 미련이란 건 그이를 쥐고 흔들 무기가 된다. 그런 의미에서 아델하이트는 사내를 잘 알았다.

왜냐하면, 아델하이트와 이 사내는 어떤 면에서 동류이기 때문이다.

그녀가 달콤하게 속삭인다.

"가짜로 흉내 내는 인형 말고 진짜 당신의 가족을 돌려줄게. 쥬다는 할 수 없어도 난 할 수 있어. 믿어도 좋아."

"어린아이 꼬여 내는 사탕발림 같군."

"나 또한 같은 것을 원하는걸."

사내는 잠시 침묵했다. 그러고는 되묻는다.

"복수가 아니라?"

이번의 침묵은 조금쯤 긴 것도 같았다. 그녀의 입가에 묻은 미소가 짙어졌다.

"글쎄."

"아니면 둘 다겠지."

설레설레 고개를 흔든 그가 벽에 기대섰던 몸을 떼어 내 바로 섰다.

"거절하지. 당신이랑 깊게 섞이면 찜찜해."

"어머, 누가 할 소리를 하는지 모르겠네. 저주받은 주제에."

옛 상처를 콕 정확히 노려서 찔러 오는데도 태연히 맞받아친다. 그에게 이 정도는 이제 따갑지도 않았다.

"칭찬 감사해. 하지만 난 말 잘 듣는 종이라서."

그가 너랑 놀지 말라고 했거든. 뒤돌아서는 남자의 뒤에서 아델하이트가 교묘하게 붙잡았다.

"겨우 작은 병 하나잖아. 그게 뭐 어때서? 당신 주인에게 큰 피해도 없을 거야. 밑져야 본전 아니겠어?"

뚜벅뚜벅 걸어가던 발걸음이 멎는다. 그가 빙글 돌아서며 날카롭게 되물었다.

"그거 하나로 죽은 사람을 되살려 놔 준다고?"

"물론 그걸로는 좀 부족하지. 당신 힘이 필요해."

"칼잡이 필요해?"

"그런 것 말고. 네 진짜 힘."

"……."

"마력을 빼앗는 것. 마치 물귀신처럼 빨아들여 무력하게 만드는 그것 말이야."

"모르나 본데 참고로 나는 내 마법을 썩 좋아하지 않아."

물귀신이라는 비유도 내 취향은 아닌데. 쌀쌀맞은 목소리에 아델하이트가 고개를 갸웃거렸다.

"틀린 말도 아니잖아?"

"하하하. 참 꾸준히 비호감인 여자야."

잘 깎은 월장석 같은 얼굴이 피식거렸다. 따라 웃으며 그녀가 재촉했다.

"할 거야, 말 거야? 별거 아닌 거래야. 대신 얻는 건 크지."

불쾌하지만 확실히 유혹적인 제안이었다. 그는 반듯이 다물린 입을 열었다.

"그것들을 어디다 쓸 건데?"

"당신 주인은 아니야."

그는 잠시 고민하는 듯했다. 확실히 그녀의 말대로, 그는 오랜 세월 동안 애정과 의미를 두는 상대나 영역이 협소했기에 그것들을 제외한 다른 이들은 어찌 되든 큰 관심이 없었다.

"좋아."

마침내 그가 수락했다. 여왕의 얼굴에 비소가 맺혔다. 그런 그녀를 찬찬히 응시하며 사내치고 말간 목소리가 이어졌다.

"대신 내가 직접 마법을 쓰고 싶지는 않아. 적당히 그걸 빌려 쓸 수 있는 방법을 알려 주지."

"그게 뭐지?"

"내 피."

한가로운 동작으로 크리스털 잔 하나를 집어 든 남자가 그것을 까딱거렸다. 단검이 번뜩이고 이내 투둑 피가 흘렀다. 순식간에 포도주처럼 흘러든 피가 고였다. 물비린내 같은 체취가 허공을 맴돌았다.

"이걸 먹이면 그게 누구든 힘을 잃을 거야. 오랜 기간 복용하면 점점 약화돼서 종국에는 미약한 힘만 남을 거다. 영원히는 아니겠지만."

"그 정도면 충분해."

아델하이트는 상냥하게 대꾸했다. 그녀가 다가와 피가 담긴 유리잔을 달빛에 비춰 보는 걸 그는 말없이 응시했다.

"부작용 같은 건 없나?"

"있지. 내가 마법을 못 쓰게 돼."

"저런."

말투는 그다지 유감스럽지 않은 투였다. 사실 사내는 검사로서 더 유용했기에 큰 상관이 없기도 했다.

"뭘 하든 관심도 없고 알 바도 아니지만, 허튼수작은 아니길 바라."

"하나 물을게. 당신 주인에게 해가 될 사람을 당신이 아끼게 될까?"

"그럴 리가."

"그럼 걱정하지 않아도 돼."

생글생글 웃는 여자를 그는 무표정하게 응시했지만 미심쩍음도 그저 무시해 버렸다. 퍽 오랜 생에도 불구하고 그에게는 정말이지 남는 게 없었다.

주인에 대한 충성이랄지 애착이랄지 모를 감정도 반쯤 타성적으로 느껴졌다. 아주 가끔, 그는 자신이 살아 있는 게 맞는 건지도 헷갈렸다.

아델하이트의 말대로 그가 이 순간을 후회할 일은 없을 것이다.

"나머지는 적당히 시기를 봐서 주지."

남자는 휘몰아치듯 소리 한 점 없이 사라졌다. 아델하이트는 푸르게 고여 곪아 가는 멍자국 같던 사내의 눈을 생각했다. 저와 퍽 닮은 눈이다. 미안하지만⋯⋯.

"사소한 불씨가 큰불이 되는 법이지."

장기적으로는 그녀의 행보가 '그'에게 해가 될 테지만 직접적으로는 그렇지 않으니 아델하이트는 자신이 거짓말을 하는 게 아니라고 생각했다.

정말이지 진심으로.

\*　　　\*　　　\*

전쟁이 무산되고 적막에 잠긴 긴장이 양국 사이에 퇴적되어 탑만큼 쌓여 갈 무렵, 드디어 겨울 성이 침묵을 깨고 먼저 연락을 취해 왔다.

겨울 여왕의 뒷배로 행세하라는 요구에 가까운 서한이었다. 예전이라면 보자마자 갈기갈기 찢어서 불에 태웠을 이드가 망설임 없이 대꾸했다.

"크게 무리 되지 않을 부분은 다 들어줘라."

"전하!"

반대하는 목소리들을 외면한 기사 왕은 철저히 겨울 성에 단 한 가지만을 요구했다. 타라의 귀환. 여왕은 이를 받아들였다.

그리고 드디어 반년 만에 마지막으로 보았을 때보다 더 웃자란 소녀가 황금 성으로 돌아왔다. 이드가 급하게 달려 나와 아이의 앞에 섰을 때⋯⋯.

"타라."

붉은 눈동자가 저와 꼭 같은 그의 눈을 놀란 듯 바라보더니 움찔거린다. 그는 본능적으로 깨달았다. 무언가 잘못되었다. 타라는 순한 새끼 짐승처럼 여린 목소리로 간절한 왕의 심장을 부숴 버렸다.

"누구세요?"

차마 입이 떨어지지 않은 채 이드는 멀거니 딸아이를 바라보았다. 까르르 웃던 아이의 웃음소리가 희미하게 머릿속을 이명처럼 맴돌다 사라졌다.

"내가, 누군지 모르니?"

제발. 그러나 이미 그는 답을 알고 있었다.

"어…… 제 숙부님이라고 들었던 것 같아요. 죄송해요."

"……."

자식이 대드는 것보다 사과가 더 쓰라리다는 것을 처음 배웠다. 이드는 천천히, 한숨처럼 무너져 내렸다. 제 앞에서 무릎을 꿇는 고귀한 왕을 숫기 없는 소녀가 휘둥그렇게 눈을 뜨고 바라보았다.

"그래."

"……."

"타라."

"네."

"내가 미안하다."

타라는 이해가 가지 않아서, 놀란 채로 손가락을 꼼지락거렸다. 이드가 다시 재차 말했다.

"미안하다. 미안해."

"왜 내게 사과하세요?"

널 계속 기다리는 줄도 모르고 기다리게 해서. 너를 끝나지 않은 그 추운 계절에 혼자 두어서. 외로움보다 더 외롭게 만들어서.

"왜 울어요?"

착한 소녀는 처음 보는 아름다운 기사 왕이 차마 저에게 손도 못 대고 눈물만 흘리는 걸 몰이해하게, 하지만 저가 더 아픈 듯 동정을 가득 담고 투둑 표정 없이 떨구는 눈물을 훑어 주었다.

그가 그 작은 손바닥에 입 맞추며 고개를 떨궜다. 분노나 증오보다 안타까움과 상실감이 아파 괴로웠다. 차마 가장 해 주고 싶던 사랑한다는 말조차 꺼내지 못한 건, 그게 죄스러운 사과보다 비교할 수 없이 아렸기 때문이었다.

그래서 그는 제가 지은 아이의 이름만 하염없이 불렀다. 그리 부르는 것밖에 알지 못하는 새끼 잃은 짐승처럼.

*　　*　　*

"당신의 딸에게서는 어떤 마력도 느껴지지 않습니다."

잠든 타라를 조심스럽게 살피고 온 오베론이 결론을 통보했다. 초췌하게 흐린 이드를 힐끗 바라본 요정은 흐음, 곤란한 한숨을 쉬었다.

엄밀히 말해 그는 조력자이지만 제삼자였기에 이들의 안타까운 비극에 객관적인 공감과 동정 말고는 해 줄 수 있는 게 없었다. 그로서는 이미 요정 여왕을 속이고 있다는 점부터 큰 위험을 감수하고 있었으니.

전쟁이 물거품이 된 이후 기사 왕과의 약속도 요원해졌다가, 지금에서야 연락을 받고 몰래 동부로 건너온 참이었다.

"봉인술인가 싶었지만 그런 마법의 형태는 읽히지 않는군요. 뭔가 희귀한 특질 마법이나 속성적인 특기가 아닐까 싶습니다만."

"아델하이트가?"

"저와 반대되는 속성이지만 냉기(冷氣)는 아닙니다. 저도 처음 보는 마법인데……."

오베론은 곤란한 듯 미간을 찡그렸다. 좀 더 알아보도록 하지요.

"어디엔가 기록이 있을지도 모르니까요. 결과적으로 아예 나쁜 일만은 아니지 않습니까. 제어 없이 그대로 두었다간 아직 어린 그녀로서는 폭주하거나 끝없는 고통에 무방비하게 노출되었을지도 모릅니다."

"하지만 여전히 칼자루는 저쪽에 있지."

타라의 힘을 제어하는 방법을 모른다면 계속 원상태이리라. 오베론은 고개를 저었다.

"제가 조사한 바에 의하면 결국 언령의 힘을 제어하는 건 본인의 의지에 달려 있습니다. 다른 모든 방법은 임시방편에 불과하지요. 유일한 예외가 있다면 아스타로테 여제의 몰락인데, 옛 문헌과 초대 요정 여왕의 기록을 보면…… 사실상 현자 소락스와 그들이 그녀를 제압했다기보다는 반쯤 자멸한 것에 가깝습니다."

즉, 타라가 무사히 힘에 휘둘리지 않을 만큼 성장하는 것만이 답이었다. 그는 위로차 더 첨언했다.

"여왕도 당신의 딸을 잃기를 원하지는 않을 겁니다. 그러니 우선 유예가 생겼다 여기십시오."

잠시 눈을 내리깔던 이드는 고맙다고 답했다. 상심하고 근심이 가득한 아버지의 얼굴이었다. 그가 딸을 위해 무엇을 희생하고 대가를 치르고 있는지 오베론은 알고 있었다. 그는 공사를 넘어서 자신이 할 수 있는 전부를 다 걸고 있었으니까.

요정족 청년으로서는 생소한 일이었다. 타니아는 모든 요정의 어머니로서 요정 하나하나를 사랑하고 아꼈지만, 그 전부를 위해서라면 이따금 비정하고 냉정해지는 구석이 있었다. 그녀가 장자로 골라 탄생케 했던 아들 오베론에게 했던 일처럼.

사실 오베론은 어머니의 선택이 틀리지 않다 여겼기에 원망은 없었다. 동시에 미련도 없다.

그리하여 오베론은 결국 제 또 다른 근원을 마주하게 되었다. 떠오르는 햇빛을 담고 있는 불사조, 그녀가 잠시 그를 가만히 내려다보았다.

**[결국 여기까지 나를 만나러 왔구나.]**

마치 고향에 다다라 처음 뜨는 태양을 가까이서 마주하고 있는 듯 혈관을 타고 흐르는 피 한 방울 한 방울이 날뛰었다. 오베론은 경이를 가라앉히며 인사를 올렸다. 동공 없는 붉은 눈이 빤히 응시해 온다.

**[그래, 내게서 무얼 원하지?]**


\* \* \*


타라와 이드의 관계는 처음으로 되돌아갔다. 아이는 그를 경계하고, 그는 상처 많은 새를 돌보듯 근처를 맴돌며 기다린다.

우선 그것이면 되었다, 이드는 그리 여겼다.


—왜 타라가 나를 알아보지 못하나.

—망각의 물약을 조금 썼을 뿐이에요. 어쩔 수 없었어요. 그 애가 또 뛰쳐나가려 날뛰면 막기 힘드니까.


의지를 꺾지 못한다면 아예 소망을 없애 버리면 되잖아? 그녀는 날짐승을 잡아 두기 위해 날개를 아예 잘라 버렸다는 식으로 지껄였다.

그러고는 이드의 표정을 보더니 손을 설레설레 흔든다.


—나도 두 번 쓸 생각은 없어요. 부작용이 있을지도 모르니까. 그러니 괜한 헛바람을 집어넣지 말라고요. 당신 딸은 덜 자란 용이나 다름없어. 무슨 짓을 벌일지 예측이 안 된다고.


아델하이트의 역겨운 소리 중 한 가지는 이드도 동의했다. 타라에 대해 함부로 예측하는 건 어리석은 일이다. 어떻게 그 어린아이

가 추운 겨울의 땅을 혼자 가로질러 동부 앞까지 왔는지 불가사의
했다.

길 모르는 이는 하루도 못 가 얼어 죽는 곳이 그 냉혹한 땅인데,
대체 어떻게? 타라는 여러모로 신묘한 아이였다. 이드를 우선 달래
기 위함인지 아델하이트는 한 발짝 양보해서 제법 오랜 기간 부녀
가 함께 있을 수 있도록 동의해 주었다.

그러나 이윽고 긴 봄도 지나고 아이가 다시 겨울 성으로 돌아갈
날이 왔다. 이드는 소녀와 눈을 맞춘 채 신신당부했다.

"무슨 일이 있으면 당장 내게 편지를 보내렴. 그럼 바로 네게 달
려가마. 절대 위험한 행동을 해서는 안 된다. 알겠니?"

"알았어요."

낯가림이 많이 풀린 타라가 우물우물 이드의 망토를 부여잡은
채 고개를 끄덕였다. 그들의 인사가 길어지자 겨울 성에서 찾아온
사람들이 갈 길이 멀다 재촉했다. 그러고도 한참이 지나고 나서야
이드는 차마 떨어지지 않는 손을 놓아주었다.

아이는 무표정한 이들을 따라 걷다가 문득 멈춰 서서 휙 그 자리
에 가만히 서 있는 이드를 돌아보았다.

그리고 훅, 푸르른 조그만 잔상이 그의 품으로 날아들었다. 소극
적이고 겁 많은 아이답지 않은 행동에 이드가 당혹해 어떤 말도 하
지 못하는 사이, 타라가 그의 허리를 꼭 안은 채 소곤거렸다.

"다음에…… 다음에 또 와도 되죠?"

"물론이지."

가까스로 나온 것 같은데 헝클어진 속과 달리 목소리만은 매끄

러웠다. 그러나 아이의 꾸밈없는 다음 말에는 그는 어떤 대답도 할 수 없었다.

"이드가 내 아버지였으면 좋겠어요."

"……."

아이는 말없이 가라앉은 그의 눈치를 보더니 서둘러 덧붙였다.

"그냥 그렇다고요."

"타라."

"네?"

차라리 그때라도 널 매우 아끼고 있다고, 너를 애틋하게 사랑한다고 말할 걸 그랬다고, 이드는 후일 수백 수천 번 부질없는 후회를 했다. 하지만 그런 진심은 당시의 그의 입에서는 나오지 못했다.

"몸조심해라. 겨울 성은 매우 추우니 따뜻하게 입고."

심장에서 떨어져 나온 껍질들처럼 두서없는 부스러기만 주절거렸다. 하나 마나 한 당부들. 그러나 결국 눈과 머리에 밟혀 말하지 않고는 못 배기는 걱정들이었다.

그의 마음을 느꼈을까. 착한 아이는 알겠다고 사르르 웃는다. 보송한 눈꽃이 녹는 듯한 웃음이었다. 잔상이 어른거리는 미소를 남긴 채 소녀는 떠났다.

그리고 그것이 다음을 기약하는 그들의 마지막 인사였다.

\*　　　\*　　　\*

간혹, 하찮은 자의 부질 없는 한 마디가 모든 것을 망가뜨린다.

―정말 모르니? 저 동부의 고귀한 기사 왕이 제 누이인 여왕을 탐
해서 낳은 아이가 너란다.


　　꿈에서조차 그립고 간절히 다시 오기를 바랐던 황금 성은 여전
히 변함없는 찬연한 봄이다.

　　타라는 헐떡이며 간절히 그를 찾았다. 이윽고 플라타너스 나무
를 올려다보고 있는 남자를 발견하고 천천히 멈춰 섰다. 그의 백금
발이 봄볕처럼 흐드러졌다.

　　나의 봄, 나의 태양, 지독히 따뜻한 당신. 그러나 이율배반적으로
이제는 달아나고 싶었다. 분명 그가 커다란 나무에 직접 매달았을
그네가 흔들리는 걸 보니 눈물이 날 것 같았다.

　　언젠가, 타라는 동화책 속 소녀의 그네가 부럽다고 말한 적이 있
었다.

　　"타라?"

　　그러나 도망치러 뒤돌아서기도 전에 이드가 타라를 발견했다.
금방 차분한 무표정에서 옅게 온기가 번지는 그를 힘겹게 불렀다.
처음으로 그가 자신을 알아보고 찾아내는 게 고통스러워졌다.

　　"이드."

　　새하얗게 질린 얼굴이 곧 시들고 밟힐 벚꽃 잎 한 자락 같았다.
덜덜 떠는 아이의 심상치 않은 기색에 이드가 놀라 입을 떼기 전 타
라가 발작적으로 물었다.

　　"이드. 이상한 말을 들었어요. 아인츠가, 당신이 내…… 내 친아

버지래요."

그 순간을 어떻게 설명해야 할까. 모든 것이 단편적이고, 일분일초와 숨결 하나하나가, 오시의 햇빛 한 줄기까지 지나치게 빨랐고, 또한 잔인할 만큼 느렸다.

이드는 어떤 납으로 된 손이 불쑥 찔러 와 내장을 움켜쥐는 것처럼 굳어서는, 참담하고 두려움에 질린 딸의 붉은 눈동자를 벙어리가 된 듯 내려다보았다.

"아가. 그건……."

"거짓말이죠? 아인츠가 날 놀라게 하려고……."

아. 이런 순간이 오면 할 말을 정해 두었는데, 너무 빨랐다. 타라에게도, 이드에게도.

"당신은 내 외숙부잖아요. 어떻게 내 아버지가 될 수 있어요?"

아이의 젖은 지저귐이 그를 부서뜨렸다. 찰나 지독한 고통이 이드의 얼굴에 스쳐지나갔다. 그러나 고통보다도 짧은 그 순간에 치민 가장 짙은 감정은, 아이가 보기에 이상한 표정을 지어서는 안 된다는 다급함이었다.

"말도 안 되는 헛소문이구나. 그럴 리가 없잖니."

"……."

"고약한 농담일 뿐이야. 신경 쓰지 말렴."

제발 제 낯이 괴상하게 일그러지지 않아야 할 텐데. 확인하듯 빤히 바라봐 오는 아이의 눈은 가슴이 쩽하게 아릴 듯이 맑았다.

꼭 같은 두 눈이 서로를 마주본다. 그들은 동시에 알아차렸다. 간혹 어떤 진실들은, 상대의 표정과 눈빛, 일상에서 그저 스쳐지나갔던 것들이 깨진 거울 조각처럼 모여 진상을 드러낼 때도 있다.

타라의 작은 입술이 달싹거렸다.

"거짓말."

그들을 둘러싼 아슬아슬한 봄이 깨지는 소리를 들은 듯했다. 이드는 당혹하여 타라에게 손을 뻗었지만 아이는 뒤로 물러났다.

아. 이드는 차마 신음도 내지 못하고 얼어붙었다.

"나는…… 난……."

"타라! 내 말 좀 들어 보렴. 응?"

작은 머리가 설레설레 흔들린다. 그를 못 알아본다 해도 타라가 이드를 거부한 건 처음이었다. 그리고 다시 고개를 가로젓는다.

"돌아갈래요."

등을 돌리는 소녀를 붙잡지 못했다.

그는 그럴 자격이 없었으므로.

\*　　　\*　　　\*

제 발로 겨울 성으로 돌아오자마자 타라는 정해진 듯 아델하이트를 찾아왔다. 감히 먼저 찾아올 생각도 못 했던 어머니는 제 딸을 쫓아내지 않고 맞았다. 마치 저를 찾아올 걸 알고 있었다는 듯이.

그녀는 인형처럼 가만히 앉아 있는 소녀를 주시하다가 말했다. 그래…….

"내게 사실을 물어보러 왔니, 아니면 위로와 해명이라도 바라고 왔니?"

역시나 그녀는 다 알고 있었다. 그것은 즉, 설마 했던 그 끔찍한 폭로가 사실이라는 것을 암시하는 것이기도 했다.

— 이드가 내 아버지였으면 좋겠어요.

이드는 그렇게 말하며 쑥스러워하는 타라가 얼마나 웃겼을까.

그게 사실인데! 그 따뜻한 사람이 좋아서, 그가 정말로 자신의 부모였으면, 정당한 보호자이기를 간절히 소망하였으나 이런 식은 아니었다.

"……왜?"

물으면서도 묻는 게 아니었다. 소녀는 더 이상 무언가를 받아들일 수 없는 상태였고, 더 알고 싶지도 않았다. 아델하이트는 속으로 비명을 지르는 붉은 눈을 바라보며 빙그레 웃었다.

"다시 네 '아버지'에게 돌아가고 싶니? 원한다면 보내 주마."

타라는 몸부림치듯 고개를 마구 저었다. 바들거리는 아이를 흥미롭게 주시하던 아델하이트가 중얼거렸다.

"그렇게 목숨까지 걸 정도로 가고 싶어 하더니 사실을 알고 나니 마음이 바뀌었니?"

애정이라는 것도 별거 없구나. 독사처럼 사근거리는 목소리에 귀를 틀어막는다.

"딸아, 충고했잖니. 누구도 사랑하지 말라고."

결국, 울음을 터뜨리는 소녀를 응시하는 새파란 눈에 일순 어떤 빛이 어렸다. 찰나의 동정? 동질감? 무의미하다. 그러나 어쨌건 그녀는 처음으로 제 딸이 조금쯤 가여워졌다.

"네가 그와 나 사이에서 태어난 아이라는 건 변치 않을 거야. 하지만 굳이 진실을 마주하며 살 필요는 없지."

엉엉 세상 무너진 듯 울던 소녀가 눈물 번진 얼굴로 아름다운 어머니를 올려다보았다. 폭우가 쏟아지는 창문처럼 얼룩진 시야에 불투명하게 번진 여인은 고혹적인 붉은 입술을 올려 웃고 있었다. 생각해 보면 그녀는 항상 그랬다.

웃든 화내든 장미처럼 웃는 것으로 표현한다. 마치 감정을 표현하는 수단을 하나밖에 모르는 이처럼.

"모르고 살고 싶으면 모르면 돼."

방법을 일러 주마.

"망각의 물약이라는 거야."

타라는 제 앞에 놓인 조그만 병을 바라보았다. 어머니가 부드럽게 다독인다.

"마시고 싶으면 마시렴. 괴로운 기억을 지워 줄 거야."

젖은 적안이 저를 올려다보자, 그녀는 자애롭게 고개를 끄덕인다.

"네게 선택권을 주마. 이번뿐만이 아니라 앞으로도 네가 잊고 싶다면 잊게 도와줄게. 그리고 한 가지 더 알려 주자면, 넌 이미 한번 이 약을 마셨어. 그때는 네 자의가 아니었지."

아이를 낳은 이래 최초이자 어쩌면 마지막으로, 아델하이트는 꾸밈없이 타라에게 차근차근 사실들을 알려 주었다.

"자. 어떻게 할 거니?"

타라의 선택은 그녀의 예상과 다르지 않았다. 여왕이 지켜보는 앞에서 소녀는 망설임 없이 약병을 쥐고 입안에 들이부었다. 독과 같은 액체가 목구멍을 타고 넘어간다.

그렇게 타라는 '아버지'란 존재와 처음 싹튼 미약한 '의지'와 '소망', '희망'을 제 손으로 지워 버렸다. 그것도 한 번도 아닌 여러 번을.

망각의 봄과 현실의 겨울 사이에서 타라는 그 어디에도 속하지 못한 채 몽유병을 앓듯 유년기를 보냈다.

더 이상 타라는 꿈결 같은 봄조차 찾지 않았다.

끝나지 않은 겨울이 왔다. 이제 타라는 어느 모로 보나 특별할 게 없는 작달막하고 더듬지 않고는 말 한마디 못하는 덜떨어진 계집아이가 되었다.

영원히 이리 지내지 않을까 무기력하게 순응하며 살던 그녀에게 천재지변 같은 변화가 닥친 것은 예고 없는 돌풍과 같았다.

봄도, 겨울도 아닌 새로운 계절이 타라를 찾아왔다.

―나는 서부의 영주 쥬다.

이후 일어날 격변과 그 끝이 어디로 향할지 누구도 알지 못할 것이다. 여전히 미로 속에서 헤매고 있는 타라였지만 이제는 꺼지지 않는 강렬한 의지가 생겼으므로.

사랑이란 그런 게 아니겠는가.

*      *      *

**—여기까지가 내가 아는 전부다. 오랜 시간이 흐르고 나서야 네게 진상을 고할 용기가 생겼구나. 이 비겁한 인사를 부디 불쌍하다고만 여기지 말기를. 그리고 확실히 해 두마.**

**이 모든 것은 나의 죄이지, 너의 탓이 아니다.**

진실은 과연 날카롭고 잔인했다. 몸을 콱 찌르는 관통상보다는 종이에 얕게 베인 상흔처럼 오래오래 통증이 남을 것 같았다.

타라는 눈을 질끈 감았다가 느리게 떴다. 다 자란 그녀는 비교적 단단하고 악문 얼굴을 하고 있었다.

란쳇은 걱정스럽게 천천히 다 읽은 편지를 내려놓는 그녀를 살피다 생각보다 평정을 유지하는 기색에 안도와 묘함을 함께 느꼈다.

"저 말이에요."

"……?"

의아한 시선을 받으며 고개를 든 타라가 쓰게 웃고 있었다. 그녀는 마른 편지지를 만지작거리며 입을 열었다.

"제가 아는 것보다 훨씬 행복한 아이였네요. 이런 아버지가 있다니 저는 정말 운이 좋아요."

"타라 님."

란쳇은 생각도 못 한 말을 들은 듯 격앙된 얼굴이었다. 타라가 재차 중얼거렸다.

"저는 대체 뭐가 그리 겁이 나서 도망만 쳤던 걸까요."

역시 변명하자면 어렸기 때문에, 밖에는 없다. 그녀는 너무나 어렸고, 약하고, 외로웠다.

하지만 그녀를 이렇게나 많이 사랑하고 아껴 주는 사람들이 그 추운 계절에도 분명 있었다.

그리고 지금도 여전히 존재한다.

"이제 도망은 안 칠 거예요."

타라는 천천히 자리에서 일어났다. 뒤따라 일어선 기사를 물끄러미 바라보다 불쑥 고개를 숙였다.

"고맙습니다. 저를 아껴 주셔서."

이번에는 차마 입도 못 연 듯 란쳇이 붉으락푸르락 넙데데한 얼굴을 일그러뜨리더니 주먹이라도 입에 넣고 싶어 하는 표정을 지었다.

많은 말은 필요 없었다. 타라는 얕게 웃고는 방을 나갔다. 제단을 향해 가는 신전처럼 긴 복도, 그 끄트머리에 서서 얕은 숨을 내뱉는다. 갈 길은 한 곳밖에 없는데 망망대해에 떠 있는 양 아득하게 질식할 것 같았다. 그렇게 그녀는 한 걸음을 내디뎠다.


―이리 온.

―배워 보련? 가르쳐 주마.


그다음 한 걸음, 두 걸음, 이내 점점 빨라진다.

— 나에게 네가 귀하다는 뜻이다. 알았니?

바닥에 발끝과 심장이 쿵쿵 떨어질 때마다 걸음 하나씩 기억이
떠올랐다.

　　— 아무도, 그 누구도 사랑하지 마. 지금도, 앞으로도, 네가 죽을
때까지.
　　— 이드가 내 아버지였으면 좋겠어요.
　　— 타라! 내 말 좀 들어 보렴. 응?
　　— 마시고 싶으면 마시렴. 괴로운 기억을 지워 줄 거야.

목을 넘어가던 쓰라리고 싸한, 누군가의 눈물을 삼키는 것만 같
던 감각이 새로이 심장에 고여 갔다. 과거의 감각이 물 밀듯 올라온
다. 몇 번이고 스스로 삼키고 삼켰던.
　온통 싸늘하고 희던 겨울, 군데군데 희미하게 얼룩져 있던 봄이
점차 선명해지다 이내 전체를 뒤덮었다. 그 위로 다시 흰 눈이 내리
듯 시야가 희게 변한다.

　　— 타라.

결국, 끝자락에 서 있는 건 그 사람이었다. 괜찮다고 다독이는
목소리, 처음 마주한 순간부터 본능처럼 끌렸던 은청안, 살얼음 녹
듯 얕게 퍼지던 미소, 떠올리기만 해도 열기와 피가 온몸에 퍼졌다.

출구 없는 미궁을 헤매던 반인반수가 닿을 수 없는 창살 밖의 달빛에 홀린 것처럼, 타라가 쥬다를 사랑하게 된 건 불가결한 일이었다.

"쥬다."

이렇게, 자격이 없다는 걸 안 지금에 와서도 가슴이 떨리는데.

두서없는 노크에 나타난 쥬다가 문 앞에 서서 펑펑 아이처럼 울고 있는 저를 보고 얼굴을 굳힌다. 눈물에 푹 젖어 눈덩이도 발음도 엉망으로 뭉개져서는 하아, 긴 숨을 내뱉었다. 유일한 목표점에 도달한 이처럼 깊고 느리게.

　　―너와 그는 함께할 수 없을 거다. 그녀가 말하길, 그게 너희의 숙
　　명이라더구나.

편지에는 그리 적혀 있었다. 그러니 그에게 너무 많은 마음을 두지 않았으면 한다고.

"쥬다, 나 어떻게 해요?"

하지만 아버지.

"그런데도 나는 당신을 사랑해요."

이미 그가 내 심장인걸요.

시각을 잃은 듯 눈앞이 흐려졌다. 타라는 무너지듯 제게 뻗어진 두 팔 안으로 뛰어들어 꼭 끌어안았다.

이대로 전부 조각조각 나누어져 죽어 버렸으면.

차라리 당신이 깊디깊은 강이라 이렇게 익사했으면 좋겠다. 울

고 또 우는 그녀를 다독이며 그가 귓가에 나직하게 속삭이자 타라는 두 눈을 감아 버렸다.

"나 역시."

아. 당신은 왜 나를 진작 죽이지 않았단 말인가.

그리 끝났다 해도 나는 아쉬움이 없었을 텐데.

# 19

## 한파(寒波)


드디어 시작되는군.

오베론은 천천히 눈을 떴다. 그는 현실이 아닌 듯 환상처럼 아름다운 공간 안에 서 있었으나 이 장소는 전과 달리 어딘가 불완전했다.

당연하다. 존재의 의미가 다한 건 그게 어떤 것이건 즉각 빛을 잃고 허물어지기 마련이지 않나.

애석하게도, 그 남자도 다를 게 없을 터.

그는 명백하게 반쯤 기운 달을 올려다보다 돌아섰다. 몇 걸음 내딛자마자 꿈같은 공간이 수만 개의 나비처럼 부서져 내리고, 이내 그는 현실 세계에 들어서 있었다.

오베론은 잠시 그 자리 그대로 서서 생각에 잠겼다.

고대의 힘이 깨어났다.

중앙 왕국이, 남부가 타라를 이용하거나 제거하기 위해 움직일 테고 쥬다의 동맹인 북부의 레오니다스와 동부의 황금 성은 그에 따라 그들을 저지하기 위해 전면으로 나서게 될 거다. 그러니 아마도 결국에는……

"전쟁인가."

안타까운 일이었다. 이 율리아에 대륙 전체를 휩쓰는 대규모 전쟁이 일어났던 적은 너무도 오래전의 일로, 그만큼 피해가 막대하리라.

폭풍의 핵인 타라는 아직 경험이 없어 미숙하고 너무 유약해 보인다. 그녀는 그저 누이의 말대로 착하고 어여쁘기만 한 어린 아가씨였다.

오베론은 그녀의 힘을 제외한 남다른 특별함을 발견하지 못했다. 그래서 여태껏 지금의 위기를 대비하고, 한편으로는 기다리고 있던 그로서는 김이 새고 실망했다.

분명 아델하이트의 수작일 함정에 넘어가 폭주하고 두서없이 힘과 감정에 휘둘리는 것도, 본인과는 절대 양립할 수 없는 쥬다의 연인인 것까지 전부…… 솔직한 심경으로는 타라가 믿음직하지 않았다.

"차라리……."

차선책이 나을까? 눈썹을 매만지던 긴 손가락 아래, 녹황색 눈동자가 날카로워졌다. 따가운 볕에 타들어 가는 녹음처럼 금빛이 짙어지더니 금방 가라앉는다. 쓴웃음이 비집고 나왔다.

"이거, 나도 어머니와 다를 바가 없군."

봉인이 '위해'가 될 수는 없겠지만 헤아릴 수 없이 긴 시간을 여제처럼 잠들어 있어야 하는 건 너무 가혹하지 않은가.

차례로 어린 아기였던 타라와 절박했던 이드, 죽어 가는 쥬다를 떠올린 그는 미간을 문질렀다. 마지막을 점령하는 건 브리지트의 실망하고 분노한 얼굴이었다. 결국, 손을 털듯 차선책을 한쪽으로 밀어 둔다.

"오베론 왕자?"

멀찍이 떨어진 거리에서 한 사내가 걸어오고 있었다. 살굿빛 머리카락, 해사하니 수려하지만 모호한 얼굴, 비제였다. 호주머니에 손을 찔러 넣고 터덜터덜 가까이 다가온 그는 저를 유심히 돌아보는 오베론의 앞에서 멈춰 섰다.

"처음 뵙는군요."

"그러게."

비제가 나른하게 눈웃음쳤다.

"위명은 익히 들었어. 요정 여왕이 자식복이 있나 봐."

"당신 같은 위인에게 그런 말을 들으니 몸 둘 바를 모르겠군요."

태엽 감은 인형처럼 흘러나온 대답은 유려하나 그다지 큰 감흥은 없었다. 생각보다 솔직한 인사인가? 비제의 갸름한 눈이 느리게 틈 없는 낯을 살폈다.

문득 오베론이 불쑥 말을 꺼냈다.

"다행히도 생각보다 평온해 보이십니다."

"……?"

고개를 기울이는 이에게 덤덤히 말을 잇는다.

"주인은 위독하고 동료는 쓰러져 있으니 당연히 기분이 안 좋으시겠지요. 안 그렇습니까?"

오늘 온종일 성 전체가 쥐 죽은 듯 고요한걸요. 비제는 잠시 대꾸 없이 서 있었다. 비극이 일어난 지 하루밖에 되지 않았다. 불과 하루 사이 공기가 뒤바뀐 셈이다.

다행히도 이델은 죽지 않았다. 그렇다고 경과가 좋은 것도 아니었지만. 비제는 내색하지 않고 단조롭게 대꾸했다.

"울적해하고 주저앉아 운다고 현실이 바뀌는 건 없잖아."

"그건 그렇군요."

오베론은 떨떠름함 하나 없이 수긍했다. 이번에는 반대쪽에서 질문이 나왔다.

"나도 궁금한 게 있는데. 어지간하면 솔직하게 대답해 주지 않겠어?"

"말씀하십시오."

"대체 무슨 꿍꿍이로 여기에 계속 눌러앉아 있는 거야?"

얄게 살랑살랑 웃는 얼굴을 한 채 내뱉은 독설에 가까운 질문이라 잠시 현실감이 없었다. 오베론은 생각을 수정해야 했다. 비밀스러운 이이긴 했지만, 그는 적대감을 숨기는 사람은 아닌 듯하다.

"제 힘으로 쥬다 님을 도와주고 있습니다."

"그러니까 왜. 너희 요정들이 변덕스러워서 이따금 안 하던 행동을 한다는 건 아는데, 그게 오래가지 못한다는 것도 알거든."

"듣던 대로 요정족을 싫어하시는군요."

"그건 아니야. 그저 지나치게 잘 아는 거지."

말이 끝나기가 무섭게 받아친 비제가 도로 생긋 웃었다. 칼로 쑤
시면서도 홀릴 듯 기묘한 분위기를 지닌 사내였다. 보통 경험상 이
런 부류는 자칫 잘못하면 쥐도 새도 모르게 목이 달아나도 이상할
게 없는 이들이었다.

"요정은 불안과 위협을 증오해. 여제 아스타로테를 그토록 사랑
했던 너희의 선조 랑카가 결국 살기 위해 그녀를 죽인 것처럼. 생존
앞에서는 은인이든 친구든 소용없는 거지. 네가 요정이면 당장 타
라를 죽이려고 기를 쓰고 발작해야 정상이란 말이야."

오베론은 곤란하게 웃으며 턱을 매만졌다.

"오해하시기에 충분할 수도 있겠지만, 저는 제 모친인 타니아와
입장이 다릅니다."

"물고기가 자기가 살던 강을 부정하는 것처럼 들리는데."

요정족은 요정 여왕의 권속이다. 틀린 지적은 아니었다. 그러나
오베론은 제 입장을 피력하고 설명하는 데에는 쥬다 하나로 충분
하다고 생각했고, 브리지트가 종종 그의 의뭉스러움을 지적하며 화
를 내었듯이 본인의 속내를 모두에게 드러내며 설명하는 성격은 아
니었다.

다만, 그의 '결심'이 한순간의 변덕이나 얕은 정의감만은 아니라
는 걸 그 누구도 모를 것이다.

십여 년 전, 그 때부터 지금까지 줄곧.


**[그래, 내게서 무얼 원하지?]**

불사조는 고시대부터 꺼지지 않고 타오르고 있는 살아 숨쉬는 불꽃 그 자체였다. 그 아득함에 넋을 잃었던 오베론은 이윽고 고개를 떨구었다.

─저도 잘 모르겠습니다. 그게 제 문제지요.

요정 왕의 이름을 점지받고 태어나 왕이 되지 못했고, 그리하여 운명처럼 왕이 될 그녀를 사랑했으나 버림받았다.
그는 아무것도 아니었다.
나는 그럼 대체 뭐지? 나의 존재 이유는 무엇인가? 그저 실패작? 어설픈 돌연변이에 불과한가. 요정도 신수도 아닌 경계선에 걸쳐진 사생아.

**[길을 잃었구나.]**

불사조는 고개를 기울였다. 표정 없는 불새는 어쩐지 웃는 것만 같았다.

**[본디 누구에게나 길이란 있고도 없는 것이다. 다만 모두 막연하게 특별한 제 길이 있을 거란 착각을 하고는 하지. 평생 동안 형체 없는 그것을 찾아 헤맨다. 부모, 형제, 스승, 친구, 배우자, 심지어 자식에게까지 제가 아는 모든 이들에게 스스로에 대해 묻고 다니면서. 정답이 있기라도 한 것처럼.]**

─운명을 말하는 당신이 그런 말을 하십니까.

[운명이란 게 애초에 뭐지? 결국, 그것의 본질은 강력한 소망과 의지다. 그 힘에 휩쓸려 실낱같은 오솔길이 열리면, 방해물을 헤치며 그 위를 걷는 것 아니겠나. '그녀'의 마지막 소원이 내 남은 삶의 이유이기에 그게 나의 운명이 되었다. 그것을 믿는 다른 이에게도 마찬가지로 운명이 되겠지.]

오베론은 인상을 썼다. 그가 원한 것은 모호한 진리가 아닌 확고부동하고 또렷한 답이었다. 그가 실망을 채 감추지 못하며 중얼거렸다.

─불완전하고 불분명합니다. 그건 제가 원하는 답이 아닙니다.

[길 잃은 아이야. 네 운명을 타인에게서 구하지 마라.]

─모순입니다. 당신은······.

[내가 그리 선택했으니까. 현재 내 주인이라는 자는 '나의 운명'을 믿지 않고 부정하더군. 두려워하면서도 끝내 승복하는 않았다. 그럼 그게 그의 운명이겠지. 정해진 같은 길을 걷더라도 걷는 자의 선택에 따라 길은 바뀐다. 승복하든 반박하든, 새로운 방향으로 뛰어들건 누구도 강요하지 않아.]

불사조는 날개를 접고 고개를 구부려 희미하게 제 불꽃이 스며 있는 오베론의 눈을 응시했다. 다만 한 가지는 말해 주마.

[단지 네가 아는 '운명'과 '저주'라는 건, 반드시 이뤄질 '결과'가 아니라 그 대상에게 던져진 일정한 모양의 '미로'에 가깝다. 많은 이들이 미궁을 빠져나가지 못하고 그곳에 갇혀 최후를 맞이한다. 고왕국의 주인들이, 아스타로테가 그러했던 것처럼. 하지만 어디에든 길은 존재한다. 그가 걸을 수 있는 길이냐, 아니냐의 차이일 뿐.]

그러니 묻겠다. 나의 또 다른 자식아.

[년 어찌할 수 없는 숙명 때문에 갇혀 있느냐? 도저히 떨쳐낼 수도 거부할 수도 없는 천형이 네게 주어져 있는가? 어떤 길이나 빛 한 점 없이 벽에 가로막혀 있나?]

오베론은 돌연 뒤통수를 맞은 듯 희미하고 얼얼한 충격을 느꼈다. 그에게는 어떤 것도 없었다. 반대로 어떤 강제도 존재하지 않았다. 즉, 무한한 길과 선택의 기회, 자유가 존재했다. 오히려 그러한 선택에 있어 제한적이고 편협한 건 모든 것을 가졌다 여긴 사랑스러운 브리지트일 것이다.

그런데도 그녀는 자유롭다. 그 차이가 무엇인지를, 그리고 브리지트가 사랑을 고백한 그에게 매몰찼던 이유를 다시 자각한다. 그는 아직도 어리석었다.

그렇군요.

오베론은 짧게 한숨을 쉬었다.

―제가 무의미한 질문을 했습니다.

**[그리 무의미하지는 않았다. 너와 내가 만났으니까.]**

―예. 이제 저는…… 어찌해야 할까 고민해야겠군요.

그는 옅게 웃으며 중얼거렸다. 이곳까지 답을 구하러 온 것도 내 선택, 그로 인해 당신을 만나고 새로운 사실도 알았습니다. 앞으로 닥칠 종족과 대륙의 위기도…… 불필요한 경험은 없는 거로군요.

생각에 잠긴 오베론에게 이번에는 불사조가 질문했다.

**[넌 이제 어떻게 할 거지?]**

―글쎄요.

그러나 오베론은 제 운명을 정했다. 적어도 어머니 타니아가 선택할 만한 길은 아닐 것이다. 정의 내리기 힘든 해방감을 느끼며 그가 담담히 질문했다.

― '미로'에 갇힌 그 소녀가 그곳을 빠져나갈 수 있을까요?"

**[모른다. 보지 않았으니까.]**

―당신의 운명에 그런 건 없는가 보군요.

느릿느릿 대꾸하고는 돌아섰다. 첫걸음을 떼자 그 이후는 막힘이 없다. 멀어지는 그를 한참 바라보던 불사조는 이내 화르륵 연기가 산화하듯 불티와 함께 흩어졌다.


오베론은 잠시 어지러운 뭔가를 단번에 정리하듯 상대방을 빤히 주시하다가 불쑥 말을 돌렸다.

"출신을 부정한다, 라……. 그럴 법도 하군요. 저 또한 들은 게 있으니까요."

"……흐."

미약하게 섞인 가시에 비제가 얕게 웃는 얼굴을 했다.

"제법 재미있는 수작을 거네. 빨간 머리 공주님은 거슬리지만 그래도 솔직담백해서 귀여운 면이 있었는데 오라버니 쪽은 영 매력이 없군."

"브리지트에게 그런 말을 하는 사람은 처음 봅니다."

"나도 여왕의 귀한 손가락―자식을 비유하는 말―도 아닌 주제에 내 앞에서 이렇게 설치는 요정은 처음 봐."

사실 공주님한테는 손님에 대한 예의상 말은 안 했어도 내가 죽인 요정들도 꽤나 많거든.

비제가 느긋하게 한 걸음 다가와 느릿느릿 제 쪽으로 손을 뻗자, 요정의 갸름한 눈이 그를 무표정하게 응시했다. 워낙 서부 영주의 악명이 높아서 상대적으로 눈에 덜 띄어서 그렇지, 비제 또한 어떤 짓을 저지를지 모르는 불안정한 망나니였다.

그것도 저 곱상한 얼굴에 안 어울리게 매우 폭력적인.

살인자의 손은 농락처럼 오베론을 지나 옆의 벽면에 내려앉았다. 오베론이 처음으로 눈썹을 찡그렸다.

"저 또한 성주님의 손님입니다."

"알아. 그런데 쥬다가 좀 아파서. 널 신경 써 줄 여유가 되는지 모르겠네."

내가 원체 불경한 종이라. 눈만 떼면 말썽을 부려서 말이지. 긴 손가락이 제 목을 단번에 분지를 듯 다가오자 그것을 힐끗 내려다본 그는 짤막하게 말을 뱉었다.

"클레멤논 왕의 자식을 불구로 만든 것처럼 말이지요?"

갑자기 손이 우뚝 멈췄다. 생각도 못 한 정곡에 비제가 무표정하게 봐 오자 한 걸음 뒤로 물러나 사정권 밖으로 몸을 피한 오베론이 이어 말했다.

"망나니라지만 한때 총명하여 왕의 총애를 한몸에 받던 이라 들었습니다. 그 사건 때문에 타라 님이 겨울 성에서 벨벳 성으로 보내졌지요."

"그래서?"

"당신은 모르겠지만 저는 타라 님을 오래전부터 알았습니다. 어린 시절에는 마력 폭주로 곧잘 괴로워하다 어느 순간 어떤 마법도 쓰지 못했지요. 봉인술사인 제 눈에는 특이한 마력 형질로 보였는데…… 또 이상하게 낯설지만은 않았단 말이지요."

마치 동족(同族)의 것처럼.

"하지만 당신과 같은 인간 혼혈이라면 제가 바로 알아보지 못한 것도 이해가 됩니다."

"……"

"게다가 이번 사건도…… 다들 정신이 없어서 미처 파악하고 있지 못하는 것 같지만 내부자가 있었던 게 분명합니다. 최소한 벨벳 성에 대해 알고 있는 정보원이라든가. 그렇지 않고서야 그들이 그렇게 쉽게 방화를 저지르고 성안에 침입할 수 있을 리가 없잖아요?"

오베론은 잠자코 듣고 있는 비제를 가는 눈으로 노려보았다.

"아델하이트 여왕과 당신, 모종의 거래가 있었던 것 아닙니까?"

그들은 한 치의 물러섬도 없이 상대의 눈을 피하지 않았다. 소리 없는 싸움이 이어졌다. 그들이 서 있는 곳에서 떨어진 성벽의 귀퉁이, 고양이 그림자가 어른거리다 재빨리 소리 없이 사라졌다.

이내 비제가 한 걸음 물러섰다.

"한 핏줄이라더니 결국 닮았군."

"어머니께서 다른 건 몰라도 신뢰할 자와 그렇지 않은 자를 구분하는 법은 가르치셨지요."

"그쪽 말고, 그 빨간 머리 공주님 말이야."

모친 얘기는 피차 싫을 테니 그만두자고. 언제 심각했냐는 듯 자못 심드렁하게 태도가 변한 비제를 오베론이 애매모호한 표정으로 응시했다.

"당신이야말로 대체 무슨 꿍꿍이인 겁니까?"

"난 아무 생각도 없어."

긴 손가락이 피식피식 올라간 입술 끝을 훑었다. 나른한 얼굴에 잿가루같이 흐릿한 햇빛이 묻었다. 한순간 기세와 표정이 죄 돌변해서 딴 사람인 것만 같았다. 비제는 말문이 막힌 오베론을 놔두고 휘적휘적 지나쳐 가 버렸다.

오랜만에 진심으로 불쾌해진 오베론이 잘생긴 미간을 있는 대로 찌푸리는 사이 돌연 멈춘 비제가 아, 소리를 내며 빙글 뒤돌아섰다.

"이봐, 애송이 왕자. 봉인 말고도 치료술에도 한 가닥 한다고 하지 않았나?"

애송이라니. 인상을 꽉 찡그린 오베론이 딱딱하게 대꾸했다.

"그렇습니다만?"

"이델을 그쪽이 도와줄 수는 없나 해서."

저도 모르게 다소 표정이 누그러졌다. 오베론은 기묘한 눈빛을 하고 천천히 대답했다.

"이미 보고 왔습니다. 안타깝지만 제가 뭘 해 줄 수 있는 건 없더군요."

"그래?"

부탁 조였던 것치고는 큰 기대도 안 했다는 양 되묻는 그의 푸른 눈은 실망인지 수긍인지 속내를 읽기 힘들었다. 알았다며 뒤돌아서는 그 색 엷은 뒷모습을 지켜보던 오베론은 충동적으로 입을 열었다.

"방법이 아예 없지는 않을지도 모릅니다."

발걸음이 멎었다. 오베론은 길게 심호흡했다. 사실 방법이 있어도 말하지 않은 건 거의 불가능하기 때문이었다.

"동부를 왜 소생(蘇生)의 땅이라 부르는지 아십니까?"

봄 자체가 사계절 중 재생, 회생을 상징하기 때문입니다.

"그리고 유일무이한 불사조가 머물고 있기 때문이지요."

그는 한숨처럼 속삭이듯 말했다.

"죽지 않고 숨만 붙어 있다면 그녀에게는 죽어 가는 자를 살릴 수 있는 힘이 있습니다."

하지만 대륙 정 반대편 끝자락에 있는 황금 성까지 차디찬 대륙 심장부를 통과해 가는 건 미친 짓에 가까우며, 설령 도달했다 해도 다시 돌아오는데도 엄청난 시일이 소모될 터다.

비제 또한 오베론이 군이 말하지 않은 이유를 짐작한 듯 어떤 대꾸도 하지 않았다. 그는 잠시 눈을 내리깔다가 고개를 들었다. 그렇군……

"고마워."

이제 정말로 뒤돌아선 그가 멀어졌다. 오베론은 오늘 처음 만났음에도 저이에게서 듣는 감사가 이상해서 묘한 여운을 곱씹으며 잠시 그곳에 서 있었다.

*      *      *

'이봐, 꼬마야.'

'눈을 떠.'

'따분해. 이 녀석이 진짜 '다음'이라고?'

타라는 번쩍 눈을 떴다. 온통 검은 연기, 혹은 시커먼 밤의 바다에 빠진 듯 까맣기만 한 공간이었다. 약간 몽롱하던 정신은 사방에서 속삭이는 목소리들에 부스스 깨어났다.

음산하고 날카로운, 깨진 유리와 쇠꼬챙이들이 요란하게 부서지며 이루는 화음 같은 속삭임들이 연신 끊이지 않고 울린다.

이상한 곳이었다. 아직 저가 꿈을 꾸나 했다. 그러자 누군가 대꾸한다.

'꿈이라니. 우리가 네 상상이라는 거냐?'

'건방진 꼬맹이군.'

어? 눈을 세게 비볐다. 역시나 아무것도 없다. 검은 허공에 은은히 빛나는 제 몸뿐이었다.

"누구예요?"

"'우리'이고 '나'. 그리고 '나'는 '너'다.'

타라는 멀뚱히 허공을 올려다보았다. 그러고는 뚱하게 중얼거렸다.

"그런 수수께끼 같은 거 말고요. 저는 이제 빙빙 돌리거나 있어 보이는 그럴듯한 거, 확실하지 않은 답은 싫거든요."

'……'

"그래서 누구신데요?"

'이런 성격이 아니었던 것 같은데. 많이 되바라졌군.'

쇠를 긁는 듯 기묘하게 갈라진 목소리가 중얼거렸다. 타라는 어깨를 으쓱거렸다.

"제가 살아 보니까 그때그때 정확하게 확답을 받아 두지 않으면 나중에 탈이 나더라고요. 이제부터라도 아무한테도 기대지 않고 제 인생은 제가 책임지면서 살 거예요."

'기특하다고 해야 하나?'

"어…… 그럴 것까지는 없는 것 같은데."

도로 쑥스러운 듯 손가락을 만지작거리는 그녀를 내려다보는 무형의 형체에게서는 딱히 말이 없었다. 어처구니없는 것 같기도 하고 딱히 대답할 말이 없는 것 같기도 했다.

'하지만 말 그대로야. '나'는 너야. 정확히 정의 내리자면 네 권속에 속해 있지.'

"권속이면……."

뭔가가 떠오른다. 타라의 얼굴이 굳어지자 목소리는 킬킬 개구진 악마처럼 웃었다.

'나는 한때 신의 혀끝에서 맴돌던 언어, 그리고 리암쉐 왕을 따라 지상에 내려와서 별별 재미있는 꼴을 만 년간 보고 있단다. 사실 생겨났다고 해야 할까. 내 의지와 자아는 '너희'의 영혼에서 배어 나온 모조품과 찌꺼기들이거든. 긴 시간 자연스레 축적되어 이렇게 한 덩어리로 뭉쳐진 거지.'

"언령에게도 자아가 있는 줄은 몰랐어요."

'자아라고 해야 할까. 나는 그냥 너희를 흉내 내는 거야.'

오싹하게 짐승처럼 으르렁거리다가도 장난꾸러기처럼 키득거리는 목소리가 이어졌다. 수백 명의 사람이 한꺼번에, 혹은 돌아가며 말을 거는 것만 같다. 타라는 그 기묘한 하모니를 귀 기울여 듣다가 말했다.

"그럼 당신들은…… 어, 그러니까, 언령 씨는 어디서 나타난 거예요? 갑자기 제 안에서 뿅, 하고 나타나지는 않을……."

'뭐? 언령 씨? 크하학!'

형체 모를 것이 배를 잡고 웃는 듯 기괴한 소리를 냈다. 웃다 못해 절규로 목이 찢어진 것만 같은 음색은 차라리 귀를 틀어막고 싶어야 정상일 텐데 이번에도 타라는 아무렇지도 않았다.

조금 이상하고 무섭기는 하지만 왠지 모를 친근감이 든 탓이다.

'난 너와 항상 격리되어 있었지만 동시에 같이 있었어. 네 존재
자체가 열쇠니까. 잘 생각해 보라고. 정말 날 처음 만나는 것 같
아?'

착실하게도 타라는 곧장 열심히 머리를 굴리기 시작했다. 정말
처음 보나? 어쩌면 간밤의 꿈속에서 만났는데 한여름 밤의 신기루
처럼 잊어버렸는지도 모를 일이다.

끙끙거리며 좀처럼 답을 찾지 못하는 그녀를 더 못 참아 주겠는
지 조금 짜증스럽게 말했다.

'네가 무척 어릴 때는 수시로 만났어. 네 첫 번째 친구를 벌써 잊
어버렸어? 네가 죽을 고비를 넘길 때마다 내가 얼마나 고군분투했
는지 모르면 곤란해.'

"첫 번째 친구요?"

멍하니 눈을 깜박이던 그녀는 뒤늦게 나직하게 탄성을 질렀다.
아주 어릴 적, 현실과 꿈, 환상의 경계가 낮은 꼬마 시절 타라에게
는 남모를 자신만의 비밀 친구가 있었다.

"설마…… 슈?"

'네가 나를 그렇게 불렀지.'

세상에. 입이 떡 벌어졌다. 이번에야말로 모든 경계를 풀어 버린

타라가 뛸 듯이 기뻐했다.

키가 크고 부스스한 금빛 단발을 지닌, 예쁘고 당당한 그녀의 상상 친구.

가장 외롭고 슬플 때면 홀연히 나타나서 함께 있었다. 소심하고 우울한 저 대신 화도 내 주고 이따금 노래도 불러 주었지. 긴 시간 보지 못했지만 아마 저가 더 이상 외롭지 않기 때문이라고 생각했다.

'슈'는 어린아이가 외로움에 지쳐 만들어 낸 공상이니까.

물론 그렇다 해도…… 외롭고 쓸쓸하게 고립되어 있던 어린 타라에게 유일한 위로였던 소녀를 자신은 아직도 기억한다.

한때의 추억이라고만 여기고 있었는데 그녀가 실제로 존재했다니.

"너 정말 슈야?"

'그렇다고 바로 반말을 해?'

기막힌 목소리에게 타라는 여전히 실실 웃으며 붉어진 뺨을 만지작거렸다.

"아 그럼 뭐라고 부르지? 아니 뭐라고 해야 해요? 그래도 언령 씨보다는 슈가 낫지 않나?"

'……네 맘대로 해라.'

심술맞은 웅대에 타라는 눈치 보는 기색도 없이 싱글벙글 고개를 끄덕이다 뭔가를 깨달았는지 박수를 친다.

"죽을 고비라면…… 혹시 예전에 그 무서운 요정에게서 나를 달아나게 해 준 것도……."

'그래, 나지. 그 허접한 마법으로 이 몸을 위협하다니 기가 차서.'

"우와!"

타라가 막 성에 들어왔을 시절, 쥬다에게 날개를 잘린 요정 세랑트가 몰래 벨벳 성으로 숨어들어 온 적이 있었다. 그의 매혹술에 걸려 죽을 뻔했을 때 알 수 없는 힘이 그녀를 풀어 주었고, 타라는 도망친 끝에 쥬다에 의해 목숨이 구해졌다.

그것도 슈, 언령 때문이었다니.

지금 생각해 보니 모든 게 맞아떨어진다. 타라에게 마력이 생긴 것도 그 사건 이후가 아니었나. 슈가 갑자기 사라진 건…… 골똘히 생각에 빠졌던 타라가 하얀 미간을 찡그렸다.

―이걸 목에 걸어라.

―이게 뭔가요?

―네 거슬리는 냄새, 아니 마력을 제어시켜 줄 거다.

혹시……?

멍한 머릿속에 얼핏 고통스럽고 갑작스러웠던 각성과 성장, 불안하고 다정한 어름, 그의 차가운 손이 목에서 차가운 금속을 벗겨 내던 감촉이 스쳐지나갔다. 타라가 미처 묻기도 전에 목소리가 먼 저 괴상하고 신기한 듯 반문했다.

'넌 내가 좋아?'

예상 못 한 직설적인 질문에 타라는 눈을 깜박거렸다. 언령에 대 한 그녀의 생각과 태도는 계속 변화해 왔다. 처음은 호기심, 그다음 은 신기함과 얼마쯤의 기묘한 우월감, 막연한 흥미로움, 그리고 결 국에는 분노와 허망함, 과녁 잃은 원망이었다.

그러나 슈가 그 일부라고 한다면, 완벽하게 덮어 두고 증오할 수 도 좋아할 수도 없었다.

"어…… 모르겠어요. 싫어하지는 않죠?"

'왜?'

그렇잖아. 난 네 인생을 쥐고 흔들고 있어. 어쩌면 네 죽음과 불 행에 가장 큰 관여를 할지도 몰라. 그 누구도 그걸 피해 가지 못했 으니까.

'예컨대 네가 죽도록 사랑하는 쥬다를 봐 보라고.'

반짝거리던 조그만 소행성이 한순간 꺼져 버린 듯했다. 일말의 표정도 없이 가라앉은 타라에게 그것이 창틀 사이로 기어들어 오는 스산한 겨울바람처럼 쉭쉭거렸다.

'그는 너와 나 때문에 고통스러워하고 있어. 말하자면 네가 그를 죽이고 있는 거야. 네가 점점 강해질수록 그는 서서히 힘을 잃어 가다 이내 끝장나겠지. 알고 있어? 너는 그자를 잡아먹고 나서야 완성될 운명……'

"알아요."

타라가 잘라 내듯 내뱉자, 시험하듯 지껄이던 말소리가 뚝 멎었다. 그러더니 놀랍다는 듯 휘파람까지 분다.

'알고 있어?'

"알고 있으니 그렇게 더 말해 주지 않아도 돼요."

타라는 절로 일그러진 얼굴을 두 손으로 덮었다. 습윤한 숨이 질 척하게 뺨과 콧등을 안개처럼 덮었다.

질식할 것만 같다. 아니 지금 심정으로는 그게 차라리 편할 듯싶 었다. 침묵이 길어지자 잠잠하던 목소리가 다소 날카롭고 초조하 게 끼어들었다.

'그렇다고 자살할 생각은 아니겠지.'

"왜요, 걱정되나요?"

여전히 얼굴을 들지 않은 채 타라가 다소 냉소적으로 물었다. 그것은 한 박자 띄운 뒤 중얼거렸다.

'말하자면 그렇지. 난 네가 필요해.'

"내가 없을 때는 어땠는데요?"

'계속 잠만 잤어. 지루하다 못해 소멸해 버리는 게 낫겠다 싶을 정도로. 덕분에 말이 많아졌지. 쥬다는 그래서 더더욱 나를 싫어했어.'

"쥬다와 대화를 나눴다고요?"

'현재의 나는 네가 이어받은 언령과 아스타로테의 영혼에 깃들어 있던 언령의 힘이 합쳐진 상태야. 너를 만나기 전의 '나'는 지하에 처박혀 퀴퀴한 냄새가 나는 음침한 찌꺼기였어. 그는 호시탐탐 나를 없애 버리고 싶어 했지! 그러다 2차 봉인까지 하더군. 아마너 때문이겠지? 저 깊숙이까지 강제로 잡혀 들어갔어. 그러다 네가 완전히 각성하면서 나도 빠져나와 너에게로 이끌려 온 거라고. 우리는 이제 하나야.'

"아니요. 당신이 내 일부 중 하나일지는 모르지만 나는 당신이 아니에요."

말을 끊다시피 타라가 부정했다.

'그게 무슨 말이야? 내가 네 일부일 뿐이라는 거야?'

"왜냐하면 나를 이루는 모든 것들은 쥬다가 조금씩 섞여 있거든
요. 그러니 당신이 나라면 그렇게 그의 죽음을 가지고 기뻐할 수 없
어요. 그 순간 당신은 내가 아니게 되는 거예요."

그를 부정하는 나는 아무것도 아니기에.

인간이 신이 빚은 찰흙 인형이라면, 쥬다를 모르는 살점 하나조차
가루가 되어 부서지리라. 그녀를 낳고 탄생케 한 게 그가 아니라 하더
라도 흙덩이가 인간이 되게 숨을 불어넣은 햇빛과 바람은 쥬다였다.

맹목적이랄 만큼 확신 어린 태도에 그것은 침묵했다. 조금 질린
투다.

'너도 결국 아스타로테와 똑같구나. 사실 모두 같았지. 마치 사
랑하는 이가 세상 전부라도 되는 것처럼.'

그런데 그거 알아?

'그 정도의 사랑은 정상이 아니야. 사랑이란 건 본래 '내'가 존재
하고 나서야 '타자'에게 옮겨가는 거다. 네가 없다면 사랑이 무슨
소용이야?'

"저는 아니에요. 세상 모든 사랑이 같은 형태라는 법은 없잖아요?"

    '이봐, 네 존재 자체를 부정케 하는 감정은 그게 뭐라 한들 그저
    광중이라고.'

그런 하나밖에 모르는 애착은 위험해. 자칫 모든 걸 망가뜨리지. 너 자신은 물론이요, 상대방까지.

가만히 듣던 타라는 표정 하나 변하지 않은 채 말간 낯으로 눈을 느리게 깜박였다.

"나는 다르지 않을까요? 사실 슈에게는 미안한 말이지만 만약 쥬다가 정말 잘못된다면…… 그러기 전에 내가 죽을 생각을……."

    '뭐?! 이것 보라고! 그거 정상 아니라니까? 너 지금 잘못 생각하
    고 있는 거야. 미친 거라고! 그 인간도 대단하지, 여자애 하나 데려
    다 키우더니 아주 단단히 세뇌를…….'

"─ 했는데, 그러면 쥬다가 광룡 바바로사처럼 주변을 다 부술 것 같아서 어지간하면 하지 않으려 해요."

그리고 쥬다가 나 때문에 아파하는 건 상상만 해도 끔찍하거든요.

침착하고 진지하게 뒤이어 나온 결론에 그것은 입을 다물었다. 그러고는 괴기스럽고 음울하게 속살거렸다.

'넌 미쳤어.'

"모르겠어요. 사실 이건 이기적인 생각일지도 몰라요. 그를 죽게 하고 혼자 남느니 차라리 그게 나을 것 같아서 충동적으로 떠오른 가정일 뿐이니까요. 솔직히 죽고 싶지 않아요. 계속 쥬다와 오래오래 행복하게 살고 싶어요."

그들은 결국 행복하게 살았습니다 ─ 같은 해피 엔딩의 마지막 구절을 그녀는 기도문처럼 말하고 있었다.

새카만 무의식의 진공 속에 떠 있는 그 빛은 우주의 한 쌍뿐인 별자리 같았다. 사람들이 으레 아름다운 별빛에 이름과 이야기를 붙이고, 소원들이 모이고 모여 이내 더 반짝반짝거리는 것처럼, 그 두 눈만이 유일하게 빛났다.

외면하는 것이 죄스러울 것만 같은 순진한 소망이다.

수많은 시간 동안 원념과 절망, 비극이 쌓여 고인 '그것'은 쥬다가 사랑에 빠지고만 저 사랑스러움이 만약 신들이 부여한 저주 탓에 타라가 타고난 것이라면 실로 잔인하기 그지없다고 막연하게 생각했다.

설사 타라와 쥬다가 나무토막 같은 무생물이라 해도 그들은 사랑에 빠졌을지도 모른다. 마치 절대적인 형태의 진리처럼. 과연 그런 불변의 사랑은 축복인가, 저주인가?

"슈. 부탁해요. 뭔가 방법이 없을까요?"

'……'

한참 동안 어떤 대답도 없자, 낙심한 타라가 고개를 수그렸을 때
뒤늦게 대답이 들려왔다.

'포기하지 않고 계속 발버둥쳐 보든가. 너 이전의 누구도 성공
하지 못했다는 것만 말해 두지.'

그리고 타라는 잠에서 깨어났다.

*　　　*　　　*

"어이, 꼬맹아. 잠꾸러기구먼그래."

인제 그만 일어나지? 타라는 멍하니 무거운 눈꺼풀을 움직이다
가 제 앞에서 하늘거리는 청금발과 황금색 눈동자에 멀뚱히 시선을
빼앗겼다. 그러다 부지불식간에 물살을 가르고 튀어나온 물고기처
럼 번쩍 일어나 앉았다.

바짝 얼굴을 들이밀고 있던 레오니다스가 으헉 소리를 내며 가
까스로 뒤로 홱 고개를 젖혔다.

"원래 기상도 그렇게 씩씩하게 하나?"

"레오니다스 아저씨?"

타라가 두서없이 중얼거렸다. 익숙한 반가움이 반사적으로 올라
오려다가도 돌연 싸한 허전함이 밀물처럼 밀려들어 왔다.

쥬다의 서재. 한 장 한 장 대마법사의 손길이 묻은 낡은 종이와 검고 묵직한 잉크 냄새, 그와 한몸인 양 어울리는 거대한 고동빛 책상과 책장, 뽀얀 빛이 넘어오고 있는 아치형 창까지 전부 그대로임에도 이곳에서 가장 필수적인 존재가 빠져 있었다.

"쥬다는요? 쥬다 어디 있어요?!"

"그 녀석은 멀쩡해. 타라, 일단 진정하고……."

"쥬다!"

그의 말은 들리지도 않는지 타라가 비명처럼 소리쳤다. 레오니다스는 끄응 혀를 찼다. 타라의 불안에 동요한 그녀 주변의 모든 것이 슬금슬금 요동치려 하고 있었다.

잔잔하던 공기마저 꿈틀대듯 서서히 뒤틀리고 바닥과 근처의 물건들마저 들썩거리던 순간, 문이 열리면서 가벼운 셔츠에 반쯤 물기가 남은 머리칼을 늘어뜨린 쥬다가 들어왔다. 수건을 목에 걸친 그는 약간 안색이 창백한 걸 제외하면 지나치게 무심하고 멀쩡해 보였다.

막 씻고 온 모양새가 분명한 쥬다의 흰 얼굴과 젖은 머리칼 끝을 멍하니 바라보던 타라가 후다닥 뛰어가 뭐라 입을 열려는 그의 허리를 꽉 끌어안았다.

대리석 조각상에 피가 나든 깨지든 있는 힘껏 제 머리를 갖다 박는 설치류 같은 모양새였다. 타라는 속사포처럼 화를 냈다.

"어디 갔어요?! 얼마나 찾았는데!"

"잠깐 씻고 왔다만."

"그래도요! 어딜 간다면 간다고 말을 해야죠! 얼마나 놀랐는지 알아요?!"

푹 안겨 오는 그녀를 마주 안은 쥬다가 덜덜 떨리는 머리 위로 천천히 손을 얹었다. 울음기가 섞인 몸짓, 답지 않게 화내는 목소리에서 그녀의 불안과 공포가 고스란히 느껴졌다.

쥬다는 어떤 단어도 내뱉지 못하고 짐짓 가만히 옮아 오는 그 감정들을 느끼다가 한숨 쉬듯 조용히 속삭였다.

"왜 이리 겁내. 누가 보면 내가 어디로 도망가는 줄 알겠어."

"그럴 거예요?"

"……그거 질문으로 하는 거냐?"

퍼뜩 고개를 들고 집요하게 쏘아보는 붉은 눈을 그는 어이없게 바라봤다. 그러다 곧장 희미하게 웃으며 긴 검지로 그녀의 말랑한 뺨을 문질렀다.

"어디 안 가. 너 혼자 두고는."

"약속해요. 말없이 나 안 보이는 곳으로 가지 않겠다고."

득달같이 약속을 받아 내려는 기세가 자못 심각하고 악착같았다. 어찌할 줄 몰라 하며 발을 구르는 그 모양을 가만히 응시하던 쥬다는 긴 손가락으로 작고 가는 얼굴을 감싸쥐었다.

언뜻 안심시키듯 달래는 몸짓이었지만 일견 탐욕스럽기 그지없었다.

"그래."

"꼭이에요."

"알았어."

나직하게 읊조리듯 대꾸하며 그는 목을 축이려 고개를 숙이는 맹수처럼 느릿느릿 타라에게로 상체를 기울였다. 늪처럼 가라앉은 눈이 그녀를 삼킬 듯 빨아들였다.

타라는 마구 매달리다가도 어느덧 그 눈빛에 홀려 가깝게 드리우는 그를 멍청하게 방관했다.

목이 탄다. 오만한 정복자에게 바쳐진 물 한 접시가 된 기분이었다. 남김없이 들이마실 듯 습윤하게 젖은 사내의 체취와 숨결, 짙은 눈빛이 지척이었다. 뺨과 제게 고정시킨 양 뒷머리를 받친 손아귀에 약하게 힘이 들어갔다. 갑자기 머리가 텅 비어서 멍하니 생각했다.

어라. 이상하다. 언제 이리 가까워졌지? 그래서 싫어? 아니…….

더 가까워지고 싶다.

"크흠흠!"

둘만의 세계에 갇힌 듯 닿을락 말락 했던 그들은 한순간 요란하게 쿨럭거리는 헛기침에 그제야 상황을 자각했다.

얼굴이 벌게진 레오니다스가 마구 정신없이 주변을 정리하는 척 서류를 쓰러뜨리고 찻잔을 깨뜨릴 뻔하다가 겨우 다시 세워 놓는 등 제 존재감을 발산해 대었다.

그는 저를 빤히 봐 오는 연인에게 ─ 정확히 말하면 타라는 그 누구보다 새빨개져서 고개를 바닥에 처박았지만 쥬다는 살의에 가까운 표정이었다 ─ 허우적허우적 손을 휘저어 댔다.

"어…… 나 신경 쓰지 말고 하던 거 계속해. 커흠흠, 쿨럭! 와, 그런데 너희 장난 아니…… 어…… 좀 나는 처음 봐서 영 적응이…… 쿨럭쿨럭, 컥!"

벌건 기가 잘 안 가시는지 연신 손부채질을 하는 그의 정수리 위로 어느덧 복슬복슬한 사자 귀가 솟아 있었다. 부끄러운 와중에도 그게 신경 쓰인 타라가 입을 헤 벌리자, 쥬다는 짜증난다는 표정을 지었다.

"넌 눈치가 발바닥에 달렸나? 썩 안 꺼져?"

"야박하기는. 네가 이 모양이니까 나밖에 친구가 없는 거야. 아냐? 어? ⋯⋯농담이야."

저를 노려보는 새파란 눈이 서늘해지자 당당한 북부의 주인은 곧장 꼬리를 내렸다. 그러나 여태껏 동그란 사자 귀는 볼록 나와 있는 상태였다. 세상에, 안티오크랑 똑같아.

타라는 수족 특유의 귀여운 감정 표현에 나름대로 충격을 받았다. 동물 종의 기본 지식에 관해 새삼스럽게 재확인한 타라는 엉겁결에 쥬다에게 면박을 당하며 쫓기듯 방을 나서는 레오니다스에게 손을 흔들었다.

"그럼 이따가 보자! 타라도 오랜만! 녀석, 많이 컸구나. 예뻐, 예뻐."

"빨랑 꺼져."

두꺼운 엄지손가락을 치켜세우던 레오니다스는 순식간에 그렇게 사라졌다. 도로 서재가 적막해졌다. 타라는 멀뚱히 눈을 깜박이다가 아직 덜 마른 머리를 가볍게 털어 내는 쥬다를 돌아보았다.

그러고 보니 어쩌다 여기서 잠들었더라?

"타라."

아. 그렇지. 과거가 전부 기억이 났고, 그 즉시 쥬다를 찾아와 길

잃은 고아처럼 펑펑 울었다. 사랑한다고, 미안하다고, 그러함에도 불구하고 사랑해서 미안하다고.

그렇게 저가 먹구름이 된 양 울다가 잠들었다. 사정의 심각함과는 별개로 막무가내로 굴던 모습을 떠올리니 어처구니가 없고 얼굴이 붉어졌다.

그녀는 멀거니 실로 평소와 다를 게 없어 보이는 쥬다를 올려다보았다. 얼음처럼 투명한 유리를 투과해 떨어진 볕이 꽃가루처럼 그를 비추는 게 현실감이 없었다.

어째서 당신은 그렇게 아무렇지도 않은가. 어제부로 타라의 세상은 한차례 완벽히 뒤집혔고, 이제 단순한 행복 외의 살얼음처럼 곳곳에 놓여 있는 불행을 알게 되었다.

단순히 지금까지 몰랐던 것을 넘어서 가장 중요한 몇몇 기억들은 타라가 스스로 지워 버리고 도망쳤다. 익히 알고 있었지만 자신은 겁쟁이였다. 앞으로 그들이 치러야 할 험난한 미래와 비교해 보자면 별것도 아닐 불길한 출생의 진실 하나 감당하지 못해서.

그런데 당신은…… 당신은 진작 알고 있었다. 내가 어떤 아이인지, 그대로 두면, 가까이 두면 분명 당신에게 해가 되리라는 것을. 그런데도 대체 왜.

"쥬다."

처음의 당신은 나를 그리 아끼지도 않았는데. 너 같은 계집애 따위 언제라도 내칠 수 있다는 듯이 굴었으면서, 왜 그 작은 재앙을 용납했을까.

"나를…… 왜 살려 둔 거예요?"

타라라도 입장을 바꿔 가정해 보면 차마 어린아이를 해치지는 못하더라도 멀리 보내든 저가 떠나든 거리를 뒀으리라.

한데 그 냉철하고 이따금 비인간적으로 보였던 쥬다가.

그는 무심할 만치 동요 없는 눈빛으로 그녀를 내려다보다가 접은 검지로 다시금 뺨을 쓸었다. 여린 장미 꽃송이를 다루듯 조심스러운 동작이었다.

"내키지 않아서."

"그게 다예요?"

"죽이려 들다 어쩐지 손이 나가지 않아 그저 지켜보다가…… 너같이 조그만 여자애 따위 언제든 곧잘 죽일 수 있다고 믿었고, 그러다 방심했고, 결국 정신 차리고 보니 너에게 손가락 하나 못 대겠더군."

언제부터인지는 몰라. 쥬다는 느리게 안에 고여 있던 숨을 내뱉었다. 한숨이라기보다는 토하는 것 같은 모양이었다. 그는 자조처럼 냉소적으로 웃었다.

"한심하다고 욕해도 좋다. 네게는 매양 감정적이지 말라 가르쳤으면서 정작 내가 이 모양이니."

"나를 살린 걸 후회해요?"

"후회할 거였다면 처음부터 널 품 안에 들이지도 않았어."

타라는 뼈에서 바늘이 자라난 듯 가슴이 저며 오면서도, 그 한 치의 망설임도 없는 대답에서 느껴지는 기쁨에 이기적인 환멸을 느꼈다.

끝까지 자신은 애정이 필요한 욕심쟁이다. 더더욱 죄책감이 들고 겁이 나는 건 시간을 돌린다 해도 쥬다에게 달려가지 않을 자신이 없다는 거다.

처음으로 이런 생각이 들었다. 이게 정말 사랑이 맞을까? 슈의 말대로 광적인 집착이 아닐런지. 정말 숭고한 사랑이라면, 그가 아프고 다치는 게 두려워 감히 쳐다도 못 봐야 옳은 것 아닐까.

타라가 자신의 이런 속내를 말하자 쥬다는 여러 베일을 덧씌운 것처럼 읽기 힘든 낯을 했다. 초조하게 손가락을 구부리던 그녀가 성급하게 물었다.

"내 솔직한 심정은 그래요. 내가 괘씸하고 싫어졌나요?"

"아니."

잠시 묘하게 눈썹을 구부리던 그가 한숨처럼 느릿느릿 푸념했다.

"어쩌면 그래야 정상일 것 같은데 그게 더 미친놈처럼 좋아. 젠장, 정말 제정신이 아니야."

그녀의 손끝부터 타고 오른 그의 손아귀가 가는 손목을 뱀의 그것처럼 휘감고 제 쪽으로 끌어당겼다. 손가락 한마디 한마디가 피아노 건반 두드리는 양 섬세하게 내려앉고, 동시에 소리와 같은 흔적이 피부 결 위에 남았다.

천천히 당기는 힘에 저항 없이 끌려간 타라가 신사의 부토니에르―정장의 단춧구멍에 장식하는 꽃―가 되기를 갈망하는 푸른 꽃처럼 빤히 그를 올려다보았다.

파르란 핏줄이 돋은 사내의 목울대가 일렁였다. 쥬다는 들이마시듯 눈을 내리까는 타라의 이마부터 흰 얼굴에 잔 키스를 남기며 속삭였다. 건조하지만 애끊는 어조로.

타라. 내 꼬맹이.

"내 새끼 여우."

쥬다라는 향수병을 깨뜨린 양 온통 사방이 그라서 취할 것만 같았다. 타라가 작게 할딱이듯 숨을 내쉬자, 곧장 다가온 입술이 그것을 남김없이 삼켰다.

연신 여우비처럼 쉴 새 없이 내려앉는 입맞춤이 기꺼웠다. 눈물이 날 것처럼. 아니 이미 화창한 날 쏟아지는 속 없는 빗방울처럼 주룩 흐르고 있었다. 행복한데 아팠다. 차라리 더 아팠으면 했다. 소리 없이 우는 눈가에 더운 입술이 닿고 부드럽게 소곤거렸다.

타라. 언제나 그가 부르는 제 이름은 사계절을 가득 품은 꽃 한 송이였는데 그게 지금은 사랑한다는 말보다 더 아리다. 처음 알았다.

그녀는 필사적으로 움켜쥐듯이 쥬다의 손을 잡고 입을 맞췄다.

"나는 절대 포기 못 해요."

안개를 가득 품은 하늘 같은 그의 눈을 타는 듯한 붉은 눈이 강렬하게 마주 봐 왔다. 파란 창공마저 덥게 삼켜 버릴 듯 짙었다.

"내가 신 같은 거라면서요. 무슨 수를 써서라도 어떻게든…… 제발."

"타라."

"날 두고 가지 말아요……."

그가 뒤이어 무슨 말을 할지 두려워서 꼭 안겨 들었다. 잠잠하고 항시 소담하던 머릿속이 광적으로 돌아가고 있었다. 어떻게 하지.

어떻게 해야 할까. 어떻게 하면 그를 잃지 않을 수 있을까. 내가 어떻게 해야 이델처럼……

그 순간 타라가 번쩍 고개를 들어 쥬다를 응시했다.

"이델, 이델은 어떻게 되었어요?"

*      *      *

처음 타라를 보았을 때만 해도 그는 그녀와 자신 사이에 이미 짜여 있던 인연을 알아보지 못했다.

벌써 기억도 반쯤 잊혀 있었는데 아델하이트가 그 위험한 약물을 설마 제 딸에게 사용했을 거라고 예상이나 했겠는가.

처음 의심이 들기 시작했던 건 타라의 잦은 두통이었다. 그 애송이 요정 후계자에게 망각의 물약을 억지로 먹이고 나서야 그와 비슷한 증상이 타라에게도 있음이 신경 쓰였다.

우연인가? 그러나 이 순하고 사랑스러운 작은 아가씨는 믿기지 않게도 아델하이트의 딸이다. 그의 운 없는 일생에서 대다수의 수많은 우연들은 불운이라는 마침표로 끝난다.

─하나 물을게. 당신 주인에게 해가 될 사람을 당신이 아끼게 될까?

그녀가 그리 말했을 때 저가 뭐라고 답했더라?

─그럴 리가.

참으로 어이없게도, 이제 그렇지 않다고 말하기 힘들게 되었다.

어느 달 밝은 밤, 목걸이를 찾으러 왔던 소녀, 직접 그 목에 걸어 주었던 제 손길이 뚜렷했다. 왜 진작 알아차리지 못했을까. 어쩌면 어느 정도 짐작하고도 모른 척했는지도 모른다. 오랜만에 퍽 즐거웠으니까.

─잘 들어라, 아들아. 넌 평생 동안, 죽을 때까지……

죽어 가던 어머니의 새파란 눈, 길쭉한 진줏빛 손톱이 아리게 뇌리를 헤집었다. 그는 이를 악물었다.

빌어먹을 운명…….

그는 힘이 들어간 주먹을 풀며 천천히 병자가 누운 방으로 들어갔다. 우두커니 앉아서 죽은 듯이 누워 있는 어머니를 내려다보던 갈랑이 느릿하게 비제를 돌아보더니 자리에서 일어났다.

"비제 경?"

성실하고 예의 바른 청년이다. 비제는 손을 내저어 말리며 가지고 온 꽃다발을 테이블에 내려놓고는 의식불명인 이델을 물끄러미 응시했다.

그는 제 거의 유일한 친구인 이델보다 오랜 시간을 살아왔지만 앳된 시절부터 보아 왔던 이델이 이렇게 의식을 못 차릴 정도로 다친 걸 본 적이 없었다.

그만큼 그녀는 강한 늑대족이었다. 육체적인 걸 떠나서 투쟁심 있는 정신까지도 건강하고 강인한 사람. 하지만 지금 이델은 생사의 기로에 놓여 있다.

비제는 오래 묵은 건물이 소리 없이 바스러지듯이 그 곁에 느리게 주저앉았다. 언젠가 이델이 이런 말을 한 적이 있다. 네 주변의 모든 불행을 제 탓이라 여기는 것만큼 멍청하고 건방진 게 어디 있냐고.

지금의 친분이 무색하게 그들은 처음에는 사이가 좋지 못했다. 어린 시절의 이델은 지금과 달리 다혈질에 호불호가 분명했고, 그 사실을 상대방에게 굳이 숨기지도 않았다. 그런 그녀에게 모호하고 어디 하나 또렷한 구석이 없는 비제는 답답하고 불쾌할 법도 했다.

본의 아니게 주인이 같은 터라 여러 번 부딪치다가, 큰 전장에서 함께 싸운 뒤로는 그럭저럭 차도 마시고 대화도 하게 되었다. 전우로서의 정도 정이지만 기본적으로 그녀가 따뜻한 품성이었기 때문에 가능한 관계가 아니었을까.

비제는 습윤한 안개 같은 이라 안온한 빛과 같은 우정을 오래 유지하기 어려운 편이었다. 작은 불꽃이 일어나려다가도 꺼지는 걸 반복할 뿐.

"안개꽃이군요."

어머니가 좋아하는 꽃이지요. 갈랑이 비제가 가져온 꽃다발을 화병에 꽂았다. 그는 피식 웃었다.

"늑대가 꽃을 좋아할 건 또 뭐야."

참 안 어울린다. 갈랑은 언뜻 무덤덤했지만 약하게 웃고 있었다. 그들은 각자 병자와의 추억을 회상하듯 잠시 침묵했다.

"차도는 있나?"

"별다른 변화는 없습니다."

북부의 명의 부엉이 의사가 밤낮으로 돌보았지만, 여전히 의식 불명이다. 성내의 모든 이들이 이미 알고 있었다. 패잔병들이 가득 찬 듯한 벨벳 성의 분위기를 무표정한 얼굴로 생각하던 비제가 느릿하게 다시 질문했다.

비겁하게도 이게 그의 진짜 관심사일지도 모른다.

"타라는, 찾아왔었어?"

침대에 놓인 하얀 손만 내리깐 시선으로 보고 있던 갈랑의 잿빛 눈이 처음으로 그를 똑바로 돌아보았다.

"아니. 찾아오지 않으셨습니다."

다시 짧은 정적이 찾아왔다. 비제의 푸른 눈이 창백한 이델의 이마와 광대, 입술을 타고 내려와 흐트러진 하얀 이불까지 흘러내렸다.

마치 서늘한 색감의 물감이 찬찬히 번져 가듯 시선이 머무를수록 그녀가 싸늘하게 식어 가는 듯해 순간 견디기 힘들다고 생각했던 것 같다. 마치 타인에 대해 되뇌는 듯한 인지였다. 그는 투명한 얼굴로 한 박자 늦게 말했다.

"그 애가 충격이 컸나 봐."

"그게 걱정이십니까?"

치고 올라오듯 빠른 되물음이었다.

"뭐가?"

"제가 그녀를 원망하거나 적대감을 갖는 걸 경계하시는 듯하여."

"……."

비제는 잠시 아무 대꾸 없이 불그스름한 제 머리카락을 만지작 거렸다.

"딱히 그런 건 아닌데."

"의외로 거짓말이 서투시군요."

"이봐."

어처구니가 없어서 뭐라 반박하려던 비제는 상대의 깨진 돌처럼 투박하고 날 선 눈을 마주하고 입을 다물었다. 갈랑은 분노와 복수심이 없는 게 아니었다. 신중하게 몸을 엎드리고 때와 상대를 고르고 있는 것이다.

찬찬히 저를 훑어내리는 비제에게 갈랑이 낮게 으르렁거렸다. 지나치게 음역이 낮아서 얼핏 평이한 말투라고 착각할 지경이었다.

"어머니를 이렇게 만든 자들이 정확히 누구입니까?"

"뻔한 것 아니겠니. 요정은 아니었잖아."

북부의 수족도 아니었으니 남은 건 동부와 중앙 왕국이다. 그리고 그 둘 중 이런 짓을 벌일 자로 누가 더 유력한지는 더 따져 보지 않아도 나왔다. 다만, 온전히 아델하이트의 방식이라 하기에는 다소 과격한 맛이 있다.

그녀는 항상 효과적이고 확실하나 전면에 나서지 않는 은밀한 방법을 쓴다.

그러니 일을 저지른 게 클레멤논 왕일 거라 여겼던 일차적인 예측이 맞다 하더라도 그들 부부의 합작이라기에는 조금 미묘하며, 어쩌면 지금쯤 서로의 목을 조르고 있을지 모른다. 혹은 제삼자가 개입했다든가?

아니 사실 이조차 그녀의 계획일 수도 있겠지. 그는 답을 알고 있었으나 굳이 말하지는 않았다.

"예전에……."

비제는 누구에게 향하는지 모를 넋두리를 늘어놓듯이 입을 열었다.

"이델에게 물은 적이 있어. 만약 쥬다와 타라 중 하나만 살려야 한다면 누구를 살릴 거냐고."

그때 그녀는 내게 미친놈이라고 욕을 했지만.

갈랑은 비제의 기묘한 얼굴을 물끄러미 바라보다가 나직하게 말했다.

"저는 이 성에서, 타라 님을 대상으로 어떤 일들이 벌어지고 있는지 잘 알지 못합니다. 아마 우리의 주인이나 당신은 알고 있겠지요."

"……."

"어머니가 그녀를 지키고자 했던 것도 어머니 본인의 선택이니 나는 다른 것은 묻지 않겠습니다. 하지만……."

잿빛 눈이 서늘하게 홉떠서 비제를 노려보았다.

"이런 상황을 초래한 게 누구이든 반드시 대가를 치르게 만들 겁니다."

"그래."

그럴 거라 믿어. 비제는 자리에서 일어나 갈랑의 어깨를 두드린 후 자리를 떴다.

당신이 내통한 거 아니냐며 내부인의 소행을 의심하던 오베론을 떠올리며 비제는 쓴웃음을 지었다. 똑똑하기도 하지. 그건 어쩌면 틀린 말이 아닐지도 모른다.

*     *     *

퍽 오랜 시간이 흐르고 나서야 돌아온 기분이었다. 아인츠는 얼음 장벽 같은 겨울 산맥과 빽빽한 잿빛 숲, 눈보라를 휘장처럼 두른 은백색 성을 올려다보았다.

사실 그는 살아 있는 건 고사하고 아직껏 제정신을 유지하고 있는 게 신기할 지경이었다.

밤낮을 가리지 않고 이곳까지 기다시피 돌아온 건 그저 한시라도 빨리 저 괴물 같은 것에게서 멀어지고 싶은 공포, 그리고 악몽 탓에 잠들 수도 깨 있을 수도 없었기 때문이었다.

돌아온 겨울 성은 완전히 달라져 있었다. 곳곳에 얼룩진 핏자국과 나뒹구는 피투성이 검, 찢어진 커튼, 기괴하고 음산한 내음이 화려한 홀과 복도에 맴돌았다. 그저 적막, 적막, 적막.

아인츠는 성에 들어선 지 퍽 시간이 흘렀음에도 사람 한 명 보이지 않자, 슬슬 다른 방면의 공포가 밀려들어 옴을 느꼈다.

거무스름한 뭔가가 말라붙은 계단을 한참 올라가고 나서야 아인츠는 처음으로 살아 있는 누군가를 만났다. 벽 전체에 거미줄처럼 드리운 유리창이 부서져 눈보라가 스며드는 희고 창백한 중앙 홀, 얼음 가지로 짠 듯 순백색 왕좌에 앉아 있는 여인을 보자 꽉 다물린 입술에서 탁한 숨이 터졌다.

세뇌된 두려움과 증오는 역설적이게도 그 무게만큼 이상한 안정감을 부여하는지도 모른다. 학대받던 개가 주인에게 꼬리를 흔들 듯이.

"어서 오너라, 아인츠."

잠시 허공을 보며 딴생각에 잠겨 있던 아델하이트가 반색하며 우두커니 서 있던 그를 반겼다. 그녀는 긴 금발을 늘어뜨리고 은빛 실로 짠 눈이 부시게 하얀 드레스를 입고 있었다. 앳된 소녀만치 치렁한 머리카락, 무구하게 반색하는 복숭앗빛 뺨까지 여왕이 아니라 그저 열여섯 먹은 순진한 처녀 같았다.

그는 그 성화처럼 아름다운 얼굴을 한순간 홀린 듯 바라보았다. 몇십 번 속고도 속수무책 또 넘어가는 얼간이가 된 것만 같았다.

"이게…… 어떻게 된 일입니까?"

"왜 놀라니? 내가 아니라 클레멤논이 여기에 앉아 널 반겨 주기를 바랐나 보지?"

아델하이트가 놀리듯이 말하자, 아인츠는 바로 입을 닫았다. 물론 클레멤논이 제 아내를 지고한 여왕의 자리에서 끌어내리려 계획했던 것은 그도 알고 있었다.

아마도 지금 겨울 성의 상태는 그로 인한 여파일 터다. 거꾸러진 것은 외려 본인이었던 것 같지만.

아인츠는 가까스로 나직하게 대꾸했다.

"그럴 리가요."

"네 얼굴을 보니 모든 게 궁금해 죽겠다는 얼굴이구나. 그보다…… 세상에, 네 눈은 어떻게 된 거니?"

여왕이 입을 가리며 물었다. 아마 그 잘생기고 빈틈없던 얼굴을 보자마자 알았을 텐데 이제야 눈치챘다는 기색이다. 아인츠는 저를 애꾸로 만든 여자의 어머니를 향해 천천히 대꾸했다.

"말씀하신 대로 타라가 완벽히 각성했습니다."

아델하이트는 말없이 입술을 올렸다. 클레멤논은 그가 아내의 각별한 무기를 제거하기 위해 비장의 한 수를 준비한 줄 알지만 안타깝게도 그것은 사실이 아니다. 여왕은 거의 대부분을 알거나, 혹은 예상하고 있었다.

아인츠를 포함한 모두가 그녀의 적절한 체스 말에 불과했다. 직접적으로 그 의지에 따라 움직인 아인츠를 제외하면 전부 그 사실을 몰랐을 뿐.

"고맙게도 이건 전부 네 누이 덕분이지. 예전에 그 아이가 너와 비슷한 일을 해 준 적이 있거든."

타라와 아벨라 사이에 있었던 일들, 타라의 두서없는 폭주를 아델하이트는 빠짐없이 지켜보고 있었다. 뻐꾸기의 눈으로 본 그 아이는 작은 괴물 그 자체였기에 그녀를 매우 흡족하게 했다.

사실 아델하이트는 딸을 다시 돌려 달라고 말을 하면서도 쥬다가 거절할 거란 걸 알고 있었다. 어쩌면 그 성격에 타라를 죽여서 시체를 보낼지도 모른다고 생각했다.

하나 놀랍게도 쥬다는 진심으로 타라를 아꼈다. 벌써, 그 짧은 시간 안에, 그녀의 딸은 그를 사로잡은 것이다.

이 얼마나 대단한 운명인지.

타라에게 가장 큰 두려움이 외로움과 버려짐인 만큼 그 아이는 제 주변 사람들이 다치거나 떠나는 것에 끔찍한 고통을 느꼈다. 답답하게 옭아매고 있는 온건한 천성도 찰나 벗어 버릴 만큼 이성을 잃고 무너져 내렸다.

그녀는 그것을 이용했다. 알을 깨고 나오려면 적절한 통증이 필요하지 않겠는가.

아벨라에 의해 검은 개가 다쳤을 때 타라가 전에 없이 격노했듯, 이번에는 아끼는 이가 희생양이 되었다.

쥬다보다 약하고, 그에 못지않게 타라에게 강력한 영향력을 행사하며, 되도록이면 특별한 애정을 가진 인물.

아인츠는 퍽 영악하고 똑똑한 종복이라 맡은 바 일을 완벽하게 수행해 낸 듯하다. 예상보다는 멀쩡해 보이는 아인츠를 찬찬히 턱을 괴고 살피던 아델하이트가 생긋 곱게 웃었다.

"그래, 네 감상을 듣고 싶구나."

어떻든? 내가 낳은 괴물은?

아인츠는 잠시 할 말을 고르듯, 혹은 숨을 고르듯 잠자코 서 있었다. 뒤이어 흘러나오는 잠긴 목소리는 쉬어 있었다.

"끔찍했습니다."

"좋은 소식이구나."

최악이라는 답이 기꺼운지 그녀는 나른하게 중얼거렸다.

"그래도 용케 살아 돌아오다니. 장하기도 하지."

소모품이 운 좋게 아직 망가지지는 않았다는 것처럼 들려 그때마다 아인츠는 표정이 굳어졌다. 이럴수록 점차 길들고 있다는 걸 증명하는 것과 다름없었고, 이런 저 자신이 우스웠지만 순간순간 둔감하게 욱신거리는 건 그가 통제할 수 있는 부분이 아니었다.

마치 그 속이 다 보인다는 듯 아델하이트가 눈매를 휘었다.

"서운해하지 말렴. 내가 믿는 것은 너뿐이니까."

손가락 하나로 진창에 빠진 넝마를 건져 올리듯 그에게 한 손을 내밀었다. 희고 가는 손은 달콤한 설탕가루로 빚은 듯했다.

뱀의 유혹에 넘어간 고왕국의 젊은 왕처럼 아인츠는 그녀에 대한 자신의 감정을 정확히 정의할 수 없었다. 간절하게 벗어나고 싶지만 무기력하게 안주한다.

아마 클레멤논도 이와 비슷하지 않을까. 죽일 듯 이를 갈아도 절대 제 아내에게 손을 올리지 못하는 숙부를 떠올리며 천천히 물었다.

"전하께서는 어찌 되셨습니까."

"북쪽 탑에 머무르고 있단다. 지내기 나쁘지 않을 거야."

겨울 성에서 가장 외지고 서늘한 외탑에 유폐되었다는 소리였다. 이로써 중앙 왕국은 완벽히 겨울의 여왕 아델하이트의 손에 떨어졌다. 클레멤논의 반란은 그녀가 중부를 집어삼킬 명분만 주고 허무하게 끝이 났다.

굳은 아인츠의 등 뒤로 문이 열리고 저벅저벅 군화 소리가 이어졌다. 그를 스쳐지나간 기사가 여왕 앞에 부복한다.

아는 자였다. 왕의 오른팔이나 다름없던 이였다.

"겨울의 여왕을 뵙습니다."

그는 아델하이트의 가는 손을 잡아끌어 입맞춤한 뒤, 짧은 보고를 한 후에 고개를 숙이고 나갔다. 여왕을 바라보는 눈은 지독하고 열렬했다. 마치 한때의 클레멘논이나 아인츠처럼.

아인츠는 유리된 시선으로 그들을 지켜보다 입을 열었다.

"제가 성을 빠져나가는 데 도움을 준 사람이 있습니다."

아델하이트의 시선이 제 쪽을 향하자, 아인츠가 느릿느릿 말을 이었다. 그가 그러더군요.

"예전의 약속을 지키라고."

그녀는 그게 누구인지 묻지 않았다. 얕고, 짙게 미소지었을 따름이었다.

*　　*　　*

고향에 도착하자마자 브리지트는 어머니인 타니아를 배알하기를 청했다. 언제나 즉각 딸의 방문을 허락하던 타니아는 어쩐 일인지 조금 지체하며 기다리라는 응답을 보내왔다. 그녀는 오수에 들었다는 요정 여왕의 궁 앞에 팔짱을 끼고 서서 미간을 찡그렸다.

여기까지 오니 더더욱 확실하게 느껴졌다. 공기 한 줌마저 숨죽이듯 긴장하고 있다는 걸. 즉, 여왕의 심기가 매우 불안정하다는 이야기였다.

"어쩐지 예감이 영 좋지 않단 말이야?"

오는 내내 소화도 안 되고 뭘 잘못 삼킨 것처럼 갑갑했다. 이유를 형용할 수 없이, 급체를 한 것만 같은 이상한 기분이었다.

"어서 오렴, 내 딸."

그러나 퍽 오래간만에 타니아의 얼굴을 보자, 더부룩했던 것들이 반가움과 함께 싹 누그러졌다. 그녀는 생각보다 자신이 어머니를 그리워했음을 뒤늦게 인지했다.

"잘 지냈어요, 엄마?"

작고 화려한 꼬리의 붉은 여우처럼 낭창한 몸짓으로 타니아에게 다가선 브리지트가 그녀를 꼭 끌어안고 뺨에 입맞춤했다. 붉은 머리카락을 굵게 땋아 늘인 요정 여왕은 불새가 날아들듯 안겨 오는 딸아이를 꼭 마주 안았다. 그녀는 곧장 투정 부리듯 딱딱거렸다.

"대체 그 볼 거 없는 서부 황무지가 무어 재미있다고 그렇게 오랫동안 붙어 있었니? 네가 없으니 내가 얼마나 무료하고 심심했는 줄 알아?"

"심심하다니요. 일국의 여왕이 할 소리예요?"

브리지트는 핀잔을 주며 날렵한 동작으로 여왕의 발치에 앉았다. 어머니의 무릎에 팔을 괴고 엎드린 브리지트가 하암, 옅게 하품을 했다. 제 머리칼을 간질간질 쓸어 주는 손길을 만끽하다가 브리지트가 삐죽 고개를 들었다.

"대체 무슨 일이에요? 엄마답지 않잖아요. 매양 명랑하신 분이 무슨 문제래요? 혹시…… 실연당했어요?"

"얘가. 내가 그런 걸 경험할 리가 없잖아!"

타니아는 진심으로 기분이 상했는지 가는 손을 쥐고 빽 소리쳤다. 그녀의 격한 부정에 브리지트는 손사래를 치며 검지로 귀를 긁었다.

"아니면 말고요. 그럼 무슨 심각한 일이라도? 분위기가 초상집이라 그렇지, 우리의 낙원은 멀쩡하던걸요."

"우리야 문제가 없지."

타니아가 빙그레 입술을 삐죽거렸다.

"우리 말고, 그 얼음 두른 미친년이 일을 낸 것 같아."

"음, 겨울의 여왕 아델하이트 말인가요?"

오후의 고양이처럼 늘어져 있던 브리지트가 바짝 정신이 든 표정을 지었다. 타니아는 흐트러진 그녀의 머리 치레를 넘겨 주었다.

"우선, 겨울 성에서 모반이 일어났단다."

"예?! 누가요? 아니, 언제요?"

"클레멤논이. 얼마 되지 않았어. 그렇게 오랜 세월 서로 못 잡아먹어 안달인 것처럼 굴더니 결국 그렇게 터지는구나."

혀를 끌끌 차면서도 타니아는 얼마간 흥미로운 얼굴이었다. 아델하이트와 마찬가지로 타니아 또한 그녀를 탐탁지 않게 여겼다. 그 불쾌함은 사실 상대방보다 더 오래된 것으로, 이 둘 사이의 역사를 거슬러 올라가다 보면 한도 끝도 없으리라.

"그래서? 어떻게 됐는데요? 설마 여왕이 왕에게 진 건 아니겠죠?"

"아쉽게도 왕이 실각한 모양이야. 멍청이 같으니라고. 이제 형식적으로라도 그녀를 막아설 존재가 없어졌어."

타니아는 냉정하게 중얼거렸다.

"으음…… 그렇군요."

다행이라고 해야 하나? 아니면 아쉬워해야 하나. 브리지트는 타라의 친구로서 아델하이트를 썩 좋게 볼 수 없었지만 그렇다고 유폐되어 목숨이 위태롭다면 타라의 기분이 좋을 것 같지 않다는 생각을 했다.

"그럼 그것 때문에 그렇게 불안하셨던 건가요?"

"그건 사실 별일이 아니지."

타니아는 한 박자 늦게 대꾸했다. 기민하게 저를 살피는 어머니의 눈을 마주하며 브리지트는 찰나 묘한 기분이 들었다. 만사태평하게만 보이는 타니아가 어쩐지 제 눈치를 살피는 것처럼 보였던 것이다.

기분 탓인가?

"그 여자에게 딸이 하나 있다는 건 알지?"

"딸이라면…… 타라, 말이에요?"

절로 표정이 가라앉은 브리지트가 똑바로 허리를 펴고 앉았다. 심상치 않은 기색에 타니아는 가는 손가락을 쥐었다 폈다 하며 눈을 굴렸다.

"흐음, 그 아이랑 친하니?"

"친하죠. 그게 왜요?"

"그으래?"

말을 길게 늘이는 꼴이 영 수상하다. 설마 내내 올라오던 불길함이 이것이었나. 곤란한 고민에 빠진 양 눈가를 찡그리는 그녀를 브리지트가 똑바로 응시해 왔다.

"엄마."

"응?"

"무슨 일이에요."

그녀의 딸은 확실히 눈치가 빨랐다. 타니아는 항복하듯 두 손을 올렸다.

"그 애, 조금 위험한 것 같아. 아니 사실 많이 위험해."

"타라가 위험하다고요?"

순간 브리지트는 타라가 위험에 처했다는 뜻으로 알아먹었다. 확 얼굴이 굳어서 당장 달려나갈 기세에 타니아가 급하게 그 팔을 붙잡았다.

"그게 아니라 그 애가 위험한 애라고! 제대로 각성한다면 대륙 누구도 그녀를 막을 자가 없을 거야. 그 쥬다마저도! 아니 사실 그때쯤 되면 이미 그 녀석은 죽고 없을지도 모르지. 아델하이트가 괜히 제 배로 혈육의 자식을 낳은 게 아니야."

"뭐? 네? 엥? 아니 잠깐, 잠깐만. 뭐라고요?"

뭔가 엄청난 정보들을 동시다발적으로 들은 것 같았다. 브리지트가 입을 떡하니 벌리고 캐물었다.

"아니 이게 무슨 소리야. 타라가 위험하다는 건 또 뭐고, 그 무지막지한 남자가 죽는다는 건 대체 또 무슨? 그리고 혈육?"

어디서부터 질문해야 할지도 아득해서 멍멍하다가 득달같이 질문을 퍼부었다. 타니아는 잔뜩 흥분한 딸에게 피곤한 낯으로 모든 것을 설명했다. 고대의 위험한 봉인과 고왕국의 멸망, 과거 쥬다와 아델하이트의 악연까지.

피가 머리끝까지 몰린 것치고 싸늘하고 차분한 태도로 모든 설명을 다 들은 브리지트는 잠시 침묵했다. 타니아는 제 똑똑하고 냉철한 후계자가 사태의 심각성을 이해하기를, 그래서 왕국의 앞날과 안녕을 걱정하기를 바라며 브리지트가 입을 열기를 기다렸다.

그러니까…….

"타라가 가진 힘이 너무 위험하고 아주 오래전 고왕국의 주인들도 그랬으니 그 애를 어서 빨리 제압해야 한다, 그런 말이에요?"

"그래. 너도 선조들의 일기를 보았을 거 아니니? 게다가 아델하이트가 얼마나 독한 계집인지 넌 몰라! 분명 제 딸을 이용하거나 그 힘을 빼앗으려고 호시탐탐 노리고 있을걸?"

"세상에, 엄마. 진심으로 하는 소리예요?"

브리지트가 돌연 버럭 화를 내자 타니아가 속사포처럼 떠들던 걸 멈췄다. 사실 브리지트도 타니아가 어떤 심정으로 그러는지, 그녀의 비정한 판단의 이유와 요정족의 오랜 역사까지 어느 정도 이해하고는 있었으나 결코 거기에 동의할 수는 없었다!

충격받은 어머니의 표정이 마음에 걸리는 걸 애써 무시하며 그녀가 빠르게 입을 열었다.

"그런 아주 오래전의 기록 때문에 지금 우호적 관계인 불사의 마도사를 적으로 돌리고 어린 여자애를 죽여야 한다고? 타라가 진짜 옛날의 여제처럼 미칠 거라는 보장은 어디 있는데요?"

"그런 명분과 논리를 따지다가는 이미 늦어! 랑카의 일기가 말해 주는 경고를 잊었니, 넌?"

"공포에 미쳐서 횡설수설 떠드는 일기라면 나도 읽었죠! 물론 그게 아예 틀린 말은 아닐 거예요. 고왕국이 멸망했으니까! 하지만 그런 불확실한 증거 때문에 타라를 희생시키라고요?"

몰이해하고 기가 막힌 브리지트는 생경한 눈으로 초조함이 극에 몰린 타니아를 바라보았다. 딸의 불신 어린 눈초리에 그녀는 골치 아픈 얼굴을 했다.

"생각해 보렴. 언령은 너무도 위험한 힘이야. 사적인 감정을 빼놓고 따져 봐. 도덕심과 동정심 때문에 일족 전체를 위험에 처하게 할 거니? 불완전하고 불길한 태생의 아이 하나 때문에 왜 우리가 그런 위험성을 감수해야 해?!"

"반대로 그런 오래된 이야기와 편견 때문에 감수해야 할 위험성은요? 그리고 불완전하고 불길한 태생이요? 하, 지금 내가 아는 엄마 맞아요?"

당혹과 분노가 치밀어 따지면서도 브리지트는 내면에 버티고 있던 단단한 여러 기둥 중의 하나가 바삭 금이 가는 걸 느꼈다.

그건 바로 위대하고 아름다운 군주, 사랑하는 어머니에 대한 존경과 동경이었다. 그 균열의 이름은 녹슬고 비린 맛의 '실망감'.

그러나 타니아는 어떤 것에서 그녀가 그런 표정을 짓는지 몰이해한 듯 눈 하나 깜짝하지 않고 말했다.

"못 들었니? 아델하이트가 제 오라비와 통정해서 낳은 아이가 그 애라고 했잖아. 날 때부터 불순하고 위험한 용도로 탄생한 태생이지. 그 아이 자체는 가엾지만, 사실은 사실 아니니."

"그게, 타라 잘못이에요?"

나직하게 되묻는 딸에게 어머니는 곧장 고개를 저었다.

"물론 아니야. 죄악을 저지른 건 그 여자지, 네 친구는 피해자일 뿐이야. 그러나 이 시점에서 잘잘못은 무의미해. 우리에게 남은 건 현실과 가능성뿐이니까."

"꼭 죽이는 것만 답은 건 아니잖아요. 왜 다른 가능성은 염두에 두지도 않으시는 건데요?"

"넌 내 딸이고 내 후계자이니 말해 두마. 우리의 어머니 랑카는 현자 소락스를 도와 여제 아스타로테를 봉인했지만 그건 사실 유일한 방법이 아니었어. 아스타로테와 가까웠던 랑카는 여제를 죽일 방법을 알고 있었거든. 차마 그녀를 죽일 수 없어서 입을 다물고 있었던 거지. 알겠니? 지금 우리가 처한 이 위기는, 전부 랑카가 더 현명하게 처신하지 못했기 때문이야. 그녀의 부질 없는 죄책감과 미련 때문에 먼 후손인 우리가 그 뒷감당을 떠안고 있는 거라고. 나는 그런 실수를 두 번 반복하지 않을 거다."

내 손에 무고한 피를 묻히는 한이 있어도 너와 네 자식들이 또 이런 위험에 처하게 할 수는 없어. 혼란과 두서없는 감정으로 흐릿한 브리지트의 뺨을 감싼 타니아가 온화하고 엄한 눈으로 속삭였다. 수천 년의 세월이 축적된 눈은 서늘했다.

"철없는 감상에 빠져서 본질을 흐리지 말렴. 아델하이트의 딸이 최악의 경우 폭주해서 날뛴다면 아무리 나라고 해도 그 재앙을 막을 자신이 없어. 어차피 쥬다는 그 애가 강해질수록 힘을 잃을 테니 말할 것도 없고. 그럼 대체 누가 그녀를 막을 수 있지? 북부의 그 멍청한 레오니다스가? 제 딸이 위험할까 봐 대륙과 동맹국들이 위험에 처하건 말건 내내 입을 꼭 닫고 있었던 이드가 그럴 수 있을까? 대책이 있다면 비난만 하지 말고 말해 보려무나."

자식들은 살면서 언젠가 한 번쯤은 부모라는 사람들의 본질을 직면하게 된다. 어린 눈에 세상 못할 것이 없고 완벽하게만 보였던 그들도 결국 불완전한 인간일 뿐이고, 가끔은 비겁하고 초라하다는 걸.

그 현실을 마주하는 순간은 누구나 참담하다. 아마도 유년기의 동화가 처음으로 완벽히 조각나는 시작점일지도 모른다. 그로 인한 결과란 그저 쌉싸래한 자각과 이해일 수도, 지독한 환멸과 거북함일 수도 있다.

그녀가 진정 슬펐던 것은 이 모든 감정을 동시에 느꼈기 때문이었다. 차라리 이해하지 못해 화만 났다면 좋을 텐데.

어머니인 그녀와 같은 길을 걷고 언젠가 그 자리에 자신이 서 있을 것이기 때문에 부조리와 동시에 어느 한 부분은 그녀를 이해했다. 위정자란 언제고 다정하고 온화할 수 없는 자리니까.

어머니를 훌륭한 여왕으로서 존경하던 브리지트가 실망한 게 모순적이게도, 타니아를 진정 냉엄하고 유능한 여왕으로 군림할 수 있게 한 원동력은 이런 칼 같은 무자비함과 비정한 성정 때문이리라. 조금씩 흔들리기 시작한 빈틈을 노리듯 타니아가 재차 말했다.

"그러니 포기하렴. 그 아이는 죽는 게 나아."

쐐기를 박는 한 마디였다. 타니아는 그 정도로 말했으면 당연히 브리지트가 수긍할 거라고 생각하는 듯했다. 그녀는 침묵하는 딸의 귓가를 매만지며 이마에 키스해 주었다. 살갗에 닿는 입술이 그 어느 때보다 차게 느껴졌다.

"네가 너무 마음 상하지 않았으면 좋겠구나, 이 엄마는."

글쎄, 기실 타라의 문제보다도 브리지트는 이미 눈앞의 어머니 때문에 속이 엉망이었다. 머리와 혀끝까지 단어들로 얼룩덜룩 덮여 있었지만, 그녀는 거리감이 느껴지는 정갈한 타니아를 한참 바라보다가 결국 어떤 말도 하지 못했다. 사실 저가 무슨 말을 해도 무언가 바뀔 게 없다는, 끝없는 벽이 느껴져서 전부 삼켰는지도 모른다.

"여독이 쌓였나 봐요. 가서 쉴게요."

브리지트는 처음으로 타니아에게 입맞춤을 하지 않고 돌아서 나갔다. 타니아는 자못 못마땅하고 걱정이 뒤섞인 복잡한 낯으로 딸의 뒷모습을 바라보다가 약한 한숨을 쉬며 고개를 저었다. 심란한 건 어쩔 수 없겠지, 라고 애써 자위하면서.

머리가 어지러운 대화를 끝내고 밖으로 나온 브리지트는 한참 동안 멍하니 요정 여왕의 여름 궁전에서 내려다보이는 평화로운 낙원을 바라보았다.

황금빛과 에메랄드빛이 펼쳐진 숲과 깨질 듯 투명한 강줄기, 물장구를 치며 까르르 웃는 님프들과 진줏빛 뿔을 지닌 사슴을 타고 사냥을 하는 요정들, 과일을 따고 낮잠을 자는 한가로운 풍경이 그림처럼 아름다웠다.

언제나 따뜻하게 데워진 바닷물이 밀려와 발목을 덮듯이 나른하게 저를 안심시켰던 광경이 지독하게 불편하게 다가온다. 어떤 가식적이고 이중적인 것에 기만당하는 감각.

그녀는 처음으로 깨달았다. 머리로 안다 자부했지만 선뜩하게 가슴을 적시는 것이야말로 진정 안다고 하는 것이겠지. 어떤 아름다움들은 피와 희생, 고통 위에서 완성된다. 어여쁜 나비의 박제,

귀부인의 목을 장식한 여우 모피와 지금 눈앞의 낙원이 그러하듯이.

그 이면성을 알아차리는 찰나는 실로 끔찍하다. 있는지도 몰랐던 내면의 무방비한 부분이 쿡, 날카로운 것으로 찔리듯 오싹 소름이 돋았다.

아, 새삼스럽게 본인이 누리고 살아가는 환경에 대한 근본적인 낯섦과 회의감이란…….

어머니는 무고하고 착한 타라가 죽는 게 낫다고 했다. 요정 나라의 안정을 위해 님프들을 억압하고 착취하는 걸 공공연히 인정할 때와 변함없는 얼굴로.

사실 알고 있었다. 타니아가 알게 모르게 묵인하며 심지어 직접 묻히기까지 한 피는 많다. 요정 왕국을 유지하는 여왕의 절대적인 지배력은 날개와 감정적인 교감이지만 모든 요정이 날 때부터 그녀의 권속 아래서 태어나는 건 아니었다.

몇 대전부터 천천히 고귀족들의 힘이 약해지기 시작한 것처럼, 요정들 사이에서도 이따금 '기형아'가 태어났다. 글쎄, 그들을 기형아라고 불러야 할까? 초대 랑카처럼 스스로 자연에서 눈을 뜨거나 날개 없이도 강한 마력과 독특한 마법을 지닌 그들은 물의 요정족 우두머리 코델리어처럼 새로운 자신만의 종을 이끄는 몇몇을 제외하면 대다수 무리를 겉돌다가 요정 왕국을 떠났다.

그리고 얼마 되지 않아 죽고는 했다. 그 모든 죽음들에 어머니의 입김이 없었을까. 그녀는 항시 남부의 풍요로운 땅을 탐내는 새로운 세력을 경계했다. 여왕벌이 타 집단의 새로운 여왕을 날아오르기도 전에 제거하듯이…….

한데 의문이 든다. 그렇다면 진정 나는 여태껏 아무것도 몰랐는가. 정말로? 그저 골치 아프고 생각하기 싫으니 외면해 왔던 건 아니고?

실로 극심한 고독과 한기가 스며들어 왔다. 항시 화창한 여름의 나라에서 기이할 냉기였다. 브리지트는 어깨를 끌어안으며 본능적으로 주변을 이리저리 둘러보았다. 갑자기 떠나온 벨벳 성이, 타라가, 야셴이…… 심지어 그 꼴 보기 싫은 오베론마저 보고 싶었다.

누구라도 좋으니 그녀를 안심시키고 일깨워 줄 이가 필요했다. 길을 잃은 기분이다. 그리고 화가 났다. 혼란에 분노가 섞이니 더더욱 엉망이 되었다. 그것이 자기 스스로를 향한 것이라 크기만 속수무책으로 커지고 부푼다.

"야셴……."

얼마 되지 않아 그녀는 곧바로 자신에게 가장 필요한 사람을 떠올렸다. 신념이 굳고 단단한 나무 같은 이, 항시 제 옆에 있던 기사야말로 잠시 도피해 안정을 찾을 그늘로는 제격이었다. 그리고……그냥 보고 싶었다.

자각하고 나니 그리움이 와르르 쏟아져 내렸다. 지금 당장 봐야겠다. 그러고 보니 이 자식은 왜 마중 한번 안 나와? 뭐 얼마나 바쁘다고?

나는 듯이 걸음을 빨리해 야셴이 자주 수련하던 숲과 바오밥나무 위의 집에도 가 보았지만 그의 머리털 끝 하나 볼 수 없었다.

처음에는 짜증뿐이던 그녀는 점차 표정이 없어졌다. 결국 브리지트는 지나가는 요정 아무나 붙잡고 다짜고짜 캐물었다.

"야센 어디 있어?"

그리고 돌아온 대답에 브리지트의 얼굴은 괴이하게 일그러졌다.

"뭐? 탈옥?"

\*　　　\*　　　\*

"이봐. 이거 우리가 잘한 일일까?"

세랑트가 벌써 스물다섯 번째로 같은 질문을 했다. 비쩍 말라 그늘이 진 요정이 나무를 베어 내는 나무 요정을 음울하게 바라보고 있었다.

나무를 끔찍이 아낀다는 종족이 고뇌도 잠시, 내리찍는 게 거침없어서 멀거니 보고 있다가 툭 나온 말이었다. 교활하고 방탕하게 살아온 그는 절대 무모하게 제 모든 것을 거는 행동을 하지 않았다.

그러니까, 쥬다와 악연으로 얽히기 전까지는 말이다. 그 전만 해도 그럭저럭 즐거운 인생이었는데, 이놈의 욕심 때문에…… 아니, 이 모든 건 그 무자비한 쥬다나 정체 모를 푸른 머리 꼬맹이 때문이었다. 그 녀석들만 아니었어도 내 생이 이렇게…….

결국 참지 못한 세랑트는 비명을 지르며 산발이 된 머리카락을 쥐어뜯었다.

"탈옥범이라니! 제기랄, 난 요정 왕의 핏줄이야. 내 꼴이 이게 뭐냐고!"

"이미 감옥에 갇혔을 때부터 당신 체면은 바닥을 친 것 같은데."

야센은 덤덤하게 대꾸하며 마저 나무를 잘랐다. 우지끈 부러진 나무가 휘청 넘어졌다. 도끼를 닮은 거대한 검을 내려놓고는 저벅저벅 다가가 베어진 나무 기둥에 대고 작게 무어라 읊조렸다.

전사한 전우를 기리듯 경건한 얼굴이었으나, 세랑트의 눈에는 어부가 물고기를 잡아 구워 놓고 기도를 올리는 것과 별반 다르지 않아서 그냥 우스울 뿐이었다.

하지만 요란하게 기침을 한 후로는 빈정거림도 그만두었다. 기사가 나무꾼질을 해서 불을 피우고 잠자리를 마련하지 않으면 고생하는 건 자신이었으니까.

망가지고 부서져 약해질 대로 약해진 몸은 지금도 덜덜 떨리고 있었다. 제기랄, 꼬락서니 한번 우습군. 침묵 끝에 그가 짧게 투덜거렸다.

"그때는 그래도 쫓길 일은 없었으니 하는 말이야."

"그곳을 나오지 않았으면 당신 목은 달아났을 테지."

그들이 탈옥을 감행하게 된 건 예기치 못한 천재지변에 가까웠다. 이유는 실로 간단한 불똥이었다.

중앙 왕국의 정권이 바뀌는 와중에 서부에서도 난리가 났다. 침입자가 방화를 저지르고 사상자를 낸 다음 도망쳤다는데, 서부 측에서는 대로하며 겨울 성이 그 진범이라며 하루가 채 지나기도 전에 대가를 치를 것을 엄포했다.

그에 이제 완벽히 겨울 성의 지배자가 된 아델하이트 여왕은 제 어리석은 남편이 요정의 꼬임에 넘어가 저지른 일이라며, 그 대상인 클레멘논과 타니아 여왕을 맹렬히 비난했다. 그리고 그 과정에서 걸고넘어진 게 바로 세랑트였다.

그들이 어떻게 삼엄한 벨벳 성에 무단으로 침입했겠는가? 당연히 그 전에 앞서 무단 침입한 세랑트의 악의 어린 입김이 있다는 주장이었다. 진실과 거짓이 섞인 주장에 타니아는 당연히 터무니없다고 모든 주장을 부정했고, 아델하이트가 일은 벌여 놓고 책임지지 않으려 한다며 일침을 가했다.

그러나 여왕의 조카인 아인츠가 요양 중이던 세랑트와의 옛 친분을 언급하며 그와의 연결 고리를 목격했다고 증언하자 타니아는 다소 곤란해졌다. 그게 거짓말이라 해도 이미 클레멤논과의 접선이 거짓이 아닌지라 조금이라도 긁어 부스럼거리가 남아 있으면 골치 아프니까.

아직 쥬다의 상태를 모르는 그녀는 결국, 화근을 미리 치우기로 마음먹었다. 여왕의 경비대가 세랑트를 더 깊은 감옥에 가두기 위해 찾아왔을 때, 영문 모르고 그들을 맞았던 둘은 위협적으로 들이대지는 창날에 기함했다.

질질 끌려가는 세랑트의 창백하게 질린 얼굴에 대고 야셴이 말했다. 당신을 도울 길이 딱 하나 있지만 이 방법이 마음에 들지는 모르겠다고.

그리 질색하던 지하 감옥에 처박히면 언제 나올지 길도 요원했던 세랑트는 두말할 것 없이 도와 달라고 비명을 질렀다. 그리고 야셴은 그 고지식한 기사답지 않은 냉정하고 군더더기 없는 움직임으로 여왕의 기사들을 쓰러뜨린 후 칼까지 빼앗아 들고 넋이 나간 세랑트의 뒷덜미를 질질 끌며 감옥에서 탈출했다.

마치 수백 번 해 보기라도 한 듯 실수 한번 없었다. 야센의 휘파 람에 달려나온 잿빛 유니콘의 등 뒤에 올라타 추격대를 따돌리고 요정의 강을 넘어 내달리기 시작할 때까지도 내내 기가 막혀 얼이 나가 있던 세랑트는, 너른 들판에 들어서고 나서야 기겁을 하며 고 함을 질렀다.

　―이 미친놈 같으니라고! 죽으려면 너 혼자 죽지, 이게 무슨 정신 나간 짓거리야?! 타니아가 우리를 가만둘 것 같아?!
　―거기 가만히 있었어도 우리는 큰일났을 거야.

유니콘의 은회색 갈기를 쓸어 주며 야센이 담담하게 대꾸했다. 그는 감옥에 갇힌 이래 많은 생각을 했다. 타니아의 정의와 자신의 명예, 앞으로의 미래에 대하여.

이제껏 야센은 항상 자신이 따르고 충성하는 여왕의 명에만 따라 움직이고 복종했다. 거기에 본인의 의지나 생각 따위는 일절 불필요 했다. 하지만 최초로 여왕에 반하여 근본인 날개까지 도려지고 나자 그는 강제로라도 이때까지의 자신의 삶에 대해서 돌아보게 되었다.

과연 평화와 풍요를 위한다는 명목을 내세운 여왕의 절대적인 뜻에 무조건적인 수긍을 하는 게 옳은 것인가?

그녀는 모든 요정들을 사랑하고 아끼지만 자애로운 어머니는 결 코 아니었다.

　―분명 여왕 폐하의 뜻에 따라 사용되다가 문제가 생길 시 제거

당할 거다. 당신은 서부 영주의 우호를 사기 위해서라도 목이 베어졌을지도 몰라.

그리고 그는 분명 브리지트 공주님을 다루기 위한 인질이 되었을 터다. 냉정한 척하지만 정 많은 그녀는 어머니에게 반발하려다가도 별수 없이 타니아의 뜻에 따르게 되겠지.

그게 야센이 기피하는 가장 최악의 수였다. 어떻게 해서든 그것만은 막고 싶었다.

제 가치관이나 이상 따위는 아무래도 좋다. 단지 제 존재가 그녀의 행보에 방해가 된다면…… 참담한 가정이었다. 차라리 도망자, 배신자가 되어 평생을 떠도는 게 나았다.

"참 올곧은 기사로군. 지금에 와서 이런 말 하는 것도 우습지만."

이러니저러니 해도 붙어다닌 지 꽤 된 터라 야센의 속이 뻔히 보이는 세랑트는 핀잔처럼 투덜거렸다.

"아니 기사로서는 아니지. 네가 완벽한 기사라면 이렇게 행동할리가 없어. 솔직히 말해 보라고."

"……?"

"너 걔 좋아하지?"

"무슨 말인가."

"브리지트 그 계집애 말이야. 네 행동은 기사가 아니라 사내의 그것이라고. 세상 어느 충직한 기사가 너같이 막 나가? 허, 참 대단도하지. 오베론도 그렇고 은근히 사내 후리는 솜씨가…… 알았어, 알았다고. 노려볼 건 없잖아."

세랑트가 얼른 두 손을 들어올리자, 벼락치는 날 고목처럼 우두
커니 그를 내려다보던 야센이 천천히 고개를 돌렸다.

세랑트는 속으로 툴툴거리다 결국 땅이 꺼져라 한숨을 쉬었다.

"그래, 네 말대로라 쳐. 그럼 이제 어떻게 할 건데?"

"서부로 간다."

"뭐?! 서부?"

담요를 둘둘 말고 야센이 피운 불을 쬐고 있던 세랑트가 펄쩍 뛰
었다. 그 서슬에 근처에서 풀을 뜯던 프레야의 달빛을 띤 귀가 쫑긋
세워졌다.

"너, 너, 내가 거기서 죽을 뻔한 걸 알고 이러는 거야?!"

"죽을 만한 짓을 했지."

"이게 진짜. 불사의 마도사가 날 또 보게 되면 그냥 두겠냐고. 나
안 죽게 해 준다더니 지금 새로운 묘 자리 알아보러 가는 거냐?"

"어차피 당신이나 나나 이 사태가 진정될 때까지 요정 왕국으로
돌아가지 못해. 가서 자초지종을 설명하고 협력하는 게 낫지. 지금
폐하의 움직임은 서부 영주와 반하는 길이니까. 우리는 아예 무가
치한 협력자는 아니다. 받아들여질 거야."

"……꽉 막힌 목석인 줄 알았더니 안 하던 놈이 더하는군."

한번 결정하고 나자 향후 남부의 적국에 가담하는 것도 서슴지
않는 야센의 차분한 얼굴을 세랑트는 질린 낯으로 바라보았다.

"하긴 거기에는 아직 브리지트도 있을 테니 그게 나을지도 모르
겠어."

브리지트의 이름이 나오자 심란한 듯 침묵하는 야센에게 세랑트

가 이어 말했다.

"그런데, 무사히 갈 수나 있을까? 너나 나나 이 모양 이 꼴이라 마법도 못 쓰는데."

"노력해 봐야지."

세랑트는 그런 대책 없는 말이 어디 있냐며 투덜거렸지만 사실 별 방법이 없기는 했다. 그나마 불행 중 다행으로 날개가 잘리면서 여왕과의 연결이 끊어졌기에, 그녀는 그들에게 명령하거나 권한을 행사하지 못한다. 추격 외에 달리 탈옥자들을 사로잡을 방법이 막막한 것이다.

"일단 도망쳤으니 별수 없어. 절대 잡히면 안 돼. 타니아는 제 뜻을 거스른 수족을 곱게 놔두지 않으니까."

그런 면에서 볼 때 벌써 두 번이나 뜻에 반한 야센은 사형을 당해도 이상하지 않았다.

"혹시라도 아니기를 바라지만……."

돌연 야센이 입을 열자, 잔뜩 찡그려져 있던 세랑트의 눈이 데굴 그쪽으로 굴러갔다.

"어쩌면 우리의 고난은 별거 아닐지도 모른다."

"건 또 뭔 소리야, 기사 양반."

"전쟁이 날지도 몰라."

갑자기 사방이 입을 다물듯 조용해졌다. 검푸른 밤이 드리운 숲과 불길이 둥글게 번져 노랗게 달궈진 땅, 자갈, 시계 침처럼 잊은 듯 가끔 울리는 들짐승 소리, 풀벌레 울음까지 죄다 숨을 죽이듯이.

발밑이 훅 꺼지는 정적에 휩쓸리듯 잠깐 말을 못 잇던 세랑트가 중얼거렸다.

"뭐, 진짜로? 전쟁이 그리 쉬워?"

"자잘한 전쟁은 계속 있어 왔지. 대륙 전체가 들썩일 만한 대전쟁을 말하는 거다."

싱그러운 풀 바람에 섞여 들려오는 목소리는 현실감이 없었다. 어느 허풍 많은 음유시인의 술 취한 넋두리처럼 몽롱하게 귓가를 간지럽히다 흩어진다. 갑자기 모골이 송연해졌다. 세랑트는 와락 미간을 찌푸렸다.

"젠장, 나도 몰라. 전쟁 따위 알게 뭐람. 난 그 모든 소란이 끝날 때까지 황금과 보석, 금은보화를 가득 넣은 구석에 처박혀서 기다릴 거야. 설마 요정족이 아예 멸망하지는 않을 거 아니야?"

"……."

"딴 건 몰라도 브리지트 녀석은 살아남아 다음 여왕이 될 테니, 걔한테 다시 받아 달라고 싹싹 빌지 뭐."

어찌 보면 비겁하기까지 한 종알거림을 어린애처럼 늘어놓던 세랑트는 일순 그것도 멈췄다. 밤바람이 유독 싸늘하게 목덜미를 건든다. 다가오는 차디찬 칼날처럼.

고개를 휘휘 젓는다. 에라 모르겠다. 세랑트가 자포자기한 듯 담요를 애벌레처럼 칭칭 휘감고 돌아누웠다. 야센은 타들어 가는 모닥불에 장작을 하나 더 던져 넣고 눈을 감았다.

고단하고 막막한 그들의 머리 위로 유릿가루 같은 별들이 깨질 듯 밤하늘에 박혀 총총히 빛났다.

이델을 보면 무슨 말을 해야 할지 생각했었다. 하지만 이슬처럼 입 안에 고이던 것들은 죽은 듯 누운 그녀를 보자마자 증발했다. 대신 눈가에 습기가 맺혔다. 타라는 훌쩍거리며 침대에 붙어 앉아 딸꾹질을 했다.

"이델. 나 왔어요."

그래도 다행이다. 아직 그녀가 날 떠나지 않아서. 이런 비겁한 안도가 고작이었다. 타라는 이델의 손에 얼굴을 묻고 나직하게 숨을 내쉬었다.

어떻게 해야 하나. 뭘 해야 그녀가 무사히 회복될 수 있을까.

신에 가깝다는 제 능력으로 이델이 나을 수 있을지도 모르지만 그러자니 쥬다에게 고통이 될 것이었다. 마치 거목에 들러붙은 기생체처럼, 그녀가 언령을 쓸수록 쥬다는 스러져 간다.

타라는 전지전능하지 않다. 말만 번지르르하지 쇠사슬에 칭칭 둘러싸인 용처럼 제약이 가득 달려서 날 수조차 없는 반신이었다. 밀려드는 무력감에 그녀는 다시 슬퍼졌다.

"내가 어떻게 해야 할까요?"

방법을 알려 주세요…….

타라는 성안의 조언을 구할 수 있는 모든 이들을 불러 모았다. 레오니다스, 비제, 오베론, 안티오크, 갈랑, 란쳇, 앙리펠까지 빙 둘러앉아 그들을 소환한 앙다문 표정의 타라를 바라보았다.

그녀는 다 모이셨네요, 하고 중얼거리며 무릎 위에 놓인 손을 움켜줘었다. 검은 개 쥰이 할딱거리며 그 손을 핥았다.

"전 이델을 살릴 거예요."

좌중이 이미 예상한 듯 다소 침중하고 차분하게 타라를 응시했다. 레오니다스의 낯이 다소 어둡게, 안티오크는 그 어느 때보다 조용하게, 비제는 알 수 없는 눈을 타라에게서 떼어 내지 않았다. 그리고 이어 그녀가 선언했다.

"또 쥬다가 나 때문에 아파하는 걸 보고 싶지 않아요."

타라가 짧게 심호흡했다.

"그러니까 모두 저를 도와주세요. 저는 전혀 특별하지도 똑똑하지도 않아요. 경험도 없고, 책을 조금 읽은 것뿐인 스무 살짜리 여자애예요. 어디엔가 방법이 있으리라고 믿어요. 하지만 나로서는 부족하고 무지하니까 여러분에게 도움을 청해요. 사람이 여럿이면 모자란 한 사람보다는 나을 테니까요."

잠시 침묵이 흘렀다. 텅 빈 것이 아닌 꽉 차올라 끓는 듯한 정적이었다. 이윽고 레오니다스가 가장 처음 운을 뗐다.

"타라. 네 마음은 알고 있다. 둘 다 네게 중요한 사람이니 지키고 보호하고 싶은 마음은 이해해. 하지만 우선 두 가지는 알아 두렴."

그가 검지와 중지를 펼쳤다.

"첫째, 넌 현재 전 율리아에서 그 누구보다 강해. 아마 네가 원해서 이루지 못할 일은 없을 거다. 하지만 힘의 대가는 쥬다의 마력과 생명이지. 그러므로 너는 가장 강력한 존재지만 동시에 가장 무력한 존재야. 그 무엇보다도 쥬다를 희생시키고 싶지 않을 테니까. 그렇지?"

타라가 고개를 끄덕이자, 레오니다스는 두 번째 손가락을 까딱거렸다.

"둘째. 고로 현실적으로 볼 때 두 사람 다 살리기는 불가능해. 이델을 살리려면 그 생명의 대가로 쥬다가 타격을 입을 테고, 반대로 쥬다의 생명력이 아까워 시간을 끌었다가는 이델이 당장 내일이라도 어떻게 될지 모르니까. 희대의 명약을 가져오거나 네 언령을 어떻게 해 보거나 하지 않는 이상 너는 둘 중 하나 무엇에든 발이 묶일 수밖에 없다."

그러니 도출되는 답은 하나지.

"사실상 다른 방법을 강구해 본다 해도 두 사람 중 한 명을 선택해 두는 게 나아. 최악의 경우 결정을 내려야할 때가 올지도 모르니까."

평소의 장난기 따위 한 점 없이 냉철한 직언에 타라는 욱신거리는 통증을 느꼈다. 입술을 깨무는 그녀를 바라보던 비제가 입을 열었다.

"하지만 꼭 둘 중 하나만 살라는 법도 없잖아? 그러함에도 불구하고 방법이 없겠냐는 뜻에서 물어본 거잖아, 사자 왕 전하."

"끄응, 나라고 마음이 편하겠나? 나는 현실을 말해 준 것뿐이야."

레오니다스가 기분이 상한 듯 언짢은 얼굴을 했다. 그도 퍽 심란한 기색이었다.

"지금 쥬다는 어떤데?"

"마력 손상을 보완하기 위해 사막초를 처방했습니다. 아마 지금쯤 수면 상태이실 겁니다."

앙리펠이 동그란 안경을 치켜올리며 설명했다. '그' 쥬다가 위태로운 상태라니. 보고도 믿기지 않는 사실이라 전부 일순 입을 다물었다. 타라는 우울하게 입술을 깨물다가 다시 애타는 눈길로 그들 전부를 바라보았다.

"도와주세요……."

크고 붉은 눈에 눈물이 그렁그렁 맺히자, 좌중은 날카로운 칼로 심장이라도 찔린 것처럼 고개를 숙이거나 시선을 피했다. 그녀의 새끼 사슴처럼 말간 눈빛은 어쩐지 보는 이의 죄책감을 자극하고 뭐라도 막무가내로 해 주고 싶은 충동을 일으켰다.

손짓이나 의지 하나로 여기에 있는 모두를 손가락 구부리듯 부술 수 있는 사람인데도 여전히 타라는, 모든 종이 멸종하고 지상에 남은 유일한 꽃처럼 유약하고 가녀리게만 보였다. 결국, 오베론이 불편한 얼굴로 입을 열었다.

"그녀를 살릴 방법이 아예 없는 건 아닙니다."

모두의 시선이 휙 제 쪽으로 쏠리자 그는 다시 나직하게 한숨을 쉬었다.

"거의 불가능한 이야기라 말하지 않으려고 했는데……."

오베론이 알 듯 모를 듯 미소 짓고 있는 비제를 노려보다 타라에게 시선을 고정하며 말했다. 그의 '또 다른 방법'을 듣던 모두는 잠시 반색하던 표정이다가 서서히 어두워지더니 나중에는 더 음울해지거나 장난하냐는 듯 바뀌었다.

유일한 방법. 그것은 바로, 불사조의 부활의 힘으로 가사 상태인 이델을 깨우는 것. 문제라면 현재 생존한 유일한 불사조는 동부 황금성에 있다는 것이다.

이럴 줄 알았다는 듯 그는 어깨를 으쓱했다.

"불가능에 가깝지만, 현재로선 이 수밖에 없습니다."

"그래. 거의 불가능이란 것 빼곤 별로 큰 문제는 없군."

란쳇이 팔짱을 끼고 중얼거렸다. 묵묵하게 듣고 있던 갈랑이 휙 고개를 틀어 그를 향해 물었다.

"당신, 어떻게 여기까지 온 거지? 여기서나 그쪽에서나 경로는 같을 것 아닌가."

"별로 어렵지는 않았지. 겨울 성의 경비대들의 눈을 피해 밤낮으로 숨어다니는 건 당연한 거고, 겨울 숲에서 얼어 죽을 뻔하다 늑대들에게 쫓겨 죽을 고비를 넘기는 것 정도?"

란쳇은 넋 빠진 얼굴로 투덜거리다 옆 사람의 얼굴을 보고는 곧장 진지하게 덧붙였다.

"그런데 이제는 그마저도 힘들 거요. 그 길은 나와 동료들이 빠져나오면서 아무래도 발각된 낌새였거든. 그러니…… 벨벳 성에서 황금 성으로 가는 길은 더 요원해진 셈이지. 미안하군."

"그럼, 남은 경로는 북쪽 길이 아니라 남쪽 길뿐이라는 거네."

비제가 칼처럼 단정한 태도로 결과를 정리했다. 해로는 여기서 제외하자고. 그건 하나 마나일 테니까. 그의 차분한 어조에 안티오크가 날 선 말투로 반박했다.

"너무 쉽게 말씀하시는군요. 갈랑 군에게는 미안한 말이지만 그건 사지(死地)나 다름이 없습니다. 그게 가능하다고 생각하십니까?"

"되든 안 되든 손놓고 있는 것보다는 낫잖아."

"더구나 그 방법을 말한 이는 요정입니다. 현재 요정 여왕 타니아는 아델하이트 여왕과 더불어 벨벳 성 침입 사건의 주범으로 의심되고 있지요. 그녀의 아들을 어떻게 믿는단 말입니까?"

노랗게 뜨여 세로로 쭉 찢어진 눈에 의심이 가득했다. 고양이 집사는 마치 타라가 오기 전 성마르고 깐깐한 모습으로 되돌아간 것만 같았다.

이델은 그에게도 가장 가까운 친구였다. 날 선 반응이 이상하지만은 않았다. 쥬다를 대신해 중앙 왕국에 항의 서한을 보낸 것도 안티오크였고, 며칠 내내 잠을 못 자고 일에 내몰렸는지 피로한 기색이 역력했다.

비제와 안티오크가 대거리하는 사이, 다시 제 쪽으로 시선들이 돌아오자 오베론은 싱긋 웃었다.

"틀린 말은 아니로군요."

"이봐, 이럴 때 그렇게 말하면 더 의심스럽잖아."

어이없어진 란쳇이 핀잔을 주었다. 그러나 당사자는 이런 취급이 처음이 아니라는 듯 평화로울 만큼 잔잔히 대꾸했다.

"어차피 제 목적은 쥬다 님을 도와 타라 님의 힘을 억제하고 세상을 좀 더 안전하게 도모해 보자는 것이었습니다. 하지만 일이 이렇게 된데다…… 사실 그분의 사고는 안타깝지만 제가 책임지고 해결해 줄 이유는 없는 것 같군요. 단지 제가 아는 방법만 말씀드리는 겁니다. 저로서는 앞으로 닥칠 일들을 신경 쓰는 것만도 벅차는지라. 아, 갈랑 군께는 죄송합니다."

빙그레 웃는 얼굴로 줄줄 흘리는 말들이 표정과는 다르게 날카롭기 그지없었다. 어쩐지 듣기에 따라 가시가 느껴진다. 기가 찬 란첫이 얘도 낯짝만 멀쩡하지 성격 나쁘군, 하고 작게 중얼거렸다.

바윗돌처럼 굵은 팔로 팔짱을 낀 채 생각에 잠겨 있던 레오니다스가 소란스러운 장내를 둘러보고는 짜증스럽게 일갈했다. 갈랑한테 미안하다면서 할 말은 다 하고 있네.

"좀 다들 닥쳐 봐. 탁상공론이 따로 없군. 아무튼 황금 성까지 가서 불사조를 만나는 것 말고는 별수가 없다는 거잖아?"

"지금 그 말 하고 있잖습니까."

안티오크가 딱딱하게 말했다. 부스스한 머리칼을 벅벅 문지른 레오니다스가 중얼거렸다.

"그럼 누가 가는데?"

일순 침묵이 내려앉았다.

"제가 갈게요."

그리고 타라가 나서자마자 동시다발적으로 반대가 쏟아졌다.

"안 돼."

"안 됩니다!"

"이봐 아가씨. 그게 말이 되냐?"

쥬다가 알면 병석을 털고 일어나서 무슨 미친 짓을 벌일지 모르는데. 레오니다스가 천지 분간 못 하고 불을 지르려는 아이 꾸짖듯이 외치자 타라가 고개를 저었다.

"아니에요. 어차피 저는 여기 있어도 할 수 있는 게 없고…… 저 때문에 벌어진 일이니 제가 갈게요."

"타라 님. 마음은 이해하지만, 위험한 건 둘째 치고라도 겨울의 도로는 아델하이트 여왕의 영역입니다. 클레멤논 왕이 실각한 이후로 지배력이 강화되었으면 되었지, 덜하지 않겠지요. 그녀가 당신을 사로잡으면 모든 게 끝입니다. 자살행위입니다."

오베론이 딱딱한 말투로 고개를 설레설레 저었다. 잇따라 머리에 귀가 솟은 것도 아랑곳하지 않은 채 안티오크가 간곡히 그녀를 말렸다.

"맞는 말입니다. 절대 안 될 일이지요! 이델도 타라 님이 그러시는 걸 바라지 않을 겁니다."

"물론 여러분의 말도 맞아요. 무모해요. 하지만 아무 대책 없이 나선 건 아니에요."

내내 잠자코 듣던 타라가 결연한 눈으로 걱정과 당혹이 가득한 모두를 살폈다.

"내게는 그 어디에 있든 바로 돌아올 수 있는 방법이 있어요."

그녀가 손을 들어올렸다. 검지에 끼고 있던 낡은 은반지가 가지에 얹어진 하얀 눈의 띠처럼 반짝거렸다. 그것을 한눈에 알아본 건 요정족의 왕자 오베론이었다.

"카론(Charon)의 반지로군요."

"그게 뭔데."

레오니다스의 굵은 눈썹이 올라갔다. 오베론은 침착하게 설명했지만 내내 그 반지에서 눈을 떼지 않았다. 조금 놀란 기색이었다.

"요정 왕가의 보물 중 하나입니다. 고왕국의 유물이지요. 소유자가 머릿속으로 가고자 하는 장소를 떠올리면 그곳으로 이동이 가능합니다."

"그렇다면……."

갈랑이 답지 않게 초조한 기색으로 끼어들자, 오베론은 고개를 저었다.

"하지만 저 반지는 딱 한 번밖에 사용할 수 없습니다. 가더라도 돌아올 수는 없지요. 게다가…… 타라 님이 어렸을 적의 기억을 되찾았다 하더라도 그게 완벽하고 완전한 기억일지 모르겠습니다. 반지의 마법은 소유자의 영혼과 기억의 흔적을 따라가 그를 원하는 장소에 데려다주는 뱃사공 같은 것이니까요. 설사 단번에 황금 성에 도착한다 해도 역시 귀환길이 험난한 건 마찬가지입니다. 아마 그 물건은 브리지트가 타라 님에게 선물한 것일 테지요? 그녀는 위급하거나 급한 상황에 혹시 모를 호신용으로 준 것일 겁니다."

타라는 갈랑의 낙담한 낯을 살피다가 다급히 다시 나섰다.

"그러니 제 안전은, 한 번은 보장된 셈이잖아요? 제가 갈게요."

"아니요."

시끌벅적함이 잠시 소강상태에 접어들었다. 무뚝뚝한 목소리가 울렸다.

"제가 가겠습니다."

당연한 거겠지만. 갈랑이 나서자, 기실 어느 정도 예상하고 있었던 듯 전부 두말하지 않았다. 갈랑은 재차 말하려던 타라에게 시선을 고정하며 고개를 저었다.

"타라 님은 여기 계십시오. 저 혼자서도 충분합니다."

"하지만……."

"저는 당신을 지키면서 사해(死海)를 건널 수 없습니다. 이해해 주십시오."

낮고 단호한 목소리였다. 타라는 움찔 어깨를 올리다가 결국 아무 말도 하지 못했다. 그가 냉정하다고 투정 부리는 게 아니었다. 여태껏 무능하고 짐밖에 안 되는 저 자신이 한심해서.

으음, 신음을 삼키던 란쳇이 손을 번쩍 들었다.

"어차피 나도 돌아가야 할 길이니 같이 가지."

"아니, 그쪽은 해로로 돌아가는 게 좋겠다. 혹시 모르니까."

제 죽음조차 가정하고 있으면서 그는 시종 담담했다. 그것이 바닷물에 던져진 무거운 추처럼 심장에 내려앉았다. 타라는 뭐라도 하겠다 나서고 싶었지만 애석하게도 아무것도 없었다. 아무 도움도 안 될 테니까. 여전히 이런 꼬락서니인 게 자기 환멸이 들고 진절머리가 났으나 그저 막막했다.

언령, 언령으로는 모든 것을 전부 이루고 가질 수 있다 하지 않았나. 하지만 정작 그녀가 원하는 건 어떤 것도 이룰 수 없었다. 언제나 그랬듯이.

타라가 입술을 깨무는 사이, 레오니다스가 얕은 한숨과 함께 관자놀이를 문질렀다.

"그건 그렇다 치고, 그럼 쥬다 녀석은? 사막초 계속 주워 먹는 거 말고는 방법이 없나?"

서부에서 나는 희귀한 약초인 사막초는 마력을 북돋고 끌어 올리는 힘이 있었다. 앙리펠이 송구한 듯 두 날개를 문지르며 부엉 낮게 울었다. 봉인술사인 오베론도 쉽게 입을 열지 못하고 눈을 내리깔았다.

"아주 옛날에······."

요정의 녹색 눈이 도로 올라와 타라의 붉게 가라앉은 눈을 바라보았다.

"여제는 어떻게 봉인된 거죠?"

"그녀는 이미 고왕국을 멸망시키고 대륙 전체를 망가뜨리느라 기력을 많이 소진한 상태였습니다. 현자 소락스가 그녀를 가둘 마법진을 짜고 거기에 랑카의 마법이 깃들었지요. 사실 그들의 뛰어남도 있겠지만, 제 생각에는 여제가 스스로 봉인을 원했을 거라 생각합니다."

"스스로요?"

"예. 하지만 그녀와 당신은 다릅니다. 더군다나······."

그는 말 중간에 미간을 찡그렸다. 타라는 일순 그의 시선이 이야기를 듣고 있는 다른 이들 쪽으로 돌아가는 걸 알아챘다. 그녀는 눈치 빠르게 주의를 돌렸다.

"알았어요. 쥬다를 돕고 있다고 들었어요. 그가 믿는다면 나도 당신을 믿어요. 최선을 다하고 계실 거라는 걸 아니까 기다릴게요."

기다린다는 마무리는 미약하게 다른 만남을 암시하고 있었다. 자리를 옮겨서, 아마도 비밀스럽고 중요할 독대를.

"감사합니다."

오베론은 자못 묘한 표정을 지었으나 천천히 수긍했다. 그는 조금 타라를 달리 본 것 같았다. 그들이 서로를 탐색하는 사이 비제가 화제를 돌렸다.

"그런데, 중앙 왕국에서는 어떻게 나오고 있는 거야? 아델하이트가 결국 남편을 걷어차고 옥좌에 앉았다지?"

"적극적으로 변호 중이지요. 원한다면 왕의 목도 내줄 것처럼."

"이제 쓸모없어졌다 이건가. 그놈 목을 잘라다가 어디다 쓰라고?"

어디 장식으로 걸 수도 없는데. 낮게 중얼거리며 입술을 핥던 비제는 나른히 눈을 뜨다가 타라와 시선이 마주치자 올라갔던 입꼬리를 내렸다. 안티오크는 읽기 힘든 찰나의 그 표정을 예의 주시하며 말했다.

"그것보다, 저들이 주인님의 상태를 알지 못하게 해야 합니다. 그녀가 무엇을 노리고, 어떤 짓을 저지를지 미지수이니까요."

"그런 면에 있어서, 지금 우리에게 가장 중요한 건 그날 밤 사건의 진상입니다."

"진상이라니?"

레오니다스가 되물었다.

"이상하지 않습니까? 갑자기 탑에 불이 나더니, 시선이 한쪽으로 쏠린 틈을 타 타라 님이 습격을 받았지요. 아주 절묘한 순간에."

안티오크가 일순 밤 그늘 속 야생 고양이처럼 빤한 눈길로 비제를 똑바로 주시했다.

"저는 내부인의 동조, 내지는 방관이 있었기에 가능하다고 생각합니다."

도저히 아무 의미 없이 보았다고 하기에는 노골적인 눈빛이었다. 저절로 집사의 시선을 따라간 모두는 할 말을 잃은 듯했다. 특히 타라가 다소 날카롭게 끼어들었다.

"설마…… 아저씨를 의심하는 거예요, 안티오크?"

"애석하게도 그렇습니다."

안티오크는 부정하지 않았다. 란쳇이 당혹해서는 둘을 번갈아 보았고, 오베론은 무표정하게 사태를 지켜보았다. 내내 침묵하던 갈랑이 짙은 눈썹을 일그러뜨리는 가운데, 레오니다스가 굵은 손가락으로 턱을 긁다가 말했다.

"으음, 저기 이봐 집사. 이건 내부 사정이니까 내가 나설 일은 아닌 것 같지만, 저 녀석은 나도 퍽 오래전부터 봐 왔다고? 원체 이상한 놈인 건 인정하지만 ― 너무하네, 비제가 그 와중에 웃으며 투덜거렸다 ― 쥬다를 배신할 인물은 못돼. 그건 내가 알아."

"그런 사람도 변하게 하는 게 세월이지요. 그 말씀, 사자좌를 걸고 맹세할 수 있으십니까?"

바늘로 찔러도 눈 하나 깜짝하지 않을 것처럼 꼿꼿이 앉은 고양이 집사가 미동 없이 질문하자, 레오니다스는 두 눈을 끔벅거렸다. 저렇게까지 말하면 또 할 말이 없다. 그의 말대로 사실상 레오니다스가 현재의 비제를 잘 안다고 보기는 힘들다. 그는 그저 애송이 시절의 비제를 보아 왔던 것뿐이니까.

"그건…… 아니지."

"그렇다면 묻겠습니다. 타라 님의 생일 파티가 열리던 때, 어디에 계셨습니까?"

장시간 보이지 않다가 뒤늦게 오셨는데.

타라는 문득 당일 밤 지각한 비제와 나누었던 대화를 떠올렸다.

─어디 갔다 온 거예요?

　─바람 좀 쐬고 왔어. 생각할 게 있어서.


　그야 아저씨는 원래도 항상 그랬는걸. 별다른 기별 없이 하루이틀 눈에 안 보인 적도 가끔 있었다. 타라는 안티오크가 말도 안 되는 오해를 하고 있다고 생각했다. 그녀는 손가락을 구부리며 손톱을 괜스레 문질렀다. 이유 없이 손끝이 따가울 만치 간지러웠다.

　"글쎄. 기억이 잘 안 나는데. 목적지를 정하고 서성이는 타입이 아니라서."

　비제가 느슨하게 대꾸했다. 주군을 배반하고 내통했다는 혐의를 들이대는데도 그다지 위기감이 없는 얼굴이다. 죄가 없어서 태연한 것도 같지만 어찌 보면 작위적으로 보일 만큼 단조로운 낯, 말간 눈.

　"그냥 밤바람 좀 쐬었던 것 같기도 하고."

　"갈랑 군이 목격한 바에 의하면 성 밖으로 나갔다지요?"

　순간 그의 표정 없는 눈이 타라 쪽으로 돌아왔다. 마주치자마자 기이하게도 속이 내려앉았다. 타라는 그가 성심성의껏 최선을 다해 반론해 주었으면 좋겠다는 갈망이 치솟았다. 그러나 그는 단지 웃기만 했다. 항상 그랬던 것처럼.

　"그래. 그런 것도 같네."

　그는 알까? 그의 성의 없는 태도, 아니 부정하지 않는 그 때문에 하나둘씩 침묵하고 있다는 걸. 동료라지만 사실 비제는 가까운 이가 없었다. 그나마 있던 게 이텔이었지만 그녀는 이 자리에 없지 않은가? 이텔의 부재는 다른 의미로도 너무나 커다란 공백을 가지고 있었다. 그녀만 있었다면 이런 이상한 분위기도……

"아델하이트 여왕은 당신과도 인연이 있지요. 그녀와 이따금 서신을 주고받았다는 것도 알고 있습니다."

"응. 맞아."

이번에도 그는 긍정했다. 그것까지는 몰랐던 터라 타라도 반쯤 화가 나서 입을 열려다 말고 놀란 눈을 떴다. 비제는 그런 말을 타라에게 한 적이 없었다.

"이봐, 듣기로 그 덜떨어진 기사들이 요정의 도움을 받았다고 하던데. 그건 무슨 말이오?"

보다 못했는지 란쳇이 기어들었다. 그는 오지랖 넓은 인사라 점점 표정이 어두워져 가는 타라와 차츰 의심이 쌓여 가는 모습들이 보이지도 않는지 무사태평인 비제가 신경 쓰였다.

안티오크는 신경질적으로 대꾸했다.

"그건 아델하이트 여왕의 주장입니다. 예전 벨벳 성에 침입했던 요정 세랑트가 이 사건에 가담했다는 거지요. 터무니없습니다. 그가 이런 일에 끼어들어 얻을 것이 무엇이란 말입니까."

"모르지. 뭔가 대가를 바랐다거나?"

그 요정 타니아의 사촌 아닌가? 정신 나간 또라이라고 그러던데. 레오니다스가 하품을 하며 말했다. 그는 이 논쟁 자체가 무의미하다고 느끼는 것 같았다. 게으른 수사자 같은 그 모양을 곁눈질한 타라는 괜한 안도감이 밀려와 그에게 고마울 지경이었다.

"그런 식으로 치자면 비제 경에게도 특별한 이유가 없긴 하지요. 그가 오랜 기간 모셨던 불사의 마도사를 배신해서 무엇을 얻겠습니까?"

오베론도 한마디 거들자, 안티오크는 이맛살을 구겼다.

"주인님은 줄 수 없되, 그녀는 가능한 것이겠지요."

"흠, 그런 게 있을지는 모르겠습니다만 만약 있다면 그만큼 귀한 대가겠군요."

편을 드는지 마는지 어중간한 태도였다. 결국 타라가 못 참고 나섰다.

"안티오크가 내부자를 의심하는 건 저도 충분히 일리 있다고 생각해요. 하지만 바로 비제 아저씨만 의심하는 건 아닌 것 같아요. 딱히 정확한 증거가 있는 건 아니잖아요?"

드물게 단호한 얼굴을 한 타라가 다소 격앙된 눈으로 호소력 있게 모든 이들을 훑었다. 그녀는 많은 사람들을 논리적으로 설득시키는 방법은 몰랐지만, 본능적으로 자신이 가진 감정적인 공감 전달력과 호소력을 사용하는 법은 알고 있었다.

역시나 예상대로 타라를 아끼는 안티오크는 한 발짝 물러섰다.

"그건 아닙니다. 하지만 의심스러운 건 사실입니다. 그들과 접선할 만한 시간적인 여유와 능력이 되고 의심되는 정황이 있는 것도 성내에서 그뿐이니까요."

"그는 나보다도 쥬다를 많이 알아요."

타라가 계속 울컥거리려는 속을 애써 가라앉히며 말했다.

"그만큼, 아주 오랫동안 쥬다와 함께 있었죠. 대체 뭐가 있어야 그런 신의를 저버릴 수 있겠어요?"

안티오크와 대치한 그녀의 붉은 눈이 오롯하게 반짝거렸다. 타라와 이하 동문으로 같은 생각이었던 레오니다스는 턱을 괸 채 그들의 입씨름을 지켜보다 제 앞을 막아선 타라를 올려다보는 비제를 우연히 목격했다.

한순간 황홀하게 석양을 가로지르는 유성에 홀린 목동의 낯이 그러할까. 찰나 뜨거운 돌이라도 밟은 양 흠칫했다. 뭐야. 그는 애매모호하게 흐린 눈을 찡그렸다. 이러면 얘기가 좀…… 달라지는데. 그는 자신이 호색한인지라 누구보다 남녀상열지사에 대해 잘 안다고 자부한다.

"이 문제는 다시 한 번 얘기하기로 하죠."

타라의 말대로 뚜렷한 물증이 있는 건 아니었기에 불시에 이뤄졌던 이 청문회는 흐지부지되었다.

레오니다스는 굳은 턱을 쓸며 비제의 소매를 잡는 타라를 지켜보았다. 돌아서려다 멈춰 서서 그녀를 향해 눈을 맞추는 모양이 제법 익숙했다. 그가 턱을 비틀었다. 그건 숨긴다고 숨겨지는 종류가 아니었다. 지금껏 몰랐지만, 거기에는 자세히 보지 않으면 놓치는 게 당연한 기묘한 온기가 있었다.

아까 전 레오니다스가 한 말은 사실이었다. 그는 퍽 오랫동안 저 사내를 보아 왔다. 해서 알았다. 그이가 저 몸에 밴 몸짓, 표정, 눈빛을 보내는 대상은 처음이라는 걸. 대체 뭐가 있어야 그런 신의를 저버릴 수 있을까? 이를테면…… 여자?

＊　　＊　　＊

타라는 복도를 걷고 있었다. 금세 찾아온 달과 별이 태피스트리처럼 창에 걸려 있었다. 아치형의 검은 풍경과 돌아보면 까마득한 통로, 긴 그림자, 어둠을 앓은 횃불들, 홀로 있는 게 공허하게 느껴질 만한 시간이었다.

깊은 밤, 왜 나는 잠들지 못하고 여기에 있을까.

**[타라. 어디 가?]**

빙글 돌아서자 내내 소리 없이 쫓아오던 준이 그 자리에 멈춰 서서 헥헥 꼬리를 흔들었다. 어둠이 내린 성을 뒤로한 커다란 개는 지옥의 파수꾼을 연상시킬 법도 했지만, 그는 그저 사랑스러운 그녀의 친구였다.

타라가 숄을 두른 손을 뻗자, 준이 천천히 걸어와 그 손가락을 핥았다. 송아지만큼 커다란 덩치에 가녀린 그녀가 반쯤 가려졌다.

"그냥 조금 걷고 있었어요."

**[그래?]**

"왜 따라 나왔어요? 자고 있는 줄 알았는데."

**[네가 걱정돼서.]**

주인의 불안을 고스란히 느끼는지 쥰의 새카만 눈이 타라의 흰 얼굴에서 떨어질 줄을 몰랐다. 계속 걱정스레 보는 모양에 사르르 미소 자국이 남았다.

"괜찮아요. 조금 심란한 것뿐이에요."

**[그 남자 때문에 그래?]**

그 반쪽짜리 요정 말이야. 타라는 고개를 살래살래 저었다.

"아니에요."

다소 속상하기는 했지만, 그게 근본적인 그녀의 우울은 아니었다.

**[그럼 아픈 여자 때문이야? 아니면 네 후견인 때문에?]**

정곡을 찔리자 그저 웃기만 하는 타라를 쥰은 저가 다 쓰리다는 듯이 올려다보았다. 까만 귀가 물 먹은 검은 솜처럼 축 처졌다.

**[걱정이 너무 많아, 타라. 넌 그것들을 조금 덜 필요가 있어.]**

"어떻게요?"

**[몰라. 나는 우울하면 낮잠을 자거나 산책을 해. 네 우울은 그런다고 덜어지는 게 아니겠지?]**

검은 개가 더 바짝 다가와 앞발을 그녀의 발과 치마폭에 올렸다. 폭신한 발바닥이 지그시 불안에 떠는 땅속 새싹을 누르듯 덮인다. 상냥한 개가 낮게 울었다.

**[대신 옆에 있어 줄 수는 있어. 네가 그랬던 것처럼.]**

진실로 다정한 개가 아닌가. 삭막한 심장에 불씨 하나 켜진 듯했다. 타라는 고개를 숙여 준의 콧잔등에 짧게 입 맞췄다. 그녀가 일어서자 준이 당연한 듯 따라 걸었다. 호위병처럼 옆에 서서는 중얼거린다.

**[데려다줄게.]**

"고마워요."

다행히 복도는 금방 끝났다. 타라는 꼬리를 흔드는 준의 뺨을 쓰다듬고 문을 열었다. 충실한 개는 기다릴 셈인지 문 옆 횃불 아래에 엎드렸다.

서재는 조용했다. 아직도 자나. 타라는 숄을 벗어 안락의자에 내려놓고 일정한 숨소리가 울리는 곳으로 다가갔다. 빛없는 곳에서도 달빛 입은 듯 은은히 빛나는 머리카락, 느슨히 늘어진 손끝이 보였다. 그녀는 소리 없이 다가가 근처에 앉았다. 야속할 만치 깊은 잠이었다. 가슴이 덜컥 내려앉을 만큼.

타라는 자기도 모르게 눈 감은 쥬다의 코끝에 제 손가락을 가져다 댔다. 얕은 숨결이 서리처럼 손끝에 엉겨붙었다. 습하고 들큰한 감촉이었다. 안도가 터져 나왔다. 제 오므린 손등에 입술을 묻고 눈을 감았다. 얕게 묻어 남아 있는 숨에 입 맞추듯이.

"멀쩡한 게 옆에 있는데 왜 그러고 있어."

"……!"

돌연 확 손목이 잡혀 끌려갔다. 그녀의 가벼운 몸은 아주 쉽게 그 위에 떨어졌다. 덜컥 놀라 쿵쾅거리는 심장이 느리게, 그러나 더운 심장 위로 맞물렸다.

타라는 저도 모르게 뒤로 물러서려다 허리를 휘감는 팔에 옴짝달싹도 못 하고 잡혔다. 어둠 속에서 새파랗게 빛나는 눈과 입술이 지척이었다. 입 안이 바짝 마르고 목덜미가 화끈거렸다. 절로 더듬더듬 말이 나왔다.

"깨, 깨어 있었어요?"

언제부터?

"네가 문을 열고 들어왔을 때부터."

"아니, 왜 자는 척하고 그래요."

따지는 어투지만 목소리가 기어들어 가는 게 그다지 효과는 없었다. 어두워서 다행이었다. 아마 장미처럼 새빨개졌을 테니까. 타라의 탓하는 투에 쥬다가 삐딱하게 웃었다. 그녀는 왠지 그에게는 이 캄캄함도 의미가 없는 것 같다고 생각했다.

"넌 왜 자는 사람한테 앙큼한 짓이야."

"앙큼한 짓이라니! 내가 언제요."

타라는 민망함에 투덜거리며 상체를 일으키려 했지만, 여전히 그는 그녀를 놓아줄 생각이 없는 것 같았다. 되려 더 강하게 끌려갔다. 타라는 구렁이에게 잡힌 생쥐처럼 끙끙거리다 입술을 삐죽거렸다. 아니 환자가 뭐 이렇게 힘이 세?

"이것 좀 놔줘요."

"왜."

"답답하단 말이에요."

사실 부끄러워서 그렇다. 어릴 적부터 항상 이 품에 안기지 않은 적이 없는데 그녀는 뒤늦게서야 부끄러움을 느끼는 중이었다. 아마도, 죄 삼킬 듯 핥는 것 같은 저 눈빛 때문이겠지. 본능적으로 천적을 감지하는 동물처럼 뒷덜미가 빠짝 곤두서는 감각이었다.

이리저리 뒤척이는 그녀를 못마땅하게 잡고 있던 쥬다가 으르렁거리듯 핀잔을 줬다.

"좀 가만히 있어."

낮은 목소리가 귓가를 할퀴자, 타라는 움찔하더니 금방 몸을 축 늘어뜨리고 중얼거렸다.

"알았어요."

"……하란다고 바로 해?"

"쥬다가 그러라면서요."

"영악한 건지 바보인지 모르겠어."

지나치게 말 잘 듣는 연인을 쥬다는 기가 막힌 듯 바라보았다.

이건 다른 의미로 되바라진 것보다 치명적이다. 그녀의 순순함이 불행인지 다행인지 모호해서 짧게 혀를 찼다. 이래저래 저만 고생이다. 쥬다는 곤란함을 피하려는 듯 시선을 허공에 던졌다가 어느 정도 추스른 목소리로 일차적인 질문을 했다.

"왜 안 자고?"

"그냥, 잠이 안 와서."

불안하다든가 우울하다든가 하는 말은 꺼내지 않았다. 타라는 고래 위로 올라간 토끼처럼 편하게 자세를 잡고 턱까지 괴었다. 풍성한 푸른 머리카락이 소리 없이 은하수 물결처럼 그에게로 쏟아져 내렸다.

그 사이에서 유일하게 반짝이는 붉은빛 한 쌍. 넋 놓고 익사할 것 같은 기분이다. 그는 긴 손가락으로 치렁한 머리칼을 정돈해 주었다.

"이델 때문에?"

타라는 물끄러미 점차 어둠에 익어 갈수록 은근히 윤곽이 도드라지는 쥬다를 내려다보았다. 그녀는 낮게 속삭였다.

"이델이 죽을지도 모른대요."

"⋯⋯."

"쥬다는 그녀를 아꼈잖아요. 속상하지요?"

그는 묵묵부답 그녀의 긴 머리 타래를 쓸어내렸다. 그 무심하고도 다정한 손길에 몸을 맡긴 채 타라는 계속 중얼거렸다.

"그녀를 살리겠다고 그녀의 아들은 목숨을 걸 거래요. 오늘은 어떤 일이 있었는지 알아요? 안티오크가 비제 아저씨를 의심하고 있어요. 그가 어머니와 거래를 했다나요."

쥬다는 여전히 말이 없었다.

"그리고 당신은…… 점점 스러져 가고 있고."

낙엽이 바스라지는 듯한 속삭임이었다. 자조 같은 독백이기도 했다. 그녀가 마법을 쓰지 않는다고 능사가 아니다. 잡힐 듯 생생하게 점차 손가락 사이를 빠져나가는 모래처럼 부서지는 그의 마력이 느껴진다.

굳이 알아보지 않으려도 저절로 알게 된다. 동시에 그녀는 점차 강해지고 있었다. 하루하루가 지날수록 눈덩이처럼 불어났다. 그건 누구도 부정할 수 없는 진실이다. 그녀의 존재 자체가 그를 해친다.

한데, 누구보다도 자기 자신이 없어지는 감각을 생생히 느끼고 있을 이 남자는 한결같은 눈이었다. 차분하고, 얼핏 무감동하며, 동시에 열을 품은 눈.

타라는 가만히 손을 내려 그의 심장 부근을 짚었다.

뛴다. 아직까지는.

하지만 어느 시점에 달하면 한계에 치닫겠지. 피부, 공기, 모든 신경을 타고 느껴진다. 시한부 심장을 매만지며 타라가 가만히 몰이해하고 애틋하게 그를 바라보았다. 달에게 말을 거는 여우처럼.

"당신의 모든 것이 금이 가고 있어요."

"그런가."

"내가 당신을 망치고 있어."

말의 내용과 다르게 조곤조곤한 속삭임이다. 달콤하고 파괴적이었다. 울듯 무표정한 타라가 느리게 속눈썹을 팔랑이는 그의 눈가에 키스했다. 제 그림자로 그를 덮은 채 채근한다.

"뭐라고 말 좀 해 봐요."

"무슨 말을 듣고 싶은데."

"나를 죽여 가는 여자를 사랑하는 건 어떤 기분이에요?"

웃음기가 섞인 질문인데도 눈물 한 점까지 증발한 양 메마르게 느껴지는 건 왜일까. 쥬다는 검지를 구부려 그녀의 가는 눈가를 문질렀다. 묻어 나오는 건 아무것도 없었다.

"한없이 어리석어지는 기분이지."

"그리고?"

"글쎄. 이 행성에서 가장 덜떨어진 머저리나 바보…… 굳이 다 열거해야 하나?"

"자학하는 것 같나요?"

"바보는 고통도 못 느껴. 그러니 바보지."

현명한 대꾸였다. 우문현답에 타라는 웃어 버렸다. 아, 웃지 않으려 했는데.

"이번에는 내가 물을까. 너는 어떤데."

"뭐가요. 내가 죽이고 있는 남자를 사랑하는 기분?"

부드러운 입꼬리가 갉아 먹힌 달처럼 앙상한 곡선을 그렸다.

"자멸해 가는 기분이죠."

시시각각 나락으로 치닫고 있다. 한데 정말 이상한 건 벗어나고 싶지는 않다는 거다. 괴상하고 기이한 나라에서 표류하는 소녀처럼 타라는 쥬다를 응시했다.

"이상해요."

당신도 나도.

"이게 정말 사랑일까요?"

쥬다는 파문이 이는 타라의 눈을 들여다보며 물었다.

"그게 의미가 있나?"

"하긴 그건 그래."

사랑이든 집착이든 광기이든 알게 무어야. 어차피 불구덩이로 뛰어드는 건 변함이 없을 텐데. 타라는 희미하게 웃으며 턱을 괴고 말했다.

"있잖아요, 그 여자의 기분을 알 것 같아요."

아스타로테. 잔인하고 이기적이고 가여운 여자. 위대한 문명의 마지막 주인. 추락한 여신.

"모두 그녀가 미쳤다고 말하지만 나는 알 것 같아. 그녀는 누구보다도 제정신이었을 거예요. 아주 멀쩡하고 이성적으로 제 모든 사랑하는 사람들을 죽이고 왕국을 불태운 다음 스스로 파멸했겠지."

전설로 남은 처참한 고왕국의 멸망은 내막을 아는 자가 없었다. 딱 한 명, 배신자이자 생존자인 여제의 친구, 랑카를 제외하면.

오늘 타라는 그녀의 후손에게서 오랜 옛날의 이야기를 들었다.

─아스타로테가 사랑한 사람은 가장 비천하고 보잘것없는 사내였습니다. 하층민 중에서도 최하층민인 노예였으니까요.

오베론은 타라에게 자리를 권하고도 꽤 오랜 시간 뜸을 들이다 말했다. 아마도, 그의 등 뒤로 노을이 지고 있었던 것 같다. 천천히 입을 여는 그는 바랜 핏자국이 얼룩진 오래된 벽화 같았다.

　—고왕국은 신분 계급의 차이가 컸습니다. 아마 고귀한 황제와 노예는 하늘과 땅을 기는 개미만큼의 거리가 있었겠지요. 그러니 완벽한 그녀가 그런 이를 사랑하게 된 건…… 신의 장난에 가까울 겁니다.

　—하지만 노예라면…… 오히려 그녀가 그를 가지기에 더 수월하지 않나요?

　—육체적인 속박만 따지면 그랬겠지요. 하지만 아스타로테는 그의 모든 것을 원했습니다. 그의 영혼, 마음까지도.

　—왜 그 사람은 그녀를 사랑하지 않았을까요?

모든 이들이, 심지어 자연의 만물까지 아름다운 그녀를 사랑했다던데. 왜 하필 비천한 그 남자 하나만은.

　—노예라 하더라도 희로애락과 고통, 증오가 없겠습니까. 그를 만나기 전의 아스타로테는 자애로운 고왕국의 후계자이자 주인이었지만 피지배자에게는 때로 냉혹했습니다. 날 때부터 신에 가까웠는데, 인간, 개중에도 가축이나 다름없는 노예야 하찮았겠지요.

오베론은 씁쓸하게 웃었다. 우리는 모두 잘못을 저지르고 살면서도 그걸 모르니까요. 그게 후일 어떻게 돌아올지도 모르고.

　—그는 아스타로테의 약혼자가 여자 노예를 탐하여 잉태된 생명
입니다. 그녀는 자신의 수많은 애인 중 하나일 뿐인 그 남자에게 무
관심했지만, 노예의 임신이 자신의 명예를 훼손시켰다고 판단했습니
다. 그래서 약혼자는 목을 베어 효수한 뒤, 노예의 아름다운 두 눈을
뽑고 다리 힘줄을 잘라 평생 바닥을 기게 하였지요. 감히 주제넘게
제 것을 탐한 대가를 치르며 후회하라고.

　잔인한 원죄였다. 여제에게는 하찮고 불쾌한 일이었겠지만 강제
로 범해진 노예에게 죄가 있다면 그저 아름답고 무력했던 것뿐일
텐데.

　—태어난 아이는 쌍둥이였습니다. 시간이 흘러 아스타로테가 그
노예에 대한 일도 잊어버렸을 때쯤, 무료함에 젖은 그녀는 저를 따르
는 신하들을 데리고 사냥을 나갔습니다. 발군의 사냥 솜씨를 지닌
여제는 사슴을 쫓다가 부스럭대며 튀어나온 작은 짐승을 활로 쏘아
맞혔습니다. 하지만 그것은 사슴이 아니었습니다. 빈민가의 아이가
굶주림을 못 이겨 숲에 산딸기를 따러 왔다가 오인한 화살에 맞아 죽
고 말았지요.

　낭패한 여제가 고운 미간을 찡그리며 빨간 피가 땅을 적시는 걸
내려다보고 있을 때, 또다시 인기척이 들렸다. 고개를 든 그녀는 넋

을 잃었다고 한다.

숲의 정령처럼 아름다운 소년이 세상이 무너진 듯 절망한 얼굴로 죽은 아이를 뚫어져라 내려다보고 있었다. 저주스럽게도 여제는 생생히 빛이 꺼져 가는 앳된 사내의 눈에 반하고 말았다. 자신이 방금 죽인 이의 혈육에게 사랑을 느끼다니. 뭐 이런 운명의 장난이 있단 말인가.

　 —여제는 당장에 그를 데려다 궁전의 제 옆자리에 앉혔습니다. 노예라 할지라도 불로불사에 가까우며 원하는 누구든 가질 수 있는 그녀가 그를 절실히 바라는데 반대할 이는 없었지요. 그러나 유일한 형제를 잃어버린 소년은 말과 감정도 잃어버렸습니다. 절절한 여제의 사랑 고백도 세상 모든 금은보화와 진귀한 음식, 지상에 없을 미와 쾌락도 무가치했지요. 소년이 수려한 청년이 될수록 그녀는 점점 애가 닳았습니다. 여제는 그의 마음을 얻기 위해 할 수 있는 모든 것을 하기로 결심합니다. 그러다 생각해 낸 게 사랑하는 사람의 살아 있는 유일한 혈육인 모친을 찾아오자는 거였지요. 한평생 비참하게 산 그 늙고 슬픈 노예가 결국 여제와 남자의 앞에 섰습니다. 어떤 일이 벌어졌을까요?

　 —그녀가 자신의 원수임을 알아차렸군요.

　 —젊은 시절의 미모를 잃고 추레해진 노파는 눈이 먼 상태에서도 제 손을 잡아 오는 아들을 알아보았습니다. 여제는 처음으로 그가 미소 짓는 얼굴을 목격했지요. 그녀는 희망과 감격에 겨워 늙은 노예에게 큰 상을 내리라 명합니다. 하지만 그 순간, 장님이었으나 청각은

또렷하게 살아 있던 노인은 먼 옛날 제 눈을 뽑고 다리를 못 쓰게 만들라 명령했던 여제의 목소리를 기억해 내고 맙니다.

오 신이시여.

노파는 텅 빈 눈구멍을 찢어져라 뜨며 안 보이는 여제를 노려보았다. 아들을 찾은 환희에 눈물로 얼룩져 있던 주름진 얼굴이 질긴 가죽처럼 기이하게 일그러진다.

그녀는 카랑카랑 갈라진 목소리로 비명을 질렀다.

아, 잔인하고 잔인한 여제이시여! 나를 알아보지 못하겠소? 내 두 눈을 뽑고 불구로 만들 때에는 이리 다시 보게 될 줄은 꿈에도 몰랐겠지! 무고한 나에게 죄를 묻더니 이제는 상을 내리라니! 분노와 기쁨이 그리 하찮고 가벼우니 나 같은 낮은 자에게 당신은 신이 아니라 재앙이오. 잔혹한 당신이 천벌을 받기를 바라나 그 누가 위대한 황제를 벌할 것인가. 아아아! 증오하오! 증오하오!

피 토하는 절규를 뱉어 낸 그녀는 곧바로 혀를 깨물고 자결해 버렸다. 바로 십여 년 만에 재회한 그의 아들 앞에서.

제 어미를 닮아 평생 슬프고 고통에 겨운 그 사내는 혈육의 죽음을 또 한 번 목격해야 했다.

　—여제는 벼락 맞은 듯 새파랗게 질려서는 뒤늦게서야 자신의 잘못을 깨달았지만 돌이킬 수 없었습니다. 차라리 무감정하던 연인으로 만족했어야 했는지도 모릅니다. 이제 남자는 완연하게 그녀를 증오하기 시작했으니까요. 그는 아스타로테가 고통스러워할 만한 일은

어느 하나 빠지지 않고 전부 저질렀습니다. 그중 간통은 예사였습니다.

─질투심 많은 아스타로테가 그 상대를 전부 죽여도 눈 하나 깜짝하지 않았지요. 오히려 피가 넝마가 될수록 그의 증오는 더 깊어져 갔습니다. 점차 사랑이 애증으로, 광기로 변해 가고 참다못한 여제는 충동적으로 그를 살해하고 맙니다.

상상을 뛰어넘는 비극이었다. 그런 듣기만 해도 시궁창에 빠질 듯한 이야기를 무표정하고 나긋하게 말하는 오베론이 기이하게 느껴질 만큼.

─남자는 죽어 가면서 피를 뒤집어쓰고 오열하는 아스타로테에게 처음으로 미소를 지으며 말합니다. 수년 만에야 그녀는 그의 목소리를 들을 수 있었습니다. 비록 바닥부터 뒤틀린 미움과 애증에 심장이 버석버석 타들어 가도 홀린 듯 귀를 기울일 수밖에 없었다지요. 그 후 여제는 광인이 되어 제 모든 왕국을 파괴하고 국민들을 학살하기 시작합니다.

─그가 뭐라고 했는데요?

─당신을 이루는 모든 것을 증오한다고. 그리고…….

오베론은 어깨를 으쓱했다. 사랑한다고요. 타라의 얼이 나간 얼굴에 그는 짧게 웃음을 터뜨렸다.

—안 믿는 눈치로군요. 하지만 진짜입니다. 랑카의 일기에 그렇게 나와 있어요. 저도 혹시 해석이 잘못되었나 몇 번이고 다시 봤지만 확실합니다.

　—이해가 안 되는데요. 그는 그녀를 미워한 것 아니었나요?

　—사무치게 원망하고 미워하면서도 그간의 세월 동안 쌓인 애정이 없지는 않았나 보지요. 아니면…… 아스타로테가 영원히 자신을 잊지 못하고 고통에 겨워하기를 바랐거나.

　—……어떤 것이든 잔인하네요.


　사랑 외에 약점이 전무한 그녀에게 가장 적절하고 절묘한 복수였다. 아마 미치광이가 된 여제도 그의 의도를 알지 않았을까. 그럼에도 불구하고 비굴하고 미련스럽게 사로잡힐 수밖에 없었겠지.

　기묘한 모순이었다. 신과 같은 존재가 바닥의 개미나 다름없는 자 때문에 파멸하다니. 타라는 눈살을 찌푸렸다. 가슴에 운석이 떨어진 양 겁겁하고 무거웠다. 기이한 공감대였다. 그녀가 타인 같지 않다. 비록 그런 고통을 당하는 게 어쩌면 당연한 인과응보였을지는 모르나, 그런 미친 사랑에 얽매여 있다는 게.

　타라는 묘한 여운이 남은 아스타로테의 이야기를 곱씹으며 저가 사랑하는 이를 바라보았다. 그의 눈빛, 스륵 흩어지는 머리카락 한 올까지 귀하고 애틋했다. 쥬다에게, 혹은 자기 자신에게 하는지 모를 독백이 입술 사이로 흘러나왔다.

　"아스타로테가 사랑했던 사람은 그녀를 이루는 모든 것이 밉다고 했대요. 그녀가 가장 사랑하고 아끼던 그녀의 왕국을 부수고 멸망시킨 건 아마 그래서일 거예요. 그가 싫다고 했으니까."

그 광대한 파멸과 학살이 그런 단순하고 유치하기 짝이 없는 이유라면 듣는 모든 사람이 어처구니없어 웃거나 기가 막혀 화를 낼 테지만 타라는 확고했다.

왜냐하면, 그녀가 그 상황이었어도 똑같이 행동했을 테니까. 그 사람의 유언대로 그가 일생 증오하고 원망했던 세상, 전부 망가뜨려서 죽은 그의 한풀이나마 하고 싶었는지도 모른다.

사실 자기 자신이 미워서 견딜 수 없기 때문에라도 제 전부를 스스로 부쉈겠지. 안 그러면, 도저히 숨을 쉴 수가 없었을 테니까. 자살조차 힘든 강인한 육체라서 더 고통이 절절했을 터다.

타라는 그의 가슴에 턱을 괴고 희미하게 웃었다.

"그러니 당신은 무슨 수를 써서라도 계속 내 곁에 있어야 해요. 안 그러면 내가 이 세상을 부술지도 몰라."

되지도 않는 당돌한 말을 한다는 듯 쥬다는 눈을 가늘게 떴다.

"지금 저 밖의 하잘것없는 것들을 쓸어버린다고 내게 협박하나?"

"그리고 나도 아스타로테처럼 붙잡혀서 죽을 때까지 고통스럽게 갇히겠지요. 아니면 그 전에 죽으려나? 어쨌든 나는 그녀보다 약할 테니까요."

"헛소리하지 마."

제 죽음이나 세상의 멸망을 말할 때는 시종 무관심하던 낯이 서슬 퍼렇게 변했다. 당장 이를 갈듯 몸을 일으키는 그의 어깨를 가만히 눌렀다.

쥬다는 이마에 주름을 잡으며 대신 타라의 허리를 감은 손에 힘을 주었다. 악력에 헉 소리가 나올 법도 한데도 타라의 표정은 큰 변화가 없었다.

"나는 당신이 있어야 해요. 쥬다가 있어야 내가 사는 거야. 그러니까 그렇게 초탈하고 무력하게 모두 포기하고 받아들인 양 나를 보지 마세요."

"나는 널 그렇게 본 적 없어."

"그러고 있어요, 지금도. 당신 죽음 자체에 큰 신경을 안 쓰고 있잖아."

낮은 소곤거림에 처음으로 분노가 서렸다. 날카롭게 뜨인 붉은 눈을 쥬다는 곤란하고 예쁘다는 듯 살살 쓸었다. 달래는 듯한 손에 날 선 동그란 눈매가 조금 누그러졌지만, 거기에 서린 원망은 채 사그라지지 않았다.

"쥬다가 미워요."

"그런 말 하지 마."

"싫어. 날 두고 갈 거잖아."

밉다고 말하는 주제에 타라는 아이처럼 그의 입술에 입 맞추고 창백한 뺨에 제 뺨을 비볐다. 애처로운 새끼 짐승을 닮은 몸짓이었다.

쥬다는 저에게 매달리는 그녀를 공허하게 일그러진 눈으로 응시하다 목덜미를 짚고 확 끌어당겼다. 다급한 체온이 삼킬 듯 덮쳐 온다. 산 채로 으깨다 씹어 먹을 듯 강렬한 다급함이었다.

처음에는 속수무책으로 그의 욕망에 휩쓸리던 타라도 악착같이 마주 혀를 섞어 왔다. 어느 순간 몸이 털썩 침구 위에 눕혀지더니 제 위를 점한 쥬다가 탁한 숨을 내쉬며 촉촉 부드러운 입술을 핥았다.

입술을 시작으로 말랑한 코끝, 눈꺼풀, 이마, 조그만 귀에 이르기까지. 타라는 깍지 낀 손을 풀고 그의 단단한 팔을 타고 올라와 어깨와 뒷덜미, 뺨을 쓸었다. 이내 목을 끌어안고 잘게 새가 쪼는 것처럼 그의 목덜미에 입을 맞춘다. 인두가 지나가는 듯하다.

쥬다는 사슬 묶인 맹수처럼 눈을 감고 낮은 신음을 흘렸다. 느리게 뜨인 은청안이 갈라진 땅끝처럼 어둡고 덥다.

"여우야."

그는 원망에 가깝게 한탄하듯 타라의 가는 손끝을 잡고 빨듯이 입을 맞췄다. 신경에 불티가 튄 듯이 짜릿한 자극이 퍼진다.

타라는 본능적인 끌림을 담고 그를 불렀다. 슬프고 우울한 달빛, 흐트러진 푸른 머리카락, 절실하게 그를 속삭이는 흰 얼굴, 죄 은은한 관능으로 얼룩져 있었다.

"쥬다."

아찔하다. 망망대해에서 바닷물을 마신 자에게 하늘에서 내린 빗물 하나가 이리 유혹이고 달을까. 네가 기어코 나를 말려 죽이려고 이러는구나.

"아무것도 모르는 주제에 그렇게 부르지 마."

"내가 모른다고 어떻게 확신해요?"

쥬다는 눈매를 갸름하게 접었다. 이 요망하고 예쁜 것. 제기랄. 너무 귀하고 어여뻐서 볼썽사납게 손끝이 희미하게 떨리고 뇌가 덜컹거렸다.

그는 물을 퍼서 삼키듯 재잘거리는 타라의 입술을 고개 숙여 탐했다. 짧게 연이어서. 그가 채근하듯 으르렁거렸다.

"내가 밉다고?"

하아, 하아 숨을 몰아쉬며 바알간 눈이 눈물이 괴인 채 올려다본다. 모든 혈관이 잘린 양 쥬다의 심장이 쿵 아래로 떨어졌다. 네 눈물 하나에도 병신처럼 이러는 모양이 이제 우습지도 않았다. 안쓰럽고 불쾌하고 화가 나고 애처로워서 정신이 나갈 것 같다.

화풀이하듯, 얇은 눈물까지 죄 핥아서 없애려는 듯이 고개를 내리던 쥬다에게 타라가 작게 속삭였다.

"살 방법을 알고 있죠?"

불꽃처럼 움직이던 그의 몸이 딱 멈췄다. 한순간 확장되었던 파르란 동공을 타라는 놓치지 않았다.

쥬다가 설핏 인상 쓴 눈가를 차갑게 굳히고 뒤로 물러선 순간, 타라가 날다람쥐처럼 쫓아가 감싸 안고 키스를 퍼부었다. 서툴고 열렬하기 짝이 없는 입맞춤이었지만 그로서는 속수무책 받아들일 수밖에 없는 족쇄였다.

쥬다가 고개를 돌리든 피하든 상관없이 끈질기게 붙어 오는 온기에 넘어가 결국 이성을 잃고 그녀의 허리를 휘감았다. 애초에 이건 거부권이 없었다.

막 다시 불이 붙어 탐욕스럽게 혀를 섞어 오는 사내를 타라는 겨우겨우 떼어 냈다. 입술이 얼얼하고 화끈거렸다. 당장에라도 어린 그녀를 꺾어다 짓이기고 탐하고 싶어 미칠 것만 같은 새파란 눈이 그녀를 노려보고 있었다.

머리끝부터 발가락까지 짜릿함이 내달렸다. 잔뜩 흐트러진 사내의 짙고 자극적인 체취가 오감을 흔든다. 쥬다는 항상 제 이성을 흐리는 타라 탓을 하며 괜한 비난을 하고는 했지만, 그는 정작 저가 얼마나 퇴폐적이고 신경을 교란하는지 전혀 무관심한 것 같았다.

목이 바짝바짝 타들어 가 마른 입술을 혀를 내어 핥자, 끈질기게 들러붙는 푸른 눈이 겨울 짐승의 그것처럼 찰나 번뜩였다.

"쥬다. 사실 알고 있잖아요. 당신이 죽지 않아도 된다는 걸."

"조용히 하고 이리 오기나 해."

"분명 뭔가 있죠? 쥬다가 얼마나 대단하고 총명한 사람인지 알고 있어요. 어릴 적 내 목에 걸어 줬던 그 목걸이는 대체 뭐예요? 오베론이 그랬어요. 라 엔포르테의 수문장이 최후의 비기 하나 없을 리가 없다고."

"그런 거 없어. 이리 안 와?"

쥬다는 성급하다시피 딱딱하게 그녀의 말을 자르며 타라의 손목을 잡아채 끌어당겼다. 타라는 고집스럽게 버티며 몸을 틀다가 힘이 모자라 하마터면 침대 밖으로 내동댕이쳐지듯 떨어질 뻔했다. 사실 별달리 큰 충격은 없었다. 외려 순간 제 사지 하나가 잘려 나간 듯 우두망찰한 쥬다의 표정에 타라가 더 놀랄 지경이었다.

타라는 큰 눈을 깜박이며 어느새 그의 품에 안겨 가쁜 숨을 내쉬었다. 제 것보다 그의 심장이 더 요란하게 내달리고 있었다. 가까이 맞붙어 있어 모르려야 모를 수가 없었다. 조심스레 얼굴을 들어 올려 그를 보고 나서야 타라는 그가 차마 입도 못 떼고 있다는 걸 뒤늦게 깨달았다.

"나 괜찮아요."

그러고도 그는 한참을 진정하지 못하고 있었다. 제 실수로 그녀가 다칠 뻔했다는 게 크나큰 충격인 것처럼. 타라는 순간, 이 사내가 가엾고 사랑스러워 어쩔 줄 몰랐다. 있는 힘껏 그의 단단한 몸을 끌어안고 입 맞추며 위로해 주고 싶었다.

타라가 쥬다의 굳은 뺨을 양손으로 잡고 눈을 마주하자, 그는 뒤늦게 막힌 숨을 뱉어 냈다. 찰나 마비되었던 벽안에 다시 빛이 돌아왔다.

"너, 그러게 왜 말을 안 들어."

책망하듯 낮았지만, 그녀를 감싸 안는 손길은 한층 더 조심스러웠다. 타라도 이번에는 고분고분 그의 품에 안겨 고개를 파묻었다.

둥근 뒷머리에 큰 손이 닿는다. 힐끗 눈을 드니 흐릿한 쥬다의 은청안이 보였다. 그녀가 사랑해 마지않는 눈이다. 아. 세상에. 역시 타라는 쥬다가 없으면 안 된다. 그가 없으면 내가 있을 리가 없어.

쥬다.

"차라리 내가 죽을까요?"

"뭐?"

쥬다가 차갑게 굳어 되물었다. 차마 분노조차 모르는듯 어떤 표정도 없는 폐허 그 자체였다. 이윽고 그 모든 분노가 염화처럼 한꺼번에 몰아닥쳤다.

"너 제정신이냐? 말도 안 되는 소리 집어치워."

"난 약해서 당신이 없는 세상을 1초라도 감당할 자신이 없어요.

무섭고 슬프고 아파요. 분명 죽을 거야. 내가 어떻게 해요?"

"입 다물어."

"하지만……."

"그럼 난? 나는 멀쩡할 것 같으냐?"

전혀 예상 못 한 되물음이었다. 타라는 멀거니 고개를 들었다가 바짝 얼어 버렸다. 그토록 상상하기 힘든 절망이 그녀가 사랑하는 두 눈에 가득했다. 사실 그는 생각보다 멀쩡하게 버틸 거라고 제멋대로 생각했는지도 모른다.

쥬다는 강하니까. 감정적인 고통에도 그렇게 흔들리지 않으니까 저보다는 나을 거라고, 저 편할 대로 여겼나 보다.

종말을 맞이한 마지막 생물의 눈빛이 지금의 그와 같을 것이다. 끔찍한 죄책감과 슬픔이 그녀를 삼켰다. 아, 도저히 못 할 짓을 그에게 했다.

"미안해요."

타라는 못 참고 결국 쥬다를 끌어안았다. 평소처럼 그가 마주 안아 오지 않은 것도 아랑곳하지 않고 죽을 만큼 꼭 안았다. 그녀는 울적하게 속삭였다.

"너무 무서워서 그랬어요. 내가 미쳤나 봐요."

"내 생애 너처럼 이기적인데다 잔인하고 못된 것은 처음 본다."

"미안해요."

"네 마음을 알 것 같아. 네가 미워 죽겠다."

그가 상처 입은 짐승처럼 으르렁거렸다. 눈을 질끈 감는다. 타라는 입술을 멍하니 벌렸다. 쥬다가 내가 밉단다. 이런 기분이구나. 나직한 한숨이 생채기처럼 거칠었다. 답이 안 나온다. 천 년에 걸쳐 지은 미궁에 떨어져도 이렇듯 무기력하고 아프지는 않을 것 같았다.

"우리 어떡해요?"

쥬다는 그제서야 느슨하고 느리게 다친 팔을 움직이듯 그녀를 마주 안았다. 그러고는 낮게 대답했다. 몰라.

"하지만 역시 나는 당신이 죽는 걸 못 보겠어요."

"나도 마찬가지야."

"그럼 알려 줘요."

타라의 또렷한 붉은 눈이 쥬다의 푸르고 깊은 눈과 마주쳤다. 내가 어떤 위험과 대가를 치르든 관계없으니. 무엇이라도.

냉엄한 성처럼 단단한 그의 눈빛이 미약하게 흔들리는 걸 본 것만 같았다. 긴 손가락이 그녀의 것과 조가비가 다물리듯 맞물렸다. 유일무이한 한 쌍처럼.

짧고도 강렬한 그 찰나, 그의 눈에 어떤 것들이 지나갔는지 타라는 도저히 알 수 없었다. 하지만 끝내 반듯한 입술은 다물려 열릴 줄을 몰랐고, 탁 가라앉는 실망과 체념이 올라올 무렵 쥬다가 말했다.

"그 목걸이는 아스타로테의 봉인석이다. 그녀의 조각난 영혼이 영원한 불길에 담금질되어 굳어진 아주 오래된 물건이지."

"봉인석…… 이라면, 내게 그것을 준 것도?"

"그래."

언젠가 저를 집어삼킬 맹수 새끼를 그저 사랑스러워 족쇄로 채워 두기만 했다는 것처럼 쥬다는 무감하니 대꾸했다. 타라는 뚫어져라 흔들리는 눈으로 정갈한 그를 마주 보다가 말했다.

"지금 어디에 있는데요? 그렇다면 나를 다시 봉인시켜요! 여제도 그녀가 원해서 그렇게 되었다면서요?!"

"안 돼."

"왜요!"

타라는 거의 분해 죽겠다는 듯이 단호한 쥬다를 쏘아보았다.

"내가 산 채로 영원히 잠들어야 하니까요?"

　　─최후의 방법은 당신을 다시 재봉인시키는 겁니다. 대신, 타라
　님. 당신은 영원히 깨어나지 못할 겁니다.

쥬다는 차가운 눈매를 와락 찡그리며 그녀를 응시했다.

"다 알면서 뭘 물어."

"죽지는 않는다잖아요. 이 판국에 가릴 게 뭐예요?"

"멍청한 소리 하지 마. 나더러 평생 네 산송장만 붙들고 살라고?"

그게 대체 죽음과 무엇이 다른가. 분기로 서늘한 눈가가 붉게 달아오른 것이 아렸했다. 그걸 보는 타라는 속이 시큰거리면서도 갑갑해서 눈을 여러 번 깜박거렸다.

이대로 간다면 혼자 남는 건 나뿐이니까 당신은 그런 말이 나오는 거라고, 그런 눈 없는 날카로운 말이 입 안을 맴돌았지만 하지 않았다. 겁에 질려 그에게 투정을 부려서 상처 입히는 건 한 번으로 족하다.

"그 목걸이, 지금 어디에 있는데요?"

"알아서 뭐하게."

"말 돌리지 말고요."

"누구도 찾지 못할 곳에."

타라는 쥬다가 진실을 말하고 있다는 걸 알았다. 쥬다가 그리 말한다면 그가 죽기 전까지는 누구도 찾기 힘들 거라는 것도.

그녀는 필사적으로 그의 생각을 읽으려 했다. 그는 정말 자신과 함께할 미래에 어떤 희망도 없는 걸까? 항시 언제고 그랬지만 타라는 그를 완벽히 알 수도, 이해할 수도 없었다. 그러나 반면 제 속내는 훤히 보고 있을 쥬다는 달래듯이 타라에게 손을 뻗어 그녀를 안아 들었다. 공깃돌처럼 가볍게 둘러싸인다.

"나 보고 왜 죽음을 가벼이 받아들이냐고 물었지."

타라는 아무 말도 하지 않았다. 쥬다는 타라의 정수리에 턱을 괴고 잠시 뜸을 들였다.

"내 스승은 평생 죽음에 쫓기는 자였다. 고귀족이 아닌 평민 출신으로 태어나 기이하게도 비상한 머리와 마법적인 재능을 타고난 이였지. 대신 마력과는 달리 신체는 평범했기에 오래 살지 못하고 단명할 팔자였다. 그는 그게 아니꼬웠을 거다. 저보다 하등한 것들이 운 좋게 좋은 혈통을 꿰차서 많은 것을 누리고 오래오래 살 테니까. 그래서, 신이 되고자 했던 거고."

타라는 파란 달빛이 비친 그의 얼굴을 올려다보다 물었다.

"마레사 말인가요?"

"무엇이든 간에 쫓기는 건 개 같은 일이야. 그런 인생도. 그 남자는 생에 집착하는 게 참담한 꼴불견이라는 걸 가르쳐 줬지. 그러니 같은 짓은 안 해."

비록 네 눈을 볼 때마다 비참하리만큼 삶의 유혹에 시달리더라도. 타라의 울듯 일그러진 얼굴을 쥬다는 조심스레 매만졌다. 애초에 눈물이나 슬픔 같은 감정과는 거리가 먼 덤덤한 낯인데도 어쩐지 그것이 더 눈에 밟혔다.

"그자를 동정하거나 결단코 좋아해 본 적은 없지만, 그래, 이제야 알 것도 같군."

바닥을 구르더라도 절실하게 삶을, 너와 함께하는 시간을 갈구할 수밖에 없는 심정을.

오랜 시간을 살아온 마법사는 자신의 소녀를 만나고 나서야 생각한다. 내 손에 죽었던 당신은 그때 무엇을 바라고 어느 곳을 보고 있었을까.

삶이 재미없고 따분하며 초탈하다 중얼거리던 인사였지만 그가 어떤 것에 미련을 두고 있었는지는 알고 있었다. 절로 약한 한숨이 터졌다. 꼬이고 꼬인 인연이다. 악연이라고 해야 할까.

타라는 아직 잘 모르겠지만 아델하이트가 쥬다에게 가진 증오는 상상을 초월했다. 그것을 증오라고 단정 지어야 할지도 의문이다. 그녀의 그 격렬하고 공허한 감정은 바닥없는 지옥과 같아서 무엇으로 채워질지, 혹은 채워지기나 할지 아무도 모르리라.

그녀는 설사 쥬다가 죽는다 해도 멈추지 않을 거다. 그렇다면, 그는 어떤 길을 선택해야 하는가. 사실 고민할 필요가 없었다. 답은 이미 나와 있지 않은가.

—마지막으로 부탁 하나 해도 되나?

울컥 낭자하던 피, 꺼져 가는 눈동자, 사내는 죽어 가면서도 웃고 있었다.

—그 아이는…… 죽이지 말아다오.

이제는 그 약속도 끝이다.

*　　*　　*

비제는 팔짱을 낀 채 하늘을 올려다보고 있었다. 낮 가신 밤, 창공에 붉고 짙은 머리카락이 하늘하늘 흔들렸다. 그는 잠시 아까 전의 만남을 회상했다.

—너, 엄한 마음 품고 있는 거 아니냐?

레오니다스는 특유의 부리부리한 눈으로 그를 미심쩍게 쏘아보며 말했고, 자신은…… 뭐라고 대꾸했더라? 어쨌건 흥미롭기는 했으나 정말이지 무의미한 대화였다.

단지 본인이 그리 알기 쉬운 인사였나 돌이켜 보았다. 이델도 그러더니, 다들 제 속을 들여다본 듯이 득달같이 추궁해 오는 걸 보면 그런가 보지. 별 상관없기도 했다.

"비제 경."

성벽에 걸터앉아 뒤로 넘어갈 듯 젖혀져 있던 고개가 다시 원상 태로 돌아왔다.

지척에서 커다란 덩치의 사내가 그를 굽어보고 있었다. 자칫 험 상궂게 보일 그림자에도 표정은 반듯하니 차분하다. 생긴 게 제 어 미보다 아비 쪽을 빼다 박았는데도 찰나 그 위에 이델의 짓궂은 웃 음이 겹쳐 보였다. 비제는 평소보다 느리게 미소를 만들어 냈다.

"갈랑 군."

"뭐하십니까."

그건 위험천만하게 이런 자세로 있느냐는 걸 함축한 말이었다.

"그냥."

벨벳 성의 모두가 음울하고 걱정이 가득한 데 반해 태평하기 그 지없는 태도였다. 그는 언제고 물과 기름처럼 섞이지 않는 사람이 었지만 그게 지금만큼 도드라진 적은 없었다. 그러나 갈랑만은 다 른 감상평을 내놨다.

"심란해 보입니다."

"내가?"

비제는 재미있어 했다.

"너만 할까."

"어머니가 그러셨습니다. 사실 당신만큼 다정한 치가 없다고."

"이델이 정말 그렇게 말했다고?"

"정확히는 다정한데 그걸 부정하느라 바쁜 바보 천치라고 하셨 지요."

"음, 진짜군."

욕이 섞인 걸 보니까. 유쾌하게 중얼거렸다. 여전히 느긋하고 쾌활한 낯으로 낮게 휘파람을 부는 기사를 갈랑은 조용히 내려다보았다.

조각달을 뿌연 구름이 몰려와 가렸다. 은은한 어둠이 절반가량 대지를 덮었다. 비제는 반쯤 기운 달에서 시선을 떼고 가볍게 성벽에 내려섰다.

"날이 서늘한데 이델에게 돌아가 봐. 방을 따뜻하게 하려면 문을 꼭 잠그고 벽난로 불을 활활 때우면 될 거야."

하지만 나직한 부름이 그를 붙잡았다.

"왜 당신은 변명하지 않으십니까?"

언제 여름이었냐는 듯 차게 식은 바람이 불었다. 곧 가을도 가고 겨울이 밀려들 것이다.

"글쎄."

물방울처럼 투명한 눈이 반질거렸다.

"그럴 필요가 없으니까."

의문으로 눈썹을 찡그린 갈랑은 미끄러지듯 성안으로 들어가 버리는 상대를 바라보았다.

곧 동부로 먼 여정을 떠날 당일이 내일이었다. 하지만 무언가 놓치고 있는 듯한 기묘한 불안감이 가슴속에 맴돌았다.


갈랑과 헤어진 비제는 긴 복도를 지나쳐 걸었다. 마녀의 망토처럼 길게 늘어진 그림자가 긴 기둥에 삼켜지고, 이윽고 본관에 도착한 구둣발이 잠시 멈춰 선다.

뜸들이는 듯한 적막이었다. 그러나 이내 일정한 간격의 발소리와 함께 계단을 올라갔다. 모든 광경이 천을 덮은 듯 고요하고 뿌옜다.

"뭐합니까?"

쥬다는 갑자기 늦은 밤에 들이닥친 비제를 보고도 그다지 놀라지 않은 기색이었다. 마치 예상이라도 했다는 듯이. 하긴 그는 언제고 크게 놀란 경우가 없었다.

"어디 가요?"

검푸른 망토를 두른 마법사는 당장 어디로 떠날 것처럼 보였다. 창문이 활짝 열려 있고, 그의 긴 머리카락과 하얀 두 뺨이 달의 광대뼈처럼 도드라졌다. 창백한 그는 뻐딱하게 제 수족을 굽어보았다.

"어쩐 일이야."

"쌀쌀맞으시긴. 병문안 온 사람한테."

"이 시간에?"

웃기지도 않는다는 듯 무미건조하게 되묻는다. 그 말대로 사람을 만나러 오는 것보다는 헤어지는 게, 깨어 있기보다는 잠들어 있는 게 더 어울리는 시각이긴 했다. 쥬다는 그가 제 근처까지 다가오는 걸 무감동한 눈으로 바라보았다. 팔짱을 낀 비제가 얇게 눈웃음쳤다.

"몸은 괜찮아요?"

"보다시피."

"그러게 왜 안 어울리는 짓을 해서 이 고생입니까."

사랑이라니. 우스운 일이다. 처음 그를 안 이래로 상상조차 못 해 봤다. 타박하듯 말하기는 했으나 스스로도 무의미한 투덜거림이라는 걸 알고 있었다.

이미 그들은 한차례 같은 문제로 대거리한 적이 있다. 당시 비제는 화를 냈었다. 하지만 지금의 그는 그저 평소처럼 차분하니 낙낙할 뿐이다. 그 차이가 뭔지 쥬다는 가늘어진 눈으로 응시했다.

"있잖아요, 주군."

기사라면서 항상 건방지게 주군의 이름을 불러제끼던 남자가 처음으로 제대로 된 호칭을 입에 담았다. 비제는 여전히 변화가 없는 쥬다에게 흥얼흥얼 되는 대로 중얼거렸다.

"우리 예전 생각납니까? 지금 되돌아보면 참 막살았던 것 같아. 사람도 많이 죽이고."

"그게 뭐. 술 먹었나?"

"계속 들어 봐요. 나한테는 중요하니까."

웃음기가 섞였지만, 거기엔 어딘가 바닥까지 가라앉은 무게가 느껴졌다. 쥬다는 방관하듯 달빛에 얼룩덜룩한 그의 하얀 낯을 주시했다.

"사실 개중에는 꼭 죽이지 않아도 될 목숨들도 많았는데. 나는 당신이 시키면 그게 누구든 생각 없이 다 죽였으니 그게 얼마나 많을지는 모르겠지만요. 아, 그렇다고 원망하는 건 아니야. 명령한 건 당신이라도 결정하고 내 의지로 검을 휘두른 건 나 아닙니까. 아마 지금 똑같이 그러라고 해도 나는 변함이 없을 거고. 결국 난 태생부터 개새끼라는 거겠지."

웃는 얼굴로 지껄이는 자기 비하라 더 시렸다. 그는 다소 피로한 듯 긴 손가락으로 만질만질한 뺨을 문질렀다.

"최근에 들어서야 곰곰이 생각해 봤는데. 나한테는 당신이 뭐랄까, 의지처였던 것 같아. 도피처였을 수도 있고. 어떤 지옥 같은 아수라장에서도 변함이 없고, 강하고, 냉정해서, 나는 그 밑에서 당신만 따르면 되니까. 아무 생각도 안 해도 되니까 좋았어. 사실 숙부님이 아니라 당신을 택한 것도 그 때문이 아닐까. 따지고 보면 내가 댁보다 숙부님을 더 좋아한 건 사실이잖습니까."

"……."

"그래서 나도 놀랐어. 당신 살리겠다고 내 혈육을 내가 죽이게 될 줄은 몰랐거든."

침묵하는 쥬다를 올려다보는 눈은 담담했다.

"당신이 시키지도 않았는데."

"내가 명령하지 않아서 서운한가?"

쥬다는 짧게 되물었다.

"원하면 그랬다고 여겨라. 그 이성 잃은 난장판에서 시시비비를 가리는 게 무슨 의미가 있을지는 모르겠지만."

"그건 그래. 사실 그건 사고였지."

비제는 순하게 수긍했다. 아주 오래전의 일이다. 그의 말대로 무의미했다. 하지만 지금 시점에 이르러 그 예전의 바랜 기억과 감정들을 돌이키지 않기도 힘들었다.

그는 천천히 벽에 기대선 몸을 떼고 바로 섰다. 허리에 걸친 검이 철컥 쇳소리를 냈다.

"그러고서 망연자실한 내게 당신이 말했어. 내 것이 되라고. 순순히 그러겠다고 했지. 잡종이 말 잘 듣는 사냥개가 될지는 모르겠지만, 따르겠다고."

이 검도 그때 준 거고. 기억납니까? 두 사내는 서로를 마주 보며 똑바로 섰다. 그리고 내내 별 감정이 없던 비제의 얼굴에 처음 진짜 표정이 생겼다.

"그래서, 이번만은 내가 하고 싶은 대로 해 보려 해."

그거 알아?

잘 길들지 않은 사냥개는 늑대보다 위험하다지.

*　　*　　*

타라는 쥬다와 헤어져 방으로 돌아왔다. 무슨 정신으로 돌아왔는지 모르겠다. 졸졸 따라온 준이 폴짝 뛰어 볼을 핥자 아, 하고 정신을 차렸다.

그녀는 우두커니 도로 저가 걸어온 컴컴한 복도를 돌아보았다. 뻥 뚫린 구멍처럼 텅 빈 어둠뿐이다. 무슨 말을 했더라. 방금 보고 왔는데 왠지 아득했다.

결국 큰 성과는 없다. 그는 그녀가 한 톨이라도 희생하는 걸 원치 않는다. 참 이기적인 배려였다.

약한 한숨을 쉬고 고개를 돌린 순간, 그녀를 둘러싼 공간이 바뀌었다.

"어?"

새카맣고 어두운 사방을 둘러본 타라가 눈을 비볐다. 이게 어찌된 일이지? 설마 또 내가 꿈을 꾸나? 그러나 이번에는 슈의 목소리가 아니라 다른 이가 그녀에게 말을 걸었다.

**[오랜만이야. 아스타로테의 후계자.]**

그것은 불꽃이었다. 홀로 우주에서 태어나 영생 동안 타오를 것만 같은 강하고 고귀한 화염. 주변의 비상식적인 어둠조차 모두 그빛에 밀려 한 걸음 물러났다.

타라는 눈매를 찡그리고 점차 새 모양으로 변하는 불길을 바라보았다. 그녀가 알기로 저런 생명체는 딱 하나뿐이었다.

"불사조?"

**[나를 기억하나?]**

"아니요."

타라가 고개를 설레설레 젓자, 그녀는 희미하게 웃듯이 불길이타오르는 날개를 접었다.

**[하긴 그럴 만하지. 많이 컸군.]**

"아버지와 함께 살 때 뵈었나 봐요."

[그래. 아주 작고 약했어.]

타라는 새빨갛고 연신 황금빛으로 일렁이는 고대 생물의 눈에 홀릴 것 같았다. 저런 생명체를 애완동물로 부렸다니, 과거 여제는 얼마나 대단한 사람이었을까.

"이건 환상인가요? 저는 복도에 서 있었는데요."

[꿈과 환상, 그 중간쯤이라고 해 둘까. 너의 정신은 네 육체를 떠나 나와 만나고 있는 거야.]

"어떻게 이런 일이 가능하죠?"

[나는 이런 때를 대비해서 아스타로테가 남겨 둔 이다. 나는 널 도울 수 있어.]

도울 수 있다. 타라가 현재 원하는 건 딱 하나였다. 허겁지겁 소리쳤다.

"정말인가요?!"

[단지 이렇게 우리가 만나는 건 이번이 처음이자 마지막일 거다. 네가 날 찾아와야 해. 그리고……]

그들을 둘러싼 공간이 느리게 흔들렸다. 고래의 울음소리처럼 형언하기 힘든 기묘한 진동이 전부를 휩쓸고 지나갔다. 타라는 영문도 모른 채 기이한 오싹함을 느꼈다. 불사조가 중얼거렸다. 시간이 없군.

**[서둘러라. 너에게도 나에게도 모든 것이 촉박하게 돌아가고 있으니까. 그리고 지금은 어서 네 현재로 돌아가는 게 좋겠어.]**

"불사조님?"

**[불길한 마법의 냄새가 난다. 네가 소중하게 여기는 자가 위험해.]**

그것이 끝이었다. 새카만 심해에 빠졌다가 순식간에 건져져 물기조차 말라 없어진 것처럼 모든 것이 사라져 있었다. 1초이자 평생인 시간이 흘러가 버린 기분이었다.

타라는 멍하니 복도 끝에 서서 허공을 바라보다가 쥰의 짖는 소리에 퍼뜩 눈을 깜박거렸다. 횃불 머리가 걸린 불그스름한 벽 아래서 제 치마를 잡아당기고 있는 검은 개가 보였다. 쥰이 걱정스레 말을 걸어왔다.

**[타라, 타라. 왜 그래? 너 방금 무척 이상했어.]**

"내가, 어땠는데요?"

[표정도 없고 반듯하게 서서 눈 하나 깜박거리지 않았어. 마치 영혼이 빠진 사람 같았는걸.]

"얼마나?"

[아까 괘종 소리가 울렸어. 아마 곧 다시……]

댕─, 댕─, 묵직한 금속의 노래가 빈 공간을 할퀴듯이 울려 퍼졌다. 말 못 하는 인어들이 일제히 합창을 시작한 것처럼 괴이한 소름이 팔뚝에 돋았다.

이상한 기분이었다…… 어떤 일이 시시각각 닥치고 있는데 혼자만 모르는 듯이. 그 순간 타라는 불사조의 경고를 떠올렸다.

─불길한 마법의 냄새가 난다. 네가 소중하게 여기는 자가 위험해.

아.

모든 피가 쫙 빠져나가는 것만 같았다. 내가 소중하게 여기는 사람. 그건…….

[타라! 어디가?!]

대답할 새가 없었다. 타라는 이미 달리고 있었다. 좀 먹어 가는 소름이 쭈뼛쭈뼛 발끝과 손톱 아래 있는지도 몰랐던 살갗까지 퍼져 갔다. 불길함이 뒷덜미를 핥아 올랐다.

불안하다. 불안해. 불안해서 미칠 것 같아. 그녀는 광인처럼 내달려 쥬다의 방문을 열어젖히고 나서야 그것이 어떤 감정인지 알아차렸다.

온 영혼을 잡아먹는 처절한 공포.

그리고 눈앞에 펼쳐진 광경은⋯⋯ 붉은 눈이 크게 떠진다. 찢어져라 비명이 터졌다.

"쥬다!"

\*        \*        \*

모든 것은 순식간에 벌어졌다. 파르란 달빛이 잠깐 검은 연기 같은 구름에 가려졌고, 일순 세상이 가장 어두컴컴해졌을 때, 비제는 검을 뽑았다. 아마 최소한의 반짝임도 없었을 것이다.

덕분에 그가 상상했던 것보다 모든 것이 좀 더 쉬웠다. 찰나 일어난 푸른 불꽃이 그의 어깨에 화상을 남겼지만, 고통은 그를 방해하지 못했다. 그마저도 곧 사그라졌으니까.

피 냄새가 났다. 아니 핏덩어리가 떨어져 옷을 붉게 물들였다. 피부가 화끈거리는 게 화염이 남긴 상처 탓인지 그 피 탓인지 분간이 가지를 않았다.

"너⋯⋯."

쿨럭. 쥬다는 다시 피를 토하며 제 가슴을 찌른 비제의 손목을 움켜쥐었다. 심장을 찔렸으면서도 무시무시한 악력이었다. 필경 화상 못지않은 자국이 남으리라.

힘줄이 끊어질 것처럼 저릿했지만 비제는 신경 쓰지 않고 더 깊이 찔렀다. 처음으로 피가 점점이 튄 마법사의 얼굴이 희미한 고통의 흔적으로 일그러졌다. 그는 자못 기분이 이상해져서 중얼거렸다.

"죽기 전까지 당신 이런 표정을 보게 될 거라고는 생각도 못 했는데."

"이 미친……!"

"그것도 내 손으로 말이야."

비제는 픽 웃고는 깔끔하게 검을 회수했다. 피가 일제히 낙화한 장미 잎처럼 사방을 적셨다. 그 얼룩의 상당 부분이 번진 그는 새빨간 캔버스 같았다.

휘청 한쪽 무릎을 꿇는 쥬다를 따라 저도 몸을 낮춘 비제는 부축하듯 그의 몸을 지탱했다. 표정, 주인을 대하는 태도, 눈빛, 어느 하나 평소와 다를 바가 없었다.

쥬다는 기가 막혀서 욕설을 지껄이려 했지만, 각혈이 그것을 방해했다. 반쯤 무너지는 그를 포옹한 비제가 중얼거렸다.

"양귀비즙이라도 준비할 걸 그랬어. 나는 당신이 고통에도 둔감할 줄 알았지 뭐야."

"미친 자식, 주인을 물어 놓고, 잘도, 나불거리는구나."

새파란 눈에 불꽃이 튀었다. 심장을 정통으로 찔린 자로는 도저히 보이지 않았다. 전광석화처럼 올라온 손이 비제의 하얀 목덜미를 움켜쥐었다.

우드득 파르란 핏줄이 서고 순식간에 숨이 가빠진다. 그러나 비제는 목이 졸리면서도 태연하게 지껄였다. 마치 몸뚱이가 잘리고도 살아 있는 끈질긴 물고기처럼.

"무리하지 마. 아무리 당신이라도 심장을 정통으로 당했는데 바로 움직이는 건 치명적일걸."

"말이냐, 개소리냐."

"둘 다. 그래도 듣는 게, 좋을 것 같은데."

컥, 일그러진 근육 탓에 절로 뒤틀린 미소를 지은 비제가 손을 뻗어 울컥울컥 피가 터지는 왼쪽 가슴을 쥐었다. 큭 짧은 신음과 함께 쥐다가 다시 피를 토했지만, 목을 조르는 손을 풀지는 않았다. 그래도 한결 숨쉬기는 편해졌다. 거칠고 갈라진 두 사내의 숨결이 어지럽게 뒤섞였다. 그는 짧게 한숨을 쉬었다.

"봉인석, 여기에 있지?"

어둠 속 겨울 늑대의 그것처럼 금속성의 벽안이 저를 노려본다. 그는 긍정하지 않았지만 비제는 이미 답을 알았다.

생각을 좀 해 봤어.

"마법사들에게 가장 중요한 신체는 바로 심장이지. 그곳에 모든 마력이 모이니까. 타라가 그것을 건드리지 못하게 감추려면 어디에 둘까. 어디가 가장 안전할까? 당신이 다칠까 봐 숨 쉬는 것처럼 쉬울 마법 하나 안 쓰는 그녀지만, 타라가 마음만 먹으면 못 할 게 없다는 걸 당신도 나도 알잖아. 그러니 감히 상상도 못 할 곳이 떠오르더군. 라 엔포르테의 수문장이 숨겨 둘 만한 장소."

"큭, 컥!"

"마레사는 눈이었지만, 당신은 심장이지."

언젠가 타라가 기사의 것치고는 참 버들가지처럼 가늘다 생각했던 손끝이 핏덩이가 떨어지는 상흔을 가르고 들어갔다. 쥬다의 단단한 목덜미와 창백한 이마에 핏발이 섰다. 주인의 심장을 산 채로 헤집으며 비제가 낮게 말했다.

"물론 천하의 불사의 마도사를 찌르고 심장을 가르는 건 미친 짓이지만, 당신은 지금 몸 상태가 정상이 아니잖아. 알지, 내 특기?"

지금이라면, 당신의 마법도 일시적으로 못 쓰게 할 수 있어.

상처 입은 심장이 두근두근 뛴다. 손아귀에 잡히는 더운 살덩이와 피가 적나라했다. 역시 이상하다. 이렇게 직접 이 남자가 뜨거운 피가 흐르는 살아 있는 사람이라는 걸 느끼는 건.

다시 모습을 드러낸 푸르게 질린 달빛이 이 배반극을 적나라하게 비췄다. 창백한 그들의 이마에는 식은땀이 맺혀 있었다. 비제는 피곤한 낯으로 드디어 손끝에 닿는 것을 움켜쥐었다. 피바다 속에서도 홀로 차가운 것.

"나를 좀 더 경계했어야 해. 전대 집사였던 그 사람이 혈육에게 꽤 많은 걸 얘기했을 거란 것도 염두에 뒀어야지."

이윽고 딱딱한 보석을 움켜쥐고 뽑아냈다. 그들의 눈이 마주쳤다. 이 순간 가장 쓸모없고도 부질없는 한마디를 한 건 그조차도 어쩔 수 없었던 일이었다.

"미안."

은청안이 크게 뜨였다. 이를 악문다.

"이 멍청이가……!"

결국 쥬다는 쓰러졌다. 느리게 일어나 그 모습을 본다. 피 웅덩이에 잠겨 가는 이를 내려다보는 그의 얼굴은 달을 등져 잘 보이지 않았다.

"쥬다!"

하필 타라가 들이닥쳐 목격한 순간이 이때인 것은 비제도 예상하거나 원한 바가 아니었다. 저절로 몸이 굳은 것도.

깨질 듯 잔인한 달빛, 붉은 피, 배신자의 손은 방금 심장에서 꺼낸 보석으로 푸르고 붉게 얼룩져 있었다. 작위적일 만치 참담해서 오히려 희극인 운명의 태피스트리였다. 기사의 손등에서 툭 떨어진 주인의 핏방울이 끔찍한 정적을 말살시켰다.

비제는 희미하게 웃었다. 약하게 뒤틀린 그 미소가 저가 알던 것과 뭐 하나 다를 바가 없어서 타라는 어떤 말도 할 수 없었다. 한 줌의 단어도.

그녀는 그저 우두커니 서서 뭔가 납득할 만한 부정이나 변명 따위를 기다리는 줄도 모르고 기다렸다.

"이런. 운이 안 좋은데."

하지만 이내 깨닫고 만다.

"이게……."

어떤 기가 막힌 변명도 위로나 납득이 되지 못할 거라는 걸.

비제가 쥬다를 찔렀다. 그 이상 어떤 대화와 설명, 논제가 필요하단 말인가. 천천히 식어 가는 싸늘한 현실과 격렬한 감정이 격돌

한다.

이게 대체 무슨 일이에요? 장난치는 거죠? 온갖 멍청한 회피와 부정이 속속들이 올라왔지만 다행히 타라는 더 시간 낭비를 하지 않았다.

고장난 머리가 상황을 제대로 인지하자마자 곧, 주체할 수 없는 분노를 토해 낸다. 마그마를 목 끝까지 집어삼킨 것 같았다. 뇌수까지 치민 열기 탓에 골이 아릴 지경이었다. 그 원류가 배신감이라 더 파괴적인.

—이상하지 않습니까? 갑자기 탑에 불이 나더니, 시선이 한쪽으로 쏠린 틈을 타 타라 님이 습격을 받았지요. 아주 절묘한 순간에.
—저는 내부인의 동조, 내지는 방관이 있었기에 가능하다고 생각합니다.

아, 나는 얼마나 어리석었는가. 그렇게 당하고도 또.
"어떻게, 어떻게 당신이!"

내가 왜 저 사람을 믿어서 감싸 줬을까. 안티오크의 말이 맞았다. 그가 비열한 배신자였다. 전부 다 저 사람이 원인이었어!

대체 왜, 라는 의문은 사치였다. 타라는 이 순간 그를 절절하게 찢어 죽이고 싶었으니까. 한때 아끼고 진심으로 의지한 사람이라 비이성적인 증오와 적개심이 치밀어 시야가 어지러웠다.

당신이 어떻게 쥬다를…… 어떻게 내게 이래.

왜 하필 당신이야.

왜!

그녀의 분노에 반응한 마력이 일제히 비제를 공격했다. 용이 포효하듯 공기가 찢어지는 파열음이 울렸다. 그는 날렵하게 뒤로 물러섰으나, 강렬한 돌풍이 오른팔을 찢고 지나갔다. 아까 전 화상을 입은 부위였지만 통증에 몸부림칠 시간은 없었다. 타라는 의지 하나만으로도 저를 걸레짝으로 만들 테니까. 창가에 선 비제가 쓰게 웃었다.

"그새 마법이 또 늘었군."

"입 닥쳐!"

타라가 사납게 일갈했다. 새빨갛게 타오른 붉은 눈과 비제의 차갑도록 차분한 눈이 맞부딪친다. 쾅직, 돌바닥에서 돋아난 암석과 나무줄기, 덩굴 채찍이 그를 가격했다. 무에서 유를 창조하듯 거침없는 기적이었다. 금방 넝마가 될 것만 같았지만 스릉, 다시 칼이 뽑혔다.

번뜩이는 일도양단과 함께 죄 잘려 나갔으나, 동시에 타라가 불러낸 조각상들이 잇따라 투하되었다. 비제가 별수 없이 몸을 굴려 피한 자리는 부서진 과자처럼 초토화되었다.

넘어진 촛대에서 번진 불이 사방에 번져 시뻘겋게 타올랐다. 화르륵 넘실거리는 불길 속에서 둘은 서로를 노려보며 대치했다. 피했다곤 하지만 완전히 벗어나지는 못했는지 비제는 피가 흐르는 손을 움켜쥐었다. 그는 이성을 잃은 타라에게 딱딱하게 말을 걸었다.

"정신 차려. 네 마법이 쥬다의 수명을 깎아 먹는다는 걸 까먹은 거니?"

"개소리 집어치워요! 감히 그 입으로 누구를 입에 올려!?"

다시 타라의 의지에 반응한 망가진 서재의 모든 물건들이 공기
가 증발한 양 허공에 떴다. 아니 서재를 넘어서서 벨벳성이 그녀의
진노에 덜컥덜컥 흔들거린다. 그 경이적인 무력시위에도 비제는 냉
철하게 그녀를 내려다보았다.

"마지막으로 충고하마. 넌 너무 감정적이야. 정신 똑바로 차려.
냉정하게 의심하고 계산하고 머리를 굴려. 버릴 건 버리고, 필요할
때는 잔인하고 비열하게 굴 줄 알아야 해. 네 어머니처럼."

계속 그렇게 굴다가는 전부 잃고 말 거야.

타라는 피가 날 정도로 입술을 깨물었다. 이번에야말로 분노가
폭발했다. 감히, 당신 따위가 내게 그런 말을 해?

그때 쥬다가 쿨럭 피 기침을 하며 몸을 들썩거렸다. 깜짝 놀란
타라의 주의가 흐트러진 사이 비제의 신형이 성 밖으로 훅 떨어져
내렸다.

금방 쥐새끼처럼 달아나다니! 그녀는 빠득 이를 갈며 날카롭게
소리쳤다.

"쫓아가 죽여 버려!"

주변의 모든 날짐승과 들짐승이 제 명령에 울부짖는 게 느껴졌
다. 타라는 반쯤 미친 채로 피투성이인 쥬다에게 달려가 머리를 받
쳐들었다.

머릿속에서 이델의 쓰러지는 모습이 반복해서 생고문처럼 재생
되었다. 그녀의 외침, 보호, 희생, 그리고 이제는 제 품에서 죽어 가

는 쥬다. 초조함과 겁이 후회의 껍질을 쓰고 덜컥 올라온다. 아, 감정이 격해져서 마법을 너무 많이 썼다.

타라는 저 자신이 증오스러워서 견딜 수가 없었다. 만약 정말 쥬다가 이대로 잘못된다면⋯⋯.

안 돼. 안 돼⋯⋯! 멍하게 흐려진 붉은 눈에 기이한 열기가 차올랐다. 꾹꾹 눌려 있던 온갖 원망과 적의, 살의와 분간 없는 파괴욕이 기름 먹은 듯 타올랐다.

그녀는 갈팡질팡 제 안의 괴물이 나오기 위해 기를 쓰는 것을 느꼈다. 흐려진 이성을 틈타 날름날름 혀를 내민다. 타라는 이를 악물고 정신을 가다듬었다. 분노와 공포 다음에는 허탈한 불안이었다. 붉은 피가 흐드러진 쥬다, 폐허가 된 그들의 소중한 서재를 멍하니 둘러보던 그녀는 생각한다.

차라리 내가 지금 죽어 버리면, 이 모든 악몽이 끝날까.

절대 돌아올 수 없는 어떤 선을 넘어서기 직전, 차가운 손이 타라의 손목을 붙잡았다. 잔뜩 흐려진 은청안과 마주치자마자 암흑으로 떨어지던 타라의 눈에 빛이 돌아왔다.

"쥬다!"

"쿨럭! 호들갑⋯⋯ 떨지 마."

심장이 뻥 뚫리고 피를 철철 흘리면서도 그의 날카로운 핀잔을 들으니 안도가 돼서 눈물이 핑 돌았다. 어떤 방법도 없었다. 아이처럼 엉엉 우는 것밖에는.

"어, 어떡해요? 아파요? 안 돼요⋯⋯ 죽지 말아요. 나, 나⋯⋯."

"울지 마."

가뜩이나 피 많이 흘려서 골이 울린다. 쥬다가 짜증스럽게 다시 핏덩이를 뱉었다. 그런 주제에 그는 어쩔 줄 모르고 펑펑 눈물만 흘리는 타라의 뺨을 쓰다듬었다. 그 힘 없는 손길이 너무 다정해서 다시 바보처럼 울었다. 타라는 그의 가슴에 난 상처를 감싸려 어설픈 손으로 애썼다.

"괘, 괜찮아요. 내가 당신 죽게 안 놔둘 거야."

"이딴 걸로 안 죽어."

그러니까 울지 마. 눈물과 피로 엉망인 뺨에서 툭 손이 떨어졌다. 찰나 타라는 제 심장이 멎는 줄 알았다. 하지만 어설프게 알고 있는 모든 상식을 지껄이며 위안을 곱씹었다.

그는 강한 고귀족이기에 목이 베이지 않고는 쉽게 죽지 않는다. 혼절한 거다. 피를 너무 많이 흘렸으니 그런거야. 계속 중얼거렸다. 안 그럼 미칠 것 같았으니까. 정신없이 아직 멎지 않은 맥박을 더듬으며 울음으로 어눌해진 목소리로 속삭였다.

"죽지 말아요."

날 혼자 두지 말아요.

전부 괜찮을 거야.

배신자는 잡아 응징할 거고 당신은 다시 건강해진 모습으로 내 옆에 있을 거야. 영원히.

내가 그렇게 만들고 말겠어.

큰 소란에 달려온 레오니다스와 안티오크들을 일별하며 타라의 눈이 새빨갛게 타올랐다.

        \*       \*       \*

강대하게 요동치던 마력은 멎어 있었다. 쥬다의 부상당한 신체에 악영향이 갈 테니 이성을 차리자마자 멈췄겠지.

비제는 비명을 지르는 넝마 같은 몸을 질질 끌며 약속된 장소로 향했다. 새카만 진흙 같은 밤이었다. 질척거리고 한 치 앞도 안 보일 만치 어둡다. 벨벳 성에 유일한 달을 두고 온 것처럼 이상스레 밤눈이 밝지 않았다. 요정의 피가 무색했다.

그리고 이 밤, 드디어 비제는 배신자가 되었다.

**[왔구나.]**

뻐꾸기 울음소리였다. 그는 뻐딱하게 나무에 앉아 있는 새를 주시했다. 노랗게 빛나는 눈이 악마의 눈구멍 같다. 그와 별반 다르지도 않았지만.

새는 피를 뒤집어쓴 비제를 보고도 그다지 놀라지 않았다. 하지만 기묘한 새 울음에는 여인의 웃음기가 배어 있었다.

**[형편없네.]**

"남이사."

비명을 지르는 육체에 결국 털썩 주저앉았다. 잠깐에 불과했으나 신에 가까운 마력은 강인한 신체를 반쯤 짓누르고 망가뜨렸다.

좋아해야 할지, 말아야 할지 애매한 감상이 들었다.

**[물건은?]**

파란 보석을 들어 올리자 교활한 날짐승은 이번에야말로 짙게 웃었다. 좋아. 모두 순조롭게 돌아가고 있어. 이윽고 그녀가 장난스럽게 묻는다.

**[그래, 주인을 문 기분은 어때?]**

어떠냐고?

결코 쉽지 않았다. 일생 중 가장 크나큰 피로가 그를 덮쳤다. 당장에라도 쓰러져 눈을 감고 다시는 새로운 아침 해를 보고 싶지 않을 정도의 고단함이었다.

그러나 아직은 안 된다. 그는 해야 할 일이 있었다. 마지막으로 본 타라의 절망과 배신감에 찌든 눈빛을 외면하듯 속눈썹을 내리깔며, 그는 딱 한마디를 내뱉었다.

"후련해."

\*　　\*　　\*

타라의 세상이 다시 한 번 뒤집힌 지 정확히 7일 후, 겨울 성에서 한 마리 뻐꾸기가 날아왔다. 제 앞으로 당도한 서신을 타라는 읽자마자 찢어 버렸다. 여왕의 분신은 그녀의 분노에 순식간에 눈이 멀어서 성 밖으로 떨어져 죽었다.

그리고 기다렸다는 듯 아델하이트 여왕은 선전포고를 해 왔다. 북부의 사자 왕과 동부의 황금 성이 일제히 그녀를 비난하고 경고했으나, 남부의 중재자 타니아가 침묵함으로써 대륙 전체에 전운이 감돌았다.

누구도 막을 수 없는 또 다른 재앙은 이미 시작되고 있었다.

# 20

## 소용돌이 1

상황이 너무나 급박하고 빠르게 변해 버렸다. 상처가 채 아물기도 전이었지만 결단을 내리고, 단호하게 움직여야 했다. 타라는 뻔뻔스레 저에게 다시 돌아오라는 편지를 보낸 어머니의 태도를 믿을 수가 없었다.

좋으나 아니나 원래도 같은 사람으로 본 적이 거의 없었지만, 이제는 그 여자가 심장이 있기나 한지 의문이 들었다. 입술을 깨문 그녀의 주변인들은 모두 지독한 침통함에 젖어 차마 말도 꺼내지 못하고 있었다.

"내 그 미친놈이 그럴 줄 알았습니다!"

노란 고양이 집사가 잔뜩 분노해서 앞발을 휘저어 댔지만 아무도 말리지 않았다. 전부 같은 심정이었으니까.

차마 현재는 배신자를 쳐죽여야 한다 날뛸 만한 정신머리도 없는 것뿐이었다. 연달아 나쁜 소식이 겹쳤다. 아델하이트의 선전포고 전문을 본 란쳇이 어이없어 하며 분기했다.

"아니 이게 무슨 정신 나간 소리랍니까. 납치죄라니요?"

말도 안 되는 건 당연한 거고 지 년이 — 죄송합니다, 타라 님 — 그런 말을 할 주제라도 된답니까! 이런 썩을!

겨울의 여왕이 보낸 문서에 쓰인 전쟁의 명분은 그러했다. 불사의 마도사가 그녀의 유일한 딸인 타라를 돌려주지 않고 오랜 시간 겁박하며 놔주지 않으니 그녀를 돌려받기 위해 전쟁도 불사하겠다는 게 그것이었다.

쥬다가 완벽히 중태에 빠지자마자 이렇게 나오다니. 레오니다스가 기가 막힌 듯 쯧 혀를 찼다.

"아델하이트다운 개수작이군."

그는 굵은 손가락으로 비스듬히 관자놀이를 짚다가 쓱 짙은 눈썹을 올리며 타라에게로 시선을 옮겼다.

"어쩔 생각이니."

"전……."

타라는 짧게 한숨을 쉬었다. 화내고 운다고 해서 무엇이든 해결되는 단계도 시기도 아니었다. 그녀는 제 감정을 가라앉히며 차분하게 말했다.

"당연하게도 가지 않아요."

예전의 타라라면 겁이 나고 벨벳 성 사람들이 조금이라도 다칠까 봐 내가 가야 하나, 망설이고 죄책감에 시달릴 테지만 이제는 그게 쓸모없는 짓이라는 걸 안다.

그녀가 어떻게 나오건 아델하이트는 저가 원하는 걸 취할 것이다. 사실 순순히 응하고 싶은 마음도 없었다. 지금 가장 죽이고 싶은 건 비제였지만 어머니 또한 만만치 않게 타라의 적대감을 샀다.

"두말할 필요 있습니까? 그건 당연한 겁니다."

날뛰느라 이리저리 날리는 노란 털을 휘휘 털어 낸 안티오크가 삐뚤어진 넥타이와 외알 안경을 똑바로 착용하면서 딱 잘라 대꾸했다. 모든 이들도 일제히 동의하는 얼굴을 했다. 참 그럴 상황이 아님에도 울컥거리는 감정이 올라왔지만 티내지 않으려 애썼다.

"고마워요."

전부 그녀의 소중한 사람들이었다. 그러니 타라가 무슨 짓인들 못 하겠는가? 타라는 이미 마음속에서 결정된 것을 선언했다.

"전 황금 성으로 갈 생각이에요."

"심기일전한 건 다행이지만 그건 아니라고 보는데."

미간을 찡그리는 레오니다스에게 고개를 저었다.

"그녀가, 황금성의 불사조가 내게 말했어요. 자신을 찾아오라고."

"그녀가 말입니까?"

오베론이 놀라서 중얼거렸다. 좌중의 시선이 몰리자 그가 천천히 입을 열었다.

"그렇다면 타라 님은 반드시 가야 합니다. 그녀는 의미 없는 말은 절대 하지 않으니까요."

"대체 그 나이 많은 새가 왜 애를 오라 가라 하는 거야?"

"그녀만이 할 수 있는 방법이 있기 때문 아닐까요. 사실 그녀가 어떤 것을 보고 생각하고 있는지 현세의 누구도 모를 겁니다."

다른 의미의 침통함으로 모두 입을 다물었다. 타라는 눈으로 말리는 그들에게 얕게 웃으며 말했다. 이미 길은 정해졌다.

"다녀올게요."

*     *     *

언젠가 한번 와 보았던 곳이다. 타라는 지금 빈방에 와 있었다. 정확히는 누군가가 머무르고 잠을 자던 곳에.

한때 의논하고 싶어 함께 차를 마셨는데 방 주인은 없었다. 영영 돌아오지도 않을 테지. 사실 그가 다시 돌아온다 해도 타라는 기뻐할 수 없을 것이다.

갈가리 찢긴 가슴에 납물을 부어 비정하게 딱딱하게 굳힌 것처럼 다행히 슬픔은 적었다. 욱신거리는 건 어쩔 수 없었지만. 그녀는 눈을 감고 심호흡했다. 손톱이 손아귀를 찢을 듯 박혀 들어갔다.

─이런. 운이 안 좋은데.

그는 대체 무슨 생각으로, 왜 쥬다를 배신했을까. 그의 배신은 타라에게 치유되기 힘들 커다란 상처를 남겼다. 어쩌면 이델이 다친 것보다 더.

갈가리 찢겨 넝마가 되어 버려진 양 비참하고 쓰라리다. 처음에는 능글맞고 장난스러운 가벼움이 싫고, 괜한 반항심이 들어 만나기만 하면 툴툴대고 답지 않게 짜증을 내며 심술을 부렸다. 그러면 비제는 어린 소녀가 귀엽다는 듯 결국에는 지고 들어가 줬다.

그러다 보니 추억이 쌓이고, 조금씩 정이 들고, 가벼운 듯 사려 깊고 다정한 그에게 의지하게 되었다. 그들은 친구였다. 타라는 막연히 알던 것보다 더 비제를 믿고 기대고 있었다는 사실을 뒤늦게 깨달았다. 지금에 와서 생각해 보면 사실 그를 싫어한 적도 없었다.

어린 마음에 쥬다와 가까운 그가 질투가 나고 저를 놀리는 것에 앙칼지게 나왔지만 정말 싫어했다면 타라 성격에 분명 피하고 눈도 못 맞췄을 거다.

요정의 피가 흐르는 아름답고 신비로운 기사님, 매일 웃으면서도 어딘가 쓸쓸하고 고독한 그 사람에게 아마 어린 타라는 호기심과 저도 몰랐던 안타까움을 느꼈던 것 같다. 자아가 불안정한 사춘기의 앳된 소녀에게 짓궂고 상냥한 그는 어떤 의미였을까.

"그게 이제 와서 무슨 소용이야."

이미 아름다운 시절은 지나갔고, 비제는 변절자가 되어 쥬다를 공격하고 도망쳤으며, 망연자실 배신감에 찌든 타라만이 남았다. 그녀는 추억을 털어 내듯 고개를 흔들었다. 청승은 그만두자. 확인해 볼 것이 있어서 온 것뿐이니까.

타라는 뚜벅뚜벅 걸어가 서가에 꽂힌 책들을 한번에 끄집어냈다. 예전에 이곳에 노새에 관한 책들이 있었다. 전대 집사가 집필한 책이었지. 생각해 보면 왜 비제에게 그 책들이 있었던 걸까? 답은 실로 간단했다.

―비제 녀석은 벨벳 성의 전대 집사의 조카야. 부모 잃은 사내애
를 그가 데려다 키웠지.

　레오니다스의 말에 사고가 전환되었다. 타라는 비제에 대해 놀
라울 정도로 아는 게 없었다. 이제 와서 새삼 자각한 게 우스웠지만
말이다. 물론 성내의 거의 모든 사람들도 그녀와 같았다. 따지고 보
면 타라가 그의 개인적인 모습을 가장 많이 아는 편일 것이다.
　비제의 미심쩍은 모친 살해 의혹의 전말도 그가 말해 줘서 알고
있으니까. 한데 그는 왜 그런 민감한 과거를 타라에게 말했을까. 어
차피 배신할 거면서. 타라에게 더 신뢰를 얻고 안심을 시키려고 그
랬나?
　불신과 분이 치미는 가운데서도 그녀의 마음 한편에서는 비제가
보여 줬던 모든 모습이 설마 전부 가짜는 아닐 거라고 믿고 싶어 하
는 미련이 아직껏 남아 있었다.
　스스로의 유약함에 화가 났지만 어쩌겠는가. 타라는 결국 모진
성정이 되지 못한다. 순간적인 분노에 비제를 죽이려 했지만, 마음
이 아픈 건 어쩔 수 없었다.
　그러나 의식불명으로 누워 있는 쥬다와 이델을 떠올리니 그 한
톨의 미련도 금방 먼지처럼 밀려났다. 이델이 다쳤던 그날 밤의 사
건도 분명 비제의 가담이 있었을 것이다.
　용서 못 해. 애정이 있었으니 그 변질은 더더욱 독했다. 타라는
아델하이트보다도 비제가 더 미웠다. 하지만 지금은 그 모든 감정

과 상관없이 하나의 증거라도 더 찾아야 했다. 똑똑한 사람이니 큰 기대는 없지만 사소한 흔적과 단서라도.

사실 이제라도 그의 실체를 속속들이 찾아서 더 실망하고 분노하기를 바랐다. 가죽 장정을 신경질적으로 내려놓고, 멍하니 먼지가 반짝거리는 방 안의 정경에 시선을 고정하고 있는데 어떤 것이 눈에 띄었다.

하얀 천으로 덮인 액자였다. 이건, 예전에도 본 적이 있는데.

*―아저씨 그림도 그려요?*

*―사실 숙부의 유작이야. 버리기도 뭐하고 보고 있자니 기분이 좋지 않아서 이렇게 가지고 있는 거지.*

이제 타라는 비제의 숙부가 누구인지 알고 있다. 그녀는 빤히 액자를 내려다보다 주저 없이 하얀 천을 걷어 냈다. 오랜 시간 가리고 있던 장막이 스르륵 올라간다.

털썩, 허물처럼 떨어진 자리에 우두커니 선 타라는 눈을 의심했다.

"이 사람은……."

전대 성주 마레사. 회랑의 홀에서 본 적이 있어 확실하다. 그러나 문제는 그가 아닌 옆에 있는 여성이었다. 금싸라기 한올 한올 엮어 내린 듯 황홀한 금발, 희고 아름다운 얼굴, 파란 눈에 깨끗한 미소. 조금 앳되어 보이기는 했지만 타라가 익히 잘 아는 여자였다.

타라의 어머니, 냉혹한 겨울의 여왕 아델하이트.

왜 그녀가 마레사와 함께 초상화에 담겨 있단 말인가? 그리고 그들은 퍽 친근해 보였다. 마레사는 무표정하게 책을 읽고 있었지만 그런 그를 바라보는 그녀의 표정은 봄날 민들레처럼 노랗고 따뜻하다.

타라는 어머니의 저런 표정은 태어나 처음 보았다. 그림이라 각색된 것인가? 하지만 이 기묘한 위화감은 뭐란 말인가.

"의심할 필요 없으십니다. 당신이 보는 그대로가 맞으니까."

뒤에서 문이 닫혔다. 괴이하게 끓는 목소리에 오싹 뒷덜미에 솜털이 곤두섰다. 타라는 푸르죽죽하게 가라앉은 생기 없는 잿빛 눈과 마주쳤다.

"오랜만입니다, 타라 님."

그는 정원사 덴버였다.

\*　　　\*　　　\*


떠날 준비는 순식간에 끝마쳤다. 갈랑과 란쳇은 짐을 꾸렸기에 타라만 준비를 한다면 더는 미룰 이유가 없었다.

"이건 식량이고, 이건 어지간한 마법과 공격을 막아 주는 마법 망토입니다. 요정의 머리카락으로 만든 것이죠. 위급할 때 보호색처럼 보여서 도움이 될 겁니다. 그리고 이건……."

벨벳 성의 집사 안티오크는 딸 시집보내는 극성맞은 아버지처럼 성의 보물 창고를 열어서 타라에게 도움이 될 만한 물건은 바리바리 전부 끄집어냈다.

고양이 집사가 하나하나 솜방망이 앞발로 가리키며 설명하는 걸 타라는 주의 깊게 듣다가 너무 길어질 것 같아 끊어 냈다.

"알았어요. 괜찮을 거예요. 걱정 말아요, 안티오크."

"타라 님."

잠시 고민하는지 차마 말을 못 잇던 안티오크는 결국 주둥이를 열었다. 그의 노란 눈은 피로와 걱정으로 상처가 난 호박석처럼 반짝거렸다.

"정말 가셔야겠습니까? 쥬다 님이 곧 기운을 차리실지도 모르지 않습니까. 타라 님이 없단 걸 알아차리시면 정말 노하실 겁니다."

"그를 위해서라도 가야 해요. 알잖아요."

더 이상 기다리고 보호만 받는다고 모든 게 해결되지 않아요. 타라는 안심시키려고 눈가를 일부러 장난스레 찡그렸다.

"그리고 나는 지금 쥬다보다 강하다고요. 레오니다스 아저씨도 말했잖아요. 이 율리아에서 내가 제일 세다고."

"더불어 힘의 제약도 있으시죠."

"아무튼지 간에요."

타라는 안티오크의 장갑 낀 것만 같은 하얀 앞발을 두 손으로 꼭 잡았다. 처음의 그와도 어색하고 작은 오해가 있는 집사와 손님 관계였다. 그가 받아들여 주지 않았다면 타라의 벨벳 성 생활은 좀 더 외롭고 힘들었으리라.

안티오크에게 고마웠다. 사실은 이델과 마찬가지로 안티오크가 없는 벨벳 성은 상상조차 되지 않았다. 왜냐하면, 그들은 가족이니까.

다정한 고양이 집사를 꼭 안아 주며 타라가 중얼거렸다.

"꼭 돌아올게요."

"그러서야죠. 안 그러면 전 주인님께 죽습니다."

안티오크가 투덜거리며 긴 꼬리로 그녀의 팔을 감았다.

*　　　*　　　*

타라가 마지막으로 들른 이는 당연히 쥬다였다. 문고리에 손을 올렸다가 동상이라도 걸린 양 바들바들 떨려서 애써 힘을 줘서 돌려야 했다. 이내 그녀가 세상에서 가장 사랑하는, 타라의 어린 시절과 행복, 안정을 상징하는 광경이 눈에 들어왔다.

안티오크의 신에 가까운 청소 기술과 벨벳 성의 신기한 복원력 덕분에 망가진 서재는 금방 원래대로 돌아왔다. 이 방에 고왕국의 옛 마법이 가장 강하게 깃들어 있어서 천만다행이었다.

금빛 벌레가 날아다니듯 뽀얀 햇살이 들어오는 창가, 자줏빛 벨벳 커튼이 엄숙한 병정처럼 서 있고 고목나무 같은 단단한 책상과 산더미처럼 쌓인 서류와 양피지들, 양정 책들이 정갈하게 꽂혀 있는 서재. 그 모든 풍경에 쥬다가 녹아 있었다.

이곳이 아궁이라면 그의 존재는 따뜻하게 공기를 덥히는 불꽃이리라. 그가 있기에 이 장소의 애틋함도 살아 있는 것이다.

"쥬다."

그는 다시 잠들어 있다. 이번에는 언제 깨어날지조차 미지수였다. 하지만 타라는 그가 다시 눈을 뜰 것을 안다. 그것이 그녀의 의지이기 때문이다. 배신의 피가 아직 채 가시지 않은 밤, 잔인한 해가 밝아 오기까지 타라는 쉴 새 없이 쥬다의 귓가에 속삭였다.

내게 돌아와요.

당신은 죽을 수 없어요.

모든 존재가 보잘것없을 만큼 내가 당신을 사랑하니까.

"사랑해요."

그러니까 지금은 떠날게요.

타라는 쥬다의 창백한 입술에 키스한 후 약한 한숨을 쉬었다. 제 숨이 조금이나마 그에게 깃들어 어서 빨리 돌아왔으면 좋겠다. 찬찬히 잠든 쥬다를 바라보던 타라가 중얼거렸다.

"어머니가 사랑한 사람은 마레사였군요."

정원사 덴버, 아니 전대 집사이자 비제의 숙부, 마레사의 충신이었던 그는 거의 모든 진실을 알고 있었다. 오랜 시간 인간이자 죽은 자로서 이 성에서 벌어지는 일들을 지켜보고 있었으니까.

늙고 추레한 고목나무 같은 그 사내는 피로조차 무의미한 얼굴로 타라가 알고 싶어 하던 거의 모든 것들을 설명해 주었다. 이제 저에게는 필요 없는 것들이니 그저 지나가는 나그네에게 가지라 내주는 골동품들처럼.

"그리고 비제 아저씨는……."

갑자기 돌이 걸린 듯 말이 막혔다. 타라는 잠시 입술을 깨물다가 느리게 눈을 깜박였다.

"이건 나중에 얘기해요. 별로 생각하고 싶지 않아요."

"……."

"나는 겨울의 땅을 지나 사해를 건널 거고, 아버지와 불사조를 만날 거예요."

타라는 대답 없는 쥬다의 손가락을 만지작거리며 다소 초조하고 용감하게 중얼거렸다.

"이곳은 안티오크와 레오니다스가 맡아 주기로 했어요. 별일 없을 거야. 당신은 강하니까."

"……."

"그리고 나는, 반드시 다시 돌아와요. 우리 모두가 행복해질 수 있는 방법을 찾아서."

우리 이 시간을 조금만 더 버텨 봐요.

겨울은 봄을 이길 수 없고, 결국 우리가 승리할 테니까.

타라는 마지막으로 쥬다의 이마에 키스한 후 돌아섰다. 앞이 흥건한 게 심장과 영혼에서 흘러나온 물기가 저를 익사시킬 듯 눈에 차올랐지만, 결코 울지 않았다. 우는 건 앞으로 기쁠 때 흘리는 것으로 미룰 것이다.

타라가 성 밖으로 나가자 모두 기다리고 있었다. 개중 하늘을 올려다보고 있던 붉은 머리의 요정 오베론이 한달음에 타라에게 다가왔다. 타라 님.

"날씨가 좋군요. 분명 겨울의 땅에 들어서기 전까지는 만물이 평안할 겁니다."

"요정은 날씨도 예측할 줄 아시나요?"

"아니요. 감입니다. 이 땅의 주인이 당신을 사랑하니까요."

타라는 피식 웃었다. 오베론은 확실히 브리지트의 말대로 개인

주의에 인상 좋은 얼굴과 달리 속 모를 구석이 있었지만, 은근히 정이 있는 인사였다. 그녀가 느끼기에는 그랬다. 안 그런 듯 별거 아닌 배려들은 결국 전부 중요한 것들이었으니까.

브리지트와 사이가 틀어진 건 참 아쉽다. 나중에는 둘이 화해하게 될지도 모르지만.

"그리고, 이것을 가져가십시오."

오베론이 넓은 소매 품에서 붉은 주머니를 꺼내 건넸다. 하얀 자수가 수놓아진 것이 붉은 연꽃 위에 눈이 자잘하게 떨어진 양 고왔다. 척 보기에도 보통 물건이 아닌 것 같아 타라가 의아하게 눈을 들자 그가 조용히 속삭였다.

"분명 당신의 앞날에는 상상도 못 한 고난들이 기다리고 있을지도 모릅니다. 타라 님이 걷게 될 길은 율리아에서도 가장 잔혹하고 험난한 길이니까요. 이건 그중 하나를 안전하게 지나도록 도와줄 겁니다."

"이게 뭐죠?"

"불사조의 뼛조각입니다."

깜짝 놀란 타라에게 그가 뒤따라 설명했다.

"총 여섯 조각이죠. 이티오팔은 산성 호수라 어떤 생명체도 살지 못하고, 모든 것을 녹이는 곳이라 사해(死海)라 불립니다. 그 호수를 건널 때 이것을 던지세요. 고대의 주술이 다리가 되어 줄 겁니다."

그리고 조심하세요. 그곳에는 무시무시한 괴물이 잠들어 있으니까.

타라는 아무 말 없이 주머니를 받아들여 깊숙이 넣어 두었다. 어떤 미사여구도 필요 없었다. 그녀가 작게 속삭였다.

"고마워요."

"별말씀을."

무사히 돌아오시길 빕니다.

오베론이 물러나자 벨벳 성의 모든 식구들이 모여들어 타라와 눈물의 포옹을 했다. 안티오크는 다시 귀가 삐죽 튀어나와서는 뒤돌아서서 그녀를 마주하지 않았다. 눈물을 보이기 싫은 게 뻔했다. 정말 정 많은 고양이 집사가 아닌가. 끝으로 레오니다스가 타라의 머리카락을 헝클어뜨리며 윙크를 했다.

"내 도움이 필요하면 부르는 방법은 알지? 조심해라."

"네. 모두……."

다녀오겠습니다.

그녀는 꾸벅 고개를 숙이고 기다리고 있는 준과 갈랑에게로 걸어갔다. 저물어 가는 가을의 햇살이 그녀의 머리 위로 내리쬐고 있었다.

타라는 벨벳 성을 떠났다.

*　　*　　*

율리아라는 세상은 하나의 거대한 호수와 같았다. 넓고, 깊고, 오래되어, 조그만 낙엽과 야트막한 햇살 따위 밑바닥의 수면 아래에는 영향을 미치지 못할 것 같지만, 작은 파동도 보이지 않는 희미한 물결로나마 끝까지 퍼져 나간다.

벨벳 성에서 벌어진 이변은 이미 먼 봄의 땅인 동부에도 도달해 있었다.

발밑을 스치는 금잔디의 물결을 밟고 선 아오페는 잠시 할 말을 정리했다. 사태가 시급한 만큼 한 치의 더듬거림도 있어서는 안 되었다.

"전하."

연둣빛 거인 같은 커다란 플라타너스 나무, 잎사귀를 뚫고 떨어지는 햇살과 똑 닮은 남자가 후원에 서서 바람에 흔들리는 그네를 내려다보고 있었다.

"겨울의 여왕 아델하이트가 중앙 왕국의 유일한 전제 군주임을 스스로 천명했습니다. 국왕 클레멤논은 공식적으로 왕권과 군주 자격을 박탈당했습니다."

냉엄하게 가라앉은 분위기와 달리 봄 햇살이 완연했다. 작게 오린 푸른 종이 같은 나비가 팔랑팔랑 날아와 그넷줄에 앉았다.

"또한 겨울 성의 군대가 서부 국경으로 움직이기 시작했습니다."

이드가 천천히 자신을 돌아보자, 그녀는 치밀어 올라오는 한숨을 삼키고 그를 마주 보았다. 그리고…….

"불사의 마도사가, 서부의 영주가 중태에 빠졌다 합니다."

이 모든 건 전부 열흘 전에 벌어진 일들입니다.

잠시 쏴아아, 나뭇잎 머금은 바람 소리 외에 내려앉는 듯한 정적이 흘렀다. 젊은 왕의 백금발이 어지럽게 흔들렸다. 반듯하게 다 물린 입술이 열리고 딱딱한 되물음이 돌아왔다.

"설명하라."

"그의 측근이었던 비제 미메시스가 주인을 배신한 모양입니다."

쥬다가 위급하다는 소식부터 검게 내려앉았던 붉은 눈이 미약하게 찡그려졌다. 이드는 말도 안 된다는 듯 중얼거렸다.

"그자가? 그는 쥬다의 오랜 신하가 아닌가."

"서부의 미친개로 불렸었지요. 전하와 한번 검을 섞은 적도 있습니다."

이드의 기억이 맞다는 듯 아오페가 뒤따라 설명을 덧붙였다. 이드는 아무도 예상하지 못했던 그 배반에 대해 더 이상 무어라 늘어놓지는 않았지만 석연치 않은 표정을 숨기지 않았다.

"타라는? 타라는 다치지 않았겠지?"

"네. 다행히."

"후우……."

안도의 한숨을 내쉬며 이마를 감싸 쥐는 이드가 아오페는 안쓰러웠다. 묵묵부답 기다리고 인내하며 속앓이해 온 세월만 너끈히 십 년 가까이 되어 간다.

예기치 않게 얻은 자식이지만 혈육의 부정과 키운 정이 뭔지, 타라는 이드의 세상에서 가장 큰 조각이었다. 딸을 위해 황금 성의 사활까지 걸려고 했던 사람이다.

결국 이 모든 사태의 원인에 타라가 있다면 기사 왕과 동부 또한 끼어들 수밖에 없었다.

이드는 심각하게 턱선을 쓸며 읊조렸다.

"결국 아델하이트가 이렇게 나오는군."

"어느 정도 예상했던 일이지요."

"그렇다면 서부는 일촉즉발의 위험한 상황이 아닌가. 그곳에 타라를 계속 둬도 될까?"

역시나 가장 시급한 건 타라의 안전과 조치였다. 아무도 서쪽 땅을 침범하지 않는 건 사실상 쥬다가 비상식적으로 막강해서였지, 서부 전체의 군사력 때문이 아니었다. 이제 그 대단한 쥬다의 힘이 약해졌으니 기회를 틈타 온갖 탐욕스러운 승냥이와 적들이 서부를 넘볼 것이다.

"그건 염려하지 않으셔도 될 듯합니다."

"어째서?"

"벨벳 성에 사자 왕 레오니다스가 머물고 있는 것 같으니까요."

북부에 이변이 없는 이상 그가 오랜 동맹인 서부를 당분간 돌봐 줄 겁니다.

아오페의 장담에 이드도 조금은 불안이 가신 듯했다. 레오니다스는 전쟁에 있어서는 도가 튼 자이니 믿을 만했다. 사자 왕이 친히 벨벳 성에 거주하고 있다는 것도 북부가 서부를 지원할 의도를 나타내는 것이니 타국을 향한 은연중의 상징성도 있었다.

"불행 중 다행이야. 레오니다스에게 감사의 인사라도 하고 싶은 심정이군."

"……."

사실 타라는 현재 벨벳 성에 없다. 해로를 통해 동부로 돌아오는 항해길에 오른 란쳇에 의하면 그녀는 현재 더 위험하고 어려운 여정에 올랐다.

그가 배에 오르기 전 가장 빠른 매를 통해 보냈다 하니 타라는 이미 꽤 멀리 서부를 벗어나 겨울의 땅 근처까지 도달했을 터다. 어쩌면 이미 중앙 왕국의 영토에 들어섰는지도 모른다.

그러나 아오페는 이 사실을 이드에게 사실대로 고해야 할지 갈등에 휩싸였다. 대륙 반대편의 타라가 결심한 이상 그들이 무엇을 할 수 있겠는가. 외려 타라에 한해서는 한없이 감정적으로 변하는 이드가 당장 달려나가겠다고 할까 봐 매우 염려되었다.

그녀가 쉬이 결정을 못 내리는 사이 주제는 좀 더 공적인 부분으로 넘어갔다. 그들이 현재 가장 신경 써야 할 문제이기도 했다.

"한데 이상하군. 아델하이트는 광증을 앓고 있지만 멍청하지는 않아. 오히려 교활하고 냉혹한 뱀과 같지. 그런 이가 위기에 빠진 서부까지는 그렇다 쳐도 동맹국인 북부까지 한꺼번에 적으로 돌리는 선택을 했을까? 그녀는 내가 참전해 서부를 도울 것까지 예상하고 있었을 텐데."

"옳은 말씀입니다. 서북부와 전면전을 치르다가도 우리 동부에 의해서 뒤를 공격받으면 독 안에 든 쥐 꼴이 될 테니까요."

즉, 이 상황에서 전쟁을 일으킨다는 건 율리아의 다섯 영주국 중 서북부를 비롯해 동부까지 총 세 명의 군주와 싸울 각오를 해야 한다는 의미다. 전투적인 야생성이 살아 있는 수족과 대륙 최강의 기사단을 한 번에 상대할 자신이 있다는 건가? 어떻게?

그런 발상은 전성기 시절의 쥬다나 할 법한 패도적인 행보였다. 아델하이트는 그 정도의 역량을 지닌 마법사는 아니었다.

이드는 냉랭한 얼굴로 딱 잘라 말했다.

"뭔가 있어."

"예. 저도 의심스럽지만, 사실 짚이는 게 없습니다. 확률은 낮지만 혹 요정들이 겨울의 여왕과 접선이 있었을 수도 있습니다."

"나도 생각해 보지 않은 게 아니다. 타니아라면, 아델하이트와 원수지간에 가깝지만 필요 시 아군이 못 될 여자도 아니지."

특히 요정족은 발작적으로 고왕국의 흔적과 힘을 두려워하고 경계하는 경향이 있다. 타니아의 그 두려움이 아델하이트와 일시적인 연합을 이끌어 냈다면? 충분히 가능성이 있다.

이맛살을 찌푸린 채 오래된 나무 껍질을 응시하는 기사 왕에게 아오페가 조언했다.

"이쪽에서도 사절을 보내 회유해 보는 건 어떻습니까. 그리고 사실상 요정 여왕은 이 사태를 방관할 가능성이 큽니다."

우선 공식적으로는.

이드는 그녀의 의견에 고개를 끄덕였지만, 다시 설레설레 흔들었다.

"아니. 그게 아니야. 나는 요정들을 염려하고 있는 게 아니라 다른 것을 경계한다."

"무엇을?"

"아델하이트. 혐오스럽지만 내 누이가 아니냐. 그녀는 항상 무의미한 짓은 하지 않았어."

돌이켜 보면 항시 그랬다. 아델하이트는 솔직하지 않지만, 그녀만의 방식대로 솔직하고 격렬하다.

사소하고 아무렇지 않은 듯이, 은연중에 불길한 미끼와 암시를 던지고는 후일 죽음의 천사처럼 소리 없이 다가와 모든 것을 짓밟는다. 오라비인 이드와 수많은 희생자들에게 그랬던 것처럼.

"무언가 이상해."

분명 뭔가가 더 있다. 끔찍하고 압도적인 재해가 몰려오고 있는데 그게 뭔지도 모르고 속수무책인 무력하기만 한 느낌이다. 붉은 눈동자가 고뇌로 깊어졌다.

"전하?"

"시오델을 데려와라."

동부에서 가장 뛰어난 마법사인 시오델은 과거 어린 타라의 마력 폭주 증상을 진단했을 만큼 이드의 신임이 두터웠다. 예를 갖추고 물러나는 그녀의 귀에 이드의 나직한 목소리가 들려왔다.

"그 애가…… 상심이 크겠군. 후견인이니 많이 믿고 의지했을 텐데."

너무 어린 나이에 딸을 보냈던 이드는 무의식중에 타라를 아직껏 소녀로 인지하고 있었다. 즉, 그는 아직껏 그 비인간적으로 차가운 불사의 마도사와 제 딸이 연인 관계라는 걸 상상조차 못 하고 있었다.

아오페는 우울하게 흰 머리가 가닥가닥 돋은 눈썹을 문질렀다. 아까와 마찬가지로 입이 떨어지지 않는다. 이번에는 다른 의미로 힘이 든다. 한숨이 절로 나왔다.

란쳇이 보낸 편지는 역시 안 드리는 게 낫겠다.

그녀는 자신이 정녕 충신이라고 믿었다.

처음 짐짝처럼 실려 벨벳 성에 왔을 때의 기억은 희미하고도 뚜렷했다. 무엇하나 불확실하지 않은 게 없는데 격렬한 공포감과 귓가를 내내 맴돌았던 쉭쉭 새던 바람 소리, 안개가 들러붙은 듯 흐릿했던 창문 너머로 보이던 황량한 땅과 어두운 숲이 아직껏 생생했다.

제발 무언가 잘못되었다며 마부가 마차를 돌리거나 어머니가 마음을 바꿔 다시 부르기를 기도했던 소녀에게 들렸던 건 이름 모를 새의 길고 음산한 울음소리뿐이었다.

"그때에는 이곳을 지나는 여정이 그렇게 길게 느껴지지 않았어요."

아마 어렸고, 겁에 질려 있었으니 그랬겠죠. 타라의 말에 갈랑이 답했다.

"그것도 있겠지만 아마도 겨울의 도로를 이용했기 때문일 겁니다. 대륙의 중앙을 관통하는 아주 길고 오래된 길이지요."

"그런가요?"

"예."

그리고 고왕국의 가장 위대한 산물 중 하나인 겨울의 도로는 외교단절 탓에 무용지물이 되었다. 지금 그곳은 오랫동안 길이 막혀 사용되지 않아 흉흉하기만 하다 했다. 쫓겨난 추방자들이나 강도, 난민들만 그곳을 찾는다고.

여왕 아델하이트의 군대가 가장 먼저 들이닥칠 길이라 그들은 겨울의 도로를 피해 좀 더 남쪽으로 틀어진 경로를 택했다.

타라는 모래바람을 막기 위해 머리와 얼굴에 칭칭 감았던 터번 끝자락을 잡아맸다. 타라가 둘둘 두른 스카프 사이로 삐죽 귀와 눈을 든 쥰이 헥헥 대며 그녀의 옆에 앉았다.

강행군에 얼마쯤 지친 기색이 역력하다. 그들은 광대한 황무지와 사막을 지나 아주 오래된 폐허와 흔적만 남은 성터를 바라보고 있었다.

잠들어 있는 주인만큼 고요하고 적막한 서부의 땅은 마르고 버석한 모래와 갈라진 협곡, 바닥없는 늪이 곳곳에 도사리고 있었다.

그러나 죽은 자의 땅이라 불리는 이곳에는 숨겨진 유적들도 많았다. 마치 먼지 묻은 버려진 유품처럼 질서 없이 드러난 앙상한 건물의 뼈대는 이제 바랜 이끼와 무성한 덩굴, 흙과 모래 따위로 뒤덮여 있었다.

잊힌 무덤, 무너진 고목, 빛바랜 왕비의 초상화와 같은 음울한 퇴락함이 느껴졌다. 쓸쓸한 정경이었다. 그러나 타라는 왠지 까닭 모를 그리움과 유사한 감정을 느꼈다.

갈랑은 그런 그녀를 묵묵히 지켜볼 뿐 어떤 말도 하지 않았다.

사실 그들 사이에는 많은 대화가 오가지 않았다. 벨벳 성을 떠난 이래 짧은 수면 시간 외에 일주일 동안 쉬지 않고 이동한 일행은 오늘은 밤이 오기 전 반쯤 무너진 탑에서 하룻밤을 묵기로 했다.

밤은 금방 찾아왔다. 갈랑이 별이 뜬 흐린 밤하늘을 올려다보며 설명했다.

"겨울이 오고 있기 때문입니다."

새카만 늑대 청년의 머리카락이 검푸르게 흔들렸다. 그의 머리 위에도 정수리부터 밤이 내린 듯했다.

"정확하게 말하면, 우리가 겨울의 심장 쪽으로 향하고 있기 때문이지요. 세상 모든 추위와 눈, 겨울은 그곳에서 불어오니까요."

갈랑이 어디를 말하고 있는지 타라도 알았다. 위대한 겨울의 도시, 얼음과 빙하의 성곽으로 둘러싸인 겨울 성. 타라의 고향.

그녀가 색 바랜 잿빛의 기억들을 더듬으며 중얼거렸다.

"그곳은 낮이 짧고 밤이 긴 곳이었죠."

그래서 항상 추웠는지도 몰라요.

갈랑은 금세 부싯돌로 불을 피웠다. 타라는 어느덧 능숙하게 마른 잔가지와 땔감으로 쓸 만한 것들을 주워 왔다. 모락모락 피어오르는 모닥불을 사이에 두고 앉아 가만히 오렌지빛 불꽃을 들여다본다.

고요한 동행이었다. 하루에 채 다섯 마디를 넘기지 않을 때도 있었다. 원래 이 정도로 과묵하지는 않았던 것 같은데 둘 다 큰 불만이 없었다.

"갈랑 씨."

처음 길을 떠나고 이틀이 지났을 때, 타라가 처음으로 그들이 공통적으로 상실하고 겪고 있는 일에 관해 입을 열었다.

"제가 아직 못 한 말이 있는 것 같아요."

묵묵히 마주 봐 오는 검은빛의 눈동자를 바라보았다. 어둠이 내린 동공이 까맣다. 그러나 실제로는 그의 눈이 개암나무 빛깔의, 어머니를 닮은 눈빛이라는 걸 알고 있다.

"미안하다고 말하고 싶어요."

"왜 제게 사과를 하십니까."

"그냥, 그냥요."

하고 싶어서요.

"미안하고 미안하고 미안해요."

"······."

나 때문에, 지키지 못해서, 그냥, 한없이 미안했다. 갈랑은 말없이 그녀를 바라보다가 가장 잘 익은 고깃덩이를 골라 타라에게 건네주었다.

그날 밤, 그가 챙겨 준 잠자리가 따뜻했다. 긴말은 필요 없었다. 참으로 다정한 사람이 아닌가.

"우리가 얼마쯤 왔나요?"

어두운 쪽빛이 내려앉은 하늘에 총총히 뜬 겨울 여우 별자리를 올려다보던 타라가 물었다. 얄팍한 초승달이라 별이 더 밝게 보였다.

"이제 내일이면 서부의 영토는 끝납니다. 국경선을 넘을 겁니다."

"정말 다시 겨울로 돌아가네요."

언젠가 다시는 이 차가운 곳으로 돌아오지 않을 거라 다짐했던 적이 있다. 무용지물이 된 맹세였지만 당시의 처절한 되뇜과 감정은 아직 남아 있었다.

"어머니가, 여왕이 전쟁을 일으켜 경비가 강화되었다고 들었어요. 무사히 지나갈 수 있을까요?"

"우리는 가장 험하고 모진 숲과 빙하가 쌓인 길로 향하고 있습니다. 그만큼 고단하겠지만 적을 만날 확률은 줄어들 겁니다."

특히 이티오팔 근처로는 겨울 경비병이나 요정들이 얼씬도 하지 않으니까요. 갈랑은 산성 호수의 고약한 황산 냄새와, 닿기만 해도 화상을 입는 더운 수증기 때문에 거의 모든 생물들이 그곳을 기피한다고 말했다.

주의 깊게 설명을 듣던 타라가 문득 궁금해져서 물었다.

"갈랑은 어떻게 그렇게 잘 아나요? 혹시 그곳에 가 본 적이 있나요?"

"이티오팔이 마룡 바바로사가 잠들어 있는 곳이라는 건 알고 계실 겁니다."

"네. 그래서 쥬다에게 '이티오팔의 무법자'라는 별호가 붙었죠."

타라 이전 시대 율리아의 재앙은 마룡 바바로사였다. 갑자기 나타난 이 포악하고 강력한 생물은 순식간에 대륙의 6분지 1을 불태우고 요정족을 멸망시킬 뻔했다.

왜 하필 더 가까이에 있는 겨울 성으로 가지 않고 평화로운 남부로 불길을 향했는지는 모르겠지만, 여하간 일촉즉발의 상황에 대륙을 잿더미로 만들 마룡을 제지한 건 역시 대마법사 쥬다였다.

호사가들은 그가 한 몇 안 되는 영웅적인 일이라고 입을 모아 평하고는 했다.

"그 시절 피해를 입은 건 남부뿐만이 아니었습니다. 바바로사는 서부의 국경 가까이 와서 양민들을 학살했습니다. 그때 공교롭게도 휩쓸려 죽은 게 제 형제였지요."

"네?"

"모르셨습니까? 어머니는 자식의 죽음에 크게 상심하셨습니다. 아마 주군께서 직접 나서신 것도 그 사건 때문일 겁니다. 본인의 영역에는 그래도 관대하신 편이시니."

쥬다가 관대하다, 라고 말하면서도 갈랑은 나무껍질인 양 무감해 보였다. 타라는 지나치듯 느꼈던 감상을 지금 다시 또렷하게 느꼈다.

벨벳 성 식구들이 하나같이 쥬다의 열렬한 신봉자인 걸 생각해 보면 갈랑이 특이한 경우기는 했다. 그는 그저 책임과 신의를 위해서 복종하는 느낌이었으니까.

"그런 내막 탓에 리오사를 비롯한 제 아우들도 그분을 매우 존경합니다. 저희 가족의 은인이시니까요."

"그런데 갈랑은 그 정도는 아닌가 봐요."

저도 모르게 타라가 솔직하게 말하자, 갈랑이 처음으로 눈을 여러번 깜박거렸다. 속내를 너무 적나라하게 콕 짚은 걸까. 조금 후회하고 있던 타라를 향해 갈랑이 말했다. 나름 심각하게.

"어떻게 아셨습니까?"

"저 이래 봬도 쥬다와 무척 가까운 사이인데 그렇게 솔직해도 되는 거예요?"

"글쎄, 아신다 해도 그다지 노할 것 같지는 않습니다."

타라가 생각해도 쥬다가 크게 신경 쓸 것 같지는 않다. 단지 그녀의 장난스러운 질문에 톡 까놓고 진지하게 답하는 갈랑의 태도가 웃음이 나왔다. 이델이 종종 제 첫아들이 맹하고 멍청하다고 투덜거렸는데 그게 이런 오묘한 둔함이구나, 싶었다.

하지만 갈랑의 그것은 무신경하다거나 기분 나쁘게 느껴지지 않는 게, 특유의 뜨뜻한 돌처럼 온건한 저 눈빛과 성품 때문이 아닌가 싶다.

"갈랑은 참 착한 사람 같아요."

"제가 말입니까?"

"네. 훌륭한 전사분에게는 실례되는 말인지는 모르겠지만, 전쟁이나 싸움보다는 책을 읽거나 낮잠 주무시는 게 더 어울린달까요."

"……."

타닥타닥 모닥불에서 일어난 불티가 반딧불이처럼 일어났다. 갈랑은 잠시 생각에 잠긴 것처럼 입을 다물고 장작을 야금야금 삼켜가는 모닥불을 바라보았다. 점점 추워지는 밤바람이 일순 공터로 불어와 춤추는 붉은 짐승을 때리듯 불꽃을 흔들어 놓았다.

바로 그때, 한기가 몰려왔다.


**[타라.]**


가만히 엎드려 있던 쥰의 귀가 쫑긋 곤두섰다. 검은 개는 벌떡 상체를 세우고 일어서더니 어둠 한구석을 향해 이를 드러내고 으르렁 낮게 울기 시작했다.

갈랑은 이미 몸을 돌려 손톱을 세웠다. 온난하던 회갈색 눈동자가 짐승의 그것처럼 세로로 찢어졌다.

**[무언가 있어. 살기와 피 냄새가 느껴져. 우리를 노리고 있어.]**

"물러서십시오."

표정을 굳힌 타라가 잠자코 뒤로 물러섰다. 이제 서늘한 쇳내에 가까운 차갑고 무서운 냄새는 타라의 후각에도 맡아졌다. 검은 안개처럼 흐릿하게 도사린 저편에서 새카만 그림자들이 움직였다. 크르르, 짐승을 닮은 괴이한 신음과 목울음도.

아니, 사실 그것은 기분 나쁘게 귓가에 불어넣는 속닥거림 같았다.

"누구냐. 모습을 드러내라."

소리 없이 떠다니는 것만 같았던 것들이 저벅저벅 다가온다. 시커먼 연기가 움직이는 것처럼. 이 여정에서 처음으로 닥친 위험이었다.

타라는 제 두근거리는 심장박동 소리를 들으며 맞은편을 쏘아보았다. 여차하면 마법을 쓸 것이다. 다행히도 그녀가 완전히 쓸모가 없는 건 아니었다.

─한 시간. 하루에 한 시간 정도는, 크지 않은 마법이라면 성주님께 큰 부담이 가지 않을 겁니다.

물론 지금 상태에서는 되도록 안 쓰는 게 좋기는 하겠지요.

정원사 텐버의 충고를 떠올리며 타라는 주먹을 움켜쥐었다. 최대한 마법 사용을 피해야 한다. 만약 필요하다면 작으면서도 강력한, 효율적인 방법으로.

이윽고 뭉개진 달빛 아래 '그것들'이 모습을 드러냈다. 타라의 눈이 커졌다. 저것은······.

늑대의 본모습으로 돌아온 갈랑이 중얼거렸다. 그의 목소리에서 녹슨 쇠 금파리처럼 낮은 쇳소리가 났다.

"지옥의 개군요."

머리 셋 달린 개였다. 히드라처럼 여럿 달린 머리의 그림자가 발치까지 기어오자, 타라는 저도 모르게 움찔 어깨를 떨었다.

왕의 자랑스러운 황금 사과, 보물을 지키던 사냥개.

과거의 오랜 트라우마가 슬금슬금 뇌리까지 뻗쳐 온다. 그녀는 그것에 잠식되려는 찰나에 저를 지키려고 등을 보이고 침입자들과 대치하고 있는 쥰을 바라보았다.

까만 털의 사랑스러운 그녀의 개. 얼음을 밟은 듯 정신이 번쩍 들었다. 더 이상 타라는 어리고 무력한 못난이 소녀가 아니었다. 오히려, 타라가 살의를 품는다면 겁먹어야 할 건 자신이 아닐 터다.

정신 똑바로 차려. 지금 네가 신경 써야 할 건 그게 아니야. 네가 어떻게 하느냐에 따라서 쥬다의 생명이 달려 있다.

크르르르······.

지옥의 개들이 타닥, 어둠 속에서 빠져나와 노란 눈을 빛냈다. 각각 세 쌍의 눈이 번뜩이는 게 눈이 수십 개 박힌 괴물 같았다. 그러나 갈랑은 그 거북스러운 외양보다는 다른 것에 놀란 것 같았다.

"지옥의 개는 겨울의 왕이 기르는 파수견이라고 들었는데······ 이렇게 많이?"

"저도 본 적이 있어요. 그 개가 원래 한 마리인가요?"

"아마도. 제가 듣기로는 각 세대의 왕마다 하나씩 거느리고 있는 개라고 들었습니다."

청동 조각 같은 발톱이 번뜩이며 마른 땅을 파고들었다. 주둥이를 타고 뚝뚝 흐르는 침. 점차 포위해 오는 개들을 피해 벽 쪽으로 물러섰다.

그림자가 좁혀 온다. 파삭, 시커먼 앞발에 모닥불이 짓밟혀 꺼졌다. 일순 사방이 암흑으로 물들었다. 싸늘하게 식은 밤바람을 타고 퀴퀴한 냄새가 퍼진다.

타라는 미간을 찡그렸다. 불쾌한 냄새였다. 지하 감옥처럼 축축하고 썩은 고깃덩어리만치 고약한 악취가 코를 찌른다. 타라는 이 냄새를 맡아 본 적이 있다.

"정원사 덴버……"

그에게서 맡았던 것과 흡사하다. 퀴퀴하고 거북스러운 냄새, 마치, 썩어 가는 고기를 화사한 꽃으로 뒤덮은 듯한.

―저는 이미 죽은 자입니다.

덴버는 담담하게 자신의 정체를 밝혔다. 그 광포한 마레사를 모셨던 충실한 신하이며 말로만 듣던 비제의 숙부라는 걸.

―내가 죽자 비제는 자책감과 공허함에 시달렸습니다. 녀석의 어머니가 죽은 뒤 정신적인 불안과 고통이 컸지만, 제가 그 아이를 데리

고 온 뒤로는 차츰 괜찮아진 것처럼 보였었습니다. 그런데 제 주인에게 부탁해서 나를 다시 살려 낸 걸 보면 그것도 아니었나 봅니다.

―쥬다가 당신을 살려 냈다고요?

―오래된 고왕국의 금지된 마법입니다. 부활이라기보다는 죽은 육체에 숨을 불어넣어 움직이게 하는 사술에 가까운⋯⋯.

그는 지독히 멍청하고 무의미한 짓이라고 말했다. 자신은 살아생전의 모습을 흉내 내는 진흙 덩어리에 불과하다고 했다.

그게 진짜라면 분명 어리석은 일이다. 타라라면 이텔이 죽는다 해도 그녀 자체를 그리워하지, 불완전한 흔적으로 위안하고 싶지는 않았다. 비제가 그 정도로 혈육에 대한 집착이 컸나, 생각하는 사이 덴버가 그 답을 내놓았다.

―비제가 나를 죽였습니다.

―⋯⋯!

―그의 잘못은 아닙니다.

멋모르고 벌어진 일이니⋯⋯ 덴버의 쓸쓸하고 자조적인 웃음을 떠올리던 타라에게 갈랑이 낮은 목소리로 말했다.

"이상합니다. 저 개들, 생기가 안 느껴지는군요."

"저건 구울(Ghoul)이에요."

타라가 딱딱하게 중얼거리자 갈랑과 준이 휙 그녀를 돌아보았다. 붉은 눈동자가 침착하게 가라앉아 거리를 좁혀 오는 검은 시체

개들을 응시했다. 달빛 번진 안광이 서늘했다.

"생사를 농락하는 마법이라 고왕국에서도 금기시되었다고 들었어요. 정말 중요한 사건에 죽은 자의 증언이 필요하다거나 위급한 상황에서만 사용되었던 거라고 하더군요. 저걸 만들 수 있는 사람은 흔치 않아요. 왕족들에게만 내려오는 주문이니까."

예상 가능한 범인은 역시 어머니였다. 지금 그녀에게는 쥬다에게서 훔쳐 온 '마레사의 눈'도 있다. 고대 마법의 정수가 담긴 물건이니 그녀가 비제에게 그것을 사주했을 터.

"조심하십시오!"

앞장선 개가 땅을 박차고 덤벼들었다. 그보다 먼저 준이 훌쩍 뛰어올라 그것의 목덜미를 물어뜯었다. 우드득, 살점을 뜯는다기보다는 마른 가죽이 찢어지는 소리가 났다. 그와 동시에 전투가 시작되었다.

늑대로 변한 갈랑이 전광석화처럼 달려들어 구울 두 마리를 갈기갈기 찢고 타라 쪽으로 이를 드러내는 시체 개를 몸통으로 들이받았다.

바윗돌이 굴러와 으깨듯이 내팽개쳐진 그것이 다 허물어진 벽에 부딪치며 주르륵 흘러내렸다. 역겨운 냄새가 점차 짙어졌다.

타라는 긴 소매로 코를 가린 채 눈을 가늘게 떴다. 어떤 마법이든, 특히 이런 사술에는 매개체가 가까이에 있어야 한다. 예전 아델하이트가 타라를 공격했을 때 어머니의 분신인 뻐꾸기가 필요했고, 마법의 결과물인 정원사 덴버가 벨벳 성을 벗어나지 못하는 제약처럼 말이다.

붉은 눈이 영민하게 갈랑과 준에게 달려드는 개들을 관찰하다가 크게 떠졌다. 머리 위로 세 개의 시커먼 그림자가 졌다.

크르르, 모골이 선연한 소리가 등 뒤에서 들리자마자 타라는 반사적으로 바닥을 굴렀다. 쩌적, 타라가 서 있던 땅이 금이 갔다. 지금까지의 어떤 개보다 커다란 짐승이 바짝 얼어붙은 타라를 내려다보았다. 노란 눈이 번들거리고 벌린 주둥이에서는 악취가 풍긴다. 준이 뒤로 기듯 주춤 물러서는 타라를 다급하게 불렀다.

**[타라!]**

괴물이 아가리를 쩍 벌리는 순간, 동공이 확장된 붉은 눈동자에 기묘한 빛이 감돌았다. 눈 하나 깜짝할 사이였다. 썩둑 중앙의 개 머리가 잘려 나갔다. 기이한 비명이 쩌렁쩌렁 울렸다. 타라는 이를 악물며 이쪽으로 달려오려는 갈랑에게 소리쳤다.

"오지 말아요!"

이미 그들은 포위되어 있었다. 갈랑과 준이 그녀에게 신경 쓰는 사이 더더욱 불리해질 것이다. 반쯤 잘려 덜렁거리는 머리 무게 탓에 남은 두 개의 머리가 휘청거렸다. 서로 싸우듯이 으르렁거리던 머리들이 이내 다시 뒤로 물러난 타라를 노렸다.

그녀는 더 뒷걸음질치지 않고 등을 펴고 서서 똑바로 그 괴물의 눈을 노려보았다. 찰나 그 너머로 다른 누군가가 보인 것만 같은 착각이 들었다. 어머니.

"역시 당신이군요."

노란 터널 같은 눈동자들이 단 한 번의 깜박임도 없이 그녀를 응시했다. 주먹을 움켜쥐었다. 이미 한 번 마법을 썼다. 이제 남은 건 한 번 정도. 최소한으로, 그러나 효과적이고 치명적으로 써야만 한다.

타라의 눈길이 찰나 다 무너진 탑 머리와 대치 상태인 구울들에게로 향했다. 벼락처럼 고함지른다.

"갈랑, 준! 왼쪽으로 뛰어요!"

의지를 행사하는 건 순간이고 또한 그녀의 의지는 착실하게 실행되었다. 탑의 아래층이 맹렬히 부서지면서 기우뚱 큰 개와 나머지 구울들을 덮쳤다. 버섯구름이 콰과광 피어올랐다. 그녀의 외침에 따라 본능적으로 움직여 빠져나온 갈랑과 준이 숨을 고르는 타라에게 달려왔다.

"괜찮으십니까?"

"네. 괜찮아요……."

침착하게 중얼거리며 일어나다 휘청 넘어질 뻔했다. 갈랑의 부축을 마다한 타라는 차츰 걷혀 가는 먼지들 사이로 드러난 참상을 바라보았다. 거대한 검은 개가 무너진 탑에 깔려 꿈틀거리고 있었다. 다른 것들도 상황은 크게 다르지 않았다. 아니, 실 끊어진 인형들처럼 아예 미동이 없었다.

타라는 완전히 죽은 한쪽 머리를 지나 씩씩 소리를 내고 있는 나머지 머리 앞에서 멈춰 섰다. 파충류의 것을 닮은 노란 눈에 타라의 얼굴이 비치고 있었다. 그녀는 환각 같은 속삭임을 들었다.

**[제법이구나. 내 딸.]**

이후 개의 눈에 박제된 양 번들거리던 살기가 꺼졌다. 사후 경직 같은 일말의 꿈틀거림뿐이다. 말없이 그것을 내려다보는 타라에게 사태를 수습한 갈랑이 다가와 옆에 섰다. 그에게 나직하게 입을 열었다.

"이게 본체였어요. 나머지도 따라서 죽은 거고요."

죽었다, 고 표현할 수 있는지 모르겠지만. 갈랑이 잠시 침묵하다 새삼스러운 눈으로 꽤 차분해 보이는 타라를 바라보았다.

"어떻게 아셨습니까?"

"그냥, 어머니라면 어딘가에서 지켜보고 있을 거라고 생각했을 뿐이에요."

차디찬 바람이 불어와 부패한 냄새를 걷어 갔다. 그녀는 삐죽 구름 사이로 고개를 내민 달을 올려다보다 고개를 떨어뜨렸다. 새카만 어둠을 품은 은빛 숲이 스산하게 흔들리며 빗소리 같은 노래를 부르고 있었다. 얼어 죽어 가는 이의 숨소리처럼 쉬익, 쉭 귓가를 가르는 서늘한 음색. 겨울의 노래.

"서둘러서 출발해요. 그녀가 우리가 어디에 있는지 알아차렸어요."

\*　　　\*　　　\*

아델하이트는 천천히 눈을 떴다. 겨울 성의 하얀 눈 결정들로 얼기설기 엮어 낸 듯한 천장이 그녀를 내려다보고 있었다. 타라의 분노에 찬 얼굴은 온데간데없었다. 퍽 놀라웠다.

그녀는 한층 성장한 딸의 모습에 예상외의 소소한 즐거움을 느끼고 있었다. 그 조그맣고 불완전한 아이가 벌써 그렇게 자라서 하늘같이 두려워하던 어미에게 적대감을 보이다니.

이래서 모두 자식을 낳고 기르고 싶어 하는 건가? 계획적으로 아이를 갖고 낳을 때까지만 해도 아델하이트는 제 유일한 자식에게 큰 관심이 없었다.

그러나 이따금, 예기치 못하게 아델하이트는 딸에게서 제 현재와 미래, 과거를 보곤 했다. 특히 그 아이는 그녀로 하여금 지난 시간을 은연중에 돌이켜 보게한다.

어리고 무력한 유년기, 짧고 찬란한 행복, 그리고 상실로 인한 각성. 핏줄은 어쩔 수 없는 것인가.

아델하이트와 타라는 많이 닮았다. 그래서 그녀는 딸이 자신을 죽이고 싶어 할 만치 원망하고 있다는 걸 쉽게 이해했다.

나도 그랬으니까.

"폐하."

침상에서 일어난 그녀에게 아인츠가 다가와 무릎을 꿇었다. 그의 손들린 은그릇에는 깨질 듯 맑은 겨울 호수에서 하녀가 길러 온 세숫물이 담겨 있었다.

그는 익숙하게 여왕의 발치에 소리 없이 그릇을 내려놓고 무명천을 물에 적셨다. 아델하이트는 상대가 제 손을 조심스레 잡고 닦아 낼 때까지도 생각에 잠겨 있다가 불쑥 입을 열었다.

"그는 어떻게 지내니?"

정확한 명사가 없었음에도 아인츠는 그가 누구인지 바로 알아들었다.

"잘 있겠지요."

"흐응, 그러지 않기를 바라는 것처럼 들리는구나."

"아닙니다. 그는 이제 폐하의 종복이 아닙니까."

깍듯한 대꾸였다. 아인츠는 이제 아델하이트에게 숙모님이라는 호칭을 쓰지 않았다. 여러모로 그의 감정 변화와 현 상황의 흐름을 보여 주는 대목이었다. 그녀는 그것이 우스웠다.

"비제가 내 종복이라고?"

아델하이트는 피식 웃어 버렸다.

"그건 내 종복이 아니란다."

"그렇다면 어째서 곁에 두십니까?"

아인츠는 참아 왔던 질문인 듯 망설임 없이 질문했다. 그러나 휙 시선을 저에게로 내리니 곧장 속눈썹을 내리깐다. 기특하기는. 예전의 어린 소년은 더 이상 없었다. 그는 매우 영민하고 눈치 빠른 사내로 자라났다. 역시 흡족한 일이었다.

"글쎄. 이해관계가 맞아서?"

"……."

"그자는 자신이 진심으로 충성하고 싶은 이에게만 고개를 숙여. 그러니 그이의 진심 같은 것에 연연할 필요가 없어. 무가치한 일이니까."

"그리고 그는 그런 주인을 배신하지 않았습니까."

"그랬지."

사실은 나도 놀랐단다. 장담하건대 본인도 놀랐을걸. 여왕은 즐겁게 지껄였다.

"방향 없는 물줄기가 그와 같을까. 재미있는 사내란 말이지."

"저는…… 그가 믿을 만한 자인지 확신이 서지 않습니다."

"어리석은 소리를 하는구나. 당연히 못 믿지! 너는 타고난 거짓말쟁이나 기만꾼을 신뢰하니?"

"이해가 가지 않습니다."

"이해할 필요 없단다. 넌 그저 내 말만 들으면 돼."

여왕은 흥미 없는 대상에게 베푸는 적선처럼 빙그레 웃었다. 아인츠는 모멸감도 없이 그녀의 희고 가는 손에 입 맞췄다. 타성에 젖은 양 자연스러운 동작이었다.

"저는 단지 걱정이 되어서……."

"네 자리를 위협할까 걱정이 된 건 아니고?"

"감히…… 그렇지 않습니다."

"그렇지 않기는. 질투구나."

아델하이트는 장난기 많은 소녀처럼 깔깔 웃었다. 그 소리가 직접 귓가에 짜랑하게 울리는데도 명화 속의 미인이 살아 움직이며 사람을 비웃는 것처럼 어딘가 유리된 느낌이었다.

그녀는 긴 손톱 끝으로 청년의 보드라운 뺨을 찔렀다.

"걱정 마렴. 그는 갖고 놀기에 너무 위험한 남자라서. 나는 안전하고 쉬운 게 좋단다."

"……."

여왕이 나른하게 일어서서 숄을 어깨에 두르고 고개 숙인 그를 지나쳤다. 고양이처럼 나긋하게 가로지르더니 우윳빛 햇살이 떨어지는 세티에 느슨하게 걸터앉아 구두가 벗겨진 발을 내밀었다.

직접 시중을 든 지 오래된 터라 무엇을 요구하는지 즉각 눈치챈 아인츠가 희고 깨끗한 발을 감싼 얇은 레이스를 벗겨 냈다. 턱을 괴고 그 모양을 구경하던 아델하이트가 중얼거렸다.

"쥬다는 괜찮을까?"

언뜻 진심으로 걱정하는 어조였다. 그녀의 쥬다에 대한 감정은 실로 복잡한 모순 그 자체였는데, 어떨 때는 비정상적인 애착과 소유욕을 갖고 있는 듯싶다가도 어느 순간은 부수고 싶어 안달하는 증오와 광기를 내비쳤다.

말도 안 되게 더 기가 막힌 사실은 그 모든 감정이 전부 진짜라는 거다. 그녀는 쥬다를 사랑하고 아끼면서도 죽이고 싶어 했다.

"많이 아팠겠지?"

"그가 죽기를 원하신 것 아니었습니까."

"그래. 그런데 고통스러워하는 건 원치 않아."

고개를 갸웃거리다가 그녀는 까르르 웃음을 터뜨렸다. 저 스스로도 어처구니없는 궤변이라는 걸 이제야 알아챈 듯이.

"하지만 어쩔 수 없는 일이지."

"……."

"그 애가 살아 있으면 방해가 돼."

사실 그 때문만은 아니면서도 그녀는 어쩔 수 없다는 듯 읊조렸다. 자기 자신에게 설명하는 듯한 어조였다. 그녀를 물끄러미 올려다보던 아인츠가 물었다.

"그 보석으로 무엇을 하려 하십니까."

사실 아인츠는 여왕이 일으킨 전쟁이 너무나 위험하고 승률이 높지 않은 도박이라고 생각했다. 서부가 피해를 입었다 해도 아직 북부와 동부는 건재하다.

중앙 왕국의 전성기 시절에도 그들을 전부 제압하지 못했는데 그녀는 무슨 생각일까.

"강력한 마법사가 죽으면 종종 그 마력과 영혼의 결정이 남는단 다. 그건 아스타로테의 흔적이지. 강력한 봉인의 매개체라 후세인 들은 그걸로 봉인만 할 수 있다 착각하지만 천만에. 그녀가 살아생 전 누렸던 능력들 몇 가지를 재현할 수도 있어."

그 사실을 처음으로 발견한 이가 그 사람이었다. 광포한 마레사. 그에게 공식적인 제자는 쥬다 하나뿐이었지만 그가 쥬다에게만 제 지식과 가르침을 넘겨준 건 아니었다. 그녀는 희미하게 미소를 지 었다가 표정을 지웠다.

"겁먹을 거 없단다. 곧 재미있는 일이 벌어질 테니까."

＊　　　＊　　　＊

북부 사자 성.

사실 말이 성이지, 평소 놈팡이 같은 사자 왕 레오니다스가 게으 른 수사자처럼 늘어져 낮잠을 자는 돌산이었다. 게다가 최전방과 가까워―전투광인 누군가가 바로 뛰쳐나갈 수 있게―왕의 궁전보다는 산성의 의미가 더 컸다.

온종일 짐승화한 본체로 지내는 경우가 다반사인 수족들은 일정한 건축물에 크게 집착하지 않았고, 기실 꽤 많은 수가 되는 대로 살았다.

종족마다 천차만별이기는 했지만, 특히 사자족은 적당히 햇볕에 데워진 암석 위에서 오수를 즐기는 걸 최고의 가치로 여겼다. 즉, 사냥과 전투 빼고는 게으르고 나태하기 그지없었다.

"왕께서는 언제 돌아오시려나."

붉은 갈기가 멋들어진 사자가 앞발로 머리를 벅벅 문지르며 중얼거렸다. 긴 꼬리가 휙휙 꼬여 든 파리를 쳐 내는 사이 똑같이 근처에 늘어진 암사자가 웅얼웅얼 대꾸했다. 그녀의 털빛은 우아하게 깎아 다듬은 적송과 닮은 적갈빛이었다.

"언젠가는."

"그게 언젠데?"

"언젠가."

"무의미한 문답이야. 그러니까 결국 너도 모른다는 거잖아?"

"레온."

"어?"

"내가 너라면 그런 쓸데없는 질문할 시간에 잠이나 더 자겠어."

"……."

할 말이 없었다. 세냐는 그의 쌍둥이 누이였지만 레온은 항상 세냐를 이겨 본 적이 없었다. 인간으로 치자면 레오니다스 왕의 사촌들인 그들은 왕족에 가깝겠지만, 수족들 사이에서는 그런 혈통이 큰 의미가 없었다. 그냥 힘 좀 센 애의 아들이라 힘 좀 세겠군, 하는 막연한 생각이 전부였다.

북부에는 강자와 그보다 더 강한 강자뿐이다. 수족들은 이 단순한 삶을 어렵고 복잡하게 사는 고귀족들이 외려 이해가 안 갔다. 쓸데없는 것에 집착하지만 않는다면 세상이 더 조용해질 텐데 말이다. 낮잠 자기 편할 만큼.

아, 그렇게 되면 전쟁도 없으려나? 그건 좀 곤란하다. 너무 심심하고 따분하잖아.

"좀 소란한데."

레온이 덥수룩한 귀를 앞발로 뒤집어 깠다. 이때다 싶은지 파리가 윙윙 그 근처를 맴돌았다. 한쪽 눈을 들어 올린 세냐는 혐오스러운 표정을 지었다.

"너 좀 씻어."

"씻었어. 너도 봤잖아."

"일주일 전에 호수에서 수영한 거? 그걸 말하는 건 아니겠지, 더러운 놈아."

"너 너무 말을 막 한다."

"넌 너무 더럽고."

"……그 정도는 아니야."

툴툴거리는 형제를 무시하며 세냐는 늘어지라고 기지개를 켰다. 보송하고 동그란 귀가 쫑긋 섰다. 레온의 말이 틀린 게 아니었다. 어디선가 시끄러운 소리가 커졌다. 귀찮은데.

하지만 이 성에 세냐 외에 어떤 일이 벌어졌을 때 나서서 직접 처리할 만한 인물이 없는 것도 사실이었다. 전부 게으름뱅이 멍청한 전투광들이니까. 그녀는 어슬렁어슬렁 날렵한 몸을 움직여 사자 성 절벽 끝에 섰다.

순식간에 늘씬한 고양이상의 여인으로 변해 아래를 굽어본다. 이 자리는 레오니다스도 종종 앉아 있는 곳으로 북부 전체가 한눈에 보이는 곳이었다.

먹잇감을 기가 막히게 포착해 내는 사자 수족의 또렷한 눈에 무리 지어 제 영역을 빠져나가는 늑대들이 보였다. 선두에 보이는 잿빛 털의 거대한 늑대는 모를 수가 없는 이다.

늑대족 최강의 전사 이사신. 그는 수장의 반려이기도 했다. 세냐는 최근 들어온 정보를 곱씹어 보며 곰곰이 생각했다.

"듣기로 이델이 크게 다쳤다지?"

"그렇대."

"그럼 서부로 가는 거겠군."

"갈랑이 이미 가 있지 않나?"

"오늘내일하는 모양이야. 일족 전체가 이동하는 걸 보면."

"으응? 왜. 전쟁이라도 하러 가나."

전쟁이라는 단어가 나오자마자 번쩍 눈을 뜬 레온이 벌떡 상체를 일으켰다. 여전히 그의 정수리를 파리 두 마리가 행성처럼 맴돌고 있었다.

"이델뿐만이 아니야. 얼핏 듣기로 불사의 마도사도 상태가 안 좋다니까."

"진짜? 거기에 무슨 일이 벌어진 거야? 젠장, 레오니다스가 신나게 달려간 이유가 있네!"

그저 큰일이 난 게 재미있는지 생각 없이 지껄이는 레온의 머리통을 후려갈긴 세냐가 짜증을 냈다.

"상황이 심각하다는 소리야, 멍청아."

"나 안 멍청해."

"아니, 넌 멍청해."

딱 잘라 단답하며 세냐는 곰곰이 턱을 문질렀다. 왠지 심상치 않은 일이 벌어질 것만 같은데. 마침 그녀의 머리 위로 까마귀 우는 소리가 들렸다.

수족 왕들의 눈인 갈까마귀, 그중에서도 가장 빠른 날개를 지닌 길론이었다. 은빛 부리를 지닌 새가 까악까악 울면서 근처 마른 가지에 앉았다.

"길론, 무슨 일이 일어나고 있는 거야?"

"말 잘했어, 세냐. 이사신이 무리 전체를 이끌고 서부로 가고 있어."

"역시 그런가. 혹 이델이 죽으면 다음 수장은 누가 되는 거지? 이사신? 갈랑?"

"뭐? 이델이 죽어?"

"넌 좀 조용히 해, 레온."

세냐는 이델을 좋아했다. 그녀를 아는 이치고 싫어하는 이가 거의 없긴 하지만 말이다. 세냐의 얼굴이 심각해졌다.

"그리고 표범 일족이 조금 이상해."

"그 고양이들이 왜?"

"그네들도 하나둘 숫자가 줄고 있어. 북부를 이탈하는 것 같아."

"사냥하러 가나?"

속 편한 레온의 말에 세냐는 동의하지 않았다. 시기가 공교롭다. 늑대족과 표범족은 예전부터 사이가 좋지 않았다. 영역 다툼은 기본이고 자주 크고 작은 싸움이 벌어졌다.

예전 갈랑이 그네들 족장 아들을 죽사발을 내놓은 뒤로는 더 냉랭해졌지, 아마. 표범들은 서식지가 중부에 치우쳐 있어서 중앙 왕국의 상인들과 물건을 교류하기도 했다. 세냐는 이마에 주름을 잡으며 날개를 고르고 있는 갈까마귀를 노려봤다.

"그걸 왜 이제 말해?"

"얼마 안 됐어. 말하기 경미한 변화라 지금 말하는 것뿐이야."

"수상해. 레오니다스에게…… 아니, 이사신에게 말해 주도록 해."

"이미 말했지."

"그럼 우리 왕에게."

갈까마귀는 새침하게 까악 울더니 고개를 끄덕끄덕거렸다. 바로 그때였다.

쿠구궁!

지진이라도 난 것처럼 천지가 울리고 돌산이 덜커덕거렸다. 그들은 전부 깜짝 놀라서 털과 꽁지깃을 곤두세웠다. 주변의 수족들도 전부 놀랐는지 여기저기서 아우성치고 울고, 짖는 소리가 이리저리 깃털처럼 맴돌았다.

동물들이 갇힌 우리를 잡고 뒤흔들기라도 한 것만 같은 소란이었다. 예민한 청각에는 난잡한 고문이다. 세냐는 얼얼한 귀를 문지르며 주변을 두리번거렸다. 레온은 여전히 허둥지둥거렸고, 길론은 푸드덕거렸다.

"방금…… 이게 어떻게 된 일이지?"

"이상하군. 매우 기묘한 기분이야…… 이런 기분은 정말 오랜만인데."

까마귀가 중얼거렸다. 아니나 다를까, 일시에 전부 날아오른 새들로 얼룩덜룩 뒤덮인 북부의 회색 하늘에서 까마귀 몇 마리가 날아와 길론에게 고개를 조아렸다. 그들은 앞다투어 소리쳤다.

"길론, 길론! 뭔가 다가오고 있어!"

"새카맣고!"

"지저분하고!"

"냄새나!"

"나?"

레온이 멍청하게 중얼거렸다. 모두 약속이라도 한 듯 그를 무시했다.

"겨울의 땅에서 어떤 것들이 몰려오고 있어. 느리면서 무척 빨라. 음산하고 질척한 기운이 풍겨. 어서 막아야 해!"

"도망가야 해!"

"무슨 소리야. 그러니까 어떤 것들이 우리 국경을 넘어서 공격해 오고 있다는 거야?"

세냐가 날카롭게 정리해 되묻자, 까마귀들이 일제히 고개를 끄덕이며 수선을 떨었다. 그녀가 무어라 더 말하려는 순간 다시 쿵,

기묘한 울림이 땅 전체에 진동했다.

이번에는 누구 하나 빠짐없이 그 불길함을 본능적으로 느꼈다. 일순 전부 조용해졌다. 그들은 서로의 얼굴을 멀거니 바라보고 있다가 세냐의 사나운 외침에 펄쩍 뛰었다.

"정신 똑바로 안 차려?! 전투원들은 전부 무장하고 국경 쪽으로 가! 어서!"

뜨거운 물이라도 옴팡 뒤집어쓴 듯 돌산 여기저기 엎드려 있던 사자들이 화들짝 아래로 뛰어내려 갔다. 세냐가 길게 사자후를 내지르자, 부산스럽던 이들이 일제히 일사불란하게 수족의 모습으로 변했다. 순식간에 북부의 거의 모든 이들이 전투태세에 돌입했다.

레오니다스가 마음 놓고 자리를 비운 이유가 여기에 있었다. 북부는 언제라도 위기가 닥치면 하나로 모여 창과 방패가 될 수 있었다. 그의 사촌인 세냐는 무리 중에서도 가장 상황 판단 능력과 지도력이 뛰어났고.

그녀도 뒤따라 사자족의 후미를 쫓아가며 제 옆에서 날고 있는 갈까마귀 길론에게 물었다.

"대체 어떤 것들이 오고 있는 거야? 정확히 봤대?"

"모르겠군. 하지만 불길해. 매우."

한두 차례 까악까악 운 그가 음울하게 중얼거렸다. 듣기로는…….

"마치 시체 군단 같다더군."

*       *       *

—해가 없어진 낮, 천둥 번개와 눈과 비가 한꺼번에 내리고, 죽은 자들이 걸어 다녔다…….

　브리지트는 요정 여왕의 고서에 처박혀 고왕국의 멸망과 여제의 폭주, 죽음에 대해서 열 번 이상 반복해서 읽었다.

　식사도 먹는 둥 마는 둥 거르고 있어서 타니아가 발을 동동 구르고 있다는 소식을 궁정 님프들에게 들어 알고 있었지만, 그녀가 어머니를 만나거나 걸어 잠근 문을 여는 일은 없었다.

　밖에서 서성이던 인적들이 계속된 무시에 포기하고 멀어지자마자 브리지트는 벌러덩 뒤로 누워 버렸다.

　물끄러미 허공을 향해 껌벅거리는 녹색 눈동자에 요정족의 역사와 신화를 양각해 놓은 천장화가 비쳤다.

　남부의 풍요로운 낙원에서 요정족이 번성하고, 힘없는 님프들을 거둬서 그들을 보호하고, 남쪽 바다의 괴물들을 소탕하는 저 일대기가 전부 완전한 진실만을 보여 주는 게 아니라는 걸 안다. 그런데도 그 사실을 이제야 제대로 알게 된 기분이었다.

　"내가 왜 이걸 진작에 다 읽지 않았을까."

　그녀는 랑카의 일기를 한쪽에 던져 버리고는 팔로 눈가를 덮으며 중얼거렸다. 잠을 제대로 못 자서 머리가 멍한 와중에 웃음이 나왔다. 알면? 알고 타라를 만났다면 뭔가 달라지기라도 했을까?

　브리지트는 손 그늘 너머로 눈매를 느리게 접었다가 떴다. 언젠가, 타라와 이런 적이 있었는데. 서재에 누워서 그림자놀이를 하고 별거 아닌 유리창과 바닥의 무늬들을 찾으며 놀았었지.

어린아이 같은 장난들인데도 그저 신나고 재미있었다. 사실 타라와 함께 보낸 시간 중 싫은 적은 한 번도 없었다. 답지 않게 들떠서 일곱 살 소녀처럼 깔깔 웃느라 바빴지.

이런 내가 과연 타라를 저버릴 수 있을까? 아니지. 우리가 적이되는 건가. 하지만 왜 우리가 적이 되어야 하지?

갑갑하게 놓인 현실에는 그들의 의사가 어떤 것도 반영되지 않았다. 그게 화가 났다. 뭐 하나 제 뜻대로 움직일 수도 없고 그저 받아들여야만 하는 게.

변태하여 성체가 된 이후 한 번도 자신을 미성년으로 생각해 본적이 없는데, 지금에 와서야 그녀는 자신이 덜 성숙한 계집아이에 불과하다는 자각을 했다.

남부 요정 왕국의 공주, 여왕의 후계자. 그러나 이와 같은 위치와 힘은 전부 어머니의 권력에서 나오는 부산물들이었다. 브리지트 스스로 이룩해 놓은 건 아무것도 없다. 심지어 제 권속이었던 기사까지도.

야센이 세랑트를 데리고 탈옥했다는 소식을 듣고 분기탱천한 브리지트가 타니아에게 따지러 갔을 때 알현실의 절반이 박살나고 불타기는 했지만 소란에 비해 얻은 소득은 없었다.

여왕인 어머니가 그가 제 명령을 거부했다는 말만 하고 입을 꾹다무는데 그녀가 뭘 할 수 있겠느냐 말이다. 겉으로 보기에 죄인은 야센이 맞았다. 감옥에 갇힌 게 오해나 누명, 혹은 지나친 벌이라

하더라도 기사 야셴이 다른 기사들을 때려눕히고 죄인과 함께 감옥을 탈출한 것은 명백한 사실이었다.

그래서 브리지트로서는 만약 그가 잡혀 온다면 선처를 부탁하는 것 외에 별다른 수가 없었다. 입에서 실소가 터졌다.

"진짜…… 더러운 기분이야."

다 알고 있다고 착각하고 살았는데 이제야 안대가 벗겨졌다. 그녀는 아무것도 아니었다. 대체 뭐가 어떻게 돌아가고 있는지조차 모르고 있지 않은가.

대체 왜 야셴이 그런 엄청난 일을 벌였는지, 어떤 사정이 있는지 짐작조차 되지 않았다.

똑똑똑!

"브리지트 공주님!"

또 시작이다. 브리지트는 한동안 급한 노크 소리를 모른 척하다가, 평소와 달리 끝날 기미가 안 보이자 결국 벌떡 일어나며 짜증을 냈다.

"시끄러워! 뭐야, 또?"

"공주님! 여왕께서 급히 찾으셔요!"

"언제는 안 그랬나? 바빠. 그렇게 전해."

그녀는 톡 쏘아붙이고는 벌러덩 누워 고귀한 역사적 산물이라 칭송받는 선조의 일기장을 대충 질질 끌어다가 얼굴에 덮었다.

"그게…… 지금 바깥에 큰일이 났어요! 전쟁이 날지도 모른다고……."

전쟁?

튕기듯이 눈을 번쩍 떴다.

내내 열릴 줄 몰랐던 문을 벌컥 열리자 문짝에 대고 열심히 소리 지르고 있던 님프가 하마터면 넘어질 뻔 했다.

낯빛이 차갑게 굳은 브리지트가 득달같이 캐물었다.

"전쟁이라니? 그건 또 무슨 소리야?"

"그게 저도 잘 모르겠지만, 겨울의 땅 주변으로 이상한 것들이 나타나서 활보하기 시작했대요. 북부 국경선이 이미 난리가 아니라고…… 공주님?"

대꾸도 없이 바람처럼 님프 옆을 지나친 브리지트는 이미 서고를 나서고 있었다. 며칠 두문불출했던 것이 무색하게 순식간에 여름 궁전에 도착한 브리지트가 옥좌에 앉아 요정족 장로들과 심각한 얼굴로 대화 중이던 타니아를 발견했다.

"엄마!"

"브릿?"

딱딱하게 굳어 핏기가 없던 타니아가 급하게 다가오는 딸을 발견하고 반색했다. 그녀는 휘휘 신하들을 물린 뒤 양손을 펼쳤다.

"드디어 나왔구나! 난 네가 단단히 삐쳤나 싶어서 잠도 한숨도……."

"전쟁이라니? 이게 무슨 소리예요? 북부 국경선 얘기는 또 뭐고?"

속사포처럼 말을 끊어 먹는 딸내미를 짐짓 입술을 삐죽이며 바라보던 타니아가 퉁명스레 대꾸했다.

"뭐겠니. 드디어 내가 우려하던 일이 터진 거지."

"타라가 폭주했다고요?"

"그럴 수도 있겠지. 하지만 지금 율리아 대륙 각지에서 벌어지는 사건 사고들은 무차별적인 게 아니라 철저한 계산에서 벌어지는 일들이야. 내 생각에는…… 아델하이트가 일을 꾸미는 것 같구나."

"그녀에게 그런 능력이 있었나요?"

"없었지만…… 뭔가 변화가 생긴 거야. 아무래도……."

타니아는 땅이 꺼져라 한숨을 쉬었다. 대륙 여기저기서 날라오는 급보에 머리가 지끈거릴 지경이었다. 그녀는 야속할 만치 자신을 뚫어져라 쳐다보며 현 상황에 대해서만 캐묻는 딸을 향해 말했다.

"쥬다가 당한 것 같아. 네가 서고에서 안 나오는 사이 여러 일이 벌어졌단다."

"아니, 대체 그게 무슨……."

"비제 미메시스가 쥬다를 배신했어."

이건 정말 예상 못 한 소식이었다. 브리지트는 어떤 반응도 못 보이고 잠깐 우두망찰 굳어 있다가 금방 살벌해졌다. 이 미친 자식, 어쩐지 처음 볼 때부터 마음에 안 들었어! 속내가 시커먼 게 눈에 보였다니까!

"그가 쥬다를 공격했……."

"설마 그 정신 나간 자식이 타라 납치해서 도망간 거예요?!"

"……응? 무슨 소리니?"

자못 심각해져 있던 타니아가 눈을 깜박거렸다. 그녀의 망연한 표정에 저가 헛다리를 짚은 걸 깨달은 브리지트가 뻔뻔스레 되물었다.

"아, 그런 쪽 배신이 아니에요? 휴, 난 또 뭐라고. 걔 눈이 심상치 않아서 영 걱정되던 참이었다고요."

"응? 응?"

"됐어요. 그러니까, 그가 주인의 뒤통수를 쳤다는 거네요."

대체 왜? 브리지트는 미간을 구겼다. 다행히 최악의 상황은 아닌 모양이었지만 ― 납치라든가 감금이라든가. 지금 이곳에 야센이 있었다면 이상한 책 좀 그만 보라고 조언했을 것이다 ― , 이것 또한 그녀의 예상 범위를 빗나가는 전개였다.

제 사람 한정 정 많고 의리 많은 요정인 그녀는 곧장 타라의 안위를 걱정했다. 오죽 충격을 받았겠는가.

게다가…… 타라와 비제는 알게 모르게 매우 친밀한 관계였다. 브리지트가 비제를 꺼림칙하게 여긴 탓에 저에게 많은 말을 하지 않은 건 알고 있지만 눈치상 보이는 게 있지 않은가.

"사실 못 믿을 치라고 취급하기는 했는데…… 퍽 놀랍네요."

그녀 자신도 깜짝 놀란 건, 브리지트조차 비제가 쥬다를 배신할 거라고는 상상도 못 했다는 거다. 그걸 브리지트는 이제서야 깨달았다. 참 대단하고 간교한 사내가 아닌가.

쥐도 새도 모르게 그는 주변 모두에게 자신에 대한 신뢰감을 심어 주고 있었다.

"그가 무슨 이유로 그런 짓을 저지른 거죠?"

"정확히 알 길은 없지만, 첩자들에 의하면 아델하이트에게 간 모양이야."

"네에?!"

갈수록 가관이다. 이런 미친놈. 역시 그때 무슨 수를 써서라도 반쯤 곤죽을 만들어 놨어야 했는데! ……아니 잠깐, 그 때? 그 때가 언젠데?

"그 후 율리아 전체가 이 모양 이 꼴이니 그 일이 뭔가 관계가 있는 것 같아. 얘, 내 말 듣고 있니?"

"아, 네."

갑자기 띵한 머리를 잡고 휘휘 저은 브리지트가 한 박자 늦게 대꾸했다. 초록빛 눈동자에 다시 선명한 총기가 돌아왔다.

"그래서, 겨울의 땅 근처에 활보한다는 이상한 것들의 정체가 뭔데요?"

"너도 랑카의 일기에서 봤겠지. 구울 말이야. 생사가 교란하고 죽은 자들이……."

"—밤이고 낮이고 땅 위를 걸었다, 는 구절 말이죠."

고왕국의 마지막 군주, 아스타로테가 광중이 치밀어 온 왕국을 짓밟았을 때, 그녀가 일으킨 마법으로 끔찍한 재앙이 일어났다고 한다. 낮과 밤이 바뀌고 우박과 벼락은 예사였다.

그리고 개중 가장 사람들을 두렵게 했던 건 그런 자연재해가 아니었다. 바로 죽은 자들이 일어나 무차별적인 학살을 벌였던 것. 그들은 이미 죽었기에 더더욱 쉽게 죽지도 않았다.

"북부는 이미 전쟁터야. 황금 성은 기사단을 출동시켜 괴물들에게 습격받고 있는 민가를 대피시키고 있고."

"타라는, 타라는 어디에 있지요?"

"거기까지는 모르겠구나. 사실 그녀가 폭풍의 핵일 텐데."

타니아의 나직한 한숨 소리는 묵직한 연기처럼 쌉싸래했다. 그런 그녀의 맞은편에 브리지트는 천천히 앉아 어머니를 똑바로 쳐다봤다.

결국 세상은 뒤집히고 있었지만 타니아가 예상한 방식과는 달랐다. 그리고, 브리지트는 이것이 본질이라고 생각했다.

강한 힘이 문제가 아니다. 그것을 이용하고 악용하려는 자들이 문제일 뿐. 불과 칼이 위험하다고 그것에 의사가 있겠는가? 결국 무기로 휘두르는 사람의 죄악이다.

"아직 우리 땅에는 이런 일들이 벌어지지 않은 거지요?"

"조상들이 도우사 아직까지는."

"그럼, 어떻게 하실 생각이세요? 이제부터 우리 요정족은 어떤 행보를 보여야 하죠?"

고단한 요정 여왕은 한참 뜸을 들였다. 그녀는 골치가 아픈 듯 관자놀이를 꾹꾹 눌렀다.

"우선 방어를 단단히 하고 군사를 재정비해야지. 시체는 화장하고 일족의 안식처에는 정화 의식을 치를 거야. 언제 또 우리에게 이런 일이 벌어질지 몰라."

"그거야 당연한 거고요. 지원하실 생각이세요?"

"지원이라니?"

"누구겠어요! 당연히 다른 맹주국들이죠! 이건 율리아 전체의 재앙이잖아요!"

브리지트가 못 참고 따지듯이 소리쳤다. 타니아는 턱을 괴며 딱 잘라 말했다.

"아직 시기상조야. 상황을 더 지켜보고 결정해도 늦지 않아."

"뭘 더 지켜봐요? 겨울의 마녀가 시키면 흑심을 드러내고 있잖아요. 그녀가 우리를 가만 놔두겠어요? 엄마를 얼마나 싫어하는데!"

"야! 나도 그년 싫어해!"

"그런데 뭐가 문제냐고요!"

"아직까지는 아델하이트가 위험한지 그 딸이 더 위험한지 알 수 없으니까! 누가 이길지도 모르고!"

그 순간 브리지트는 제 모왕(母王)이 치열하게 머릿속에서 주판알을 튕기고 있다는 걸 깨달았다. 타니아는 그 누구보다도 신중론자였다. 브리지트는 화딱지가 나려는 걸 간신히 참고 설득에 나섰다.

"엄마 말대로 이건 결국 아델하이트와 타라의 싸움이에요. 지금 대륙에서 겨울의 여왕을 단번에 제압할 수 있는 건 타라밖에 없고, 그 비열한 혼혈 배반자 놈이 여왕의 사주를 받은 이상 타라는 어머니를 적대할 게 뻔해요. 여왕은 보아하니 대륙 전체를 삼키고 싶은 모양이고! 긴말이 필요해요? 성품이든 악의든 야망이든 타라가 백 배 천 배 낫지!"

"끄으응."

손톱을 잘근잘근 깨물며 미간을 찡그린 요정 여왕은 딸의 반박을 들으며 곰곰이 생각에 잠겼다.

"네 말도 일리가 있을지도 몰라."

"세상에! 엄마가 오랜만에 예뻐 보여요!"

씩씩거리며 초조하게 어머니의 눈치를 살피던 브리지트는 간결한 수긍에 반색했다.

"하지만 섣불리 나서기에는 여러모로 걸리는구나. 지금 아델하이트는 제 딸과 쥬다에게 우호적일 곳은 전부 다 공격하고 있는데, 그러다 우리까지 그녀의 적이 된다면? 피해가 상당할 거야."

"어차피 적이 될 거라면 다 같이 대항해 꺾어 버리는 게 낫지요! 머뭇거리다 각개 격파 당할 수도 있어요."

"아니면 그 첫 번째 대상이 되든가. 현재 아델하이트의 힘이 어느 정도인지 모르니 성급한 결정을 내릴 수는 없어. 이미 오베론이 벨벳 성에서 돌아오지 않는 것도 신경 쓰여 죽겠는데……."

"엄마가 보낸 것 아니었어요?"

"언령의 후예와 쥬다의 봉인을 확인해 보라고 보낸 거였지! 그 아이가 이제 내 통제를 전혀 따르지 않고 있어. 그 녀석도 내 아들인데 서부에 협력하고 있다면 어떻게 보이겠니?"

타니아는 불안해했지만 브리지트는 생소한 감정에 잠시 입을 다물었다. 그녀가 소중히 여기는 이들이 고초를 겪는 동안 자신은 뭐 하나 하지 못하고 방구석에 틀어박혀 있었고, 심지어 형제인 오베론은 직접 움직이고 행동하고 있었다.

자괴감과 형언하기 힘든 묘한 감정이 올라왔다. 요정족을 위해 먼저 싸우고 있는 사람이 한 명 정도는 있었던 것이다.

"그런데…… 오베론이 어떻게 엄마의 말을 거역하죠? 그는 여왕의 직계 요정인데?"

모든 요정족은 여왕의 뜻에 반할 수 없다. 당연한 상식이었다. 특히 그녀의 피가 짙을수록 더.

오베론의 특수한 출생에 얽힌 비화는 극소수만이 알고 있는지라 브리지트조차 이 사실을 몰랐다. 타니아의 하얀 얼굴에 처음으로 당황이 올라왔다 가셨다.

"그 아이는 뛰어난 마법사잖니. 고왕국의 옛 마법에 그런 방법이 있을지도 모르지."

"그런 게 있을 리가…… 가만, 그리고 보니 야센이 어떻게 도망친 거지?"

요정 여왕의 기사가 명을 거역한 것도 놀랄 노자였지만 도망친다 해도 날개 때문에 얼마 안 가 위치가 들킬 것이다. 야센은 그걸 모를 정도로 바보가 아니다. 같이 간 세랑트야 애초에 날개가 없었으니 문제없겠지만서도…… 순간, 한기가 올라왔다.

"설마…… 그의 날개를……."

갑자기 모든 것이 들어맞았다. 갑자기 남부로 소환당한 야센, 투옥, 도망. 보수적이고 강직한 그가 여왕의 명을 거절할 일이 무엇이 있겠는가.

당시의 타니아는 타라를 없애고 싶어서 혈안이 되어 있었다. 벨벳 성에서 꽤 오랜 기간을 머물렀던 자신의 충직한 종에게 그녀가 무엇을 명령했을지 너무도 뻔한 일이었다. 진작 알아채지 못한 자신이 바보였다. 믿을 수 없는 현실에 브리지트는 곤란하게 이마를 짚는 어머니를 돌아보았다. 입술이 약하게 떨렸다.

"아니라고 말해요."

아, 타라. 네 기분을 알 것 같다.

"브릿."

내가 기대고 우러러보았던 이에게 당하는 배신이란 이런 거구
나.

"설마 그의 날개를 잘랐어요? 그에게 타라를 죽이라고 말했나요?
야센이…… 얼마나 당신에게 진실하고 충직한 기사였는지 알기는
하나요? 어떻게, 어떻게 그런 비열한 짓을!"

끔찍한 분노가 머리끝까지 치밀어 그녀의 주변으로 화기가 넘실
거렸다. 태양이 땅에 추락한 듯 더운 열기가 홀 전부를 잡아먹어 버
렸다.

새파랗게 타오르는 눈이 무섭게 제 어머니를 노려본다. 타니아
가 뭐라 제지하기도 전에 여왕의 위협을 느낀 요정들이 궁 안으로
뛰어들어 왔다. 브리지트는 일제히 제 쪽으로 들이대지는 창날에도
눈 하나 깜짝하지 않았다.

외려 타니아가 날카롭게 호통을 쳤다.

"감히 내 딸에게 뭘 겨누는 거야!"

"대답해요, 어머니."

"브릿, 내 말 좀 들어 보렴."

그러나 타니아는 입술을 열었다 닫을 뿐이었다. 결국 그녀가 할
말은 전부 하나였다. 모든 것은 요정족의 안위를 위해서. 지금까지
그래왔던 것처럼.

그녀는 기가 질린 낯으로 타니아의 손을 뿌리쳤다.

"하. 됐어요. 이미 충분히 들었으니까."

여름 잎사귀 같은 녹안에 처음으로 강렬한 배신감과 경멸이 깃
들었다. 브리지트는 뒤도 보지 않고 그 자리를 빠져나왔다. 애타게

부르는 제 이름 따위 묵살한 채로.

비참하게 가슴이 들끓어 그녀는 이를 악물었다.

*     *     *

사박사박 발목까지 눈 속에 파묻혔다. 마치 다른 세계로 건너온 것처럼, '경계'를 넘어서자마자 눈보라가 몰아쳤다. 그들이 옹기종기 모여 얼어붙은 바람을 견디고 나자 그 후부터 하늘에서는 쉴 새 없이 흰 눈이 떨어져 내렸다.

무감각하고 차갑기만 한 계절, 언 뺨과 이마를 적시는 눈송이들은 차라리 서늘한 재가 흩날리는 것 같았다. 타라는 쥬다와 만들었던 눈사람을 떠올렸다. 추억과 달리 사방에 펼쳐진 눈밭은 지나치게 삭막하고 고요했다. 만물이 말라 죽고 모든 이들이 눈을 감고 있는 것처럼.

겨울 숲에서 살아 움직이는 건 타라 일행뿐이었다.

"이 겨울, 무척 오랜만이네요."

시시각각 과거로 걸어 들어가고 있는 듯 마음이 가라앉은 타라가 중얼거렸다. 앞장서서 공기 중의 알 수 없는 냄새를 맡고 있던 갈랑이 고개를 돌렸다.

"갈랑은 겨울의 땅에 와 본 적 있나요?"

"아버지를 따라서 몇 번 근처에 사냥을 온 적이 있습니다. 표범 일족과의 마찰 때문에 자주 오지는 못했지만."

"국경을 넘어 본 적은 없지요?"

"예."

타라는 고개를 끄덕이고는 겨울나무들이 우거진 은청색 하늘을 올려다보았다. 금방 눈안개로 뿌옇게 흐려지더니 음울한 은회빛으로 물든다. 그것이 어머니의 시선처럼 느껴져서 가슴이 싸하게 식었다.

"어머니는 나를 사로잡으려 할 거예요."

내가 본인의 영역에 들어왔다는 걸 민감하게 느끼고 있을 테니. 지금쯤 이미 겨울 성의 경비병들과 사냥개들이 온 겨울 숲을 뒤지고 있을지도 모른다.

"가장 위험한 땅에 들어섰군요."

"아마도."

눈보라가 다시 거세졌다. 다리가 푹푹 눈에 파묻혀 펄쩍펄쩍 뛰던 준이 낮게 울면서 부르르 온몸에 묻은 눈덩이를 털어 냈다. 그들은 잠시 스산한 바람을 피해 잎이 말라 죽은 고목 밑으로 피신했다.

"지금 우리에게는 두 가지 선택지가 있습니다."

종잡을 수 없는 날씨를 가늠해 보던 갈랑이 나무 기둥 밑의 싸라기눈을 털어 내고는 커다란 덩치로 쭈그려 앉았다. 그는 검지로 평평한 눈 바닥에 세 개의 동그라미와 중간의 세모, 그것들을 연결하는 두 개의 줄을 그렸다. 마지막으로 푹 점을 찍는다.

"여기가 현재 우리의 위치입니다."

각각 벨벳 성과 중간의 겨울 성, 마지막으로 황금 성으로 이어지는 길에서 겨울 성 근처의 작은 점. 그들을 뜻하는 표시였다. 갈랑의 낮은 목소리가 휑한 바람 소리에 뒤섞였다.

"처음 벨벳 성을 출발했을 때, 이티오팔을 통과하는 길을 선택하기로 했지요. 당시에는 반대가 있을까 봐 말씀드리지 못했습니다만 그 죽음의 호수는 너무 위험합니다. 차라리 단거리로 겨울 성의 남쪽 샛길로 돌아가는 건 어떨까요?"

"하지만 그 길은 겨울 성과 너무 가깝지 않을까요?"

"등잔 밑이 어둡다는 속담을 빌려 보자면 외려 그렇기에 더 안전할지도 모릅니다."

"그럴지도 모르지만⋯⋯."

"사실 저는 아델하이트 여왕보다 다른 것을 두려워합니다."

타라의 의아한 시선에 갈랑은 잠시 마른세수를 하며 뜸을 들였다. 잠깐 사이 시린 서리가 그의 까끌까끌한 턱에 맺혀 있었다.

"이티오팔에 잠들어 있는 마룡이 깨어난다면 우리가 할 수 있는 일은 없습니다. 도망가는 수밖에는."

"갈랑이 무엇을 걱정하는지 알겠어요. 하지만 요정족인 오베론이 그 산성 호수를 건널 수 있는 비책을 알려 주었는걸요."

"왕자는 총명한 요정이지요. 하지만 그는 살아생전 그 미친 용을 마주한 적이 한 번도 없습니다. 전부 그가 태어나기도 전에 벌어졌던 옛날의 비극이니까."

그러니 그것이 얼마나 위험하고 무모한 일인지 간과하고 있을 수도 있습니다. 그는 오직 겨울의 여왕만을 경계하고 있을 테니.

새로운 시점의 조언에 타라는 곰곰이 생각에 잠겼다. 갈랑의 말도 일리가 있었다. 그는 그 사건으로 형제를 잃었고, 바바로사가 얼마나 무시무시한 재앙이었는지 당시를 기억하는 자들은 전부 같은 말을 했다. 끔찍했다고.

무뚝뚝한 요정 야센도 그러지 않았던가. 몇 세기 전의 일인데도 그는 올곧은 공포와 두려움, 절망을 끝내 준 쥬다에게 경외심을 가지고 있었다.

"그렇다면, 어떻게 해야 할까요. 어디 하나 쉽지도 않고 똑같이 위험성을 감수해야 하네요."

"만약 여왕에게 잡힌다면 탈출이라는 가능성이라도 있지만 깨어난 바바로사와 마주친다면 우리는 바로 죽을 겁니다."

갈랑의 단언이 타라의 마음을 움직였다. 거리상으로 따지면 이티오팔 쪽이 조금 더 시일을 줄일 수 있겠지만 타라의 각성과 그로 인해 쥬다의 힘이 약화됨으로써 그가 유지하고 있던 마법과 봉인들도 불안해졌다.

즉, 바바로사가 언제 깨어나도 이상하지 않았다.

"좋아요."

타라는 결정을 내렸다.

"겨울 성 샛길로 가죠. 하지만 만약 발각된다면 이티오팔로 달아나기로 해요. 위험하다 해도 어머니에게 잡혀서 시간을 낭비하거나 그녀의 인형이 되는 것도 최악인 건 마찬가지니까."

"알겠습니다."

다시 바람이 멎었다. 그들은 뽀드득뽀드득 밟히는 눈을 헤치며 다시 전진했다. 겨울의 숲과 대지는 새하얀 백사로 덮인 무덤 같았고, 얼어붙은 생기가 떠도는 사방은 고요하고 고요했다.

앞장서 걷는 늑대 청년의 커다란 발자국과 덩치 덕에 조금쯤 걷기 수월했다. 그녀의 옆에 바짝 붙어서 따르던 준이 멈칫멈칫 불안하게 주변을 둘러본다. 윙윙거리는 귓가에 반쯤 정신도 얼어 있던 타라는 뒤늦게 준의 이상함을 눈치챘다.

"왜 그래요, 준?"

**[아니, 그냥…… 다리가 아파서.]**

준이 낮게 낑낑거렸다. 그녀는 멈춰 서서 까만 개의 목덜미와 등허리를 쓸어 주다가 조심스레 앞발을 들어 보았다.

**[예전에 잘렸던 다리가 아파.]**

"아."

타라는 퍽 오랜만에 그의 의수를 알아차리고는 기분이 이상해졌다. 새삼스레 죄책감을 느끼며 준의 얼굴을 잡고 말갛게 저를 보는 개의 눈을 바라보았다. 투명한 유리 조각처럼 무해한 그 눈빛이 가슴을 찔렀다.

"날씨가 추워서 그런가 봐요. 많이 아픈가요?"

**[아니, 그냥 웅웅거려. 꼭 안에 날벌레가 날아다니는 것 같아.]**

타라는 연신 겁먹은 것처럼 보이는 개의 귓가를 어루만졌다. 용맹한 그가 적지에서 불안한 강아지처럼 구는 게 매우 걱정되었다. 평소의 그라면 어림도 없는 일이었다.

**[느낌이 이상해. 이 땅에 들어서고부터, 아니 점점 갈수록 묘한 기분이 들어.]**

"당신도 내 어머니가 두려운가요?"

**[아니. 네가 다치거나 좌절하는 게 두렵지.]**

"나도 그래요."

타라는 빙그레 웃으며 검은 개의 콧잔등에 키스했다. 잠깐 뒤처진 그들에게 다가온 갈랑이 무슨 일인가 묻더니 주저 없이 준을 안고 가겠다고 말했다.

뭔 말인가 멀뚱히 그를 올려다보던 준은 상황을 깨닫고는 사양하겠다며 길길이 날뛰었지만 결국 꼼짝없이 갈랑의 두꺼운 팔에 안겨 이동했다. 송아지처럼 큰 개인데도 무리 없이 들고 다니는 게 대단하다 싶었다.

그들은 밤낮없는 이동과 잠깐의 휴식을 취하며 앞으로 나아갔다. 8일의 해와 7개의 달이 찾아왔다. 살을 에는 겨울이었다.

끝없는 청회색의 숲, 해가 의미 없는 흐린 하늘이 펼쳐진 설경에는 얼어붙은 폭포와 얼음 연못, 한쪽 면에만 눈이 돋아난 바위와 나무 등 갖가지 풍경이 녹아 있었다. 몇 번의 추적과 아슬아슬한 경비대와의 조우가 있었지만, 다행히 무사히 넘겼다.

그들은 발자국이 남지 않는 곳으로 주로 이동했지만 피치 못할 시에는 어쩔 수 없이 흔적이 남았다. 그럴 때마다 타라는 자신의 신발에 마법을 걸었다.

그러면 눈을 밟아도 갈랑과 쥰의 것과 비슷한 짐승의 발자국이 남았다. 그도 여의치 않으면 동물들에게 부탁해 발자국을 지웠다. 야생 사슴과 새, 눈 토끼의 발에 마법을 걸어 가짜 발자국이 찍히게 하기도 했다. 그녀의 행동을 지켜보던 갈랑이 물었다.

"차라리 발자국을 아예 없애는 게 낫지 않습니까?"

"어차피 어머니는 우리가 이곳에 있는 걸 알고, 계속 쫓고 있을 텐데 아무 단서도 없다면 그녀의 불안만 자극해서 더 곤란해질지도 몰라요. 아예 숨지 못한다면 차라리 정보를 많이 줘서 교란시키는 게 나을 거예요."

쥬다가 언젠가 가르쳐 준 것이었다. 일을 아예 없던 일처럼 숨기지 못할 바에야 차라리 전부 알도록 키워서 별거 아닌 거로 만드는 게 낫다고.

갈랑은 타라를 물끄러미 바라보다 말했다.

"그렇군요. 하지만 마법을 사용하는 게 걸리시면 너무 무리하지 않으셔도 됩니다. 기사 다섯 정도는 제 힘으로 막을 수 있습니다."

"하지만 결국 갈랑이 피를 묻혀야 되잖아요."

"……."

제압이라는 것도 압도적인 차이가 있어야 쉽게 되는 거지 위급한 상황에는 그마저도 쉽지 않다. 입막음을 위해 피치 못하게 목숨을 취해야 할 수도 있다. 타라는 사람을 해치는 걸 좋아하지 않지만 갈랑도 그럴 것이다.

"거의 불가능하겠지만, 노력해 보고 싶어요."

갈랑은 천천히 고개를 끄덕였다. 그는 처음 타라를 보았을 때 실신하거나 나무에서 떨어진 다람쥐를 걱정하거나, 이델의 아들인 자신을 알게 모르게 부러워하는 등 여리고 선량한 아가씨로만 여겼던 인상에 점차 변화가 생기기 시작했다는 걸 느꼈다.

하기야 그녀는 현세에 존재하는 최강의 마법사였다.

"감사합니다."

진심 섞인 감사에 타라가 희미하게 미소 지었다.

불안하지만 평온한 여정은 하루 동안 더 계속되었다. 갈랑이 작은 토끼를 잡아 땅에 굴을 파고 고기를 굽는 사이, 타라가 따 온 고드름을 호기심 섞인 눈으로 보던 준이 오도독오도독 씹어 먹었다.

준은 갈랑 덕에 틈틈이 몸을 추슬러서 괜찮아진 모양인지 언 호수에서 빙글빙글 돌기도 하고 혀를 내어 함박눈을 받아먹기도 했다. 회색 나무 밑동에 기대앉아 있던 타라도 따라서 혀를 내밀었다. 조그만 눈송이가 서늘하게 내려앉았다가 금방 사라진다. 차고 무미한 맛.

입맛을 다시는 그녀의 옆에서 단검을 꺼내 나무를 깎던 갈랑도 짐짓 혀를 내밀었다가 쩝쩝 입맛을 다시고는 다시 나뭇조각으로 고개를 내렸다.

타라는 오랜만에 킥킥 작게 웃었다. 그러다가도 불쑥 생각난다. 당신은 아직 잠들어 있을까. 아니면, 벌써 눈을 뜨고 내가 없는 걸 깨닫고 화를 낼까.

무섭게 화를 내더라도 그만 일어나 있었으면 하면서도, 무모하게 당장 몸을 일으켜 저를 쫓아올까 봐 그냥 조금 더 잠들어 있었으면 한다.

확실한 건, 쥬다가 매분 매시 그립다는 것이다. 광활한 설원을 헤치며 당신에게서 점차 멀어질 때도, 소복소복 쌓이는 눈과 바람 소리를 들으며 꿈을 꿀 때조차.

"눈보라가 점점 거세지고 있습니다."

갈랑이 중얼거렸다. 그들은 약속이나 한 듯 일제히 후드를 조여 매고 귀를 곤두세우며 일어났다. 늑대의 모습으로 변한 갈랑이 눈 회오리가 넘실거리는 설원을 응시하다 타라를 향해 고개를 돌렸다.

"제 등에 타십시오."

눈으로 덮인 깊은 고랑과 언 개울을 건널 때도 갈랑은 종종 같은 말을 했다. 타라는 두말없이 고개를 끄덕이고는 넓은 늑대의 등에 올라탔다. 그가 이 여행에 없었다면 얼마나 고된 여정이 되었을지 상상도 안 되었다. 그들은 다시 한참을 길을 떠났다. 그리고 다시 희뿌연 돌가루 같은 안개가 사방을 에워쌌다.

타라는 미간을 좁혔다. 지긋지긋하리만치 익숙한 안개지만 뭔가 달랐다. 이때까지의 안개가 서늘하니 습윤했다면 이것은 누군가의 입김처럼 온난 다습했다.

쥰이 킁킁 코를 벌름거렸다.

**[유황 냄새가 나.]**

"근처에 온천이 있는 모양입니다. 이티오팔의 화산 때문에 몇 군데 온천이 있다고 들었던 것 같군요."

"아, 나도 알아요."

어머니 아델하이트는 얼음 속성의 마녀였지만 온천을 좋아했다. 그녀가 종종 외유를 떠나는 겨울 별장도 온천수 근처에 지어진 화려한 별궁이라고 들었다. 물론 타라가 직접 가 본 적은 없지만.

**[온천이라고? 궁금한데? 이런 눈 나라에 그런 게 있어?]**

준이 고개를 쭉 빼며 꼬리를 흔들었다.

"혹시 어머니의 기사들이 있는 건 아니겠죠?"

"걱정하지 마십시오. 아델하이트 여왕의 별장은 이보다 떨어진 동쪽에 있다고 들었습니다."

그리고 곧 이 구역만 지나면 겨울 성의 샛길로 접어듭니다.

일행은 조심스럽게 전진했다. 원래도 정적뿐이던 숲은 쉬익, 쉭 물 끓는 소리와 희미한 증기 음으로 희끄무레하게 얼룩져 있었다. 온천의 따뜻한 온도 탓에 파릇한 이끼와 초록빛 잎사귀를 지닌 나무들이 많았다. 몸이 따뜻해져서 언 뺨이 발그레해졌지만 타라는 어쩐지 마음을 놓을 수가 없었다.

왠지 금방이라도 근처에서 지켜보던 어머니가 나타나 자신들을 공격할 것 같은 불안함이 치밀었다. 왜인지는 모른다. 단지…… 기묘한 감각이 등줄기를 타고 흘렀다.

그리고 안개가 걷히고 드러나는 광경에 그들은 전부 우뚝 멈춰섰다. 아무도 말을 꺼내지 못했다. 쥰이 이를 드러내며 낮게 으르렁거렸다.

**[저게 뭐야?]**

언뜻 타라는 그것들이 겨울 성이나 벨벳 성의 후원과 복도를 장식하고 있던 조각상들인 줄 알았다. 하지만 냉기 어린 야생의 숲과 깎아 만든 조각상이라니, 도저히 어울리는 조합이 아니다. 더구나 조각상도 아니었다.

굳은 얼굴로 활을 들어 올린 채 굳어 있는 사냥꾼을 바라보며 갈랑이 딱 잘라 정의했다. 허연 햇빛이 잔인하게 반짝거리는 얼음 조각을 투과했다.

"마법으로 얼어붙은 사람들 같습니다."

"혹시 살아 있나요?"

갈랑은 무겁게 고개를 저었다. 전부 동사했을 겁니다. 하기야 푸르뎅뎅한 동공과 새파랗게 질린 얼굴빛이 산 사람의 것은 아니었다. 얼핏 드러난 공터에 군데군데 모여 있는 그들은 각양각색의 사람들로 신분과 나이, 성별도 전부 다양했다.

사냥꾼부터 농부, 어린 소년, 바구니를 든 아낙, 화려한 옷차림의 고귀족에 이르기까지 뭐 하나 공통점이 없었음에도 딱 하나 같은 건 놀라고 경악한 표정이었다.

끔찍한 것을 맞닥뜨린 듯, 혹은 본인의 최후를 전혀 예상하지 못한 얼굴들. 그들은 삶에서 죽음으로 건너가지 못하고 그 길목에서 멎어 버린 것만 같았다. 타라는 그들을 가만히 살펴보다가 조용히 말했다. 가느다란 손이 꾹 주먹 쥐었다.

"빙계 계통의 저주예요. 이런 수준의 마법사라면……."

"아델하이트 여왕입니까?"

무겁게 고개를 끄덕인다. 아마도.

게다가 이곳은 그녀가 자주 찾던 온천과 먼 거리가 아니다. 빙글빙글 돌며 얼음 조각상들을 살펴보던 준이 코끝으로 으슥한 곳에 놓인 비석을 가리켰다.

**[여기 뭐라고 쓰여 있어.]**

타라는 후드를 벗고 터벅터벅 걸어 준의 옆에 섰다. 무너진 건축물의 잔해처럼 장소와 외떨어져 있는 비석에는 다음과 같이 적혀 있었다.

**─감히 고귀한 자를 음해하고 거스른 자, 허락 없이 여왕의 영역을 침범한 죄를 물어 본보기를 보인다.**

"아무래도 이곳은 왕가의 개인 사유지인 모양이에요."

타라는 작게 중얼거렸다. 추운 혹한의 겨울의 땅에 따뜻한 온천수는 무척 귀하고, 그 주변에는 자연히 동식물을 비롯한 식량이 많았다.

그러니 굶주리거나 어수룩한 평민들이 자연히 몰려들었을 테고, 결과는 이런 끔찍한 광경이다. 저를 낳아 준 어머니의 냉혹한 성정을 다시 목격하게 된 타라는 쓰린 마음으로 주변을 둘러보았다.

적지 않은 숫자였다. 아마 이곳에는 군주의 영역을 침범한 죄뿐만이 아니라 그녀에게 밉보여 거슬리는 자들도 적지 않았으리라. 왠지 모를 죄책감에 발길이 안 떨어지는 타라는 개중 가장 어린 소녀의 조각상에 손을 올렸다.

"평안히 잠들기를."

귀여운 털모자를 쓴 채 강아지를 안고 있는 그 아이는 꿈꾸듯 눈을 감고 있었다. 너무 어렸다. 이런 곳에서 영문도 모르고 죽기에는.

안쓰럽게 차디찬 볼을 건드리고 안녕을 빌어 주는 순간이었다.

"……!?"

갑자기 소녀의 눈이 번쩍 뜨였다. 갈랑이 날카롭게 소리쳤다.

"타라 님!"

해가 짐과 동시에 살아나는 오래된 고성의 괴물들처럼 시체들이 일제히 우두둑 바스락 움직이기 시작했다. 타라는 뒷걸음질치다가 제 팔을 덥석 잡는 한기에 몸서리를 쳤다. 시퍼렇게 뜨인 푸른 눈의 사냥꾼이 그녀를 잡아 세우고 있었다.

준이 득달같이 달려와 덥석 구울의 목을 물자, 눈사람처럼 그 부위가 부스러져 내렸다. 타라는 두려움과 혐오로 쿵쿵 뛰는 심장을 느끼며 이미 싸우고 있는 갈랑을 찾았다. 함정인가? 모르겠다. 일단 도망가는 게 나았다. 타라는 망토 자락을 쥐고 뛰면서 소리쳤다.

"갈랑 씨! 뒤로 물러서요!"

거대한 도끼를 휘두르려던 나무꾼의 몸뚱이 중 반절이 통째로 날아갔다. 반쯤 부서진 몸체가 반대편에서 달려들던 아낙을 후려쳤다. 유리가 깨지듯 부서져 가루로 흩날린다.

타라가 예상보다 더 강력하게 발휘된 마법에 멈칫한 찰나, 그 사이를 빠져나온 갈랑이 재빨리 타라를 등에 태우고 아수라장을 빠져나갔다. 그녀는 엎드려 갈랑의 목을 껴안고 있다가 다급하게 뒤를 돌아보았다.

쥰! 충실한 검정 개는 괴이한 소리를 내는 소녀를 몸통으로 들이박고는 그들을 쫓아서 달려왔다. 얼음 구울들은 마치 빙판을 미끄러지듯 쫓아왔다. 소름 끼치는 움직임이었다. 아무래도 여왕의 영역이며, 겨울의 땅인 이곳의 기운과 맞물려 더 생생하게 살아 움직이는 것으로 추측한 타라가 입술을 깨물었다.

"꽉 잡으십시오! 지금 당장 샛길로 가겠습니다."

"알았어요. 앗! 갈랑 씨!"

육중한 기사 갑옷을 입은 얼음 구울이 어느새 앞에서 튀어나와 대검을 붕 휘둘렀다. 갈랑은 몸을 낮추더니 주룩 미끄러지듯 그 밑으로 빠져나가며 기사의 다리를 물었다.

잇따라 쫓아온 쥰이 휘청 넘어지는 구울의 머리를 밟고 훌쩍 그들의 뒤에 따라붙었다. 타라는 고개를 돌려 뒤를 확인했다.

"계속 쫓아오고 있어요."

"온천 쪽으로 가겠습니다. 그러면 움직임이 둔해질…… 큭!"

"갈랑!"

은회색 수풀에서 갑자기 튀어나온 그림자가 그들을 덮쳤다. 갈랑은 반사적으로 몸을 틀었지만, 덕분에 타라와 그는 언 바닥을 굴러야 했다. 뇌가 덜컥거리고 온몸이 욱신거린다. 타라는 찔끔 흐르는 눈물을 잡아 누르려 애쓰며 휘청휘청 몸을 일으켰다. 벌써 제 앞을 가로막은 갈랑과 줌 너머로 무언가 다가오고 있었다.

낮게 깔린 안개를 헤치고 하나둘 모습을 드러낸다. 달 없는 밤 그들을 습격했던 지옥의 개인가 싶었지만 아니었다.

은회빛에 가까운 털에 진흙 자국 같은 얼룩무늬, 흉흉하게 번뜩이는 눈빛들. 잔뜩 근육에 힘을 주고 있던 갈랑이 날카로운 이를 드러냈다.

"와, 이게 누구야. 갈랑. 우리 오랜만이지?"

"넌……."

희고 푸른 털로 덮인 설표들이었다. 사람의 말을 하는 것과 인간다운 몸짓을 보건대 수족일 터.

하지만 이곳은 중앙 왕국 한복판이다. 수족이 왜 여기에? 타라는 돌아가는 상황을 지켜보며 기민하게 주변을 살폈다. 그들은 포위되었다. 무리의 가장 앞에 있던 표범이 사납게 웃으며 갈랑을 조롱했다.

"한동안 안 보이더니 정말 인간의 애완동물이라도 된 거냐?"

"넌, 누구지?"

"……."

표범은 히죽거렸던 주둥이를 다물었다가 곧장 사납게 으르렁거렸다.

"이 돌대가리 자식 같으니라고! 날 잊은 거냐? 내 갈비뼈를 부러뜨리고 네 애미 애비 뒤에 숨은 주제에!"

"아."

나름 진지하게 어디선가 본 듯한 저이가 누군지 머리를 굴리고 있던 갈랑이 한 박자 늦게 알았다는 감탄사를 내뱉었다. 그의 그런 태도 덕분에 상대방은 더 화가 난 것 같지만 타라가 보기에 갈랑은 진짜 기억이 안 나서 그런 거였다. 그는 고의로 그런 무례함을 범하는 성격이 아니었다. 좀 둔해서 그렇지.

"케스파."

"그래! 아예 똥 멍청이는 아니로군."

"……맞나?"

"이 우라질 놈. 죽여 버리겠어!"

잔뜩 성을 내는 케스파의 털이 일제히 곤두섰다. 그는 거대한 육식동물의 모습을 하고 있었음에도 타라는 찰나 잔뜩 성을 내며 캉캉거리는 안티오크가 떠올랐다. 같은 고양잇과라 그런가. 타라는 긴장한 채 잡생각을 밀어 두고 지금의 대치에 집중했다.

"네가 왜 여기에 있는 거지?"

"뭘 것 같아? 당연히 네놈을 잡으러 왔지."

케스파의 새파란 눈이 잇따라 갈랑 뒤의 타라를 향했다. 움찔 미간을 찌푸린 그녀를 먹잇감처럼 노려보며 씨익 웃는다.

"더불어 전리품도."

"그녀는 대마법사 쥬다의 피후견인이자, 아델하이트 여왕의 유일한 자식이다. 알고 지껄이는 건가?"

"잘 알지. 이봐, 아가씨. 아니 공주님이라고 불러야 하나? 그쪽의 어머니가 보자십니다. 정확히 말해서 나는 그저 모시러 온 거라고."

타라의 낯이 딱딱히 굳음과 동시에 갈랑이 눈가를 찌푸렸다.

"무슨 소리지. 설마 수족이면서 여왕의 수하로 들어간 거냐?"

"그게 뭐 어떻지? 그러는 너희 늑대족이야말로 인간인 쥬다를 섬기잖아. 이제는 그마저도 다 죽어 간다고 들었지만."

케스파의 이죽거리는 말에 타라의 붉은 눈이 서늘하게 가라앉았다. 갈랑이 처음으로 신경질적으로 뇌까렸다.

"입조심해라."

"왜, 내가 틀린 말 했나? 하긴, 죽어 가는 건 네 주인보다는 네 모친이겠지."

이번에야말로 제대로 역린을 건드렸다. 웬만큼 해서는 화조차 안 나는 갈랑의 눈빛이 서슬 퍼렇게 번뜩였다. 타라는 그가 바로 도약해 케스파의 목덜미를 물어뜯을지도 모른다고 생각했다.

그러나 결국 그는 어떤 행동도 하지 않았다. 무표정하게 상대방을 응시하던 갈랑이 한층 낮고 건조해진 목소리로 말했다.

"우리 서부의 소식에 해박하군. 그렇다면 현재 아델하이트 여왕의 편에 선다는 건 우리 수족 전체를 적으로 돌리는 것과 매한가지라는 것도 알고 있나?"

"흥, 협박하는 거냐?"

케스파는 갈랑을 비웃었다.

"북부를 너무 믿지 않는 게 좋을 거다, 갈랑. 지금쯤 쑥대밭이 되고 있을 테니까."

"뭐?"

"방금 네가 본 움직이는 시체들 말이야. 그것들이 여기에만 있다고 생각해? 이미 대륙 전체에 다 저것들이 만연해 있어. 위대한 겨울의 여왕이 전 율리아를 지배하게 될지도 모르지."

"미쳤군."

그러나 차갑게 일갈하는 갈랑과 다르게 타라는 뜻밖의 소식에 손톱이 박히도록 주먹을 쥐었다. 북부가 공격을 받고 있다고? 어쩌면 황금 성과 서부의 벨벳 성까지 위험에 처해 있는지도 모른다. 초조함이 발끝부터 올라와 온 피부에 들러붙는다.

생사를 다투고 있는 이델과 안티오크, 벨벳 성 식구들, 레오니다스, 아버지, 마지막으로는 쥬다까지.

그녀는 피가 나도록 입술을 짓씹으며 불안에 흐려진 정신을 다잡으려 애썼다. 상황이 예상보다 빠르고 불길하게 돌아간다. 그들에게는 시간이 없었다.

"글쎄, 지금의 너만 할까."

케스파가 피식 웃으며 고갯짓하자, 그들을 노리고 있던 표범들이 사나운 이를 드러내며 한 발짝 내디뎠다. 이들이 여기에서 타라 일행을 기다리고 있었다는 건 어쩌면 아델하이트도 그들이 남쪽 샛길을 택할 거라는 걸 예상했기 때문일 것이다. 여기서 빠져나간다 해도 경비병이나 다른 적들이 길목을 막고 있을 터.

타라는 불안하게 갈랑의 뒷모습을 곁눈질했다. 야속하게도 이번에는 별다른 묘책이 생각나지 않았다. 그때 갈랑이 평소와 같은 평이한 목소리로 입을 열었다.

"타라 님."

"네?"

"제가 신호를 보내면, 우리가 말해 두었던 차선책을 택하십시오."

　　─겨울 성 샛길로 가죠. 하지만 만약 발각된다면 이티오팔로 달아나기로 해요.

아.

타라는 갈랑이 어떤 생각인지 즉각 깨닫고 말았다.

"갈랑 씨!"

"지금!"

그녀의 외침이 끝나기도 전에 갈랑이 케스파에게로 달려들었다. 동시에 준이 앞발을 휘두르는 표범을 피해서 당황한 타라를 들쳐업고 달리기 시작했다.

금방 드러난 온천수에 뒤따라 오던 설표들이 일순 흠칫 물러났다. 그러나 준은 아랑곳하지 않고 콸콸 끓는 뜨거운 물속을 헤엄쳤다. 정신을 차릴 수 없었다.

타라는 입속에 가득 들어온 물을 뱉으며 젖은 머리를 세차게 흔들었다. 눈을 제대로 뜸과 동시에 온몸이 덜덜 떨렸다.

갈랑을 두고 왔다.

적들이 가득한 그 한가운데에, 그 혼자만 내버려두고.

우리만 도망친 거야. 저도 모르게 뒤로 몸을 젖혔던 타라는 제

소매를 억세게 잡아끄는 움직임에 우뚝 멈춰 섰다. 쥰이 우울하게
고개를 저었다.

**[지금 돌아가 봤자, 도움이 안 될 거야.]**

"하지만!"
이를 악물며 무어라 소리치려는 순간 음울한 쥰의 눈동자를 보
니 말문이 막혔다. 암석이 통째로 식도에 막힌 양 텁텁했다. 그 질
식 같은 자괴감은 머릿속을 치며 떠오른 누군가의 힐난 때문이기도
했다.

─마지막으로 충고하마. 넌 너무 감정적이야. 정신 똑바로 차려.
냉정하게 의심하고 계산하고 머리를 굴려. 버릴 건 버리고, 필요할 때
는 잔인하고 비열하게 굴 줄 알아야 해. 네 어머니처럼.

버릴 건 버려. 네 어머니처럼.
어머니처럼.
'어머니처럼 되라고······.'
타라는 말로 표현할 수 없는 비참함에 사로잡혔다. 온천이 흐르
는 개울을 건너 빠져나오자, 건너편에서 늑대의 처절한 하울링이
고막을 찔렀다.
이델에 이어 갈랑까지······ 그녀의 아들마저 희생양으로 만들어
버렸다. 자학이라도 하고 싶은 충동에 이를 악문다. 따뜻한 물에서

빠져나온 몸이 갖은 이유로 덜덜 형편없이 떨렸다. 순식간에 얼어 죽어 버릴 것만 같았다. 아니, 시시각각 살점 하나하나 죽어 가는 기분이다.

걱정스럽다는 듯 준이 그런 타라를 잡아당겼다.

**[타라, 서둘러야 해. 곧 추격이 붙을 거야.]**

"......"

아득 깨문 입술에서 피가 뚝뚝 떨어졌다. 고개를 숙이자 준은 짧게 짖더니 빠르게 설원을 헤치며 달렸다. 더는 늑대의 울부짖음이 들리지 않았다. 먹먹한 귓가에 스치는 바람 소리를 들으며 쉴 새 없이 다짐한다.

두고 봐라. 당신에게 전부 되갚아 줄 테다. 피 울음을 흘리며 몸부림치고 자신의 죄를 후회하며 망가질 때까지.

절대 당신 뜻대로 되게 두지 않아.

어머니.

〈다음 권에 계속〉